锦凰 著

我花开后百花杀 2

下册

第十一章 "借尸还魂"惊骇闻

只是……萧长卿那般心细如发之人，会知晓截杀萧长泰之人是谁。

这样会免不了生出些许麻烦事就是了。

沈羲和索性不多想，吩咐守夜的珍珠盯着收信，自己安心歇下。

次日一早，珍珠一边服侍沈羲和穿衣一边禀道："人逃了。"

她收到的是白色的信号，意味着他们的人没有得手。

沈羲和点了点头，照常盥洗和用朝食。朝食刚刚被摆在桌子上，萧华雍就来了，两个人一道用了朝食。

一夜辗转难眠的顾青姝等到天亮之后，立时去寻萧长卿。她并没有听到多少信息，只是听到沈羲和提到萧长卿，又想起那日萧长卿来寻她，问她阿姐与沈羲和是否相识，对沈羲和便有了一分防备之心。这会儿又从沈羲和的嘴里听到萧长卿的名字，哪怕沈羲和说的是并不亲昵的"信王殿下"，顾青姝也犹豫不决。她若开口，会不会让萧长卿更对沈羲和有了旁的想法？

沈羲和已经被赐婚给萧华雍，可传闻萧华雍……并不长寿，她是不是企图脚踏两只船？

本朝对婚嫁之事其实并没有多苛刻，只要男女双方不是同姓，兄可娶弟媳，弟可娶寡嫂，甚至家公可以迎娶儿子遗孀，虽会遭受旁人异样的眼光，却并不触犯律法。

"你一早就魂不守舍，所为何事？"顾青姝心事重重的样子委实过于明显，萧长卿想不注意都难。

"姐夫……"顾青姝目光游移。

"与昭宁郡主有关？"萧长卿问，"昨晚之事都传开了。"

虽然昨晚的事没有惊动护卫，可院子里住着的又不只她们三个人，还有安陵和平陵两位公主以及服侍的宫女和内侍。

顾青姝没有想到这事大家都知晓了，于是直言道："昨夜我寻狸奴，恰好听到郡主说知晓姐夫如何助谁脱险，派了莫远……"

她就听到这些内容，甚至没有听清萧长泰的名字。

萧长卿闻言静默了片刻。他明白沈羲和的意思，可不认为沈羲和真的能够知晓，从容安抚着顾青姝："定是你听错了，我与昭宁郡主并无过节儿。"

顾青姝还要说什么，萧长赢来了，她便不再多言。烈王不喜她，对她多有成见，且烈王性子恶劣，若是她招惹了他，他什么事都干得出来，从不觉儿郎欺负女郎跌份儿。

几个人用朝食用到一半，就有护卫匆忙奔进来，面色不大好地凑到萧长卿的耳畔低语了什么。

萧长卿握着双箸的手僵在了半空之中，过了好一会儿才恢复寻常模样，吩咐了侍卫送顾青姝回去，这才对萧长赢说道："老四在湖中遭伏击。"

"不是我。"萧长赢第一反应是站起身撇清关系，"我是在京都外设了伏，并非湖里……"

说到此，萧长赢立刻追问："老四人呢？"

若是在湖中就被埋伏，萧长泰要是死了便罢，要是活着岂不是就阴错阳差躲过了他的埋伏？

萧长卿看了萧长赢一眼："他恐怕也料到你会埋伏他，下面的人来报，他与叶氏虽是被埋伏之下跳了河，观他们言行，却是早就备下了这一步。"

也就是说哪怕没有遇上埋伏，萧长泰也会跳河脱身。他水性极好，上次也是借着江河脱的身，手下必然有极擅水性的大将，才会如此有恃无恐。

"何人竟然知晓阿兄送他离去之路？"萧长赢惊讶。

萧长卿选择出来的这条路刁钻至极，若非萧长卿告知萧长赢，萧长赢压根儿想不到还有这样一条路。那高山之下无人居住，穿山而过的缝隙也在水里，若非萧长卿亲自下过水，寻常人便是站在河前，也未必知晓厚壁之下竟然是分裂了的两座山根，中间有一条穿透大山的道。

萧长卿的脑子里浮现出沈羲和的模样，他又想到顾青姝方才所言，原本不当回事，此刻却不得不慎重对待。

沈羲和怎会知晓这样一条路？她在西北长大，来了京都也未曾去过那一处地方，是如何知晓的？

且她派了莫远回去截杀萧长泰，是临时起意，也就是说她才知晓这条路。她突然就知道了，这实在是匪夷所思。是什么让她突然想到这条路，并且如此笃定，让她立时就派了心腹快马加鞭地赶回去?

在这之前明明还是毫无预兆的,她是见过他之后,没多久就派出了莫远回去取她遗落之物。

他们只是恰好在院门前遇上,互相见了礼,连一句话都未多言,她便立刻想得如此深远……

萧长卿闭上眼,仔细回想昨日与沈羲和相遇的种种,忍不住去触碰自己的手腕上的信物。他蓦地睁开眼眸,低头看着手上的信物。

他对沈羲和一向是疏离的,故而不确定当时沈羲和的神色如何,此刻竟然有个疯狂的猜想:沈羲和是见了这枚信物才想通关节的?

这怎么可能呢?

这是青青之物,沈羲和如何识得?便是识得,沈羲和又如何能够通过一枚信物就想到那一条路?

他霍然站起身,握拳的手捶着额头。他觉得他疯了,怎么会有如此不切实际的念想?

"阿兄,你怎么……"

萧长赢话还没有说完,萧长卿就奔了出去。萧长卿直冲向沈羲和所在的院落,内侍还以为他是来寻顾青姝的,他却转了个弯跑向了沈羲和的屋内,撞开了阻拦的侍卫,奔到里面,就见沈羲和与萧华雍似乎是听到动静并肩而来。

"五哥这是做甚?女眷住所,横冲直撞?可有缘由?"萧华雍不着痕迹地挡在了沈羲和面前。他不喜欢萧长卿此刻盯着沈羲和的那探究而又复杂,仿佛还藏着一丝疯狂的目光。

"你是谁?"萧长卿仿佛没有听到萧华雍的话,大步朝着萧华雍身后的沈羲和走来,"你是谁?!"

"阿兄!"萧长赢奔上来拦住了萧长卿,险险避开了萧华雍的一掌。

"告诉我,你到底是谁?"萧长卿奋力要挣脱萧长赢,红着眼始终盯着沈羲和。

"来人,信王魔怔了,将他送到陛下面前!"萧华雍对外冷喝了一声。

宫中侍卫冲进来,遵从太子的吩咐强势押住了萧长卿。萧长卿依然双眸紧盯着沈羲和,高声问着:"你是谁?!"

派莫远回去时,沈羲和就吩咐过,要乔装暗杀。原本这事可以做得天衣无缝,却被顾青姝听了告知了萧长卿。那是一条极其隐蔽之路,断不可能是西北长大的她应当知晓的。

"呦呦,你可还好?"萧华雍握住沈羲和的手,轻声询问。

沈羲和目光平静地凝视了他片刻,轻轻摇头:"我们也跟上吧。"

萧华雍将萧长卿押到了祐宁帝面前,必然要分辩个是非曲直。他们都是当事人,必然要跟着去。

人还没有到祐宁帝面前,祐宁帝已经从内侍口中得知了大概经过。毕竟这可不是小事,信王殿下发了疯般直闯沈羲和的居所,若是处理不好,二龙夺珠的传言可不像名字这般好听。

"信王,你作何解释?"祐宁帝直接质问萧长卿。

萧长卿此刻也已经冷静下来了,无视帝王的目光,偏头看向沈羲和,深沉的目光中满是惊疑、探究和迷茫之意。不过他只看了片刻,萧华雍就不动声色地上前一步,隔绝了他的目光。

"信王。"祐宁帝见状,语气略重,隐含警告。

萧长卿垂下眼,面色恢复了温和从容,语气平淡地说:"儿只是突然惊觉昭宁郡主与亡妻多有相似之处,故而一时冲动,惊扰了郡主,还请郡主海涵。"

萧华雍霍然侧首,眼神完全不遮挡锋芒,盯着萧长卿。

萧长卿仿若未觉,垂首不语。

祐宁帝将目光在看似风平浪静、实则剑拔弩张的两个儿子之间转了一圈,最后落在沈羲和身上,神色缓和了不少:"昭宁,信王惊扰你,此事你要朕如何做主?"

这并不是什么大事,但显然由帝王开口说不追究不大妥当。

这样的事情,咬着不放很没有必要,并非沈羲和大度,而是当真要动萧长卿,也不可能就咬着这点儿小事:"信王殿下并未伤及昭宁,只不过昭宁也曾耳闻信王妃的风姿,不知昭宁何处与信王妃相似?"

祐宁帝的目光随着沈羲和的一起落在了萧长卿身上,萧长卿此次没有看沈羲和,只是低声说道:"郡主不知思之如狂,便会魔怔,便是毫无相似之处,也会觉得处处皆像。"

沈羲和没反驳,而是微微颔首:"信王殿下情深义重,此事便作罢。不过殿下若相思成疾,昭宁奉劝殿下不如修身养性,偏居一隅,以免今日之事再发生一次。下一次昭宁若是心生畏惧而对殿下不敬或是伤及殿下,陛下可要替昭宁做证,昭宁全是自保。"

这种事情有一次就够了,绝不能再有下一次。

祐宁帝笑了:"朕给你做证,若信王再如今日这般无状,你只管自保,朕绝不苛责。"

沈羲和盈盈行了一礼:"多谢陛下。"

祐宁帝象征性地呵斥了萧长卿几句,又命萧长卿向沈羲和致歉,此事便这般揭过。萧华雍一直没有出言,后沉默地陪着沈羲和离开了帝王的居所。因为急着启程,萧华雍与沈羲和到了门口就各自分开了。

接下来是两日的行程,萧华雍每日依然一早来与她一道用朝食。一切都未有丝毫改变,他还是那个他,时刻不忘撩拨她,态度仍旧是先前的模样,对那日之事绝口不提,不似沈羲和预料之中的模样。

两日后,他们到了麟游行宫,沈羲和在萧华雍的安排下住在了与皇太子的居所比邻的小院里。极小的一个院子,只有三间屋子,她却是唯一一个单独拥有院子的女郎。

麟游行宫占地面积再广,也不可能给每一个人都单独分一个院子,不论是大臣的内眷还是大臣们,都是分开与其他女郎或朝臣共居,就连安陵和平陵两位公主都是共用一个院子。

饶是如此,人人脸上都是笑意盈盈,只因此地当真凉爽而不寒凉,女郎们可以聚在一起踢球、荡秋千、捉迷藏,也不用担心一动身子就香汗淋漓,大臣们也觉得脑子都清醒了不少。

"殿下为何不问我那日之事?"沈羲和看着处理完政务、站起身活动筋骨的萧华雍。

"哪日之事?"萧华雍反问,唇边衔着一丝若有似无的笑意。

"殿下在明知故问。"沈羲和拆穿他。

"不,我是无权过问。"萧华雍纠正,"我与你只是有婚约,我能为你排忧解难,却不能干预你的私事。你与老五之间显然不是私情,既如此,我哪里有资格质问你?"

他希望无论是婚约也好,还是日后的婚姻也罢,都不会成为她的束缚。

尽管他极想知晓那日之事,但更尊重她。

他明明一本正经、善解人意且言辞宽容大度,可沈羲和不知为何就是听出了一股子有苦说不出的委屈和隐忍之意。

难道是她以小人之心度君子之腹了?

对上他包容而又温柔的双眸,沈羲和觉得自己这般质疑他以退为进委实有些过了。

"萧长泰顺利出京了。"今日她之所以会提起这个话茬,是因为莫远和墨玉回来了,他们一路顺着河流追杀下去,几次围追堵截,萧长泰早就安排好了后路,所以他们没有成功。

"嗯。"萧华雍应了一声。这次他竟然被萧长卿摆了一道——其实他这个人不看重成败,可在沈羲和面前,仍旧觉得面上无光。

"殿下无须介怀。"察觉了萧华雍的情绪,沈羲和宽慰道,"换了谁都会被信王瞒天过海,信王殿下知晓一条隐蔽之路可以出京……"

"呦呦知晓。"萧华雍说道。

"是,我知晓,并且知晓得极早,故而派了莫远和墨玉去拦截,只不过萧长泰的性子狡猾,他应当是害怕信王殿下会留后手,故而并没有全盘按照信王殿下的安排行事,早早就选择了逃生之策。"

萧长泰的才智和手段都不逊色,否则他也搞不出如此多的风雨。

"可惜的是,还是让他逃了。"

只不过这次回京带叶晚棠,他损失惨重。

"这些人,他原就不想要。"萧华雍嗤笑,这是萧长泰惯用的手段。

他被皇族除族除名,就再也没有登上大宝的机会,拉拢的人当中定有心思浮动的,可这些人没有主动脱离他或者另谋高就,他为了稳住余下的人,就不能主动对这些人下手。

然则这些人不能久留在他身边,他心知等他们坚定了叛离之心,会煽动更多的人。要既不伤追随者的心,又将这些有二心的人除去,想来也是萧长泰费心来寻叶晚棠的缘由之一。

若这些人没有一丝动摇之心,萧长泰纵然对叶晚棠情深不移,也不会带伤来带走叶晚棠,必然要等自己安定了,再寻个时机潜回来,既能带走叶晚棠,又能做点儿旁的事情。

"我竟没有想到这一步。"沈羲和失笑,皇子的心思果然深不可测。

"那是因为呦呦光明磊落,低估了他的卑劣程度。"萧华雍不是借机奉承,而是当真如此认为。沈羲和永远不会对对自己生死相随的人设下这样的抛弃之局。

萧长泰此次进京就已经猜到会险象环生,不论是他萧华雍,还是萧长泰求助的萧长卿兄弟,甚至是旁人,都想将他置于死地。便是这些人没有走到这一步,他自己也要自导自演,让那些本以为只是寻常保护,算是最后全了一番主仆情谊的追随者光荣地死去。

"如此一来,好处有三。"萧华雍分析给沈羲和听,"其一,他可铲除有了二心的追随者;其二,那些人如此壮烈牺牲,会激励其他本就没有想过叛离之人誓死追随他的决心,算是在军心动摇之时稳定了军心;其三……"

萧华雍轻"呵"了一声,语气带着点儿嘲弄地笑了:"他为了叶氏,牺牲如此之大,这落在叶氏眼里,该是多么情深义重,先前的一些隔阂会因此而烟消云散。"

沈羲和听了这话之后深以为然,而后似笑非笑地看着萧华雍:"殿下你看,女郎若是心陷于如此城府极深又心思不纯的儿郎身上,是多么可悲与可怕之事?"

萧长泰待叶晚棠不是真心吗?

自然是真心的,可他明知道叶晚棠畏惧什么,还是一边要束缚着她,一边又放不下自己的追求,为一己之私,还要以爱为名将她死死困住。

易求无价宝,难得有情郎。

这世间一心一意、一生只对一个女郎好的儿郎太少太少,叶晚棠得到了,所以哪怕明知道这份深情是火中取栗，仍然难以割舍，而选择了飞蛾扑火。

"是很可悲与可怕。"萧华雍颔首，"其实呦呦应当看出来了，我与萧长泰是同一类人，天下和美人我都要。不同在于，叶氏与呦呦并非同一类人。"

叶氏追求安宁平稳，追求的是夫妻恩爱，是典型的小女人。若是遇到萧长瑜这类人，必然夫妻和美，她也一定会是贤妻良母。

沈羲和不同。她没有追逐权力的野心，但也不惧去追逐权力。她是被迫不得不走上这一条争夺之路，没有甘于接受平凡的选择。

只要他能够做到不背弃、不加害，这一生，无论是成还是败，她都不会怨怪和受伤。

成，她会陪他君临天下；败，她会随他共赴黄泉。

纵观诸位兄弟：老二嫡妻早逝，后来求而不得；老三得偿所愿娶到心仪之人，两个人却注定一生不会相亲相爱；老四也得偿所愿，两个人却所求不同；老五爱而不得，如今将自己折磨得不人不鬼；老六与有情人终成眷属，但付出了巨大的代价，见不得光，甚至连一场正大光明的婚礼都没有。

他虽然还未得到沈羲和的心，可他们的劲儿是往一处使的，以沈羲和的性子，只要他不离不弃，他们这一生必将生同衾死同穴。

他多么幸运，才能遇到一个同路人，令他倾心以待？

"故而，男女之间，并非两情相悦就能携手白头。"沈羲和微微一笑，"情与爱，并不重要。"

"重要。"萧华雍连忙说道，"于我而言，与你相遇，是幸运；与你相守，是恩赐；与你白首，是福气；与你相悦，才是无憾。"

幸运、恩赐、福气、无憾，他把人生最美好的词都用在了她的身上，她情不自禁地低头笑了："多谢殿下厚爱。"

只是没有人的人生是无憾的，太久远的东西，沈羲和从不许诺。

对她的性子他已经了解透彻，能够让她会心一笑，说明她是欢喜的，想要从她的口里听到一句缠绵之言，实属为难她了。

萧华雍心里已经满足："呦呦是如何得知老五送走萧长泰之路的？"

沈羲和沉默了片刻，才抬起头，黑曜石般的眼眸清澈明亮："我不想说。"

我不想欺骗你，却也不想告诉你真相，所以不想说。

萧华雍微微一怔，眼眸有一瞬间宛如夜幕降临，落寞而又无光。不过很快他就明白了她的心思，笑容又一寸寸爬上嘴角、深入眼底，宛如注入了一股活力，让他的双眸刹那间银辉凝聚，比星辰还要璀璨夺目。

"愿日后我与呦呦之间永不相欺。"

她可以不说，但不要说谎言。

每个人都应该有属于自己的秘密，就像他的身世，他也是斟酌了许久，甚至是因为他的身世能够拉近他与沈羲和的距离，才有勇气告知于她的。

沈羲和眼底倏地涌起了温柔之色，清丽绝俗的容颜也变得温婉起来："这个承诺，我可以应允。"

永不相欺，算是他们婚前给彼此的诚意。

尽管这些话没有说开前，萧华雍对沈羲和也没有芥蒂，可说开之后，他们之间仿佛亲密了一些。这种亲密感不是在言行上，而是在心灵上，是一种难以描摹、看不见的悄然靠近感。

行宫极其热闹，春日宴是皇子相看女子，行宫避暑基本就是选妃落下帷幕，贵女们都很是积极。本朝女郎素来以坦率为优，含蓄不是本朝女郎的作风，故而皇子们几乎每日会收到各种示好之物，就连萧华雍都不能幸免。

太子有了太子妃，侧妃还一个都没有，且萧华雍自赐婚后，对沈羲和的温柔细致让不少女郎红了眼。

沈羲和对此倒是没有多大反应，世间男儿少有不纳妾者，更何况是皇家之人。萧华雍承诺过的潘杨之睦，沈羲和没有怀疑，但也没有当真，他自己的心意，有时候未必拗得过他身为储君的身份。

珍珠和碧玉等人就完全不同，一个比一个愤恨不已，因为西北儿郎多是一夫一妻。

倒也不是风俗或者有律法规定，而是西北男女比例失调，女郎本就少，兼之儿郎大多数是战士，战士半生在军营里，正妻都和寡妇差不多，哪儿还来的妾室。

这样的环境养成了珍珠和碧玉等人对男儿较为苛求的心理，她们对上赶着要给人当妾的女郎很是看不上眼，每日都成了耳报神：哪家女郎又去寻太子献殷勤，太子来这边寻郡主，又被谁谁谁制造了偶遇机会，还假摔想引太子英雄救美。

这日珍珠憋着笑跑过来，对正在看书的沈羲和说道："郡主，今儿太子殿下不来了。"

"嗯？"沈羲和抬起头，就看到珍珠目光晶亮，笑容满面，"有喜事？"

"不知郡主觉得是不是喜事。"珍珠忍不住分享，"兵部侍郎之女竟然夯着胆子从树上摔下来，摔在太子面前，偏她的衣衫都散乱开来，衣不蔽体，把殿下吓晕了……"

这段日子她们可真是开了眼界，这些女郎为了富贵也好，为了其他的也罢，真是使尽浑身解数，胆大火热得连她们这些西北长大的女儿家都叹为观止。

这位女郎想嫁入东宫的心，可真是令她豁得出去，这下好了，不但偷鸡不成蚀把米，只怕这事不能善了，太子殿下活生生被吓晕了过去，当初的王侍中可是因此失了京圈的地位。

这位兵部侍郎只怕官位也要因此断送了。

果然，很快兵部侍郎就被降职，一家子人被狼狈地赶出了行宫，从京都高官被贬到偏远之地做父母官，其女还被太后盖上了行为不检的印。

沈羲和少不得要去探望萧华雍一番。萧华雍正歪着身子，偏靠在案桌上，手中执卷细读。看到沈羲和来了，他幽幽地开口："呦呦可算还有些良心。"

阴阳怪气的语调，让沈羲和忍不住打量了他一番。她又何时招惹了他？

见沈羲和不解，萧华雍就更气了："你身为未婚妻，竟然对狂蜂浪蝶骚扰你未婚夫君无动于衷！你竟然一丝悔过之意都无？"

他气呼呼的模样没有让沈羲和觉得愧疚，她反而忍不住想笑。但是萧华雍瞪着她，她觉得她若是真忍不住笑了，萧华雍得气黑脸。可她偏就想看他黑脸，所以就不忍了，抿唇笑出声来。

果然萧华雍将手中的书卷一扔，霍然站起身，大步就往外走了，路过沈羲和旁边时还故意重重地哼了一声。

沈羲和转过身，看着他为了发出声音而故意跺着脚大步离去的背影，笑声就更收敛不住了。

萧华雍走到外面，快要脱离沈羲和的视线的时候才停下来，双手负在身后，摆出一副很生气、不想搭理她的模样，让沈羲和忍不住想到了儿时的玩伴，也是起了争执之后，就背过身不愿去看对方。

她笑了片刻，轻咳两声，才忍着笑意走过去，故意偏头看他的脸。萧华雍倏地将脸转到另一个方向，她又绕过去，萧华雍即刻转过来，她又好脾气地走过来，萧华雍再转过去。

天圆和珍珠远远地看着这两个人像孩童一般的行为，都是一言难尽。

绕了两回，沈羲和索性不绕了："我这是信殿下定不会舍得我担上妒妇之名。"

她算是哄人了。这不是欺骗，莫说她还不是太子妃，就算真成了太子妃，也没有权力去针对朝萧华雍表达爱意的女郎。

她目下对萧华雍的在意程度，只达到他若纳侧妃，她会坦然接受，但与他再不可能交心；他若亲自将这些人解决，她也会开心，待他好一些的地步，绝对不会为他争风吃醋。

"我不过是你可有可无之人。"萧华雍神色落寞。

他的落寞半真半假，她都知晓。她收敛了笑意："殿下何至于妄自菲薄？殿下绝非可有可无。"

萧华雍的嘴角动了动，但是他忍住了，还是目视前方，就等着听沈羲和哄他。

沈羲和的眼底闪过一丝戏谑的光，她道："殿下是——"

她故意拖长了尾音，明显看到萧华雍动了动耳朵，甚至他的身子都往她这边倾斜了一些。见他的期待之意表现得淋漓尽致，她却迅速道："殿下是无中生有，从未有过'可有'。"

萧华雍愣了，旋即瞬间转过身，绷着清俊的脸，气得嘴角紧抿，却对上沈羲和也绷着双唇憋笑的脸。等他转过身，沈羲和忍不住爆发出了笑声："哈哈哈……"

见她笑得欢快肆意，萧华雍才知自己被她戏耍了，气也不是笑也不是。为了掩饰自己的恼羞情绪，他朝着沈羲和扑了过去，沈羲和早就准备好开溜。

"你别让我抓到你，否则……"

否则什么？连句狠话他都舍不得说出口，沈羲和一个蹲身躲过他，还对他挑衅地扬了扬眉，然后又跑。

天圆和珍珠看得嘴角抽搐，尤其是天圆，看着怎么都抓不到郡主的太子殿下，活像是看个假人，也不知当年是谁追着海东青不放，硬生生将之给磨得没了脾气，屈服于太子的淫威之下。

看不下去的天圆转过身，抬头望天，殿下开心就好。

沈羲和很快就把巨婴太子给哄好，满面笑意地离开，却在路过的小湖旁看到了负手等候已久的萧长卿。

萧长卿这段时日安安静静的，应当是去调查她了。

听到动静，萧长卿转过身，深沉的眼神极具穿透力，仿佛要透过沈羲和去看什么。

很快他就收回目光，主动迈步朝沈羲和走过来："郡主，可否借一步说话？"

"我知殿下要问什么，我与殿下并无话可说。"沈羲和语气淡淡地拒绝。

言罢她绕开他就往前走，他高声说道："青青亡故当日，亦是郡主遇难之时！"

沈羲和顿住脚，面色平淡地转了身，目光无波无澜："殿下，这是何意？"

萧长卿幽深的目光紧紧锁着沈羲和："我只想请昭宁郡主为我解惑，郡主为何知晓那条路？"

沈羲和轻笑了一声："信王殿下，两军对垒，谁会将自己获取情报的来源告知敌人？"

萧长卿静静地看着沈羲和。见沈羲和不耐烦地迈步又欲走，他才说道："郡主学识渊博，可知《三十六计》第十四计为何？"

"借尸还魂？"沈羲和不假思索，坦然回答，旋即笑了，是觉得荒诞的笑容，"殿下原来是此意，可真是滑稽。想来殿下这几日已然去查过昭宁，应是知晓，昭宁从不信佛、不信道，亦不信天。子不语怪力乱神，殿下是饱读圣贤书之士，莫要因一时悲痛难拔，便生出不切实际的妄想。"

"是不切实际的妄想吗？"萧长卿上前两步，逼近沈羲和，目光始终锁着她，"听闻西北王对郡主素来爱护与看重，便是西北军要之事也从不避讳郡主，凡有大事，父子三人必是有商有量的。

"郡主上京,阿弟追查胭脂案,一路牛鬼蛇神不断,阿弟为何为郡主所救?其中深意,郡主当真能全盘否认?

"如此大事,王爷会丝毫不知会郡主,便擅作主张,完全不顾郡主的意愿?小王不信。

"若郡主心中早有数,为何临到头又反悔?"

他指的是沈岳山安排了沈羲和巧遇萧长赢的事情,这件事情其实她真的很难解释清楚。

沈岳山没有明说,但的确给沈羲和暗示过,萧长赢是最好的选择,只是那时候沈羲和疾病缠身,自知命不久矣,对沈岳山也深信不疑,对京都了解甚微,故而的确默许了此事。

这才有了萧长赢撞上来被沈羲和所救的一幕,沈羲和的确是临时变卦。

若她当真只是为了萧长赢手上的证据,那么早在萧长赢被追杀的时候就可以下手,那时候下手无论是萧长赢还是旁人,都未必能够判断是何人所为,毕竟那是群魔乱舞的时候。

她完全不用费力气,等着萧长赢落到她的手里就是。

对此,沈羲和面不改色,也没有装傻充愣:"殿下,杀亲王这样的罪名,不到万不得已,没有万全准备,岂能草率行事?

"比起趁乱对烈王殿下不利,要与殿下成为仇敌,要被陛下一查到底,还未必能够拿到胭脂案的证据,很显然我的法子更兵不血刃,且达到了目的,殿下与烈王殿下都得吃下这个哑巴亏不是吗?"

她反驳得有理有据,甚至合情合理、滴水不漏,却无法让萧长卿相信。

"我曾派人到西北,人人皆言郡主内秀温婉,是柔情似水般的女郎,可郡主入京之后并非如此。"

沈羲和用一种看傻子的目光看了萧长卿片刻,才开口道:"世人皆言信王殿下博古通今,端方君子,温文尔雅。敢问信王殿下,您当真是这样的人吗?"

不等萧长卿开口,沈羲和便冷笑道:"我在西北,那是我的故乡,是一个人人爱戴我、拥护我之地,我待他们自然温和。可京都于我而言不啻虎穴狼窝,我若还似西北一般温和,今日怕也不能站在此地,听殿下这些胡言乱语了。"

萧长卿目光沉沉,却不再言语,但明显没有被沈羲和说服。

沈羲和并不在意他如何作想:"殿下,那日我可是让陛下做证,若殿下再惊扰我,可莫怪我心狠手辣了。"

她不在意萧长卿怎么想,却也不希望被萧长卿干扰。

言罢,沈羲和福了福身,就转身走了。

萧长卿这一次没有再阻拦,而是扬声说道:"我定会查明一切!"

沈羲和充耳不闻,步伐从容地消失在他的视线里。

"郡主,为何不告知信王殿下信王妃之事?"碧玉忍不住问。

郡主不想被信王殿下纠缠,信王殿下明显只是想知晓郡主为何洞察到萧长泰的逃跑之路,在碧玉等人看来,郡主就是从信王妃嘴里得知的。

沈羲和有个信友姓顾,在京都,她们都知晓。王爷和世子派人去查过,信友是现在尚服局的顾则香,但实际上是信王妃,只不过是借了顾则香的名头。

只要郡主告诉萧长卿这些,一切不就迎刃而解了?

"他是何人,我为何要与他解释?"沈羲和淡淡地笑了笑。

她上赶着去解释,才不能取信于人。萧长卿不是要调查吗?那就让他调查个清楚。

沈羲和回到院子里,就去逗百岁。百岁是萧华雍给她送来的那只白鹦鹉,这次来行宫它和短命都被沈羲和带来了。

所有的一切她都已经打点好,包括顾则香,郡主府里有沈羲和与顾青栀这些年来往的信件,这是她支开珍珠他们写下来的。至于顾则香的书信,早就被沈羲和焚烧了。

所幸这些年来,顾则香就好似沈羲和的一个倾吐秘密的对象,顾则香的来信虽然过了丫鬟们的手,沈羲和却从未给丫鬟们看过内容,丫鬟们也不知笔迹。关于顾则香,沈羲和也从不与旁人多提及。

至于顾青栀那边,萧长卿婚后很忙,太半日子,夫妻二人根本见不着面。萧长卿也没有安排人盯着顾青栀,顾青栀想要做的事情,不想让萧长卿知晓的,萧长卿就绝对无法知晓。

等到萧长卿费尽心思拿到那些信件后,自然就能够解开心中疑惑,而不是让自己改变自己一贯的行事作风,主动焦急地去解释,让生性多疑的萧长卿更不信她的话。

萧华雍一听到萧长卿又堵上沈羲和,就急忙赶过去,又想到沈羲和万事独立的性子,便挥退了天圆等人,自己悄无声息地靠近,本意是若无必要,自己就不出面,只是担心沈羲和。

他却将萧长卿对沈羲和说的话一字不漏地听了去。

如此荒谬的言论,依照他的性子,他当是嗤之以鼻,可不知为何,他的心头笼罩着一股挥之不去的凝重情绪,让他走到书房里,情不自禁地拿起了《神异经》这类的志怪书籍。

惊觉过来的时候,萧华雍烫手一般连忙将书卷扔掉。看着掉落在地上的书卷,他愣愣地出神,片刻之后,才俯身将之拾起来。

哑然失笑之后，他将之放回了原处。

隔日萧华雍再去寻沈羲和之时，面色如常。沈羲和与他闲聊，多看了他几眼，反而让他觉得沈羲和有话要对自己说。

"呦呦有话，但说无妨。我虽貌比潘安，雅人深致，却受不得呦呦如此偷看。"

这就是群臣眼中礼贤下士、内敛温润、谦谦君子般的皇太子。他在自己面前，从不知收敛与谦逊为何物，沈羲和无奈地轻叹着摇了摇头，却不知她的模样有多纵容。

"殿下忘了，我嗅觉敏锐，昨日我与信王殿下谈话之时，殿下就在不远处。"他来得早，萧长卿的话，她笃定他都听了去，他却丝毫反应也无。

这半年相处下来，萧华雍在她面前何止不知谦逊有礼为何物，更是些许小事都能闹上几分情绪。他若听了萧长卿的那番话，绝不可能毫无波澜，更不可能心有起伏却隐瞒。

"是有些被惊到，"萧华雍如实回答，"还胡思乱想去看了些志怪异谈。"

沈羲和扬眉看着他，静待下文。

"又想到老五疯了，我难不成要随着他疯？"萧华雍失笑，"我若就因他的一些无稽之谈便质疑你，日后你我之间何谈长远？"

日后会有更多人挑拨他们的关系，这是毋庸置疑的事情。

沈羲和听了这话，沉默片刻后嘴角噙着一丝浅笑："殿下，若信王殿下所言为真呢？"

如渊似海的眼瞳，泛着星辰之辉，他深深地凝视着她："我游历大江南北，见过奇闻怪事不知凡几，这世间有些事确实无法用常理说清。可我钟情于你，欲结发相守的也是你，只要是你，旁的都可以。"

也就是这一瞬间，萧华雍想明白了。他爱重的是沈羲和这个人，由内到外，吸引着他的都是沈羲和，而不是昭宁郡主，不是西北王爱女。身份、地位这些东西都不重要，重要的是她。

沈羲和哑然一笑，黑曜石般明亮的眼瞳澄净："殿下，我永远只是我。"

这是委婉的解释与安抚言语，萧华雍眉开眼笑。其实从她主动提及这件事情，他就够开心满足了："今儿日头不毒，我带你去采蕈？"

六月已经开始有蕈，沈羲和喜欢吃这些鲜美之物，可从未自己去采过，觉得很是新奇，欣然应允。她换了身单薄的男装，还带上了弓箭。萧华雍教她射箭，她从未懈怠过，虽然现在依然臂力不够、准头不行，但不妨碍她喜欢。

萧华雍认识很多蕈的种类，许多沈羲和未曾见过。

"我去过南诏国，那里蕈类更多，也有诸多做法，晚些时候让九章做与你尝尝。"萧华雍曾经也很想自己学做吃食，但最后选择了放弃，只得承认人无完人。

"南诏国是怎样的风土人情？"沈羲和戴着驱赶蛇虫的香囊跟在萧华雍的身后。

自从虎袭之事后，他们俩便是单独出行，天圆等人也会不远不近地跟着，不过一些陡峭之地，萧华雍会先上去，转过身将手伸向沈羲和，沈羲和已经会极其自然地将手搭上去。

两个人穿着都极其朴素，在草地上谈论着远方，欢声笑语中给盛夏增添了几分诗意。

谁能想到提着竹篮，行走于树林间，从容淡然的两个人是这世间顶尊贵的人？

天圆和珍珠看着他们，总觉得这二人有一种骨子里散发出来的鲜活气息。他们可以高不可攀、杀伐果断，也可以宁静致远、平易近人。

不知不觉，他们就走远了。两个人坐在干净的石头上吹着风，喝着水囊内的水，忽地海东青的声音清脆地传来，它盘旋于高空中。沈羲和抬眼看了看："它总跟着你，陛下只怕会有所怀疑。"

去年秋狝之时，祐宁帝还想擒获这只海东青，只是后来被巨蛇给夺走了注意力。

"无妨，陛下便是怀疑，我难道不能养只鸟吗？"萧华雍并不在意。

沈羲和也不多言，尽管海东青被奉为万鹰之神，其寓意非比寻常，不可与等闲的鸟儿一视同仁，但萧华雍自有成算，用不着她多虑。

与萧华雍在一起，还有个好处便是，她不需要为他之事忧虑。

"陛下打算何时动手？"沈羲和便问旁的事。

"近日不会，陛下喜欢出其不意。"萧华雍侧首冲沈羲和笑了笑。

在行宫还要待三四个月，陛下有的是时间筹谋。他不着急，越是久远，越能让猎物放松警惕。

沈羲和颔首示意知晓，正要说些旁的话，在林子里觅食的短命蹿了出来，直奔沈羲和而来，被萧华雍一抬手掐住了后颈。知道要来山林，沈羲和便带它出来训练，一番上蹿下跳，它身上脏得不行，沈羲和有洁癖。

被萧华雍摁住，短命不满地从喉咙里发出了愤怒的声音。

沈羲和用指尖点了点它的脑袋，才给萧华雍使了个眼色："殿下放开它吧。"

短命被放开后，没有往沈羲和身上跳，但似乎很不开心。恰好这个时候它听到了海东青的声音，跳到一块高石头上仰着脖子，仿佛狼一般冲着天空中的海东青吼叫起来。

沈羲和看着哭笑不得。

萧华雍也被逗乐："它这是从何处学了这般张狂的模样？"

"或许……遇上我之前，便是如此。"沈羲和也好奇，是什么让短命一点儿自知之明都没有？

海东青盘旋了一会儿，短命还不知深浅地冲着它叫。海东青似乎烦了，一会儿就没入了树林中。看不到海东青,短命又叫了两声,声音明显有些得意。

就在这时海东青又飞了出来,爪子上还有一只在挣扎的兔子。

沈羲和与萧华雍抬起头时,就看到海东青不知是否故意,兔子从它的爪子上掉落,但它反应得如风一般迅速,一下子又将兔子在半空中给抓住了。

短命看得一愣一愣的,头不断往后仰,最后默默后退,跑到沈羲和脚边的石头根处蜷缩了起来。

"哈哈哈……"

这一幕,让萧华雍与沈羲和愉悦的笑声回荡在山林之间。

行宫的日子,沈羲和很是惬意,与父兄书信往来,几乎每日萧华雍会来寻她,步疏林偶尔才能来一次。

沈羲和大部分时间看书、制香,萧华雍会给她看一些他处理的政务,与她畅聊国事。她再就是做做吃食和逗弄短命与百岁,日子流水般风平浪静地过着。

贵女们今日弄个茶会,明日摆个花宴,后日又弄个诗会,帖子一次不落地递到了沈羲和的手里,但她一次都没有去过。

她身份本就高贵,又是板上钉钉的太子妃,兼之她的行事强势而又彪悍,倒无人敢置喙。

在这期间,萧长卿没有打扰沈羲和,不过已经通过自己的办法寻到了沈羲和与顾青柜来往的信件。关于沈羲和与顾青柜之间的牵连,他大概有了了解。

只不过螳螂捕蝉,黄雀在后,他前脚拿到信件没有多久,萧华雍的人就从他的手中把东西给顺走了。萧华雍不愿意去调查沈羲和,但内心还是有些好奇,料到萧长卿会追查到底,就坐享其成,如此一来,也不算他去调查了沈羲和。

只是信件被追回来放在了他的案几上,他却没有拆开。信封上没有署名,往来信封都有,属于顾则香的信封上面画着一条鱼,属于沈羲和的信封上面画了一片平仲叶。

平仲叶的画法很明显是出自沈羲和之手,至于这条鱼是否出自顾氏之手,对顾青柜不了解的萧华雍并不能定论,不过从老五的反应来看,应当是没错。

故而,沈羲和就是沈羲和,顾青柜就是顾青柜,所以这些信他也就没有拆,而是带去还给了沈羲和。

"殿下你……"沈羲和见到这些东西,有些许诧异。她想过萧长卿会将信拿来还给她,却没想过还给她的竟然是萧华雍。

"我从老五的手中夺来的。"萧华雍解释道,"我是有些好奇,也是不愿你之物落入他的手中。"

他一副小心翼翼的模样,唯恐她怀疑他不信她,沈羲和微微一笑:"我是有意让信王殿下拿到这些东西,算是解开他心中的疑惑,同时……"她笑意深刻了些许,"顺带试一试信王殿下的势力。"

顾青栀从来不干涉萧长卿,顾家的结局是顾家家主所选择,她由始至终都在安静地等待着被宣判。她从未挣扎过,也没有反抗过,自然就不会去干涉和理会萧长卿有多少势力。

故而沈羲和也不知萧长卿的底,他们日后说不准哪日就将针锋相对,她还是想了解一二的。

"呦呦若是想知晓他有多少能耐,问一问我便是,何必亲自设套?"萧华雍幽幽地说道。

女儿家的信笺,还是特制的那种,流入旁人手中,尤其是男人手中,萧华雍又吃醋了。

尽管他尽量语气平平,但沈羲和能听不出他嘴里的酸味?

"我也是想要知晓,信王殿下会通过什么法子探入我的府邸。"若是周边的人有被收买的,就极其危险,她也可以借此机会早些将之除去。

萧长卿的确有本事。他并没有收买沈羲和身边的人,只不过郡主府戒备也足够森严,哪怕墨玉和莫远都不在。萧长卿用了一个功夫极高的游侠,据传这位游侠已经死了,因为江湖上已经很多年没有他的消息了,没有想到他做了萧长卿的影卫。

听了这些话,萧华雍这才面色稍霁,伸长脖子望了望沈羲和旁边的饮子:"呦呦做了些什么新鲜之物?"

饮子颜色深沉,他以往未见过。

沈羲和给萧华雍倒上了一杯:"杏酥饮,以杏仁、前胡、五味子、半夏、桑白皮、人参……十一味药材熬制而成,有戢阳气、止盗汗、进饮食、退经络热之效。殿下尝尝,味道如何?"

这是沈羲和首次熬制杏酥饮,原是打算尝后再分享给萧华雍的,没有想到他今日来恰好遇上。

萧华雍尝了尝,冰冰凉凉,生津止渴并不逊于乌梅浆:"极好,呦呦身边的丫鬟都好能耐。"

这里面涉及这么多药材,萧华雍只当这是珍珠琢磨出来的,故而看了珍珠一眼,夸赞了一句。

沈羲和莞尔:"这是齐大夫所赠的方子,是偶然所得……"说着,沈羲和顿住,片刻后才又说道,"殿下也曾游历山川,不曾遇到过这类饮子?"

萧华雍才刚刚多云转晴的脸一下子就由晴转阴,他怪声怪气地说道:"是啊,我自问走遍大江南北,却不曾听闻这等好物,可见这方子藏得可真深。"

他才不信是藏得深,什么偶然所得,只怕是某些人费心自己调配而出,不好意思说实话。他可记得谢韫怀还送了沈云安神奇的金疮药方子，又送了沈岳山治疗暗伤的药浴方子，可真是煞费苦心，比他这个准女婿都要殷勤。

沈羲和怪异地看了看阴阳怪气的萧华雍，实在是无奈至极："我与齐大夫是挚友之交。"

她不是没有直觉的人，谁对她有心思，她感觉得到，譬如萧长赢，譬如萧华雍。谢韫怀对她关怀、亲近、随和不拘小节，却也进退有度、持礼雅正，欣赏有之，绝无欲念。

"你是将他视作挚友，谁知他如何作想？"萧华雍轻哼了两声。

沈羲和静静地看着他，不言不语。

萧华雍被看得有些心虚，却又不想在这件事情上退步。

两个人僵持了片刻后，沈羲和说道："你若介怀，日后我会注意结交异性之友，可我与齐大夫相交，是在与你有婚约之前。我断不可能因为你，就对一个待我有恩情之人不理不睬，这样有失涵养。自然，日后我也会注意与齐大夫之间的分寸。"

明明她退让了，可他不知为何心里更堵得慌。面对她的坦荡，面对她的宽仁，面对她的大度，他有一种浑身是力却无处可使的无力和绝望感。

平静地说完这些话之后，沈羲和发现萧华雍仍是绷着脸，极其费解："还有何处殿下介怀吗？"

心口一滞，萧华雍深吸一口气："我没有要你因我而有所限制，但也不喜你对旁人极好。我知我这般不妥，可控制不了。"

他很想做个大度的人，假装告诉她，他不在意她与何人往来，可做不到在她面前说谎。

他明知这样小肚鸡肠会令她厌恶，却仍然伪装不了大度的样子。

沈羲和从未为任何一个人和一件事犯难过，这是头一次有些理不出头绪，产生无从下手的感觉。

若说以往，她可以不管萧华雍如何想，现在开始渐渐顾虑他的感受了，便希望他们日后朝夕相对，彼此之间多一些包容和理解。自然她的目标和萧华雍的不一样，萧华雍是希望他们成为两情相悦的爱侣，而她致力于将萧华雍变成如同父兄一般至亲的存在。

无论目的如何，他们算是殊途同归。可现在她发现，萧华雍明显不会像父兄一样——他很在意她与异性友人往来，哪怕她做出了退让，他仍旧不满意。

然则，这已经是她最大的让步，她想不明白如何解决这个问题，也不逃避，直言问道："殿下要我如何做？"

这句话又问得萧华雍语塞，让他有种自己在无理取闹的错觉。他也知晓如此过于心胸狭隘，可就是忍不住要去在意和计较。

许久之后，他才轻声问道："呦呦，你……能抱一抱我吗？"

其实他并不是真的要她和谢韫怀断了往来，只是不够自信，只是希望她能够有个举措，她让他感受到她待他和旁的儿郎不一样，安抚一下他在她面前一直脆弱而又敏感的心。

沈羲和从未想过萧华雍竟然提出这个要求，愣住了，旋即开始狐疑和犹豫。

若是寻常，面对总喜欢占她便宜的萧华雍，沈羲和定然会断然拒绝。可这一刻，她看到了他眼中的光摇摇欲坠，仿佛自己若是拒绝了他，那么这一道光就会支离破碎。

可她的教养和自幼学到的规矩，要让她做出这样的举动，实在是有些出格，她这才有几分犹豫。

树静风止，天地之间宛如一片死寂。

长时间等待，让萧华雍长睫微垂，眼睑处留下一片阴影，像深秋晚阳之中，被人世间遗弃的人，一道残影显得无边孤寂与落寞。

沈羲和不知何时起了身，等回过神来时，已经站到了萧华雍的身边。她怔了一下，旋即释然地笑了笑，伸手圈住了端坐着的萧华雍的肩膀，在他身侧温柔地说道："殿下，旁的女郎我不知，但我这一生只会有一个夫君。"

她虽然一开始就图萧华雍短命，但从未想过改嫁。本朝对寡妇是鼓励再嫁，哪怕是皇家媳妇也一样，只是寻常人不敢娶，才会出现改嫁叔伯的情况。

我这一生，只会有一个夫君。

或许这是她怜爱之心作祟的安抚话语，或许这是她将自己定位为未婚妻子应有的付出。

哪怕不存在他渴求的爱慕之情，这话依然如涓涓细流流淌到他的心中，让他忍不住偏头靠在她的腰腹之上，感受着属于她的气息。

"呦呦……"他只是喟叹地低唤了她一声，千言万语都藏在他的余音里。

本是温情缱绻的一幕，结果不和谐的声音将之打破——

"装可怜，装可怜。"

沈羲和不着痕迹地将萧华雍推离，萧华雍阴着脸盯着鸟架上的百岁。他第五十六次后悔将这只傻鸟送给沈羲和，成事不足败事有余！

百岁丝毫不怵他，仰着脑袋转到了另一边，伸直脖子喊道："呦呦心软，呦呦心软！"

沈羲和听了这话，黑曜石般美丽的眼瞳似笑非笑地看着萧华雍。

脸皮厚如萧华雍，也有点儿招架不住。这些话的确是他说的，这只傻鸟不知何时记下了，方才他分明没有装可怜："我……它……我……"

能言善辩的皇太子殿下也语无伦次了，不知该如何狡辩……呃，解释！

"我……我约了陶公,时辰差不多了,我明日再来看你。"

这还是萧华雍第一次在沈羲和面前落荒而逃,沈羲和忍不住笑出声来。她又不是没有判断力之人,他方才要真是装可怜,她会容易上当?

她承认她待他与旁人不同,可也没有到失去理智的地步。

偏生他觉得解释不清,不知如何面对她,就这样慌慌张张地跑了。

沈羲和转过头,轻轻点了点百岁的脑袋:"你啊……"

"呦呦鹿鸣,永结同心;琴瑟和谐,鸾凤和鸣!"百岁开始唱起来。

这应该是萧华雍对它念叨得最多的词,每日百岁时不时就要对着她念上几遍。

大概萧华雍教它的时候,它怕学得太快,被萧华雍折腾,灌输太多东西,故而隐藏了实力,以至萧华雍说某些话的时候就没有防备它,现在自个儿恐怕都记不住被它偷听记下了多少话。

"郡主万福。"它又唱起来。

沈羲和逗了它一会儿,转头就看到短命趴在一个角落里,像是攻击状,眼神犀利地对着百岁。

就像珍珠说的,短命和百岁,听名字就是一对宿敌,一猫一鸟可不就是敌人?

"郡主,信王殿下求见。"珍珠走进来禀报。

沈羲和正要回绝,想了想萧长卿的来意,便改了口:"请到正厅。"

将百岁交给紫玉后,沈羲和整理了仪容,也迈步走到了正厅里。

萧长卿比她先一步到,两个人互相见了礼,萧长卿赔罪作揖:"今日来是为了向郡主致歉,先前是我冲动莽撞,给郡主造成了困扰,还请郡主见谅。"

沈羲和缓缓坐下:"我以为殿下是来为行窃致歉的。"

对沈羲和的嘲弄言语,萧长卿也没有辩驳。他的确派人偷窃走了沈羲和与顾青柯往来的信件。他和顾青柯成婚后,他忙于各种事务,顾青柯又从不与他交心,对她有这样一个信友的事,他根本无从查证。

可两种笔迹,字里行间也透着两种性格,由不得他不信。

萧长卿说道:"可否请郡主将亡妻之信交由小王保存,以作念想?"

这是他来的目的,这些东西他原是打算将属于沈羲和的部分亲自拿来还给沈羲和,结果却被萧华雍给劫走了。

"这是信王妃与我之物。"沈羲和没打算将信留给萧长卿。

萧长卿似乎也料到是这个结果,没有强求,而是说道:"他日郡主若有难处,只管拿信件寻小王,小王必当竭尽全力相助。"

沈羲和只是温和地笑着送客。她不会有需要以信件去和萧长卿做交易的一日,她和萧华雍都不是需要旁人相帮的人。哪怕有一日他们遇上劲敌,她也不会以顾青柯的信件去与萧长卿做交易,故而萧长卿一走,沈羲和就将之焚烧了。

一如当初她从顾则香手里拿到顾则香保存的信件一样，这些属于顾青梔的信件，原就是她伪造，岂能用伪造之物，去欺骗、牵绊甚至利用另一个人呢？

尽管她不认可萧长卿的长情，顾青梔也不需要萧长卿的长情，但那到底是一颗赤诚之心。旁人可以利用这一点攻击萧长卿、逼迫萧长卿、束缚萧长卿，一如叶晚棠和顾青姝，可她不能。

沈羲和做了杏酥饮，便提了一些去给太后。因为和萧华雍定下了婚约，又知道太后是萧华雍唯一的长辈，沈羲和对太后就多了一丝亲近感，将太后当作长辈孝敬。有什么吃食，萧华雍有一份，她就必然会送太后一份。

她刚来到太后的院子里，就听到了欢声笑语从里面传出来。太后身边的秦女官亲自来迎接她，听到声音便对她说："这些时日太后时常召见一些贵女来逗乐解闷。"

实则太后是为了牵红线，并且更深入地了解这些人，毕竟这些是要做孙媳妇的人。

沈羲和入内，就看到了四五个妙龄女郎。这些人她都认识，其中就有平遥侯府余氏姐妹，甚至还有秦孜颉，大家互相见了礼。

"昭宁今儿又做了什么？这宫里上下，就你最惦记我这老太婆。"太后一看到沈羲和就笑了。

"一些解暑的饮子。"沈羲和得体地笑着，"太后说这话，陛下和诸位殿下可不依。这宫里人人都惦记着太后福寿安康。"

太后目光和蔼，笑指着沈羲和，看向众人："我听闻外面都传昭宁不近人情、不通情理，这些人定是未曾见过昭宁。"

"不过是忌妒郡主之人以讹传讹，太后娘娘放心，日后我们要是听到了这种话，定是要反驳的。"余桑宁开口笑道。

沈羲和看了她一眼，余桑宁的笑容既不谄媚讨好，亦不闪躲扭捏，落落大方。

其他人这才明白了太后的意图，只得附和。

"你是个好的。"太后夸赞余桑宁，目光在她们姐妹身上转了一圈，"还是平遥侯会养女郎，一个个都灵秀慧敏。"

"太后谬赞。"余桑梓与余桑宁起身谦卑地行礼。

大伙儿都看明白了，昨日的赏花宴，有人说昭宁郡主眼高于顶、自命清高的话落入了太后的耳里，今日太后是刻意给沈羲和正名，于是接下来的话题都围绕着沈羲和进行，众人多有追捧之意。

沈羲和明白太后的良苦用心，尽管自己不在意。

没一会儿太后就把这些人打发了，独留下了沈羲和，享受着沈羲和带来的杏酥饮，喝了两口觉得甚是滋润："明儿让小厨房也煮一些。"

太后年纪大了，很多寒凉之物不能食用，就连乌梅浆也被限制了量。行宫凉爽，可依然是盛夏，难免心中燥热，太后是个特别爱甜食的人，沈羲和特意多放了些许蔗糖。

"我晚些时候把方子给秦女官。"沈羲和应道。

太后问道："你觉得方才那几家的女郎如何？"

"昭宁甚少与几位女郎相处，对她们的品行如何亦不知晓，不敢妄断。"沈羲和避开了这个话题。

太后轻轻笑了笑："你啊，跟我还耍滑头。"

沈羲和微微一笑，没有多言。

太后也不为难她，知晓她不是背后议论人的性子，于是微微往后靠在隐囊之上："这些都是要给二郎、五郎、九郎婚配的女子。二郎和五郎是续弦，身份可以降一降，我觉得余家的庶女倒不错，可余家的嫡女也是个贤良之人，我又想将她配给九郎，故而拿不定主意。"

沈羲和听明白了，太后是喜欢余氏两姐妹，但一家不能出两个皇子妃，余桑宁的身份说实在的，她做续弦都有些高抬她，不知为何太后会青睐她。

想到余桑宁的手段，沈羲和不动声色地说道："想来余家女郎必有过人之处，才能令太后如此偏爱。"

"你吃醋了？"太后打趣她，然后拍了拍她的手，"你放心，谁也越不过你。"

沈羲和知晓自己并没有这么讨喜，太后这么说，是因为在太后心中，谁也无法越过萧华雍，自然谁的妻子也越不过萧华雍的妻子，这就是爱屋及乌。

"余家二娘子心灵手巧，我前些日子睡不好，她来了几次，就看出我精力不济，私下打听出缘由，为我做了香囊。我将香囊挂在床头，着实睡了个好觉。"太后笑着说道。

年长的人本就觉浅，若不能安眠就是折磨，偏传了太医只说是苦夏，她又不愿惊动陛下，牵连太医被责罚，那几日可真是难熬。

沈羲和也不是每日都来，尤其是知晓太后在召见其他女郎物色孙媳妇，就更避嫌了，故而并不知前几日发生之事。

"香囊？"沈羲和来了兴致，"太后可否取来与昭宁看看？昭宁对香甚是痴迷。"

太后自然知道沈羲和擅于调香，让宫女去取了香囊过来。沈羲和将香囊拿到鼻前轻嗅，是寻常的凝神香，这样的香是不可能治病的。

沈羲和将香囊还给宫女："太后让珍珠看个脉，昭宁也好安心些。"

话说到这个份儿上了，沈羲和一片关怀之情，太后自然要应承。珍珠给太后诊了脉，给了沈羲和一个确认的眼神，太后并没有生病，也没有中毒。

沈羲和又陪太后说了些话，太后要午歇，沈羲和才带着珍珠离开。

"太后不应该突然出现失眠之症。"珍珠小声对沈羲和说。

太后脉象平和，没有患病亦没有情绪不稳，除非是外因导致失眠。

沈羲和没有直接回去，而是去寻了萧华雍，将这件事情告诉了他。

"呦呦是怀疑有人对太后不利？"萧华雍听了她的话之后问，"目的为何？"

"筹谋富贵之路。"沈羲和莞尔，"我第一次见到余二娘子时……"

余桑宁寻了人将余老夫人推入湖中，然后用滴水观音毒死了寻的这个人，而自己成了奋不顾身地将余老夫人救出湖中的恩人，自此得了余老夫人的偏宠。

后来余桑宁为了出人头地，在太后的生辰宴上给余桑梓下了药，让余桑梓的脸上起了红疹。余桑宁又献策给余桑梓让其蒙面献舞，临时改变了舞曲，宫里的乐师自然无法配合，于是余桑宁随同上台伴奏，如此一来成就了"余氏双姝"的美名。

自此之后，处处与她针锋相对的余桑梓也改观，真心将她当成了姐妹。

余桑宁惯会用施恩者的姿态出现在她看上的猎物面前，以一种释放善意的方式博取对方的好感，这些人却不知晓，所有的恶都是她一手造成的。

若非太后提到香囊是余桑宁所给，而自己又恰好撞见了余桑宁前面的两次壮举，沈羲和也不会如此毫无根据地去怀疑一个人。

尽管也有可能是她多想，可还是有必要提醒萧华雍一番，以免余桑宁当真这般做了，尝到了甜头，就难以罢手，日后会变本加厉。

太后之于萧华雍是特别的存在，沈羲和不希望因为他的疏忽，而造成心中的遗憾。

"呦呦，多谢你。"萧华雍握住沈羲和的手，"我是儿郎，便是每日都去请安，太后也总是报喜不报忧，我亦不好在太后宫里安插人，坏了祖孙情谊，故而对太后难免疏漏。"

沈羲和莞尔："日后我会多看顾太后，不会让旁人对太后不利。"

你待我的至亲如至亲，我自然也待你的至亲如至亲。

这一直是沈羲和觉得夫妻间的最高境界，双方互相体谅、互相包容、互相坦诚、互相保护彼此的亲眷和在意的人。

"呦呦留下来用夕食，十二弟送了只狍子，我让九章做些新鲜的吃食。"萧华雍发出邀请。

近来祐宁帝已经开始带人在行宫旁边的山林里打猎，每回都必然带上几个皇子，但一次都没有带上萧华雍，倒是把越来越多的政务交给萧华雍处理，完全让人无法忽视萧华雍的地位。帝王的心思，他若当真想要让一个人被人尊重，有着千百种法子。

狍子肉细腻鲜嫩，沈羲和也极喜爱。在凉爽的行宫里，哪怕是吃炙肉她也能胃口大开。等她用了夕食，天圆也已经悄无声息地将太后不能安眠那几日的事情查得清清楚楚了。

"回禀殿下，十二日到十五日，太后的寝殿并无异样。"天圆回禀。

· 314 ·

"没有异样？"萧华雍侧首看向沈羲和。

沈羲和沉吟了片刻："太后屋内摆放之物可有不同？"

"摆放之物？"天圆斟酌着言辞，"每日都不同。"

太后和嫔妃的寝殿之中每日都会摆放一些花草，这些东西都是每日一换，换些什么也没有规律，全由内侍分配过来，或是主子当日有特别吩咐，下令备下。

"十二日到十五日，是何物？"沈羲和详细地问。

她到了这边也多少有些了解，大概是看到她快和太子大婚了，行宫的内侍对她是与公主同等的态度，每日都会有小内侍捧着一些花来供她挑选，装点屋子。

这是个好活计，基本拿了花草的各宫主子都会给赏钱，两相欢喜。

天圆翻了翻记录的册子："回郡主，白日里是牡丹，夜间是月季。"

上了年纪的人都喜欢大朵大朵华贵的花，太后最爱牡丹和芍药。

"月季，只有那三日是月季？"沈羲和又问。

天圆翻了一遍，颔首："只有这几日是月季。"

"月季有何不妥？"萧华雍问。他也养过月季，月季并无毒。

"殿下有所不知，月季养在院子里无事，"沈羲和对萧华雍说道，"可若是夜间门窗紧闭，或是窗户留得不够通风，月季的花香散开，则会令人难以安眠。"

知晓这一点的人并不多，因为贵妇人便是将月季放在屋内也会打开窗户，可太后年纪大，夜间休息在微凉的行宫里，就只会留一条缝隙，如此一来月季之香就散不去了。

萧华雍目光微冷："去查，我倒要看看多少人手脚不干净！"

幕后之人要促成这件事情，绝非一两个人被收买，首先是送花的人，其次是安排花的人，最后是留窗之人，也许还有更多。

"殿下，这里是行宫。"沈羲和提醒。

行宫不是皇宫，行宫是偶然居住，他们来也只带了一两个贴身服侍的人，不可能把里里外外的人都带来，被人钻了空子实属寻常，用不着生气。

"你早些回去歇息，有了消息我会告知你。"萧华雍将沈羲和送回了她自己的院子。

沈羲和并不乐观。余桑宁小心谨慎，审时度势，在叶晚棠的生辰宴上，察觉沈羲和不好招惹之后，就再也不敢对她动心思了。余桑宁这次冒险，必然是经过了细致安排，时隔这么久，只怕早就没有证据了。

果然，萧华雍第二次带来的消息与她所料相同："她胆子不小。"

"也未必是她。"沈羲和道。

哪怕余桑宁是最有嫌疑之人，他们也没有证据。

"想做皇子妃？"萧华雍嗤笑了一声，"我已经将这事的可疑之处都告知了太后。"

没有证据无妨，萧华雍说的话，足够太后深信不疑，余桑宁千算万算没有算到萧华雍的话对太后而言有多重的分量。

果然，接下来太后再也没有召见余桑宁姐妹，也极少召见其他贵女。余桑宁估摸着是有些着急了，没两日行宫里就到处都在传，太后有意将余家女郎婚配给皇子，余家要出个皇子妃了。

沈羲和不知余桑宁是如何做到的，总之越来越多的人恭贺平遥侯。

"郡主，这……这是余二娘子所为？"碧玉觉得这般做，对余二娘子似乎并没有好处。

"是她所为，"沈羲和笃定地说，"而且绝不是用的平遥侯府的势力，便是太后和陛下彻查此事，也查不到她甚至余府上。平遥侯手握两府兵马，地位举足轻重，这事传得如此沸沸扬扬，又非余府所为，陛下只怕不得不让余家出个皇子妃。"

余府俨然成了受害者，陛下要安抚他们，要给平遥侯颜面，要平遥侯日后继续效忠，这个皇子妃无论如何都不可能少得了。

"那也轮不到她。"太后都厌恶她了，她又是庶女，碧玉想了想面色微白，"她……"

沈羲和欣慰地笑了笑，不枉费教导一番，碧玉已经明白了这些弯弯绕绕："现在人选不是她无妨，只要等到尘埃落定，余桑梓出个什么事，不得不由她顶替，她不但不会招余府人恨，还能成为余府的功臣，日后就能得到娘家人的支持。"

"只怕不易。"珍珠更深思熟虑，"她和皇家结亲，皇家不是寻常人家。"

寻常人家还可以来一招新娘替嫁，双方进了洞房，只能捏着鼻子认了，姑娘家的清白没了。

皇家若是敢换新娘子，一个欺君之罪是跑不了的。

"事在人为，我信她一定能成。"沈羲和莫名其妙地对余桑宁在这方面的能力极其有信心。

余桑宁不过一个庶女，太后不可能给她做脸面为她赐婚，把她嫁给旁人。而太后厌恶她，只是她因为信任萧华雍，不可能就这样去暗示平遥侯老夫人，让余家将余桑宁早些发嫁出去。

便是皇家也要讲究证据，否则无凭无据，余桑宁闹一个以死明志，到时候就是皇家对余家理亏。理亏并不是什么大事，关键就在于平遥侯是陛下的得力之人。

太后不好发作，否则就是让旁人看着太后与陛下不睦，这个关口会让多疑的陛下想太多——是不是太后在为太子铺路等——本来一件小事就会闹大。

故而余桑宁现在是安全的，还有筹谋和周旋的时间。

余桑宁这边不过一个小插曲，就连知晓真相的沈羲和与萧华雍都没有把余桑宁放在眼里，因为她无论图谋的是什么，都不可能是东宫。而她要算计旁人，与萧华雍无关，只要她不动心思到太后身上，他便不与其计较。

不过余桑宁这一招赶鸭子上架用得很妙，余家女郎要成为皇子妃的事情被传得有鼻子有眼，祐宁帝派人去查，查到了主谋——这不仅不是余府的手笔，还是余府的政敌所为。这明显就是要陷害平遥侯府，祐宁帝为了杀鸡儆猴，直接将人一撸到底。

"郡主，我们在这里等什么？"

沈羲和一早就出了行宫，等在行宫外的小镇茶肆里。

"沐家被革职驱逐，这里是必经之路。"沈羲和坐在临窗的位置看着下方，"这位沐家小郎君被人耍得团团转，还害得父亲丢了官，指使他之人少不得要来安抚一番。"

因为两府是政敌，哪怕沐小郎君现在将余桑宁攀咬出来，也无人相信他的话，大家只会觉着这是泼脏水。可余桑宁要把人给迷住，少不得要些甜头，未必没有什么证据落在旁人的手中。

"郡主就为这事出来？"紫玉有些怪异地看了沈羲和一眼。

沈羲和端起茶杯浅饮了一口茶："左右无事，我是想知晓这位余女郎到底有几分本事。"

"她能迷住父亲的政敌之子，又让人做了她的利刃，这人还不舍得诋毁她，已经是手段了得。"步疏林问道，"她还能有什么本事？"

其实并不是沈羲和想来，是步疏林听了沈羲和的话，对余桑宁好奇，拉着沈羲和来的。

沈羲和也没有在周边的城镇走过，今日又不热，权当是活动筋骨，就随着步疏林来了。

"她做到这些不过有三分本事。"余桑宁的手段，沈羲和还不放在眼里，"她若记得来安抚沐小郎君，并且将沐小郎君给安抚住了，那就是有五分本事；她若没有亲自来，还能安抚住沐小郎君，就是有八分本事。"

"如何是十分？"步疏林啃着馍问。

"她若能够不亲自来，还能够让沐小郎君自尽而亡，那就是有十分本事。"沈羲和轻声说道。

步疏林张着嘴巴僵了僵，眨了眨眼睛："这沐小郎君是脑子不好使，才会自尽吧？"

"拭目以待。"沈羲和意味深长地笑了笑。

很快沐家父子就面色惨白、双目空洞地牵着马匹走了过来。沈羲和派人跟了上去，这里距离京都恰好一日的行程，他们必然是要在这里落脚的。

沈羲和也在沐家父子落脚的客栈里要了一间房。一整日都风平浪静，步疏林都等不下去了，终于有了动静。她翻到沈羲和的屋子里，对着沈羲和勾了勾手指。

原来是有人来寻沐小郎君，但出乎意料的是来人不是余桑宁，而是顾青姝。步疏林有些困惑，还揉了揉眼睛，确定自己没有看错，对沈羲和投以探寻的目光。

沈羲和却面色如常，两个人悄悄说了几句话，沐小郎君就跟着顾青姝离开了。

"我们要跟上吗？"步疏林觉得自己的脑子不够使，怎么来的是溧阳县主？这事怎么又扯上了溧阳县主？难道还有信王在背后捣鬼？

顾青姝是已故信王妃的庶妹，又是萧长卿救下来的，现在外人只要一看到顾青姝，就把她视作和萧长卿一伙的，一定程度上她的某些行为会被猜想到萧长卿身上。

"有一出好戏，你适合去看看。"沈羲和没有这个心思，因为已经猜到了结局。

"为何是我适合？"步疏林指着自己问。

"你笨，需要长脑。"沈羲和冲着她虚假地笑了笑，就关上了房门，脱了鞋袜重新躺回了床榻上。

被关在门外的步疏林面色不是很好看，气呼呼地转身往房间走去。她不需要长脑！她很聪明！

但是还没有迈入屋子，她又十分好奇，因为这件事情她没怎么猜透。一想到沈羲和的嘲笑样子，她又赌气地迈入屋内，想要关上房门又犹豫，挣扎了半晌，还是关上房门跑出去了。

她轻身功夫极好，很快就追上了顾青姝和沐小郎君。顾青姝将人带到了一个山林的入口处，不知与沐小郎君说了什么，自己转身离开了。

沐小郎君头也不回地往山里走去，步疏林犹豫了片刻，就跟上了沐小郎君。

人并没有深入，步疏林追上去，就看到了两个人，一个是沐小郎君，一个是早已等候的余桑宁！

"二郎，对不住，我不知事情会变成这般。"余桑宁哭得梨花带雨，"都是我不好，若非我对你有倾慕之心，两府又素有旧怨，知晓阿爹想要长姐成为皇子妃，我想着为阿爹分忧，他能看在我们让他达成所愿的情分上，待你阿爹来求亲，他便不会拒绝……"

沐小郎君有些不知所措地站着，又有些目光复杂地看着余桑宁。

他不是绝顶聪明之人，却也不是蠢笨之人，事情到了这一步，也猜疑了自己是否被余桑宁利用。他以为余桑宁不会再来见自己，没有想到她竟然来了。

他看见她哭得这么伤心，心就软了："你别哭，这事与你无关，是我自己不慎。"

他本来并没有让谣言传得这么猛烈，很显然这其中有人推波助澜，他是被人利用了，只是从未觉得这个推波助澜的人是余桑宁罢了。

"怎能与我无关？"余桑宁满脸深深地懊恼和自责，"你我本就天意弄人，原不该强求，是我……若我早些断了念想，不痴人做梦，怎会连累你至此？事到如今，沐伯父断不会允我嫁与你。"

沐小郎君目光黯然，知她是来与自己诀别的。墙倒众人推，树倒猢狲散，这一日来，那些曾经相交的世交对他们避之如蛇蝎，足够他领略到世态炎凉。

"我……我知晓，你日后……"

"二郎！"不等沐小郎君说完，余桑宁就冲入了他的怀里，紧紧抱着他，"我心悦你，不能没有你。我不愿离开你，可……我现在是罪人，便是做牛做马也不能被饶恕。二郎，我一想到日后要与你天各一方，就心如刀绞，二郎你说我该怎么办？"

步疏林远远地看着这一幕，这些"情真意切"的话随风灌入了她的耳里，令她目瞪口呆。

若非早就从沈羲和那里知晓余桑宁的真面目，只是听到余桑宁肝肠寸断、情深义重的哭诉和悲怆声，她都要信余桑宁的真心实意了。

沐小郎君被她这么一撞，后退了半步，双手扶住她的肩膀，他的心也被她狠狠一撞。原来到这个时候，她也没有想过要离开自己，月色下清俊的少年郎眼眶泛红，面色动容。

"阿宁，回去等我，等我考取功名，我会来迎娶你！"这一刻，沐小郎君下定了决心，要自此奋发图强。

余桑宁却哭着摇头，哽咽了许久才说道："我等不了。我马上就要及笄，你现在只是秀才，要三年后才能考举人，便是接着春闱顺利，也要四年后才能有功名。我能为你拖一年、两年，但真的能拖三年吗？三年后，我阿爹又愿意将我许配给你吗？"

方才还豪情万丈的沐小郎君下一刻就泄了气，突然就茫然和无力起来。

察觉他的变化，余桑宁眼里冷冷的嘲弄的光一闪而逝，她偏头靠在沐小郎君的胸膛上，目光冷漠，声音依然温柔而又沉痛："二郎，我不想与你分开，我们都是罪人，是我们害得沐伯父丢官，我们还有什么颜面活在这世上？我们一起赎罪好不好？"

"赎罪？"沐小郎君有些没有反应过来。

余桑宁从怀里取出一个药瓶，倒出了两枚一模一样的药丸："我们一起，永远不分离。"

沐小郎君愣愣地看着她，甚至害怕地后退了一步。余桑宁状似失望地笑了笑，月色苍凉，映照着她悲戚的容颜，她看起来那么落寞又哀伤。一行泪水滑过她的脸庞，她毫不犹豫地拿起一粒药丸，瞬间扔到嘴里吞了下去。

"阿宁——"沐小郎君扑上来抱住倒下去的余桑宁，看着她苍白的容颜，震撼、惊愕、惶恐交织出了一丝难以言喻的感动情绪。

余桑宁低着头看着手里剩下的另一粒药丸："是我……是我想差了……你还有阿爹，还有兄长，还有很多人使你牵绊，而我……而我不过是余家多余之人，没有了你……再无人疼惜我……我活着还有什么可求？"

319

这些话，一字一句犹如刀刃插入沐小郎君的心口，让他痛恨自己的怯弱，愧疚自己的犹豫。他甚至比不上一个女郎，她为了自己可以殉情，她的全部只有自己。

　　他是罪人，是害得父亲丢官的罪人，便是随父亲回去，也无颜面对兄嫂，日后还要在兄嫂手中讨生活，要被族人苛责埋怨。阿爹还有兄长，可他怀里的人只有他。

　　父亲愤恨、失望的目光，族人怨恨、谴责的面容，阿兄冷漠与阿嫂刻薄的样子，这些他想象的画面交织在他的脑海里，他瞬间失去了生的斗志，抓住余桑宁的手腕，一低头就将毒药送入了口中。

　　步疏林看得差一点儿就要奔出去制止沐小郎君，但停住了，因为她感觉到树林里还有其他人的气息。这个人功夫极高，且藏了许久，很可能是余桑宁雇来的杀手。

　　这个时候她若是出去制止沐小郎君，说不定余桑宁要一不做二不休，把她也给……

　　一个轻易就被女人哄得团团转，连命都不要的人，哪里值得她去冒险相救？

　　只是余桑宁的手腕当真让步疏林心惊胆战。她亲眼看到没过多久沐小郎君和余桑宁便一起倒下，大概过了半炷香的时间，余桑宁又爬了起来。

　　步疏林猜得没有错，一抹黑影远远地以守护者的姿态跟着余桑宁，那人的身形和步伐都显示她预判得没有错，那是个功夫了得之人。

　　等人走了，她才靠近沐小郎君，人已经没了气息。凉风吹来，步疏林背脊发寒。

　　她回到客栈里，压根儿睡不着，翻来覆去，直到听到沈羲和起身的动静，才迅速跑过来。

　　"莫要打扰我洗漱。"她张口欲言，被沈羲和先一步给制止了。

　　沈羲和去洗漱，步疏林也跟着洗漱了一番。沈羲和接着梳妆，她要说什么，沈羲和睄了她一眼，她又乖乖地闭上了嘴。

　　等到沈羲和将一切准备完毕，点了朝食，在包间里坐下准备用膳时，她终于忍无可忍："你不知我昨晚经历了什么——这世间竟然有这样心狠毒辣的女郎！"

第十二章　乾坤在握帝王局

"我知。"沈羲和喝了一口肉羹，语气淡淡地说道。

"你不知！"步疏林急需寻人宣泄，她的好奇心得到满足了，可宛如见了鬼一般心里发毛。

沈羲和瞥了她一眼，又吃了一块酥饼："沐小郎君死了。"

步疏林怔了怔，讷讷地说道："你……你怎知？"

"我昨日便对你说过，她若有十分本事，就是让沐小郎君自尽。"沈羲和面色淡然，"沐家刚刚经历大变，若沐小郎君被人所杀，沐家就会立刻状告，这件事情不会轻易善了，陛下定然要深查，那么先前沐家散布余家的谣言之事也就有待商榷。

"余桑宁费了这么多心思，怎么会让最后一步留下后患？

"无论是为了长远计，还是为了目前安全，沐小郎君必须死，心甘情愿地死。他一死，就是坐实了他坑害余家连累自家、无颜苟活于世的事实。

"这样余家才能成为彻头彻尾、再无可能生出任何波澜的受害者。

"陛下要重用平遥侯，在余桑梓德行上佳的情况下，保全平遥侯府的颜面，顺水推舟，让余桑梓成为皇子妃，就是顺理成章之事。"

步疏林咽了咽口水，看着云淡风轻、姿态优雅、小口小口地用着朝食的沈羲和，心里发慌。

像余桑宁这样的人就很可怕了，此刻步疏林才知道还有比余桑宁更可怕的女郎，那就是轻易就能看穿余桑宁，并且推断出余桑宁的所作所为的人！

"那……那你可知，余二娘子是如何让沐小郎君自尽的？"步疏林连忙端起肉羹大吸一口，让胃里的暖饱感来安抚自己的惊慌情绪。

沈羲和微微抬起眼帘，已经看到步疏林的不安样子。她吃了点儿东西，犹豫了片刻："我是该让你不畏惧呢，还是该让你觉得有我在，余二娘子不过尔尔呢？"

"啊？"步疏林没有反应过来。

"让你不畏惧我，我便说不知，由你来告诉我。"沈羲和解释，"让你觉得我是你的倚仗，有我在，任何人都不能算计你，我便告知你实话。"

本来很慌的步疏林立刻就镇定下来："对啊，我怕什么？你是我的人！"

"嗯？"沈羲和扬了扬眉。

"喀喀，我是你的人。"步疏林立时改口，还谄媚地笑了笑，"我们是自己人。"

沈羲和也不挑剔她，而是放下碗筷："余桑宁想要让沐小郎君心甘情愿地死，只有一个办法……"在步疏林期待又忐忑的目光下，沈羲和笑容深刻了些许，用唇形无声地吐出了一句话，"孔雀东南飞。"

步疏林被吓得站起身。她不是害怕沈羲和，而是被沈羲和的洞悉人性惊得魂不附体。

她若不是亲眼看到了事情全部，都想不到余桑宁竟然还有这样的法子，让一个人死得毫无痕迹，哪怕是官府发现尸首去查，也只能查出一个自尽的结果。

可沈羲和都没有看到画面，就能猜到余桑宁的法子，怎能不让步疏林心惊？

沈羲和莞尔一笑，重新端碗举箸，慢条斯理地进食。

步疏林好一会儿才平复了情绪，乖巧地坐在沈羲和的对面，安静如鸡，轻轻啄食，看得一旁的珍珠和碧玉都忍不住莞尔。

"余二娘子身边跟着一个身手了得之人。"步疏林不得不提醒沈羲和。

余二娘子一心想要荣华富贵，现在想做皇子妃，谁知道她日后真成了皇子妃，会不会生出更大的野心？那她岂不是就要与沈羲和为敌？

尽管步疏林觉得余桑宁可能是女郎堆里最心狠手辣和多智近妖的女人，但沈羲和早已经不是女郎可以比拟之人，而是儿郎堆里都能傲视群雄的人。

余桑宁是没有办法与沈羲和相提并论，但步疏林还是担心沈羲和大意。

"那不是她的人。"沈羲和语气淡淡地说道，"那是溧阳县主的人。"

余桑宁的往事，萧华雍已经调查清楚了，沈羲和与萧华雍一道也看了几眼，清楚余桑宁现在没有人可用。

"溧阳县主怎会与她搅和在一起？"步疏林不解，溧阳县主竟然还把自己的人借给余桑宁。

"余桑宁想要接近一个人很容易。"

并不是人人都似她沈羲和一般，轻易能够识破人的伪装。

事实上若非敏锐的嗅觉，她也未必会无缘无故地就去怀疑一个舍身救自己的祖母且尚未及笄的少女，只怕也要被余桑宁的伪善面目所蒙蔽。

"我若没有猜错，她看上了信王。"沈羲和又补充了一句。

"她看上了信王，先接近溧阳县主？"步疏林难以置信。

"踏脚石。"沈羲和完全能够明白余桑宁的心思。

顾青姝也是庶女出身，在顾家便是过得再顺当，也始终矮了顾青栀一头，正如余桑宁上面压着一个余桑梓。她们会有一种惺惺相惜的共鸣感，若是余桑宁再制造一些类似于平遥侯府老夫人和余桑梓的意外，不难让顾青姝对她推心置腹。

余桑宁从顾青姝这里就可以多了解到萧长卿的事，又能随着顾青姝多见到萧长卿。

"她怎么敢让溧阳县主的人看到她的真面目？！"

她不就露馅儿了？

沈羲和看着步疏林摇着头，故作深沉地叹了一口气："我觉得这么多年你能活下来，除了你会装傻以外，大概是陛下也看出来你真的不聪明。"

步疏林："……"

步疏林以前还敢反驳两句，可经历了方才的事，是一点儿都不敢反驳这话了。

沈羲和忍不住微微一笑："她敢借这个人，在做这种事情的时候来保护她，就说明她同样施恩给了这个人。这个人纵然不会背叛溧阳县主，也不会出卖她，你懂吗？"

步疏林点头，顿时觉得余桑宁这个女人真是可怕至极，忽地说道："要是信王妃还活着，就有好戏看了。"

顾青栀可不是顾青姝，余桑宁落在顾青栀手上，还能有好日子过？

"信王妃若在世，余二娘子的目标就不会是信王。"沈羲和语气淡淡地说道。

一日为妾，终身为妾。

余桑宁心比天高，绝不会让自己一辈子做侧妃，莫说是亲王的侧妃，哪怕是皇帝的贵妃，都不能满足她。

用完朝食，沈羲和没有立刻折返。好不容易出来一趟，今日又没有艳阳，她便随步疏林出门游逛。

也许是靠近京都，这个小镇倒有县城的繁华景象，有些没有见过的吃食与民间技艺，两个人最后逛到了卖花木的街道上，沈羲和竟然看到了琼花。

花朵硕大，被花农保存得极好，应该是昨夜采摘的，这会儿依然鲜丽。

"老翁，琼花如何售卖？"

花农是个看起来五旬的老者，十分干瘦，面容黢黑，看了一眼沈羲和与步疏林，见二人衣着干净，认不出衣服质地，只觉得富贵，宛如看到了救星，干涩的眼瞳里多了一丝光："一……一株一两金。"

"多少？"步疏林难以置信，质问的声音拔高。

花农有些怯弱地低下头，他旁边的另一位年轻的摊主帮忙说道："贵人勿怪，陈叔家中遭难，须得二十两银钱活命，这才采了两株琼花精细打理，指望卖个好价钱，并无坑蒙二位贵人之意。二位贵人若觉得贵，还请当作笑话一场。"

一两金十两银，是一个农户两到三年的收入，遑论是二十两银。

沈羲和看了一眼两个人，又看了看四周，大家看向这位姓陈的花农的眼神多有怜悯，想来众人是都知晓他家中遭遇危难，这才没有嘲笑他，只有维护。

"这花在何处采摘？可还有？"沈羲和问。

花是在开得最好的时候采摘下来的，萧华雍还需要琼花，只是去年她知晓这个消息的时候，琼花花期已经进入尾声，而现在正是琼花花期刚刚开始的季节，沈羲和也派了人去寻，只不过这个品种的并不多。

"有，贵人若是要，老头带你们去，只是这段时日只怕不会开花。"花农哑着声音说道。

"便劳烦老翁带我们去一趟，"沈羲和笑道，"我会付老翁领路钱。"

琼花只能缓解萧华雍的毒，让他尽量少毒发或者毒发的时候好受些。这是随阿喜提供的法子，太子也已经派人开始收集琼花，只是到底把握不住时机，折损了不少。

有一点儿领路钱也比什么都没有好，卖琼花只是他病急乱投医的法子，当作一线生机，老翁心里其实也知道琼花不可能卖得出去，问过的人都走了。

老翁带着沈羲和去的路上，沈羲和问了他可知旁的地方有无这样的琼花，又套问了一些话，如老翁是否很擅长采摘琼花等。

得到了一个满意的结果，又寻到了一小片琼花林，数了数大概有二十株后，沈羲和很满意，让珍珠掏出一两金给老翁："这是定钱，这两株琼花不值得二两金，但你若能将这片琼花的每一株都守到开花，开得最盛之际……"沈羲和举了举手中的两株琼花，"正如这样，将之采摘下来，送到行宫外，我再给你一两金。"

老翁闻言"扑通"一声跪在地上，连连给沈羲和叩首，被珍珠和碧玉搀扶起来，沈羲和又细致地交代了一些话，这才走了。

"你要这么多琼花做甚？"步疏林觉得沈羲和不像是纯粹做好事，否则也用不着令人去守琼花。这可是个苦力活儿，守的人整夜整夜不能睡。

眼下又是农忙之际，白日里农户也不可能再补眠。

"好看。"沈羲和微微一笑。

事关萧华雍体内的毒，沈羲和不便与步疏林细说。

步疏林也明白每个人都有不足为外人道的秘密，没有介怀，而是自然揭过这个话茬："我们回去？"

"不急，还有些事。"沈羲和低头轻嗅琼花。

"嗯？"步疏林先是不解，接着就气哼哼的，"是谁一副不情愿的模样被我拖着来的？现下又有事要办？"

眼波一转，沈羲和瞥了步疏林一眼："临时起意。"

言罢，沈羲和就扔下步疏林先走了，步疏林委屈巴巴地噘嘴。

这人一点儿都不解风情，都不知晓对自己撒个娇、服个软，让她开心开心吗？

埋怨的话都只敢放在心里，步疏林不敢大声说出来，沈羲和走了几步察觉人没有跟上来，转头就看到快快不乐的步疏林。沈羲和似笑非笑地说道："你在心里埋怨我？"

步疏林倏地精神一振，连忙堆起笑容："没有，没有。"

沈羲和轻笑一声，握着手中的琼花，心情极好地回了客栈，吩咐墨玉将琼花送回行宫。

"郡主，溧阳县主与余二娘子傍晚回行宫。"沈羲和午歇之后，珍珠回道。

余桑宁是借着顾青姝的遮掩来了此地，白日里回行宫无法掩人耳目，昨夜至今夜归，一日的时间，再有余桑梓遮掩，无人能够知晓余桑宁来过。

"我们明日启程，今夜之事，你好生安排一番，溧阳县主身边有人护卫，要将人引开。"沈羲和吩咐。

"诺。"珍珠应声退下。

正好进房门的步疏林听到这话，双眼放光，凑上前来："你要收拾余二娘子？"

"怎的？你要代劳？"沈羲和睨着步疏林问。

"好呀，好呀。"她正无聊呢。

"行，你就负责帮我把溧阳县主的护卫引开。"沈羲和说道。

这不是她想要的任务！她想要亲自教训余二娘子，这女郎过于歹毒。

她也不是要伸张正义。若沈羲和不动人，她自然也不动；沈羲和动了，她就凑一凑热闹。

沈羲和亦不是多管闲事之人，余桑宁肯定有什么地方惹恼了沈羲和，沈羲和才会动手。

见步疏林不满意，沈羲和面带微笑地说道："要不都交给你，我坐等你的好消息？"

"不，不，不，我去引开溧阳县主的护卫。"步疏林摇头之后乖乖地应下。

沈羲和不插手，她一个人去做，溧阳县主背后可是萧长卿。信王殿下有些邪门，步疏林可不想招惹，以免给自己招来不必要的麻烦。

沈羲和望了望窗外，依然是个阴天，云絮洁白，应是不会下雨："我们去十里亭赏荷吧。"

这里有个十里亭，是前朝一位豪富所建，河里种满荷花，盛夏荷花绽放的时候，接天莲叶无穷碧，不比西湖逊色。

步疏林最喜欢去外面玩闹，欣然应允。

两个人出游，琼花也被送到了萧华雍手上。

"天圆，呦呦外出也不忘给孤寻琼花。"萧华雍低着头，轻嗅琼花的冷香。

洁白如玉的花映衬着他闭目的脸，他长睫如纱幕，面容似冠玉，映花似画卷，美至不能直视。

"郡主心中自然是惦念殿下的。"天圆拣着萧华雍喜欢的话说。

一旁的随阿喜眼观鼻、鼻观心，不敢吱声。这明明是送到他手上，让他给太子殿下治病的，奈何太子殿下恰好过来寻郡主，得知郡主招呼都不打便和步世子去了镇上，脸色黑得不行。

要不是有人送来了琼花，都不知太子殿下要做什么，随阿喜都不敢提醒太子殿下用花入药，只能冲着天圆挤眼。

天圆倏地转移视线，不予理会。

随阿喜急死了，这是郡主交代的任务啊，他要是不说，郡主回来后他怎么交代？他要是说了，太子殿下只怕现在就要让他交待了……

随阿喜衡量再三，能多苟活片刻就多苟活片刻吧。

于是随阿喜就眼睁睁地看着太子殿下捧着两株琼花走了，一路上满脸笑意，看花不看路，可把路过之人看得一头雾水。

琼花虽然罕见，何至于让尊贵的太子殿下看痴了去？

众人略一打听，才知这竟然是昭宁郡主所赠，再一回想太子殿下那恨不能将眼珠子埋到花里去的模样，人人都觉得牙酸。

太子殿下选了个特意吩咐烧制的平仲叶长颈花瓶将两株琼花插上，放在自己的案桌前，点上了沈羲和重新给他调配的冷香，夏日闻着清凉提神。他又摸了摸手上的五色缕，这才翻开奏折开始处理。

太子殿下这一系列动作，看得天圆都嘴角抽搐。他以为他已经习惯了，却原来只是没有见到更大的世面罢了。他很想提醒殿下，这是郡主寻来给殿下治病的，但张了张嘴还是没胆子。

殿下怕是已经忘了琼花可以让他体内的奇毒得到缓解这一茬，只愿记得这是郡主惦念他，给他寻来的花。

素来只听闻儿郎给女郎送花的，天圆这还是头一次听闻女郎给儿郎送花，偏还是太子殿下自找且欣然接受的，天圆也不知该摆什么表情。

胡思乱想了一个半时辰，眼见着要用夕食了，太子殿下终于将高高一摞陛下分派下来的事情全部处理完了。

"殿下，夕食要用何物？膳食间送来了今日的册子，厨房有……"

"不吃，不吃，快给孤取件衣裳，孤要下山去镇上寻呦呦……"萧华雍打断了唠

326

唠叨叨的天圆，迈着长腿三两步就不见了影儿。

天圆："……"

他只能硬着头皮慌忙追到寝殿，就看到萧华雍已经开始扒拉衣裳，看了半晌好似没一件满意的。要知道这些衣服都是经过太子殿下点头，尚服局才制作出来的。

"殿下，昨儿郡主去时着了月白襦裙。"天圆低声提醒道。

一句话立刻让萧华雍有了选择，他飞速地寻了几套月白的衣裳："可看清花色？"

花色……

天圆低头回道："琼花。"

说来也巧，沈羲和昨日着的月白色襦裙的确绣着琼花，但天圆就没见着郡主一件衣裳穿两日的情况，今日郡主穿的肯定不是那月白色襦裙。但这话他不敢说，太子殿下再挑下去，只怕能挑到天黑。

萧华雍没有琼花纹路的衣裳，只能挑了件没有花纹的月白色圆领袍，然后叮嘱天圆："让尚服局给我做件琼花纹路的月白色衣袍。"

天圆："……"

得了，他明白了，日后他得记住每次见到郡主时郡主穿了什么衣裳，好给殿下备上。

穿戴整齐的萧华雍知会了祐宁帝一声，就带上天圆正大光明地下山去了。

此时夕阳西下，顾青姝已经准备启程。她们的马车出了镇上，驶入宽阔的官道，必须在戌时正以前赶到行宫大门前，今夜才能入内。

沈羲和也跟了上去。她的马车不紧不慢，行了一个时辰到了酉时正。暮色四合，恰好官道上无人往来，越接近行宫的地方，越是安静无人。

这时候沈羲和的马车才加快速度。在一条虽然相隔有一段距离但彼此能看到对方的路上，很快顾青姝的马车的一个轮子突然裂开，马车一阵颠簸，同时路边射来一支无头箭，击中马匹，虽然没有刺伤马，却也令马吃痛，马长嘶一声就飞奔起来。

几个护卫训练有素，有的拍马追马车，有的杀入草丛。

沈羲和的马车加速追上来，珍珠和碧玉都没有蒙面，直接对上了顾青姝的护卫。墨玉拍马飞奔，追上马车，有人要去阻拦墨玉，步疏林纵身而去，引开了这个人。

受惊的马狂奔，在半路上又撞到了路旁的石块，马车少了一个轮子重心不稳，直接朝着山崖那一面翻过去。幸好墨玉及时赶到，飞出了身上的铁钩，越过马车，钩到了车倒向山崖的一边，缠着布条的双手紧紧拉着马车。

墨玉整个人随着马车的重力被拖了好长一段距离，才将倾倒一半的马车给拉住。给沈羲和赶车的车夫停下了马车，也上前帮墨玉。

两个人稳住了马车，却没有将马车拉回来。

沈羲和在紫玉的搀扶下，不理会两方缠斗，不疾不徐地下了马车，缓缓走到路边。

马车一半悬空在路边，下面是深不可测的茂林。马车上只有顾青姝和余桑宁，两个人一人只带了一个丫鬟，在马车失控的时候就主动跳了下来，受了不同程度的伤。

紧紧拽着马车侧面的两个人面色煞白，等到车帘被掀开，看到拎着灯笼照亮的沈羲和的脸，顾青姝连忙求救："郡主救命！"

面色同样紧绷的余桑宁这才有了苍白的模样，即便到了这个时候她的第一反应还是审视沈羲和。

"伸手。"沈羲和语气淡淡地说道。

顾青姝小心翼翼地伸出一只手，紫玉握住她的手腕，一把将她拽了出来，可没有怜香惜玉，只是没有让她跌倒。顾青姝踉跄几步才心有余悸地稳住身子。

马车里只剩下了余桑宁，余桑宁对上沈羲和淡淡地看着自己的目光，心止不住地下沉。

果然，夜风中传来她平淡轻缓却森冷的声音——

"余二娘子，定王妃生辰宴，我给你的警告太温和，以至你不长记性。"

果然如此，心里的不安感得到了证实，余桑宁确定沈羲和是冲着她来的，一颗心提到了嗓子眼处。

她想起了那日沈羲和在众目睽睽之下，让梁丹璞跪碎瓷片，双膝渗血地被送回梁府，梁府的人却不敢吱声，梁昭容也没有为此追责沈羲和。

来了京都一年，余桑宁已经明白，这个皇城之中，仍然有一种人生而尊贵，可恣意妄为，人人都得敬她三分，便是帝王对她也要比旁人多上几分容忍之心。

她就是沈羲和。

沈羲和生在异姓王爵之家，父亲执掌天下三分之一的兵权，她还是王朝储君的未婚妻，想要之物，挥挥手便有无数人争先恐后地捧到她的面前。

"桑宁不知何时冲撞了郡主，还望郡主明示。"余桑宁极力镇定地说道。

她没有从沈羲和身上感受到杀意，但沈羲和行事素来乖张随性，哪怕有顾青姝这个人证，她也不敢笃定沈羲和就不会杀她。

"你并未冲撞我。"沈羲和语气淡淡地说道，"可你太胆大包天，什么人都敢利用地动歪心思。"

余桑宁听了这话脑子飞速转，想知晓沈羲和说的是何人。余桑宁对沈羲和也算有一定的了解，若事情与沈羲和无关，自己便是杀人如麻，沈羲和也未必对自己动手。

能和沈羲和有关之人，沈羲和又说她胆大包天，那只能是……太后。

为了博取太后的好感,她铤而走险使了个隐秘的法子,自以为隐蔽,却还是被沈羲和察觉了。她敢笃定沈羲和没有证据,否则绝不会用这样的法子对付她。但她也清楚,沈羲和没有证据,仍旧认定事情是她所为,此时此刻,她若在沈羲和面前死不承认,只会惹恼沈羲和。

　　但要她承认这事也是绝无可能的。她咬着唇不言不语,只是提防、不安又紧张的目光紧紧锁着沈羲和,不错过沈羲和的丝毫反应。

　　"郡主,杀人是罪。"顾青姝却反应过来,竟然是沈羲和害得她们遭了这一场心惊肉跳的事故,于是沉声说道。

　　沈羲和转眸,目光沉寂,无形的压迫感令顾青姝心头一沉,宛如有什么东西压在心口,令她喘不过气来。

　　这样的眼神,这样看似不犀利、实则令人窒息,看似不傲慢、实则睥睨的眼神,让顾青姝有一种深深的畏惧感。

　　她的阿姐也是这样,不同的是沈羲和更漠然,而顾青柜更多的是寒凉。

　　"杀一人或是杀两人,于我而言未有不同。"沈羲和淡淡地回了顾青姝一句。

　　沈羲和微抬眼眸,目光滑过墨玉,墨玉瞬间松了手。马开始不安地晃动,马车迅速坠落了一截,狠狠撞在车厢闩住的后门上,余桑宁扒着车壁的指甲在木头上划出深深的纹路,一瞬间的恐惧感将她淹没了。

　　车子摇摇欲坠发出的声音,更是像催命一般凌迟着她的心,让她的恐惧感升到了顶点。

　　顾青姝见状,也是忍不住骇然地后退了一步,另一边珍珠和碧玉已经将她的护卫全部撂倒,纵身奔到步疏林面前,三个人联手攻击萧长卿派给顾青姝的影卫。

　　这样的颓势让顾青姝尽管心中不甘与暗恨,却不得不闭上了嘴。

　　"郡主……郡主,不如给我个痛快!"余桑宁是害怕的,怕得眼中已经控制不住地有了水光,可也清楚在沈羲和面前说什么都没有用。沈羲和想要一个人死,是绝不会更改的。

　　不要问她为何知道,一种强烈的直觉告诉她,沈羲和就是这样的人。

　　"松手。"

　　沈羲和的声音还未随风而散,苦苦拽着绳索的护卫也松了手,马车顷刻间滑落悬崖。

　　夜风之中,余桑宁的惊叫声划破夜空,她从马车内飞了出去,以为自己要粉身碎骨时,手上力道一重,有人抓住了她的手,让她免于砸落在荆棘灌木之中。

　　她的心剧烈跳动,仿佛要跳出嗓子眼。就在方才跌落下去的一瞬间,她仿佛体验到了一种魂飞魄散的恐惧感,这感觉令要强到不准自己流泪的余桑宁忍不住放声大哭起来。

墨玉一个用力，借助绳索的力量将余桑宁给拉了上去，扔在了一旁。

身体砸落的疼痛感让余桑宁回过了神。她涕泗横流，却迅速跪到了沈羲和面前，连连叩首："郡主饶命，我……我再也不敢了，再也不敢了……"

沈羲和看了看害怕到了极致而讨饶的余桑宁，又看了一眼一直和步疏林三个人缠斗而没有落下风的影卫。

今儿她就没打算动杀心。

余桑宁手段恶毒，骗人服毒自尽，轮不到她来伸张正义。

杀余桑宁必杀顾青姝，否则事情就会越来越麻烦，顾青姝与沈羲和无冤无仇，沈羲和不可能为掩盖杀人之事就同时灭了顾青姝的口。

"记住今日，若还有下次，你便没有求饶的机会了。"最后警告了一句，沈羲和转身回了马车上。

步疏林等人也不与影卫缠斗了，影卫也不愿恋战，各自寻了各自要保护之人。

马车越过了顾青姝等人，扬长而去。顾青姝看着跌落山崖的马车、倒了一片的护卫以及消失在夜色中的沈羲和等人，眼神阴冷而又不甘。

从未有人如此猖狂，曾经她以为她的长姐就是这世间最目中无人的女郎，今日才知，真正目中无人之人是何等藐视一切。

沈羲和把她们害成这般模样，此地距离行宫还有一个时辰的车程，她们两个身娇肉贵的女郎，若是徒步而归，只怕得走到天亮，狼狈现于人前。

此处群山环绕，让护卫回去告知萧长卿来接她们，也得等上两个时辰，深山野林里，便是有身手了得的影卫相伴，她们也害怕。

等她们回去，便是告诉陛下是沈羲和害她们至此，陛下也不会信她们的话。她们没有证据，且她们与沈羲和素无恩怨，沈羲和在京都众人心中确实不好惹，却从不轻易生事。

沈羲和才刚刚甩开这二人，就在她们看不见的地方停了下来："殿下若再不出来，可莫要怪我点迷香、放毒针。"

话音一落，一抹身影飞来，稳稳地落在马车前，冲着沈羲和笑得宠溺而又温柔。

满身防备的步疏林还以为是哪位殿下——她真的丝毫没有感觉到有人跟踪。亲眼看到太子殿下快如闪电的轻身功夫，自认为轻身功夫绝顶的步疏林也瞪大了眼睛。

说好的太子殿下病歪歪、三步一咳五步一喘呢？

纵使知道这传闻掺了水分，可这水分掺得未免也太重了！

眼前这个面容虽然白皙，但剑眉星目、精神抖擞，目光只要一离了沈羲和就如渊似海、深不可测的皇太子，和她平日里见到的太子，就算是有同一张脸，也让人觉得不是一个人！

"呦呦是何时发现我的？"萧华雍说着，嗅了嗅身上的气息。他今日出门没有香汤沐浴，身上的药味也不浓，且故意站在了没有风的位置，又是何时暴露的？

"月下冷香，我只给过一个人。"若非这个气息，她早就动手了。

月下冷香，是沈羲和以琼花的另外一种品种调配的。琼花又名"月下美人"，故而沈羲和给这个香起名"月下"。月下有个特点，就是用久了香气会持久萦绕，人若是路过，路过之地香气也会经久不散，只是香气浅淡，寻常人不易闻到。

她在对余桑宁下手的路上就闻到了这股香气，萧华雍在那里停留过。估摸着他听到马蹄声避让到了一旁，随后就看到了余桑宁和她的马车先后到来，故而躲在一旁看戏。

"原来呦呦是要我身上全是属于你的气息啊。"萧华雍笑得柔情蜜意。

步疏林：她是不是被忽视了？她活生生一个人，不，不只她，还有珍珠、碧玉和紫玉，在这么多人面前，这位皇太子真是什么话都能说出口。

她曾经以为自己够轻浮了，整个京都在这方面无人敌得过她，现下却觉得她和皇太子比还是差远了。

最令她觉得见鬼的是，素来雅正持礼的沈羲和竟然没有恼怒，似乎萧华雍并没有说什么撩拨人之言。

"殿下是来寻我？"沈羲和虽说的是疑问之话，语气却是陈述句。

"自然。"萧华雍丝毫不放过机会，"除了呦呦，还有谁能令我顾不上吃夕食，顾不得体弱，顾不及深夜寒凉，千里奔波……只为早些见到，以慰相思之苦？"

步疏林背脊一寒、身子一抖，识趣地默默往后挪，从里面打开了马车后面的门，悄无声息地挪了出去。

她觉得再多坐片刻，会控制不住自己，展示出对太子殿下不敬的模样。

沈羲和瞅着他，他就那么大一个人，站在马车旁，目光幽幽地盯着她。

沈羲和被他看得无法，只得下了马车。萧华雍看到沈羲和穿了一袭丁香紫的衣裳，根本不是月白色，完全忘记天圆说的是昨日，转过头笑得有些冷，目光扫过天圆。

天圆心里发苦，自己还不是为了让殿下早些出门？任由殿下那般挑下去，这会儿指不定都还没有出行宫呢。

"阿林，去打些猎物。"沈羲和吩咐步疏林。

头一次因为受不了言语孟浪而躲远的步疏林正寻了棵树，打算跳上去躺一躺，就被沈羲和直接点了名。步疏林有点儿怀疑自己听错了，转过头看着沈羲和，还指了指自己："我？"

"有何不妥？"沈羲和直接问。

不妥？当然不妥，她也是女郎啊。深更半夜，让她一个娇滴滴的女郎跑到深山野林里去打猎，就因为这个男人一句没有用夕食？

这……这是何道理?

可一想到沈羲和的手段,还有自己欠下的那些还不清的债,步疏林只得垂下头去。

见步疏林被沈羲和安排,还是为了自己,萧华雍心里就高兴:"孤爱吃兔肉。"

步疏林咬牙切齿,还是不得不抱拳:"臣领命。"

步疏林去打猎,沈羲和让墨玉跟上,护卫和天圆寻柴火,珍珠和碧玉开始清扫腾地方,紫玉连忙清点做吃食的香料,准备用具。

沈羲和从马车里拿了一盒点心出来:"先垫垫。"

她打开点心匣子,里面是透花糍,这让萧华雍想到去年大概也是这个时候,他扮作郭道译,追着沈羲和到了荒郊野外,用一盒透花糍换了一点儿烤肉。

那时候的沈羲和多么不近人情,漠然得令他都瞠目结舌。

"呦呦随时备着透花糍呢?"萧华雍美滋滋地问道。

沈羲和无情地泼了一盆冷水:"这世间的糕点,我在东宫只怕都吃了个遍。我备下什么于殿下而言不是特意、不是念着殿下,殿下只管说出来。"

"扑哧——"

碧玉真的不想笑出声,知道这样是大不敬,可真的忍不住。就连定力极好的珍珠都嘴角抽搐,十分辛苦,才忍住没有笑出声来。

被心上人的丫鬟给笑话了,萧华雍其实一点儿不在意,大度着呢。于是他选择了立时告状:"呦呦,你的丫鬟嘲笑我!"

碧玉整个人都不好了,太子殿下您身为储君的风度呢?!

心里这么吐槽,碧玉却连忙"扑通"一声跪下:"婢子无状,郡主恕罪。"

沈羲和也知道碧玉并非故意,也绝对没有不敬太子的心:"去给殿下取些水来。"

碧玉如蒙大赦,连忙退下。

萧华雍却不轻不重地轻哼了一声来表示自己的不满,这一声只有离得近的沈羲和听得到。

"我不饿。"透花糍也不吃了,他将匣子放到了一边。

沈羲和静静地看着他,说了四个字:"是我做的。"

萧华雍轻咳了两声,变脸比唱戏的变得还快,又端了起来:"又饿了。"

然后一匣子透花糍,就一块不留地全部被萧华雍给吃了。寻完柴火回来,一样没有吃夕食的天圆就那样眼巴巴地看着,萧华雍眼风都没有给一个,甚至天圆的肚子发出不和谐的叫声,萧华雍也仿佛没听见。

步疏林猎回来的兔子,沈羲和让紫玉烤了,天圆才能够吃到大半。

吃饱喝足,皇太子就开始耍赖,不想动、不愿走。沈羲和知道他就是想和自己在外面共度一宿,哪怕这么多人跟着,他什么便宜也占不到,也要与她共度不一样的一夜。

用他的话说，这是别样的情趣。

沈羲和虽然不懂这种情趣，还是依着他，陪着他看了大半宿的星星。

沈羲和怎么也没有想到，她和萧华雍天光乍现的时候才启程，等他们到了行宫口，竟然遇上了一瘸一拐地相互搀扶又倚着两个丫鬟的顾青姝与余桑宁。

她们俩竟然没有派人回行宫找人接，而是硬生生地走了回来，倒是令沈羲和有些诧异。

沈羲和瞥了她们一眼，马车就直接入内了。回到自己的院子，她简单用了些吃食，洗漱后倒头补眠。顾青姝二人就没有这么幸运了，娇弱的贵女郎，走了三四个时辰的路，脚底全是血泡，喊了太医来一个个挑破和上药。

余桑宁还能咬牙忍着痛，顾青姝的眼泪不断往下落，等到上药的时候，刺痛让她终于忍不住失声痛哭起来。之后余桑宁被余家的人接走了，下了朝会，听闻此事的萧长卿回来，便亲自去探望顾青姝。

"姐夫，昭宁郡主欺人太甚！"委屈、疼痛、疲惫、心有余悸等情绪一涌而上，顾青姝一看到萧长卿就再也忍不住心中的不甘和愤恨情绪。

萧长卿微微皱眉："你不是与余二娘子去镇上的寺庙上香祈福，怎么弄得如此狼狈？这事又与昭宁郡主何干？"

"昭宁郡主也去了镇上，回程之时，不知她与阿宁有什么恩怨，她折损了我的马车，为了威慑阿宁，险些害得我们坠崖……"顾青姝将事情一五一十地全部告知了萧长卿。

到现在她还是不知余桑宁和沈羲和的恩怨，可这是她们之间的龃龉，沈羲和凭什么让自己跟着遭受无妄之灾？

萧长卿看着梨花带雨、委屈不已的顾青姝，由着她哭了好半晌，也没有开口。

他没有安抚，没有撑腰，没有哄她。

顾青姝抬起头看着乌黑眼瞳平静而没有一丝温度和波澜的萧长卿，心口一滞，呼气不畅，一时间竟然哭不出来了。

等顾青姝不哭了，萧长卿才说道："余二娘子心思深沉，与你不是一路之人，我早说让你远着她，可你难得有个交心之人，我便不做干涉。青青去了，我与你到底远了一层，也不好约束于你。

"昭宁郡主胸襟不逊儿郎，绝不会于小事上斤斤计较，余二娘子定是做了什么不可饶恕之事，昭宁郡主才会对其略施薄惩。牵连到你，也定然是你暗中相助了余二娘子，犯下了罪孽而不自知。"

顾青姝氤氲着水雾的杏眼睁大，她不可思议地愣愣地看着萧长卿。

萧长卿竟然维护旁的女郎！

这么多年来，他一向帮亲不帮理，是个极其护短之人，除了阿姐，无人能够改变他的行事作风，可现在他竟然偏帮沈羲和！

话里话外，他对沈羲和多有赞赏和了解，这让顾青姝一时间难以接受和反应不过来："姐夫，她害我至此，你不为我做主吗？"

"做主？"萧长卿轻声嗤笑，"你可知她是何人？"

顾青姝张了张嘴没有说话，咬着唇却不愿服软。

"长陵与阳陵给她使绊子，闹到陛下面前，陛下都押着阳陵给她低头赔礼。"萧长卿语气淡淡地说道，"你是觉得我比陛下更能耐，还是觉得你比公主更尊贵？"

这话直白而又犀利，让顾青姝有些难堪，藏在袍袖里的手不由得捏紧，她低头不语。

萧长卿几不可见地摇了摇头："今日之事，你最好忘了。你莫要去招惹昭宁郡主，否则我也护不住你。"

说完，萧长卿就起身走了。

他对顾青姝只有和顾青柩那一丝血脉牵连，顾青姝若是顾青柩的同母姊妹，他对顾青姝或许会更多几分疼惜与怜爱，可她们只是同父，且眉眼没有多少相似，顾青姝勾不起他的保护欲。

当年他没有救下想救的人，以致痛失所爱，顾青姝是唯一被救下来的人，可她的存活并不能牵绊住顾青柩。他想把顾青姝安排得远远的，远离这纷乱烦扰、危机重重的京都，也就全了这份情谊，替亡妻尽了最后的力。

偏偏天意弄人，她又回到了这里。

能力范围内他会对她回护一二，她若是将此视作自己恣意妄为的倚仗，那就莫怪他无情了。

萧长卿离开了顾青姝居住的院落，就派人去查清楚余桑宁做了什么。

沐小郎君之死已经上报了官府，官府查了之后也已经结案，因为服毒自尽很明显。萧长卿很快就知晓，翻查了案宗，也觉得服毒自尽没有疑点，但总觉得和余桑宁与顾青姝去镇上的时间撞在了一起，有些蹊跷。

他便调来了派给顾青姝的影卫，这才知晓余桑宁做了什么。

"把余二娘子查清楚些。"

沈羲和性子独，绝非侠肝义胆之人，也不是会多管旁人的闲事之人，单凭这件事情，绝不会让沈羲和对余桑宁动手，沈羲和顶多是日后远着余桑宁。

沈羲和不知萧长卿私下的举动，美美地睡了一觉，醒来时萧华雍已经坐在了她的卧房之内。隔着一道屏风，沈羲和能够看到他颀长的身子靠坐在置了案几的长榻上，一手端着茶碗，一手翻阅着书籍。

不知道的人若是看到这一幕，只怕都能误以为他们已然是夫妻！

沈羲和的好心情顿时荡然无存，她起身的动静惊动了珍珠和碧玉，两个人连忙上前服侍。萧华雍听到了动静也没有转过头，而是继续看自己的书，这大概是他最后能够坚持的一丝君子之风。

"殿下，你如此毫无顾忌，不知避嫌，若是事情传扬出去，你可知有什么后果？"沈羲和穿戴好，出来直接责问道。

萧华雍合上书册，抬眼看着她，渊海般的眼眸里流转着笑意："此事只有我与呦呦知，呦呦的人都是守口如瓶之人，断不会有旁人知晓。"

若非如此，他也不敢这样肆无忌惮。他倒不惧有人以此来攻讦他，只是不想有人诋毁她。

"掩耳盗铃。"沈羲和冷声道，"殿下明知如此会为我谴责，因何还要我行我素？"

萧华雍单手撑着脸，歪着头看着沈羲和，笑容多了一丝玩味："自然是为了让呦呦早日适应你我大婚之后的相处之道。"

这人就是这样有恃无恐，知晓她非嫁他不可之后，就越发横行无忌。

偏他每次都恰到好处，让她觉得不妥，却又无法疾言厉色地指责。他还极能言善辩，无理也能辩驳出三分理。

其实萧华雍还蛮喜欢沈羲和明明不悦却又拿他无可奈何的模样，总让他有一种莫名其妙的窃喜感，这份窃喜来自她对他无声的纵容。

故而，他总是一步步试探着她的底线，哪怕明知她可能不悦，却又忍不住如此行事。

"我让膳食间备下了吃食，我陪呦呦一道用膳？"萧华雍适可而止，给沈羲和一个台阶下。

沈羲和也不想和他就此纠缠下去，一言不发地转身就出了屋子，萧华雍笑意盈盈地跟上。

接下来一直风平浪静，沈羲和每日都过得舒心无比，若是萧华雍少气她一两回，那就更圆满了。七月结束之后，行宫迎来了初秋，此地的初秋要比京都寒凉，白日里倒适合外出游乐，夜间却有些冷。

沈羲和依然过着属于她的平静安乐日子，朝堂之中也难得一片和谐景象，不似去年那般恶事连连。

帝王的心情也格外好。秋日猎物肥美，祐宁帝都是早出晚归，带着一众皇子、大臣游猎，若是猎物丰收，就会举行露天夜宴，大臣们围着一堆堆火，烤自己的猎物，中间有歌舞助兴。

到了农忙季节，祐宁帝才歇了两日，做寻常百姓打扮，带着萧华雍和皇子们离了行宫，到最近的村子里体验收割。

本朝一直重农，帝王绝非五谷不分，亲自耕种也是从先祖传下来的美德。

只不过其间有几代帝王丢失了这种美德，先帝就对此嗤之以鼻，到了祐宁帝倒是重新拾了起来。盖因祐宁帝幼年在西北就和太后与谦王一起种地挖矿，这是先帝对他们的惩处。

一连几日见不到萧华雍，刚开始两日沈羲和乐得自在，总算耳边清净，再无人烦扰她。

但两日过后，她竟然开始看书走神，总觉得每一日少了些什么，这大概就是习惯的可怕之处。

他用他的死缠烂打、风雨无阻，让她对他形成了习惯，乍然少了反而觉得缺失了什么东西。

"郡主，谢国公夫人有孕了。"珍珠也察觉沈羲和兴致缺缺，于是努力找些能够引起她的兴趣的事对她言及。

有些懒散地趴在栏杆上、盯着一处出神的沈羲和抬了抬眉："谢国公不是随陛下来此已经两月有余？"

他们六月来的行宫，如今八月，谢戟随驾而来，却没有带家眷，原因是袁氏身子不好。

这些都是沈羲和听到紫玉与珍珠她们闲聊时偶尔得知的。

"国公夫人怀孕三月。"珍珠颔首，"这个喜讯刚传来，现在大伙儿都在恭喜谢国公，谢国公春风满面，已经去寻陛下告假，打算提前回京都。"

谢国公已经年过四旬，只有谢韫怀一个孩子，自己也是独苗，谢氏嫡系单薄。为着子嗣绵延，谢国公年初还纳了妾，现在袁氏怀孕，无论孩子是男是女，他受到谢氏族人的压迫都会少很多。

"把这事传给齐大夫。"沈羲和吩咐。

沈羲和不知道谢韫怀对谢国公府是如何安排的——他要为母亲讨公道，事情好似才做了一半，就替她和萧华雍去寻解药了。这事显然对他不利。

袁氏若一直无子，谢氏为了继承爵位，也要逼迫谢戟低头，将谢韫怀认回来，只有谢韫怀才能承袭爵位。若袁氏生子，又有谢韫怀绝义在前，袁氏的儿子也能继承爵位。

想到这里，沈羲和又叮嘱珍珠："你派人盯着谢国公府……罢了，待齐大夫回信之后再做计较。"

她是不希望因为她和萧华雍的事情耽误了谢韫怀自己的大事，才打算出些力，否则心中会不安。她转念一想，谢韫怀心思细腻，未必没有想到这些从而做出安排，她贸然自以为是地相助，或许反而会暴露，坏了他的安排，故而又改了主意。

就在这时，天圆急匆匆地跑来对沈羲和说道："郡主，殿下失踪了。"

沈羲和霍然站起了身，面色紧绷："你说什么？"

"太子殿下失踪……"天圆担忧地将事情的前因后果告知了沈羲和。

这段时日，祐宁帝时常带着皇子们下山去体验农耕。他没有带护卫，只有暗卫暗中跟着，皇子们自然也不能带护卫，浩浩荡荡地就不是去亲民而是去扰民了。

因着有陛下的暗卫跟着，不论是萧华雍还是萧长卿等人都不可能也带上暗卫，否则就会暴露。这几日都没有事，偏生今日午后，陛下带着几位皇子兴致一来，就去山中狩猎，却遭遇了伏击。

具体情形他们尚不得知，只知道几位皇子都受了伤，对方来历不明，却人多势众，且个个都是好手，最先倒下的就是"手无缚鸡之力"的皇太子。

信王、昭王和三皇子一直保护陛下，陛下的暗卫也及时出现，皇子们都受了重伤。

太子殿下被人掳走，烈王殿下穷追不舍，两个人现在都失去了踪迹。

"陛下动手了。"沈羲和心知不妙。

行宫脚下，怎会突然埋伏了这么大一股势力？就算这些人能够骗过祐宁帝，但能够骗过萧长卿和萧华雍等人？他们二人毫无察觉……

或许萧华雍早有察觉，只是这一仗避无可避，这才顺势而为，只是……

他没有提前告知沈羲和。

面对刺杀行动，他这个"没有武艺傍身"的皇太子自然是越早倒下受到的伤害和刺探越少。

陛下不会真的对萧华雍下杀手，见萧华雍倒下，也不可能这么轻易地就信了，索性让人将萧华雍给掳走，就等着人去救。

沈羲和哪怕知道了前因后果，可能不去救人吗？

她自然是不能的！

祐宁帝的确不会对萧华雍下杀手，可一定会为了确保万无一失，对萧华雍做些手脚，一是为了试探萧华雍，二是为了让萧华雍挣脱不了他的手掌心。

任由萧华雍久留在陛下的手上，绝不是好事。

"地方呢？"沈羲和问。

天圆回道："地方就在行宫之外。"

"你让他带人与我的护卫替换，再奉我之命去寻殿下。"

萧华雍的人不能动，她的人却可以！

祐宁帝的目的就是试探萧华雍，不是试探萧华雍是否真的无权无势，而是试探萧华雍的深浅，祐宁帝已经笃定萧华雍没有他看到的那么简单。

这个时候萧华雍稍有异动，就逃不过祐宁帝的眼，沈羲和则不同。

西北王府有根基是理所当然的事情。西北王府在京都有暗线也是合情合理的，只要不触碰祐宁帝的底线，便是暴露出来也不足为惧。

"郡主，这次若是将人都暴露出来，去寻太子殿下的下落，日后陛下或是旁人要对郡主不利，就更轻而易举了。"珍珠趁着天圆退下去安排人手时，小声提醒沈羲和。

这些都是去年沈云安上京时交给沈羲和的暗棋，是埋在京都很多年的人，从未想过有朝一日，竟然是为了太子殿下而暴露出来。

"事急从权，人可以再养。"沈羲和神色沉着。

"婢子不是要置殿下于险境而不理。"珍珠将自己心里所想说了出来，"太子殿下谋略过人，又早知陛下要对他不利，定不会坐以待毙，应是有应对之策……"

所以，他们并不需要这样不遗余力。她赞同沈羲和将太子的人混入他们西北的护卫当中，由天圆带领着去营救萧华雍，却觉得沈羲和没有必要倾其所有。

"我明白你所想，只是……"沈羲和想到了当日萧华雍递给她的那一本名册，里面全是他的人。这次陛下动得突然，萧华雍到底是早有所觉，还是被陛下杀了个措手不及，沈羲和无法确定："陛下这一次试探的不仅仅是太子殿下。"

陛下也在试探她。她与萧华雍一直出入成双，显然是感情甚笃，此刻萧华雍蒙难，她若是无动于衷或者只是佯装做个样子，反而会让陛下起疑，待到萧华雍脱困，那就说明她一早就笃定萧华雍不会有事，这也算是无形之中暴露了萧华雍的真实实力。

"他应当是早就知晓，这才早早补偿了我。"沈羲和轻笑了一声。

知道这次陛下是要一箭双雕，要看清他们二人的实力，才会放心让他们二人结为连理，她不得不顺着局势将沈家的人暴露出来，他这才赔了一份不会暴露的名单与她。

珍珠没有想这么深远，不论沈羲和所料是否准确，珍珠已经感受到沈羲和要倾尽全力帮助萧华雍的决心，故而不再劝说："郡主，莫远也要派出去吗？"

"嗯。"沈羲和领首，坐下来看着棋盘。封了盘的棋还没有下完，她想知道萧华雍这一局要如何破局。

皇太子被掳，帝王遇伏，都不是小事，这事很快就惊动了行宫所有的护卫，祐宁帝火速调了周边驻扎的军卫赶来，沿着萧华雍被掳走的路线一路追击。

可四周群山绵延起伏，这些人还善于隐藏痕迹，等到大军赶来，根本不知这些人逃离的方向，一寸寸搜山，不啻大海捞针，且萧华雍落在他们的手上，多耽误一日便危险一日。

沈羲和接到消息，黛眉微蹙。

"郡主，不如让短命去寻？"碧玉提议。

太子殿下身上有沈羲和调配的月下冷香，短命去寻人，不出一日就能将人寻到。

太子殿下一个活人，那些人要想将他带走，哪怕知晓那些人都是陛下的人，他不能动武，也能够动智。

"不对。"沈羲和敏锐地嗅到了一丝不同的气息。

"何处不对？"珍珠问。

"烈王呢？"沈羲和问。

"烈王也失踪了……"珍珠回道。

"烈王身手不俗，当年各方势力联合追杀，他都缠斗了几天几夜，数次逃走，且留下了记号，这一次怎会一点儿痕迹都没有留下？"沈羲和又问。

若是烈王与这些人缠斗过，那就会留下打斗的痕迹。这些人能够把痕迹掩盖得滴水不漏，只能说明萧长赢也早早落在了这些人的手上。

萧长赢的武艺在诸位皇子之中，除了沈羲和未见过的景王萧长彦，只怕就只有萧华雍在萧长赢之上，萧长赢哪有这么容易就被人制服的？除非……

"太子殿下暗中对烈王殿下下手？"珍珠听了沈羲和的话，得出了一个不可思议的结论。

"太子殿下怎会对去营救他的烈王殿下下手？"碧玉听得一头雾水。

沈羲和垂眸看着棋盘，黑白子宛如两条巨蟒，黑子被围困了几层，又杀出一条路，反围了白子几层。白子也没有断了路，两相对垒，胜负难料。

"盖因……他早已布好了局，烈王殿下挺身而出，于他而言会坏事，他就要随同这些人失踪。"沈羲和得出这个结论，还有一个佐证，那就是海东青没有出现。

碧玉一提到让短命去寻萧华雍，沈羲和就想到了海东青。海东青可能不能寻人，但一定能够寻萧华雍。若是她没有在行宫见到海东青，可能会觉得海东青鞭长莫及；她在行宫见过海东青，也就意味着海东青在行宫附近。萧华雍想要被寻到是极其简单之事，却没有用海东青。

"太子殿下到底要做什么？"碧玉她们更迷糊了。对上沈羲和与萧华雍，她们真的不能摸透两位主子的心思。

沈羲和沉默着，在想萧华雍为什么要故意落在祐宁帝派来的人手中。沈羲和隐隐觉得这次祐宁帝派来的很可能是神勇军的人，这些人里就绝不可能有萧华雍安排的棋子，萧华雍落在这些人的手上，哪怕笃定祐宁帝不会取他的性命，也极其危险。

比如祐宁帝给他再下个毒，或者伤他一条胳膊、一条腿。古往今来，皇太子可体弱，可早夭，却不能身残。

他为什么要走这一步棋？总不能是借此摸清神勇军，萧华雍不会如此天真。哪怕陛下真的派了神勇军的人，那些人也最多是一小队，百十来人，陛下也不可能让人将萧华雍绑到神勇军的藏匿之处。

他不是趁机获利图谋，那就是只为破局。

他不被寻到，如何有利于破局？

若是她面对这样的局势，该怎么来破局？

沈羲和沉思着，双眸一直盯着棋盘。

棋盘上是龙争虎斗的局势，你围一圈，我围更大的一圈，沈羲和目光一闪，霍然站起身："珍珠，加紧防范，吩咐留下的护卫，夜间要万分警醒。"

珍珠不明白为何沈羲和突然如此吩咐，察觉到沈羲和的面色有些凝重，连忙低声应下："诺。"

目光随着珍珠的身影移到屋外，融入苍白的日光中，沈羲和走神了片刻，旋即忍不住笑了，黑曜石般的眼瞳里是深深的赞赏之色。

她整个人到此刻才放松了下来，吩咐紫玉去自己院子里的小厨房做些可口的菜肴享用。

与优哉游哉的沈羲和截然相反，萧华雍此刻被困在深山中的一个深邃的山洞里，和萧长赢被背靠背地捆绑在一起。昏睡的萧长赢渐渐苏醒过来，察觉两个人被捆得结实。

"别动。"因为萧长赢挣扎，萧华雍感觉不舒服，冷声提醒。

萧长赢往后看了看，也看不到萧华雍，面色却十分难看："你到底要做什么？"

萧长赢这会儿很气。他其实已经救了萧华雍，未必能够带着萧华雍杀出重围，至少能够逃出一段，若能再将人引开，萧华雍或能自救。他万万没有想到，萧华雍竟然绊了他。两个人顺着灌木丛滚下去，他刚要站起来，还不知方才萧华雍是有意为之，萧华雍竟然在他身上点了一下。

一根细针扎入体内，让他气力消散，造成了他好似摔下来，磕在石头上昏迷过去的假象。

昏迷之前，萧长赢还以为这些人是萧华雍的人，萧华雍或许在自导自演什么，自己傻乎乎地救人，反而是给萧华雍添乱，才会落到这个下场。现在醒过来是这副模样，萧长赢不认为这些训练有素的人是萧华雍的人。

"与你何干？"萧华雍深知萧长赢为何要救他。对这个就是来添乱的弟弟，萧华雍没有一丝感激之心，有的只有萧长赢窥觎自己的心上人的怒火。

洞内无人，两个人的耳力也能感受到洞口很深，有人把守在洞口外，和他们有些距离，他们刻意压低了声音说话，声音并不会传出去。

萧长赢没有了顾忌："你有没有告诉她，这都是你一手造成的？"

沈羲和若是知道萧华雍失踪，定然会十分焦急。

"与你无关！"萧华雍语气隐含警告地说道。

"你没有告知她。你向来心思深沉，她又不是个善于做戏之人，你告知了她，她便不会显露出焦虑之色，达不到你做戏的成效。"萧长赢咬牙切齿，一想到萧华雍为了自己的私心，害得她心神不宁，就忍不住扭动着身子，大有要和萧华雍动手的架势。

萧华雍由着他挣扎，忽地笑道："你气什么？气我隐瞒她，还是气她在意我？"

一句话正中要害，萧长赢不动了，脸色变得铁青。

沈羲和若不在意萧华雍，又岂会担忧，岂会慌忙寻人？若只是他失踪不见，沈羲和定然无动于衷，但萧华雍不见了，她应当不会无关痛痒。

心情好了些的萧华雍以胜利者的姿态微微仰起下颌："收起你那些不该有的心思，莫要惹恼孤，否则你与你阿兄都不会有好下场。"

看在他愿意来救自己，哪怕是心思不纯，只为沈羲和的缘故，萧华雍不领情，也给他一些告诫，换了旁人萧华雍哪里会白费口舌，只会直接动手。

"太子殿下不是一向运筹帷幄、决胜千里、胜券在握？"萧长赢也冷静了下来，反讽道，"怎的？也惧有人倾慕于她？"

萧华雍耸动双肩，后背用力，甩了甩背上的萧长赢："孤是硌硬！"

这世间有哪个男子能够容忍旁的男子觊觎自己的女人？

"呵。"萧长赢冷笑了一声，"太子殿下若只有这点儿心胸，只怕这辈子都难顺心。臣弟不知能倾心她多久，但臣弟知，似她这样的女郎，哪怕她嫁与太子，日后贵为国母，只怕倾心她之人也会层出不穷，不过是深藏在心里罢了。遑论……太子殿下你还……"

后面一句话意味深长，暗示他还短命的语气十分明显，萧华雍目光一冷。

他就知道这些人都等着他有个三长两短，好娶嫂子！

他们想都不用想，他绝不会让自己挺不过去。萧长赢这等狼子野心之人，就该早些让他成婚！

萧华雍心里想着，等此间事了，就赶紧催太后给萧长赢定下正妃，让萧长赢日后安分守己，便懒得与萧长赢唇舌相讥。

萧华雍不出声了，萧长赢却不觉得他这一场嘴仗赢了，直觉就是萧华雍在暗地里盘算什么阴险法子对付自己。他正要开口，察觉有人入内才不情不愿地闭上了嘴。

此时，进来两个身材魁梧、一看就是练家子的人。他们都用黑布套着头，只露出两只眼睛，一个人瓮声瓮气地问："喝水？"

萧华雍面无表情地直视前方，对他们视若无睹。

萧长赢也是不予理会。

两个人对视一眼，就又走了。

等他们走远了，萧长赢才问："这些是什么人？"

他有些迷惑了，这些人将他们掳来，不，应该说是将萧华雍掳来，萧华雍不但心甘情愿，他们还对萧华雍甚是关怀，完全不像对待阶下囚，萧长赢在这些人身上甚至感受不到恶意。

"陛下的人。"萧华雍如实告知。

萧长赢倏地身子一僵,原是没有反应过来,此刻如何能够想不到?若当真如萧华雍所言,这些人就是陛下派来故意绑走萧华雍的,难怪离了陛下的视线,萧华雍依然装傻充愣,将自己伪装得严严实实的,丝毫不露出会武的痕迹。

先前萧长赢还想是萧华雍谨慎,此刻才知萧华雍是早就了然于心。

这样一来,自己真是猪油蒙了心,卷入到了陛下与太子之间的较量之中。

看着萧华雍被掳走的那一瞬间,他竟然不是祈祷萧华雍有个三长两短,最好是没有法子被救回来,自己或许还能有机会乘虚而入,而是第一时间追了上去,就怕她知道萧华雍出了事,会陷入极其尴尬却又无能为力的局面。

沈羲和与萧华雍已经被下旨赐婚,这种情况下,未成婚萧华雍就遭遇不测与婚后萧华雍丧命是两回事,前者说不好听会言她命里带凶,将萧华雍克死了。

陛下又会如何对沈羲和?是让她嫁给萧华雍守丧之后再改嫁,还是这场婚事就此作罢?无论如何,沈羲和再嫁也得三年之后。哪怕不守孝,她也不能未婚夫刚死,转头就嫁给未婚夫婿的兄弟。

曾经被指婚给皇太子的沈羲和,除了他们兄弟,没有人敢娶。这三年,沈羲和就会如同质子一般被扣在京都,甚至她的一些自由也会受到限制。

三年的时间,风云变幻,谁也不知道陛下何时会对沈家发难,这一场对决的结局又是如何?萧长赢当时想到的只是不让她为难,不让她受到丝毫牵连。

她像翱翔九天的凤凰,应该是自由的,是为人敬仰的,是俯瞰天下的。

"陛下对你下手,你为隐藏实力,就如此与陛下耗下去?"在萧长赢心中,萧华雍诡计多端又傲气不已,绝不会就这样任人鱼肉。

萧华雍微微一笑,没有回答萧长赢的话,凝视着石壁的双瞳沉寂幽深。

"你说话啊!"萧长赢催促。

萧华雍不再理会他,最后被萧长赢叨唠得烦了,不耐烦地说道:"闭嘴,否则孤让你走不出此地。"

萧长赢顿时咬牙静默。萧华雍不是在威胁他,他们是被陛下的人所绑,若他有个三长两短,陛下还怨不得萧华雍,阿兄只怕猜得到这是陛下派来的人,会更恨陛下,恐怕要行大逆不道之举。

萧华雍也想到了这一点:"倒是可以让你阿兄倾尽全力替孤开一次路。"

萧长赢若是在这次事件之中有个万一,萧长卿一定能疯掉。这世间能够让萧长卿牵挂之人本就不多,一个两个都死于帝王之手,萧长卿只怕再没有耐心慢慢筹谋。

萧长赢冷哼一声,说道:"太子殿下也莫要落入我的手中。"

太子能借这事暗杀他,他难道不行?

"若此刻是你阿兄在,他定不会说出这等无知之言。"萧华雍讥讽道。

太子死了可与亲王死了是两回事。太子死了，是国事，陛下要给天下一个交代。萧长赢莫说不能不着痕迹地对萧华雍不利，一旦被查出蛛丝马迹，必然要成为陛下的顶罪人，只说便是能做得干净利落，事情闹大了，陛下未必不会把萧长赢变成替罪羊。

萧华雍闭上眼眸，懒洋洋地说道："好生养精蓄锐，你我少则要被关押三五日。"

沈羲和担心祐宁帝给他下毒，他也担心，故而这些人送来的吃食与水，他都未沾，不吃不喝三五日还死不了。

这一局是陛下挑起的，但谁说结束，就由不得陛下了。

沈羲和没有派短命去寻找萧华雍，同样知晓短命厉害的天圆也好似忘了这一茬。他还是带着沈羲和指派给他的人兢兢业业地搜寻着太子殿下的下落。萧长卿也在派人寻找萧长赢。

正如萧长赢所料，萧长卿已经猜到了是何人对萧华雍不利。既然是陛下出手，那么萧长赢定然没有性命之忧，可萧长卿也不能堂而皇之地表现出他看透了帝王的手段，只得装作不知，到处寻人，哪怕是用心去寻了，也没有将人给寻到。

萧长卿不知短命和海东青的存在，不知萧华雍若想被寻到是多么易如反掌，故而也就不知萧华雍是故意带着萧长赢落入了陛下的圈套。这天夜里，一群人杀上行宫的时候，行宫守卫最是薄弱。

大部分人被派出去搜寻皇太子和烈王殿下的下落了，没有人会想到竟然有这么多凶徒杀到行宫，哪怕是祐宁帝都没有想到。

沈羲和从睡梦之中惊醒，听到外面的厮杀声，悬着的心才落下，果然一切正如她所料。

祐宁帝绑走了萧华雍，是要逼萧华雍亮出底牌自救，萧华雍一直不亮出底牌，祐宁帝就一直困着他。或许现在多了个萧长赢，计划会略有变化，但大致对待萧华雍的方式不会变。

失踪的是太子，又不是皇帝，国家大事有人做主，百官再紧张，也不会群龙无首。

祐宁帝是打定主意要来一场持久战，就算萧华雍忍得住，祐宁帝定然还有后招，比如对沈羲和出手，逼得萧华雍不得不反抗。

这段时日，萧华雍对沈羲和如何，人人都看在眼里。萧华雍从不会后悔将对她的情宣告天下、人人皆知，因为他有护得住她的自信。

故而这一场和陛下的博弈，萧华雍从未想过要和陛下僵持下去，任由战火蔓延到沈羲和身上。

然则，萧华雍要动就必然逃不过陛下的眼睛。很早以前萧华雍就在想，陛下会如何对自己下手，自己要如何应对才是最佳的法子。

既然反抗不行，营救也不行，那他就顺着陛下的心意，自己派人来刺杀自己可成？但是只刺杀他还不行，也得让陛下感同身受才是。

杀上行宫的人不是他的，应该说不全是他的，而是先帝最宠爱的贵妃之子、差一点儿就登基为帝、陛下同父异母的亲兄弟、先帝钦封的嘉辰太子的。

当日祐宁帝于城楼前杀兄，又制造了一场刺杀行动来掩盖此事，嘉辰太子就知道，祐宁帝这是一箭双雕。原本嘉辰太子投降就是为了自保，谦王母子绝不能对他动杀念，文武百官都看着，他大不了交上所有权势，日后做个富贵闲人。

可祐宁帝想要把杀谦王和谦王妻儿这样的罪名往他身上扣，他如何能够不逃跑？

在想要做两手准备的宦官以及听闻谦王被杀、心中怀疑的汝阳长公主和韦驸马的帮助下，嘉辰太子趁乱逃离了皇宫。

这些人一直没有任何动静，所有人包括萧华雍都以为嘉辰太子已经亡故，否则怎会二十多年不兴起一丝风浪？他真的甘于平凡，做个闲散富贵翁？

萧华雍获得了胭脂案的名单，揪出了韦驸马，救了汝阳长公主和萧甫行母子，才真正知晓了背后的事情，故而沈羲和递给他的胭脂案证据，远超她自己所想的重要。

通过韦驸马和汝阳长公主，萧华雍还意外找到了嘉辰太子。嘉辰太子还活着，甚至心里还有着盘算。只不过嘉辰太子自己也知道他不过是不甘心，才一直坚持培植势力，但他培植的这些势力根本不值一提，甚至连靠近祐宁帝的机会都没有。

他没有机会，萧华雍就给他提供这个机会。成与不成，嘉辰太子其实并不看重。他只想要对祐宁帝下一次手，能成自然喜不自胜，失败了也能够堂堂正正地结束苟延残喘的命。

"郡主，看不出来，这些人杀人手段极其残忍，却又不似培养出来的死士和杀手。"珍珠和墨玉护着沈羲和撤离行宫，路上与这些人交过手，这些人身手不俗。

若非他们的目标并不是沈羲和，且沈羲和早有防备，只怕她们也要负伤。

"只管撤离行宫，搜寻太子之人即刻就会赶回来。"沈羲和叮嘱。

这些人不是萧华雍的，也不是萧华雍派来的，他不知从何处引来了陛下的仇人，这是要将所有劣势都翻转过来。

这群人大概也知道时间紧迫，机不可失失不再来，所以只要闲杂人不冲上去，他们都不会乱杀，而是直奔帝王所在之处。沈羲和很轻易地就寻到了太后，连同太后身边的人，护着太后离开。

沈羲和与太后撤离的时候，在暗处恰好与一个策马而来的老者擦身而过。太后瞳孔微缩，甚至被搀扶着往另一个方向离去的时候，也忍不住转过头看向身后策马远去的人。

沈羲和看在眼里，知晓太后定然是认识那位老者。虽然是深夜，可对方的人都高举着火把，老者的面容被照亮，哪怕是隔着一堵墙，沈羲和只从墙上的窗瞥了一眼，也看清了对方的容颜。

对方看起来很是沧桑，倒与太后年龄相仿。沈羲和不解，这竟然是太后那一辈的恩怨？

他们离开了行宫，还能听到震耳欲聋的厮杀声，不啻两军对垒的战场。内眷们在金吾卫的护送下，又没有遭到刻意拦截，都安全离开了行宫，不安地聚集在山脚。

她们都很清楚，若是陛下败了，她们也难逃一死，但无人敢提出趁现在往京都逃，这是弃君自逃的罪名，没有人担得起。

所幸很快，如沈羲和所料，祐宁帝调来了明面上搜寻萧华雍和萧长赢、实则是镇压折断萧华雍的羽翼的军卫，军卫杀上了行宫护驾。

这一场对决其实并没有什么悬念，这群人看似来势汹汹，但要刺杀成功的概率几乎等于零。哪怕没有军卫守护，行宫基本的巡逻守卫没少，祐宁帝身边有几位皇子相护，还有平遥侯和裴将军几位将领在，这群人一时半会儿要杀到祐宁帝身边根本不可能。

沈羲和的目光透过浓郁的夜色，看着半山腰行宫处飘动的火光，厮杀声渐渐弱了下去，很快就不见了。这是一场碾压式的对决，他们马上就能回到行宫之中。

萧华雍的目的绝对不在这里，既然这里出现了刺杀，那么萧华雍那里……

就在此时，海东青的声音远远传来，人人心系行宫，兼之声音又隔得远，只有沈羲和分心去看了一眼。夜幕之下，它展开的翅膀掠出一抹残影，眨眼间身影就消失在墨空之中。

它的出现，让沈羲和笃定了心中的想法：萧华雍要陛下派出来的神勇军有来无回！

和行宫碾压式对决不同，萧华雍这里才是真正鲜血飞溅、寒光刀影。他和萧长赢虽然被绑在山洞里，但身为习武之人，六识过人。

除了听得到外面的激烈厮杀、刀剑相拼声，两个人还能闻到浓浓的血腥之气。

萧长赢面色微沉："你的人？"

萧华雍没有回答，不过他的镇定从容的表情让萧长赢得到了答案，萧长赢也松了一口气。

他们都被困了两日了，萧华雍总是不慌不忙的，萧长赢就知道萧华雍定然是成竹在胸的。

没一会儿两个黑衣蒙面人就奔了进来。他们只蒙了下半边脸，而且他们的黑衣胸前绣了一簇火焰。这二人看到萧华雍和萧长赢，竟然纷纷提刀朝着两个人的面门劈了下来。

萧长赢下意识地就闪躲，和他被捆绑在一起的萧华雍似乎早就料到他要怎么闪躲，顺着他的力道一闪身就躲开了攻击。

两个人滚下来躺在地上，对着再次砍下来的寒刀齐齐抬腿，踢在刺客的手腕上，用力将刺客踢退。两个人互相助力，一起跳了起来站稳。

萧长赢完全忘了萧华雍的存在，萧华雍则从容顺着他应付着刺客。瞅准时机，萧华雍脚下一定，用力一旋，将萧长赢撞向一个人，将刺客撞倒之后，将落地的刀踢了起来："接住！"

萧长赢抬眼顺着刀的方向转动身体，张开五指，被捆到手腕的手伸出的手指精准无误地抓住了刀柄。萧华雍开始对付另一个人，萧长赢迅速转动手腕，将刀刃反过来，割断了绳索。

两个人得以分开，萧长赢握住刀反手就要去抹一个黑衣人的脖子，却被萧华雍拽住了胳膊，拖着就往外走。

"你……你到底唱哪出？"萧长赢不明白了，"这些人到底是不是你的人？！"

说是吧，这些人对他们下手，萧华雍还还手；说不是吧，这些人看起来好似没有尽全力，萧华雍还不准他杀人。

萧华雍没回答他，拖着他就往外走，到了外面就是两队人马厮杀，都是黑衣蒙面，但一方只有两个洞露出一双眼，一方露出了鼻梁以上的部位。

萧华雍不动声色地与人对视一眼，就带着萧长赢往一个方向逃窜，两方人马看到他们都追杀上来，这让萧长赢更加看不明白了！

不过萧长赢这会儿不用萧华雍拖着，就能配合着萧华雍往前走。

两方人马，无论谁追上来，都会对他们下手，倒是先前的人对他们只拦不杀，后面的人反而会下杀手。

萧华雍又开始装不会武，弄得萧长赢都怀疑暗中是不是还有谁在盯着他们。

暗中有人监视他们吗？

若是没有行宫刺杀之事，定然是有人的，只是现在萧华雍基本可以断定没有——他这样做自然有他的用意。他就像个累赘一样躲在萧长赢的身后，偶尔萧长赢将人给架住，他才能反应迟钝地踢出一脚，还是没有多少杀伤力的一脚。

萧长赢的俊脸拉得老长，他真想对萧华雍不管不顾，逼急了看这人还如何做戏！

奈何萧华雍似乎猜到了他心中所想，一直在他的身后，让他根本撇不开人。

躲过一把横来的长刀，萧长赢抬腿将面前的刺客踢下去，手腕一转，握住夺来的刀柄，反手抗下齐齐朝着他砍下来的三把长刀，巨大的压力逼得萧长赢不断往后退。

在他身后的萧华雍假借从他身边逃窜而过，手掌拍在他的后腰上用力一推，萧长赢有了支点先一步抽刀，身体后仰，长臂横扫，夜色之中拉出了鲜红飞溅的血。

还有人不断追上来，萧长赢转头就看到萧华雍已经跑得不见了人影，迅速追了上去。

很快萧长赢就追上了萧华雍，与之并排前行，忍不住讥讽道："太子殿下装作不会武，莫忘了太子还体弱。"

这人跑得这么快，谁还能不知道他是装的？既然他要装，只装一半是什么道理？

萧华雍听着身后密集追来的脚步声，前面是两条岔路："一人一条。"

言罢萧华雍先朝左边跑了。直觉告诉萧长赢，萧华雍这出戏还没有唱完，萧华雍选择这条路，就是要将他未实施完的计划进行到底。萧长赢犹豫了片刻，并没有听从萧华雍的安排，而是追上了萧华雍。

萧华雍知道萧长赢跟上来了，却视若无睹，跑到了计划中的芦苇丛。这四周都是高至他们胸口的芦苇，密集之处足可将他们给淹没。

萧长赢追上来时，就听到了身后密集的脚步声，追上来的至少有五六十人。他看到萧华雍没入芦苇里，自己也迅速闪身进去了。他才刚潜伏好，就有一队人冲了过来。

萧长赢自己是领兵之人，对军士比任何人都熟悉。这些人的行路姿势、断后的方式、警惕的眼神，无一不昭示着他们是训练有素的军人。

他们穿了一身黑衣，再没有蒙头，却有两个蒙头的只在眼睛处戳了两个洞的人跟着，很明显他们是将自己和萧华雍掳走的人，也就是陛下的人。

萧长赢心惊肉跳，原以为陛下并没有派多少人，没有想到竟然派了这么多人。难怪萧华雍没有想过逃离，这是要将所有人都引出来，然后将之全部击杀。

和这些人交过手，萧长赢心知这些人身手敏捷，要比他手中的精兵都要强诸多倍。陛下这次派出两百多人，全部折损在了这里，萧长赢只要想一想，若是自己辛辛苦苦培养的精兵折损两百，心里非得滴血不可。

他一念至此，芦苇摇晃，夜风之中都透着一股子杀气。

果然下一瞬，风过芦苇弯腰，一个个挺拔的黑衣人在摇晃的芦苇中显露了出来。他们穿了夜行衣，蒙了下半边脸，胸口绣了火焰的图案。

人愈来愈多，黑压压的一片站起来，仿佛将泥泞的芦苇丛给填满了。原本气势汹汹的神勇军见状，立时察觉上当，要后退，可后面也是追着他们来的黑衣人。

前后的路都被阻断，这些黑衣人显然是有备而来，纷纷举起了臂弩，一支支短小锐利的箭从臂弩之中飞射而出，好几支精准地射中了几个神勇军的眉心。神勇军倒下，鲜血流出，死不瞑目。

神勇军亮出了从腰间拔出来的一种极长的弯刀，这种刀在月色下闪过寒芒，刺得芦苇丛中的萧长赢忍不住闭上了眼睛，看其锋芒，这绝非寻常士兵能够佩的刀。

激烈的拼杀打破了深夜深山的沉寂，可方圆内无人居住，根本无人听到这里的震天厮杀声。热血溅落在萧长赢的脸上，他冷冷地看着这一场厮杀。直到一个神勇军倒在离他不远处，他拾起了伸手可握的长刀，拿在手里，感受着它的重量和锋利程度。

"这不是你该触碰之物。"

萧华雍的声音幽幽地在萧长赢的身后响起。

萧长赢霍然转身，握着刀的手本能地做出防御姿势，对上表情似笑非笑的萧华雍，内心震撼不已。尽管外面厮杀声震耳欲聋，有了些许干扰，可萧华雍竟然能够悄无声息地立在他身后。萧华雍若是不出声，想置自己于死地，自己现在只怕……

萧长赢早知道萧华雍武艺极高，却没有想到是如此深不可测。

"知道太多，于你不利。"萧华雍将骨节分明的手伸出来，轻轻地从萧长赢的手里抽走了那把刀。

刀柄还没有完全脱离萧长赢的手，萧华雍目光一冷，手将萧长赢一拉，手中的长刀飞掷了出去。一支短箭从萧长赢的面前飞射过去，他转头就看到一个抬着手对准他这个方向的人被一刀插中胸口，那人缓缓倒下，溅起了混着血的泥水。

"从这边走，一直走，就能离开这座山，很快就会有人接你回行宫。"萧华雍侧身指着一个方向说。

"你呢？"萧长赢问。

"我？"萧华雍的嘴角上扬，他看起来在笑，但笑意未达眼底，如渊似海的眼眸深不可测，"与你无关。"

"你不走，我也不能走。"萧长赢沉声说道。

他不是非要干涉萧华雍，也并非还在担心萧华雍，现下整个局势都在萧华雍的掌控之中，用不着他费心，只是他就这么不明不白地回去，如何交代才能滴水不漏？

萧华雍上上下下地打量了他一遍："孤不允许你留下。你若自己不走，孤只能将你打晕，让人将你抛到路边。"

深山里野兽不少，若是这人有个三长两短，可就怨不得他屠害手足了。

明白萧华雍的意思后，萧长赢咬牙切齿，紧盯着面色淡然却不容拒绝的萧华雍，深知萧华雍的每一个字都不是在与他说笑，而是说到做到。

萧长赢冷哼了一声，迈步离开。

萧华雍侧身看着萧长赢的背影："让她安心。"

萧长赢脚步一滞，身子一僵，宛如没有听到这话，大步离去，很快就消失在随风飘动的芦苇丛中。他沿着萧华雍说的路走出这座山，一路上没有遇到任何猛兽，走到了正路上，就遇到了留下继续搜寻他们的护卫。

护卫们拥了上来，有人问他："烈王殿下，太子殿下在何处？"

萧长赢扫了那人一眼，冷冷地吐出了两个字："不知。"

护卫无法，看着浑身狼狈的萧长赢，只得分出几个人将萧长赢送回行宫，而自己继续带着人搜寻。

行宫的刺杀也很快就落下帷幕，昭王萧长旻和信王萧长卿奉命来将太后迎回去，其他人自然也跟着回了行宫，各自回了他们的居所，只是除了沈羲和，没有人能够入眠。

经历了这么大的变故，他们对行宫很是害怕，但祐宁帝不下令离开，就没有人敢开口说要离开。

沈羲和补了两个时辰的眠醒来，就听到了萧长赢被救回来的消息。她只是淡淡地应了一声："知道了，备朝食。"

她慢条斯理地用着朝食，听着珍珠的禀报，对昨夜行刺之人已经有了消息，涉及先帝立的太子。先帝偏爱贵妃，但贵妃是寡妇再嫁，身份低微，先帝再恣意妄为，有了嫡妻在前，也没有将贵妃扶正，却用莫须有的罪名将太后母子三人贬到了西北。

他一度想要废后，当时朝堂之中为此闹得不可开交，太后的母族也一再遭到迫害，最终先帝还是没有得偿所愿，直到他弥留之际，才立了贵妃之子为太子。

可惜这个太子尚未被大臣认可，先帝就咽了气。太子还没来得及登基，谦王和祐宁帝就杀了回来。太子最终递了降书后于皇宫之中失踪，很多人说他是被祐宁帝秘密处决了。

沈羲和从不这么认为。祐宁帝想要杀前太子有最好的理由，那就是前太子刺杀谦王。

只不过她并没有多关注过这件事和这个人，却没有想到他还有这本事，只是这本事展现的时机耐人寻味。

想到此，沈羲和忍不住微微一笑。她笃定嘉辰太子能够杀到行宫来和萧华雍脱不了关系，只是萧华雍的能耐远比她设想的要大，人人都以为已经死了的嘉辰太子竟然还活着。

嘉辰太子不仅活着，还成了萧华雍手中的利刃，在这个关键时候，给了祐宁帝一次迎头痛击。

直觉告诉她，这件事没完，萧华雍一定要让祐宁帝狠狠痛一痛。

"昨夜带头而来的并不是嘉辰太子，而是嘉辰太子的奴仆。被擒之后，奴仆就自尽了。"珍珠将现在众所周知的事情原委告知了沈羲和。

沈羲和点了点头，又低头慢条斯理地继续用膳。

她刚用完朝食，莫远就急匆匆地来报："郡主，太子殿下恐落入了嘉辰太子手中。"

她正在净手，水中萦绕着一股清幽的芬芳，浮着几片艳丽的花瓣。沈羲和从水盆里伸出手，接过碧玉递过来的干净帕子，慢慢擦拭着："哦？"

莫远忍不住抬眼看了沈羲和一眼，看到沈羲和镇定自若，又重复了一遍："太子殿下落入嘉辰太子手中，那日偷袭陛下与太子殿下的人是嘉辰太子的，烈王殿下被救之后，护卫搜山时发现了许多尸体，有两方人马激烈厮杀。这些尸体都已经被抬回来了，有些人的穿着与昨日杀入行宫之人相同。"

"是吗？"沈羲和听了这话依然无动于衷，擦干净手，抹了香膏护手，取了披帛将之挂在肩膀处，一手挽看出了院子，朝着帝王的寝殿走去。

此刻有不少人把守在寝殿门口，不允许寻常人进入，沈羲和亮了金牌，就在一众文武百官和官府内眷的艳羡目光之中得到了通行。

嗅觉敏锐的沈羲和，一脚踏入就闻到了浓浓的血腥味和尸臭味。她微微皱眉，面不改色地绕过庭院走到了空旷的院子里。院子里陈列着一具具尸体，分成两边放着：一边是黑衣胸前绣了火焰的图案，尸体的数量明显要少些；另一边也是黑衣，有些没有蒙面，有些蒙了头只有眼睛处有两个圆洞——这边的尸体明显要多些，沈羲和粗略估算有两三百人。

有仵作和太医在验尸，祐宁帝在正前方，面色是沈羲和从未见识过的冷硬。

"快回去，你一个小女郎，怎可见这些血腥场面？"太后也在，一看到沈羲和就赶沈羲和走。

沈羲和恭恭敬敬地行了礼："昭宁谢太后挂念。昭宁在西北，突厥来袭，也曾于城楼上看父兄御敌，死伤之数，哪里是这里的能够相提并论的？"

说着她面色淡然地面对着满庭院的尸体，目光平静。

太后见状才拍了拍她的手："七郎就需要你这样有胆识的太子妃。"

"陛下，经查这是两路人，一路是昨日的刺客，一路来历不明，无法确认是谁先将太子殿下绑走的。"崔晋百上前将调查的初步结果告诉祐宁帝。

祐宁帝的目光还落在折损的近三百神勇军的尸体上。昨夜他的人和萧觉嵩的人交过手，萧觉嵩的人哪里有这本事，竟然将他的人杀得干干净净，一个不留？

这些人是他费了多少心思和钱财才培养出来的，上了战场都是以一敌十的精锐，竟然死得这么无声无息。

"陛下，太子殿下吉人自有天相，您无须忧心！"察觉祐宁帝走神的刘三指连忙拔高声音道。

祐宁帝这才回过神来："好生查一查这些人的来历。"

"是。"崔晋百领命，"陛下，臣请命去两方交手之地看一看，或许能够寻到太子的下落。"

祐宁帝心不在焉地"嗯"了一声。

沈羲和见状站了出来："要查太子殿下的下落，须得先弄清楚太子殿下为何人所掳走。此刻出现了两队人马，若是误判，只怕耽误营救太子殿下。烈王殿下不是已经回来了吗？不如请烈王殿下前来一问。"

祐宁帝似乎此刻才看到沈羲和，她的提议合情合理，又有这么多人在，祐宁帝不得不应允："请烈王过来。"

有些事情不需要遮掩，祐宁帝丝毫不担心。

第十三章　破局之后平安归

萧长赢直到此刻才知道萧华雍将他放回来的缘由是什么：需要他做个证人。当得知这是沈羲和的提议时，他不由得看向了沈羲和。这一刻他觉得沈羲和什么都知道，她和萧华雍是商量好了的一唱一和，这是要将陛下的脸往脚下踩。

"你这几日是否见到七郎了？到底经历了何事？你仔细道来。"祐宁帝吩咐。

萧长赢垂下眼帘，突然有些厌倦。他知道那些人都是陛下的人，陛下什么都知道，却又在他面前做戏。他没有怨怪和厌恶，帝王的无奈和心思，他虽然没有做帝王，可也能够了解一二，萧华雍那样的人，陛下没有怀疑便罢，一旦怀疑，用尽手段也要试探清楚才符合常理。

萧长赢只是觉得生在帝王家，父子之间竟然明争暗斗得比宿敌还要可怕，有些唏嘘。

情绪一闪而逝，萧长赢迅速整理好心情，躬身回道："回陛下，儿与太子一起被俘，原是被关在一处山洞里，昨夜又杀来一群人，儿原以为他们是来解救儿与太子的，可这些人竟然是要对儿与太子痛下杀手。两方人互相厮杀间，儿与太子殿下挣脱，一直逃到芦苇丛里，儿失去了太子的踪影，便迅速逃离了出来……"

萧长赢说了大致经过，撇去了萧华雍在其中起到的作用，几乎说的是实话。

他不是维护萧华雍，也不是替萧华雍遮掩，实在是萧华雍这个人太过于诡异和可怕。既然这人正大光明地放自己回来，想来是做了万全的准备，哪怕他将萧华雍供出来，也未必能讨到好处，凡事要讲证据。

他想到了在山洞里，萧华雍说他若是对皇太子不利，就会成为陛下的替罪羊，谁知道这会儿他若无凭无据地把萧华雍供出来，等到萧华雍回来，会不会拿出一些稀奇古怪的证据，把他变成这件事情的主谋？

· 352 ·

既然如此，他不如一开始就置身事外。

遑论……

萧长赢不着痕迹地看了沈羲和一眼。他不想帮萧华雍，也不想与她为敌，可这两个人会是夫妻。

尽管他知道，她不需要他相助，也不会对他的心意领情丝毫。

"这两方人，是哪方人掳了你与太子？"祐宁帝又问。

萧长赢自然是如实作答。陛下是揣着答案来询问他，他若是说了假话，陛下第一个先怀疑他，这才是萧华雍有恃无恐的根源。

他为何要说谎？他是要替绑走他的人遮掩？陛下会不会怀疑他知晓这些人的来历才如此？陛下愿意有人知晓陛下有私军吗？陛下自然是不愿的。

萧长赢敢说假话，就必然自掘坟墓。

"如此说来，太子殿下是被来历不明之人所掳？而……嘉辰太子的人是去灭口。"沈羲和说完之后，又问，"这些人可问过殿下与太子殿下的话？殿下对他们的来路可有猜测？"

萧长赢抬眼，深深地看着沈羲和："不曾。"

"可曾对殿下和太子殿下不利？"沈羲和追问。

"不曾。"

沈羲和诧异又狐疑地回视萧长赢："烈王殿下的意思是，这些人将殿下和太子殿下掳走，就关着，没有严刑拷打，没有不敬，没有问话……吃喝供着？"

萧长赢："是。"

随着沈羲和的问话和萧长赢的对答，在场的官员们都开始议论。

沈羲和索性将他们的疑问高声问出来："这些人绑了二位殿下图谋什么？"

很显然这些人不是为了对付萧华雍和萧长赢，也不是为了绑走二人威胁陛下，毕竟整整三日，陛下也没有收到任何恐吓言语，难道这些人就为了绑走太子殿下和烈王殿下好玩？

而这些人又显而易见是训练有素、身手了得之人，是受命于人，这就很耐人寻味了。有人绑走了太子和烈王，就关着，什么也不做，什么人才会做如此吃力不讨好之事？

这个疑问深深埋入了所有人的心里，只是现在他们还没有寻到答案，因为他们还没有想到一个骇人听闻的可能。不过不着急，怀疑的种子已埋下，早晚会生根发芽。

旁人一脸困惑的样子，太后却已经看向祐宁帝，目光深沉，不过只看了一眼。

就在此时，京兆尹带着几个人抬了两具尸体来。这两具尸体的穿着和绑走萧长赢与萧华雍的人的穿着一模一样，稍微目光如炬的人，就能察觉他们的衣着质地和鞋子都是一样的，很明显是一伙。

"陛下，这是在行宫搜出来的两个人。"章府尹还不知方才发生的事情，一脸邀功的表情。

沈羲和缓缓低下了头，摆弄着腰间的玉珏。

"行宫搜出来的人？"大理寺卿立刻站出来问，"行宫怎会有这样的人？"

章府尹回道："下面有人看到他们是在逆贼杀上来时追杀逆贼而来。"

听了这话，不少人眼皮子一跳，盯着章府尹的目光都变了。

"是吗？"祐宁帝沉声问道。

章府尹能够察觉到帝王的语气不好，看了一眼旁边陈列的尸体。做了府尹这么久，他还是有脑子的，隐隐觉得这事非比寻常，难道这些人其实和逆贼是一伙的？

他立刻推卸责任："是两位女郎说这两个人救了她们。"

"哪两位？"沈羲和连忙问，心里有了猜测。

"溧阳县主与余家大娘子。"章府尹道。

竟然是顾青姝与余桑梓，沈羲和有些诧异。萧华雍要弄两个人证，那肯定是顾青姝和余桑宁最为妥当，定然是中间出了岔子，余桑宁躲过了一劫。

祐宁帝将二人宣过来："你们俩可识得这二人？"

顾青姝和余桑梓根本不知道发生了何事，平遥侯不在这里，萧长赢对顾青姝视而不见，萧长卿也被祐宁帝派去处理其他事务了，她们昨日慌乱中的确被两个黑衣人救了。

她们已经告知了章府尹这件事情，断没有此刻反口的可能，否则就是妨碍公务、糊弄朝廷命官的罪名。顾青姝和余桑梓仔细看了其中一个人的手，上面有一道伤痕。

"回禀陛下，这二人的确救了小女与余大娘子。"顾青姝参着胆子，实话实说。

"他们为何要救你们？"太后沉声问。

太后明显释放了上位者的威压，让敏锐的顾青姝和余桑梓都觉得大事不好，可已经到了这个时候，她们只能如实道来。

余桑梓说道："回禀太后，这二人蒙面而来，小女也担心他们是刺客。看到我们受到了惊吓，他们说他们是陛下的暗卫，并且给小女与溧阳县主指了路，我们才逃离了行宫。"

一石激起千层浪，那句"陛下的暗卫"，让所有大臣的脑子里"嗡嗡"作响。他们极力控制着自己的脑袋，不让其本能地抬头看向帝王，露出震惊或者猜疑的目光。

多么不可思议的话，却又能够合情合理地解释得通这些人绑走了太子殿下和烈王殿下之后的种种行为，所以根本没有什么贼子，是陛下猜疑太子殿下，或者是想要对太子殿下不利，这才派人掳走了太子殿下。

烈王殿下不知情，才傻傻地撞上去，接着便是一直暗中潜伏、伺机而动的嘉辰太子等余孽抓住了这个机会，一边派人来刺杀陛下，一边将太子给掳走。他们为何要掳走太子？

"咝！"

脑子能够转过弯之人都想到了一个可能，只觉得这件事情怕是要闹大。

"陛下！"太后眉眼凌厉地盯着祐宁帝。

"一派胡言。"祐宁帝冷斥，"这些人绝非朕的暗卫，着刑部、大理寺、御史台联合彻查！"

祐宁帝依然沉着冷静，没有表现出丝毫恼羞成怒的焦急样子，反而一副要彻查到底的架势。

谁敢轻易怀疑帝王？绑人的事当真是帝王所为又能如何？祐宁帝是大权在握的帝王，他们除了在心里琢磨，还能做些什么？

有人信这是乱臣贼子要挑拨离间，也有人觉得这事十有八九是真的，但都不敢当着陛下的面议论。这些尸体也在三司取证之后，迅速被处理。

沈羲和也没有咄咄逼人。她做个引路人便是，萧华雍自己布的局，自然会一步步将陛下的嘴脸露在众人面前，最开心的无疑是信王萧长卿。

早知萧华雍这是要扯下陛下的脸皮，他就应该助太子殿下一臂之力。

顾青姝还在忐忑，找萧长卿倾吐，萧长卿则满心满眼期待着接下来发生的事情，直觉告诉他，太子殿下绝不会让他失望。

"姐夫，陛下与太后是否会降罪于我们？"顾青姝察觉萧长卿很高兴，哪怕他没有笑，但他的眼底有光，一种亢奋的光芒。

"你们未曾做伪证，陛下与太后不会降罪于你们。"萧长卿有些敷衍。

太后肯定不会降罪，但陛下肯定会厌恶她们，因为她们的话让陛下最大的秘密险些公之于众。

只怕不少人在嘀咕，心里有了小九九，尤其是去年户部尚书董必权的事情又要被扯出来。董必权贪腐，那么大一笔银钱不翼而飞，现在还没有查到下落。

若是用这些银钱去养兵马，似乎合情合理，董必权是陛下的人，举朝皆知。

有些事情不是没有敢想之人，只是他们从未往这个方向去想，一旦有了头绪，他们的心思可以深远到连他们都惧怕。

陛下行如此不利国利民之举，又偷偷摸摸地来，事情险些败露，还让心腹顶罪，吃相该有多难看？

"要是遇上个灾年可就更妙了……"萧长卿有些遗憾地呢喃。

现下国库不富裕，若是出现个灾荒年月，陛下要救急，就得压榨富商和百官，他就能推波助澜，给陛下来一遭民怨。

"你没事，别在这里哭哭啼啼。"萧长赢忽地对顾青姝没有好脸色地说道。

355

顾青姝被吓了一跳，张嘴要对萧长卿说话，却被萧长赢抢先一步："来人，送溧阳县主回去。"

萧长卿没有开口，下人自然听萧长赢的话，等顾青姝被不情不愿地送走，萧长赢才冷声说道："阿兄，你莫要太不把她当外人。"

萧长赢不喜顾青姝，看似柔柔弱弱，似乎随时需要人呵护，其实背地里一肚子坏水。

希望遇上个灾年的话，萧长卿都敢当着她的面说，不怕她日后因爱生恨，对旁人胡言乱语？

萧长卿满不在乎："无妨，她便是说与人听，也没什么大不了的。"

"这话是没什么大不了的，你如此不顾忌，谁知你下次要说什么？"萧长赢语气极不好。

萧长卿看了他一眼，给自己倒了杯茶水："行，谁让我是你阿兄，但有不快，只管道来。"

他看出来了，萧长赢这是心气不顺，略一想就知晓萧长赢是为何不悦："一会儿你惦念之人便会来寻你。"

"寻我做甚？"萧长赢装作不在意，转了半边身子侧对着萧长卿，"她何事不知？"

"你是觉得，昭宁郡主与太子殿下是商量好了一唱一和？"萧长卿好笑道。

"难道不是？"

瞧瞧他们，配合得多默契，一个在外运筹帷幄，一个在内从容不迫，对陛下内外夹击，丝毫不给陛下一点儿掌握主动权的机会。

萧长卿低声笑了。

萧长赢被哥哥笑得脸色更臭。

虚握着拳头抵唇轻咳了两声，萧长卿无奈地看着萧长赢，一副欲言又止的模样。

"阿兄缘何如此看我？"萧长赢打量着萧长卿。

"我在犹豫要不要告知你真相。"萧长卿露出不忍的神色。

"什么真相？"萧长赢狐疑。

迟疑了片刻萧长卿才说道："也罢，左不过是我的猜测。以我对太子殿下的了解，他不会将这事告知昭宁郡主——他担心昭宁郡主不放心他以身做饵，真的落入我们那位伯父的手中。

"故而，郡主应当也是才知真相不久，而且是他们心有灵犀，郡主自己猜到了太子殿下的全盘谋划。"

萧长赢果然脸色更黑了。

正好此时下人来报："殿下，昭宁郡主来探望烈王殿下。"

"不见！"萧长嬴倏地大吼了一声。

传话之人被吓得缩了缩脖子，萧长卿对人说道："将郡主请进来。"

萧长卿站起身拍了拍弟弟的肩膀："你不用自作多情，她都知晓。她来看你，只是做戏做全套，让人以为她什么都不知，需要从你这里打听太子的下落罢了，不过走一个过场。"

沈羲和是来走过场的吗？

自然是。

她是萧华雍的未婚妻，又素来与萧华雍成双成对，京都之人谁不觉得她与萧华雍郎情妾意？

这个时候萧华雍和萧长嬴失了踪影，萧长嬴回来了，明确他们曾经一起被绑，她不来问一问缘由，怎么着都说不过去。

沈羲和进了屋内，发现萧长卿也在。弟弟受难归来，做哥哥的来探望守着也是人之常情。她与他们见了礼，萧长卿也很知趣地走了。

徒留沈羲和带着珍珠与紫玉，和萧长嬴在房内，房门大开，沈羲和从丽日蓝天下收回目光，礼貌性地问候一声："殿下可有受伤？"

"有劳记挂，小王并未受伤。"萧长嬴语气有些生硬，脸色也不大好。

沈羲和自问没有冒犯他，自然也不做他的出气筒，微微颔首，就转身出了门。

"你便一句话都不问吗？"萧长嬴见她就这样走了，霍然起身扬声问道。

沈羲和停下脚步，转身看向萧长嬴："昭宁适才不是问了一句吗？"

萧长嬴噎了噎，隐忍着怒气："郡主此来，当真只是为了关怀小王？"

"自然不是，"沈羲和大方直言，"不过我对殿下也无话可说。"

本就只是做给旁人看，尤其是给陛下看，沈羲和觉得没有必要假情假意，她来过便是。

"万事了然于胸，就连做做样子也是如此敷衍，你就不怕这院子里有陛下的耳目，你如此作态，反而不打自招？"萧长嬴紧盯着沈羲和，眼神深沉。

"适才信王殿下也在。"沈羲和淡淡地笑了笑。

萧长嬴表情疑惑。

"殿下既然与信王殿下在一处，想来兄弟间是无话不谈的，少不得要扯到当下之事，信王殿下也定要问一些殿下失踪之日的事。"沈羲和声音淡淡地解释，"既然两位殿下都能堂而皇之地畅所欲言，想来此刻是最安全之时。"

正因如此，沈羲和连戏都不想多做，笃定萧长卿和萧长嬴在一起，一定会聊到政事，聊到萧华雍，聊到现在的时局，也一定有不想被陛下所知的话。

这院子里有陛下的人没关系，此刻肯定是不在四周的。

看见萧长嬴面色凝滞，沈羲和又补充了一句："若当真隔墙有耳，殿下便不会如此问我。"

她的聪慧，她的敏锐，她的从容镇定，就像日中天落下的金辉，将她整个人笼罩，让她有着儿郎般的胸襟与气度。

这一刻，萧长赢不得不承认，他是不足以与她相配的。站在她的面前，他自惭形秽。他们所思所想、所虑所见，都不在一个境界里，他需要仰望她。

忽然间，他不想见到她了。身为皇子，他文武双全，由来自有人在他面前卑躬屈膝，这是他第一次察觉自己真的无法与她并肩而立。

心里密密匝匝的刺痛感，让他有些狼狈地别过脸去："让你安心。"

这四个字应该是萧华雍让萧长赢带给她的，沈羲和眉目柔和了些许："多谢。"

她等了片刻，萧长赢再没有说话，她这才迈步离去。

他的心神都被她远去的脚步声牵动，直到如何凝神静气，也再听不到她的一丝声音，凉风之中也再没有她的半点儿气息，他才颓然坐下。

为何他不能放下她呢？

明明他们再无可能，明明她从未对他有半点儿温软的样子，可他为何就是难以将她的身影从自己的心头抹去？

他想回到一年前，不与她相遇，是否就没有今日的无法自拔？

沈羲和前脚刚离开萧长赢的院子，后脚消息就传到了祐宁帝的耳朵里，祐宁帝面色依然冷沉："你如何看？"

祐宁帝问的是刘三指，刘三指再不敢打哈哈，躬身肃容回道："陛下，山里是奴婢亲自去查探的，所有失去的神勇军也是奴婢亲自检验的。

"山中没有太子殿下动武的痕迹，被杀之人身上的刀痕，都能看出是一伙人所为，没有特殊的人动手。"

萧长赢一直不知道萧华雍为何逃了出去，都没有人盯着了，还要装作不会武。那是因为但凡萧华雍动手，就会留下痕迹，而刘三指不仅是个武艺高强的人，还是个能够捕捉蛛丝马迹的人。

这些人的死因，刘三指都会调查，他们身上的伤痕、力度与角度，都能够暴露是何人所为。

只有一个人是萧华雍动手杀死的，只不过远程长刀飞去，很多人能做到这点，而萧华雍事后又抹去了痕迹，这些人身上死亡的原因和被拖回来的另一批人的都对得上。

刘三指基本可以复原当夜的战况，推断出并没有其他单独的武艺高强之人插手。

另外便是萧华雍失踪之后，刘三指紧盯着的对象一直是沈羲和，沈羲和的种种反应也印证了她事先并不知情。

"你的意思是老三的出现，纯属巧合？"祐宁帝口中的老三，指的是嘉辰太子萧觉嵩。

刘三指低下头认真思索之后回道："陛下，嘉辰太子失踪二十余年，他若早就与太子殿下合谋，太子殿下绝不会今日将其暴露。"

萧觉嵩留着日后可以大有图谋，他培养的人并非泛泛之辈，虽然被府卫镇压，但祐宁帝这边也损失惨重。无人知晓萧觉嵩的下落，他再蛰伏下去，日后必然是心腹大患。

若太子殿下当真城府极深，是不会看不透这一点的。

刘三指不敢断定今日种种事情是否巧合，却能笃定太子殿下与萧觉嵩绝非同路之人，萧觉嵩抓了太子殿下，只怕……

祐宁帝转动着大拇指上的玉扳指，萧华雍与萧觉嵩绝非同谋，这一点他信。可今日之局，到底是萧华雍幸运，恰好撞上了伺机而动的萧觉嵩，还是萧华雍在其中起到了关键作用，祐宁帝却不能妄下定论，两者之间相差何止千万？

萧觉嵩失踪了二十年，其实祐宁帝都已经将萧觉嵩当成死人了。祐宁帝派了不少人去搜寻，都没有蛛丝马迹，这人突然这么冒出来，打乱了他全盘的计划，让他折损如此巨大，他此刻恨不能立刻抓住萧觉嵩，将之处以车裂之刑！

"太后，太后，请容奴婢通传，太后……"

就在这时，外面内侍央求之声由远及近，听到声音的祐宁帝立时站起身迎上去。到了门口，对上怒气冲冲的太后，他连忙躬身行礼："阿娘……"

"老身担不起。"太后避开祐宁帝，冷着脸不去看他。

刘三指见势不妙，立刻打发内侍、宫婢退下，屋子里只剩下了太后和祐宁帝。

"阿娘，儿并未要伤七郎。"祐宁帝低声解释。

太后转身，目光犀利，盯了他良久才开口道："过河拆桥，不是你惯用的手段？七郎不是你的骨肉，你给他下毒，害他至此，他已经命不长久，你还不放心？非要置他于死地吗？"

"阿娘，当年酪樱桃内的毒并非儿所下。"祐宁帝不厌其烦地又解释了一次，十分无力，"酪樱桃之毒应是下与儿的，是七郎误食。"

"误食？"太后嗤笑了一声，似讥似讽地看着苦笑着的祐宁帝，转而说道，"好，就当是七郎误食，他算是救了你一命吧？若非他吃下酪樱桃，你自个儿想一想，你若食下，能否撑到今日？

"这些年，你可知他因为奇毒而受的折磨？也就是这两年好了些，往年一发作，他便浑身冰寒，放在大瓮之中煮着都冷得神志不清，入秋便咳嗽不止，毒发最烈之际，咳出满手血……

"你若如此，还能有今日的丰功伟绩，还能专心处理朝政？

"他磕磕绊绊地养到今日，能活着便已经艰难至此，你到底还要防备他什么？"

太后说着眼眶泛红，声音哽咽："你兄长是上辈子欠了你多少，这辈子要被你如此对待？

"你利欲熏心杀了他，现在就连他的一点儿血脉也不愿留下？你若不愿将皇位传与他，我也不怪你，当日要立他为太子，你自个儿心里明白，获利最多的是你！

"你废了他便是。你舍不得，因为他在，能保你的江山安稳几年。你要用他，又防着他，便这般折磨他，你的心还是肉长的吗？"

萧华雍在太子之位一天，下面的皇子便是心知萧华雍命不长，已经开始暗中筹谋，却也不敢明目张胆，大臣们也不会这么快就各自站队，大多数还是心向着陛下。

这有利于陛下掌控朝廷，诸多政策能够有效率地实施与推行。

这就是祐宁帝明明得知萧华雍不辨五色、身有残疾，轻而易举就能废太子，却不废，而要去试探萧华雍的缘由。

"阿娘……"祐宁帝沉重而又长长地唤了一声，语气里透着深深的疲惫与无奈感，"不论阿娘信与不信，儿从未将七郎与儿的其他皇儿区别相待。

"若他能长寿，儿真心愿意将皇位传与他。这是儿对阿兄的亏欠，儿只是想知晓……"

祐宁帝抬眼，深深地凝望着太后："七郎他……是不是恨着朕。"

他怀疑萧华雍已经知道了自己的身世。他可以将帝位还给萧华雍，只要萧华雍有这个本事接住，但他不能容忍萧华雍想取他的性命，处处谋算他。

他是帝王，可以给，却不容人夺。

太后触及他深沉探究的目光，冷声说道："你是在怀疑我挑拨你们'父子'之情？"

的确是她告知萧华雍的身世之谜，就是在酪樱桃事件之后。敏感聪慧而又多疑的萧华雍，那时候才八岁就能查出毒有可能是祐宁帝所下，这对他而言是致命的打击。

他不明白自己仰慕而又敬佩的阿爹，对自己偏爱而又呵护备至的阿爹，为何要对他下这样的毒手。他每日都在吐血，像是被全天下背弃，小小一个孩子，再无活下去的斗志，她能如何？

如果不解开他的这个心结，萧华雍只怕八岁那年就殒命了。

这是长子唯一留下的骨血，她这一生最对不起的人就是长子，她如何能够眼睁睁地看着萧华雍自暴自弃，任由如附骨之疽的剧毒将自己蚕食？

后来看着萧华雍对抗剧毒的样子，她都后悔懊恼，不如当年让他痛痛快快地去了也好。

"阿娘，七郎确是儿之人带走的，儿不对阿娘隐瞒，可儿真无伤他之心。"祐宁帝收回目光，态度软和地解释，"儿也着实没有料到老三这个时候会横插一脚，让七郎落入他的手中。"

"人在做天在看，便是你恶事做多了，老天爷这才让你遭报应。"太后疾言厉色地说道，"七郎若是有个三长两短，我便吊死于宫门口。"

说完，太后也不想与祐宁帝理论，大步离去。

沈羲和回到自己的居所时，就听说太后去见了陛下，两个人似乎不欢而散。

"太后远比我们更明白陛下。"沈羲和想到了祐宁帝当年为了皇位的所作所为。

其实只要萧华雍有个闪失，太后必然会理所当然地觉得事情是陛下所为。

陛下只是想要逼出萧华雍的真面目，却没有想到萧华雍见招拆招，把这件事情闹得这么大。

现在萧华雍生死未卜，又传出萧华雍之所以下落不明，是陛下的暗卫所为，人心动荡，个个惶惶不安，朝廷多少事情要因此而耽搁？

"殿下何时能归？"碧玉挺担心萧华雍的。

这次殿下无疑与虎谋皮，嘉辰太子怎会放过他？

"嘉辰太子不会伤他。"沈羲和是最不担心萧华雍的安危之人。

正如当日李燕燕没有供出萧华雍一样，嘉辰太子知道这是萧华雍布的局，就会深信萧华雍的身世，他们俩有共同的仇人，那就是陛下。

嘉辰太子自己是没有法子把祐宁帝扳倒的，他和李燕燕一样，盼着萧华雍与祐宁帝针锋相对，因此不但不会伤萧华雍，还会依从萧华雍、相助萧华雍。

他不会认为这是祐宁帝和萧华雍父子合谋设的局，诱他全军覆没，因为从萧华雍寻上他的那一刻起，他就清楚，萧华雍如果要对他不利，用不着绕这么大一个弯子，也用不着让陛下牺牲如此之大。

那些牺牲的人是实打实的精锐力量，这是活生生剜了陛下的肉。

萧华雍的确被萧觉嵩奉若上宾，好吃好住地伺候着。明明萧觉嵩只比祐宁帝大上几岁，而祐宁帝作为帝王日理万机，比萧觉嵩更忙碌，萧觉嵩却两鬓斑白、形销骨立，盖因他患了重病，命不久矣。

若非如此，他也不会此刻就顺着萧华雍，成为萧华雍的刀，为萧华雍破局。

因为他没有时间了，这是临终前唯一一次能够给祐宁帝添堵的机会，并且萧华雍允诺他，日后萧华雍若是登基，定然让他入皇陵，享萧氏供奉。

落叶归根，再没有什么比这个更让他心动的条件了。

"喀喀喀……"萧觉嵩一阵剧烈咳嗽，手绢上不出意外地又染上了血。他声音低弱地问："你可想好了？"

"我若不愿，伯父可允？"萧华雍声音淡淡地反问。

又咳了好一阵，萧觉嵩低声笑了，粗哑的笑声听着极瘆人："自然……不允。"

"既如此，我别无选择不是吗？"萧华雍哂笑。

"你想……自然便有。"萧觉嵩双眼混浊，看着萧华雍的目光有激赏之意。

到现在他那位高坐皇位的弟弟还在这个侄儿的掌控之中，萧华雍若想挣脱自己，想来是不缺法子的。

"何必呢？"萧华雍云淡风轻地说道，"我与伯父此生仅此一次联手，何必到了最后反目？伯父只管按着你的计划走，侄儿自有自保之法。"

"你像你阿爹。"萧觉嵩赞道，想到了自己那个同年的哥哥。

幼年在宫中，阿爹对他们天壤之别，他随时随地能折辱、欺负谦王。谦王是个智计百出的人，总能逃过自己的坑害，然后利用一切有利、能够利用之人报复回来。

谦王从不惧他会因此变本加厉，不妥协、不屈服、不折腰，傲气又有底气。

萧觉嵩其实很讨厌谦王，听到谦王被贬至西北，没少幸灾乐祸。

只是那时年幼，萧觉嵩若再成长几年，就绝不会由着他们母子三人躲到西北去。

萧华雍没有接话。他并不想打探关于那位无缘一见的阿爹的事，心中自有阿爹的模样，无须从旁人口中得知。

萧华雍没有追问，这也令萧觉嵩高看一眼。王者是绝不会轻易被人勾起欲望，顺着旁人的思维而走的——王者永远是掌控者。

据传太子殿下被萧觉嵩的人掳走了，时间过去了一日，这一日发生了一些不好的事情，那就是附近的村民有不少没有收割的麦子被付之一炬，烧得百姓哭爹喊娘。这是他们劳作一年的收成，百姓没有了这些东西，这一年的希望都没有了。

他们愤而报官，还没有等官府来处理这事，就有人留了话，要知道麦子被何人所烧，明日到半河便可。

与此同时，有人将一封请帖送到了行宫萧长赢的手上，萧长赢看了帖子之后面色大变，立即将帖子递到祐宁帝的面前。这不是旁人的笔迹，正是萧觉嵩的字迹。

萧觉嵩约祐宁帝半河一聚，否则就将萧华雍投入河中。

这消息隐瞒不了，因为祐宁帝必须亲自赴约，否则萧华雍当真有个万一，太后绝不会善罢甘休，祐宁帝索性就将此事告知了群臣。群臣争相劝阻，希望祐宁帝不要以身犯险，都无济于事。

沈羲和听到了消息，亲自去寻陛下，恳请一道前去。

不知萧觉嵩葫芦里卖的什么药，没有要求陛下独自前去，也没有限制陛下带多少人去。

故而沈羲和的要求，祐宁帝点头应允了。

得到了想要的结果，沈羲和就去寻了太后。太后也正往这边赶来，沈羲和搀扶着她到了阴凉的亭子里："太后，昭宁会随同陛下前去，太后便留在行宫里等候我们归来。"

"你这是嫌我这把老骨头拖累你们。"太后明显想要跟着去，不想听劝说。

"太后，日头毒，您若随我们一道去，殿下见了您这般，定是要负疚担心的，恐令他分心。"沈羲和柔声劝说，"殿下常说，您是他最亲之人，他不忍您因他奔波受苦，您定是舍不得他因此而自责的，对吗？"

太后看着沈羲和："好话坏话都让你一个人说尽了，我若质疑跟着去，便是我的不是。"

她担心萧华雍，也知晓自己去了并无任何分忧之处，反而两方要是交战起来，她还会成为负累。她双手握住沈羲和的手："昭宁，一定要将七郎平安带回来。"

纵使知晓萧华雍有自保的能耐，太后显然还不知萧华雍在这里面扮演着什么角色，才会这样担心不已。

"太后放心，昭宁会与太子殿下一道平安归来。"沈羲和郑重地向太后许诺。

安抚好了太后，沈羲和才将之送回宫殿，回到居所。她也准备好了一些东西，吩咐了碧玉等人留下保护好太后，便只带着珍珠和墨玉前去。

行宫外的事情并没有传到行宫内，当地官员都知晓太子失踪了，也知道陛下刚刚遭遇行刺，行宫正是人人噤若寒蝉的时候，兼之麦田被烧并不是特别性命攸关的大事，他们也想破获之后再上报到行宫，也好将功折罪。

相约的时辰是萧觉嵩定的，与祐宁帝约定的时辰要比让百姓来的时辰早上一些。百姓那边是严肃叮嘱若是来早了，绝不会赔一文钱；他们若是按时来，自然会赔他们钱财。

钱财要紧，村里的百姓都相互盯着彼此，就怕有人不规矩，害得他们失了赔偿。

半河是行宫外不远的一条河，河面极宽，汇入黄河之中，河水湍急、泛黄。

约定之地有一座松松垮垮的吊桥，河岸对面是山庄小镇，里面的人寻常不与外面的人往来，这座吊桥就无人看顾，一副年久失修的模样，在河面上摇摇晃晃，像秋千一般令人觉得不安。

祐宁帝也没有带多少人，大军都藏在身后的树林之中，他带了萧长卿兄弟以及要跟着来的沈羲和，加上所带的随从，不过十来人立在吊桥的一端。

他们刚刚站定，吊桥的另一端就冒出人来：被捆绑着的萧华雍、被人簇拥着的萧觉嵩……

阔别二十年的兄弟俩遥遥相望，各自眼底都是锋芒。

"萧觉嵩。"祐宁帝隐含威压地先出声。

"别来无恙，陛下。"萧觉嵩看起来并没有多少病弱姿态，甚至满面红光，双眸炯炯有神，那是因为他用了虎狼之药。

"放了七郎，你要什么，只管提出来。"祐宁帝开门见山道。

"哈哈哈——要什么？"萧觉嵩笑了，"好生慷慨，我原以为陛下今日不会来，毕竟……"

顿了顿，萧觉嵩意味深长地说道："是陛下亲手将太子送与我手上的。"

"你既拿了七郎与朕谈条件，便是有所求，应不是特意约了朕来此妖言惑众。"祐宁帝自然不认萧觉嵩的指责。

"所求？"萧觉嵩笑着摇了摇头，"我已经别无所求。我今日来便是要让你的臣子、你的子民，看清楚你是何等卑劣无耻的小人！"

萧觉嵩话音刚落，就有"窸窸窣窣"的声音传来，远远地有不少百姓不知因何而奔过来，立刻有隐藏在暗处的军卫领头等人去阻拦。

然而粮食大于天，百姓是奔着一年的嚼用而来，有余钱的人本就不多，大部分等着这些粮食活命，看到了官府的人阻拦，反而急红了眼，和官兵们发生了冲突。

要是寻常时候，这些士兵早就杀两个人立威了，可祐宁帝就在前方，他们哪里敢动真格的？一时间军卫处于下风，反而被这些百姓给突围冲了过来。

萧觉嵩看到这一幕，笑容更畅快了些许："当年你杀兄夺位，欲借此嫁祸于我，好将我也赶尽杀绝，逼得我不得不逃离皇城，这些年东躲西藏。"

萧长卿和萧长赢身子一震。他们从未想到过二十年前谦王的死因，竟然可能是陛下为谋权力设的局。不只他们没有这样想过，那些跟来隐藏在暗处、随时要护驾的武将也难以置信，大部分是不信萧觉嵩之言，但还是有些跟随谦王的旧部回忆起当年种种陷入了沉思之中。

沈羲和抬眼，隔着吊桥和流淌的河水，看着对岸一桥之隔的萧华雍。他谋算到这一步，最终的目的是要动摇谦王的那些部属。

二十年过去了，也许很多人会觉得人走茶凉，可若这些人因为曾经是谦王的跟随者，而在二十年里受到了诸多不公待遇，此刻会如何作想？

他们会越想越不甘。此刻他们或许只是不甘，一旦日后萧华雍的身份暴露，他只需要振臂一呼，这些人定然会齐齐响应。

萧华雍再能培植势力，也无法瞒过陛下的眼睛。无法培植军中势力，这是他最大的短板，如果能够将这一点补足，哪怕和陛下撕破脸，他也能有更大的胜算。

他在铺一条很长很长的路。

"你是畏罪潜逃。"祐宁帝捏紧了大拇指上的玉扳指。

"畏罪潜逃？"萧觉嵩轻"呵"了一声，"你是陛下，自然是你说了算。"

他瞄了一眼奔过来的百姓，高声说道："杀兄你不认，杀子呢？虎毒不食子，陛下对亲儿子倒是下得了手，或者说太子殿下不是……"

"萧觉嵩。"祐宁帝冷冷地打断他的话。

萧觉嵩也收了声，冲过来的百姓都愣在当场，因为他们发现这些人已经不是普通的官员，"陛下"两个字足可让他们腿软，平民百姓对皇室有着天生的崇敬和畏惧感。

他们都听到了什么？有人说他们的陛下杀兄杀子，每一个字都能够让他们的耳朵"嗡嗡"作响，吓得他们僵在原地，大气都不敢喘。

"陛下要证明太子的身份极是简单。"萧觉嵩说着招了招手。

押着萧华雍的人推着萧华雍往前，萧觉嵩比萧华雍矮一些，站在萧华雍的身后，不让弓箭手对准他。等他们刚刚走出三步，萧觉嵩就命人开始砍吊桥，用的是刀背，吊桥没有被砍断，却摇晃得厉害，萧华雍几次踉跄。

萧长赢目光犀利，在萧华雍又扑向吊桥绳索的时候，倏地拉开弓弩，一箭射出，精准地将萧华雍身后的人给射死了。

萧华雍还没有迈步往前走，身后的利箭射来，每一支都射在他的脚边，让他不能再挪动脚步。这不是射偏，而是故意拦他的路。

有萧华雍在吊桥上挡着，这边的人不敢轻易放箭，若是放箭，萧觉嵩直接射杀皇太子，他们岂不是要背上谋害储君的罪名？

祐宁帝不会下令，因为萧觉嵩已经暗示萧华雍不是他的儿子，此刻他若不顾萧华雍的安危，就是坐实指控的罪名。若萧华雍死了，其实这些人便是想明白了种种也无妨，因为他们没有了动异心的拥护者，只是太后那里……

祐宁帝觉得太后或许真的能够做出在宫门口吊死之事，这就不只是他个人名声受损的问题了，极有可能撼动朝纲，天下文人只怕要对他口诛笔伐，诸如沈岳山、步拓海这样手握兵权的重臣，便是借此反了，也能够得到民心。

"陛下忧心太子吗？"萧觉嵩笑得阴险而又有恃无恐。他的手下还在破坏吊桥，眼看着已经有木板松落，被河流冲走，萧觉嵩继续说道："陛下亲自来接，只要陛下肯来，我绝不毁桥。"

"陛下不可！"平遥侯等人藏不住了，蹿出来阻拦。

萧觉嵩不毁桥，不代表不放冷箭。

祐宁帝几乎没有犹豫，冷着脸说道："太子是朕的骨肉，朕是父亲，岂能置儿于险境不顾？"

这么多百姓看着，这么多大臣听着，祐宁帝必须让全天下的人都知道萧华雍是他的骨肉，若是萧华雍不是陛下的亲子，陛下缘何要立萧华雍为太子？

那只有一种可能，就是当年谦王的确是被陛下所杀，祐宁帝立萧华雍为太子，是太后妥协的条件。

沈羲和抬眸，看着小心翼翼地扶着吊桥绳索的萧华雍，他情真意切地高喊道："陛下，儿绝不信宵小之徒的胡言乱语，陛下待儿由来偏疼……陛下莫要过来，免中小人奸计！"

他好像被下了药一般，有些使不上力气，方才就有些脚步发虚，几次想要跳下

365

去，都被萧觉嵩的人晃动吊桥给阻拦了。

沈羲和静静地看着，经此一事，祐宁帝必然要更加"偏疼"萧华雍，轻易再不敢试探萧华雍，一个不慎，帝王的威信就会粉碎。

今日，若是萧华雍真的跌落桥下，或是经此一事丧命，哪怕陛下表现出一丁点儿不全力相救的迟疑样子，陛下杀兄的名声就会传出去，这么多百姓，难道陛下要一夜屠尽？

有了这么多百姓在场，谁都可以造谣，因为陛下很难查出是谁在背后煽风点火。

祐宁帝斩钉截铁地承认了萧华雍的身份，这是杜绝了日后祐宁帝自己想要废太子的时候拿这件事情做文章的可能。他肯定不会承认自己杀兄，但会掩盖杀兄这一环，质疑萧华雍的身世。如此一来，陛下想要废太子就很容易。

萧华雍已经开始在为日后和陛下正面交锋铺路，一点点将陛下能够攻击他的法子粉碎。

"好感人的父子情深场面。"萧觉嵩语气轻嘲，目光微凉，微微偏头。

他身后的人挽弓射箭，动作一气呵成，几支箭矢飞射而来，萧华雍已经尽力闪躲，一支箭还是擦着他的肩膀飞过，血渍迅速渗透了胳膊上浅色的布帛。

沈羲和目光一冷，一把从旁边的侍卫手中夺过弓箭，搭箭拉弓，利箭射出，高高越过萧觉嵩等人，没入他们的身后。一个握着弓箭的侍卫滚出草丛，眉心一箭，鲜血横流。

这一幕令所有人错愕，包括沈羲和自己，她的射箭水准她自己清楚，这把弓甚至超过她寻常训练的负荷，她勉强奋力射出一箭，现在都还感觉垂下的手臂在控制不住地颤抖。

她压根儿没有指望能够射中何人，只是觉得萧觉嵩惹恼了她，尤其是萧华雍肩膀上的血迹，让她莫名其妙有一股怒火充斥在胸腔里——她这才冲动地射出一箭。

萧华雍拽紧吊桥的绳索，回首看到这一幕，嘴角抑制不住地上扬，眸底是一片闪动的星光。

萧长赢有些失神，遥望被沈羲和射杀的人片刻，又缓缓侧首看向沈羲和。

萧觉嵩也盯着滚到不远处的尸身看了一会儿，这才抬起头眯着眼望向沈羲和："虎父无犬女，神勇无匹的西北王之女，没有失了你阿爹的威风。"

"别伤他。"沈羲和微微抬起下颔，背脊挺直，神色淡然，声音冷厉，"方才那一箭我还你。若他再被你或者你的人伤一分，我便对你鞭尸一寸；他若从这里摔落，我要你被焚骨扬灰，死不得安宁。"

少女的声音就像蓝天之下的云雾，自然而又平静，她没有咬牙切齿，没有疾言厉色，用最平缓的语气陈述着她言出必行的决心。

萧觉嵩愣了片刻。

出奇的是他竟然不愤怒。一个行将就木之人,有什么看不开的?

不过沈義和的话的确威胁到了他,他也不想死后被人如此折磨,连体面下葬的机会都得不到。

他没有回复沈義和的话,祐宁帝却在这个时候走上了吊桥。他步伐稳健,迅速朝着萧华雍靠近。所有人都神情紧绷,萧长赢已经做好了搏斗之势。

萧觉嵩也微微扯平嘴角,看着祐宁帝靠近,与祐宁帝目光相接,各自眼里都是深沉的光。

等到祐宁帝和萧华雍只有五六步距离时,萧觉嵩一声令下:"放箭!"

"护驾!"

箭如雨下,萧华雍握着吊桥绳索的手迅速用力,几乎是同时,萧长卿也奔到吊桥的另一边,顺着萧华雍的力道一荡,吊桥飘到了半空之中,才让萧华雍与祐宁帝同时躲过这一轮箭矢,而萧华雍和祐宁帝都倒在了吊桥上。

这猛烈一晃,有些松动的木板彻底滑落,萧华雍整个身体都落了下去,双手紧紧拽着衔接木板的绳索,整个人荡在半空中,脚浸泡在河水里。

祐宁帝的情况与萧华雍相差无几,为了不让萧觉嵩的人射中他们,这边的将士都在弓箭手的掩护下,迅速晃动着吊桥,不敢有一刻停下。

吊桥根本不堪如此重力摇晃,这边的军卫已经有人跳进河流,准备下河接应。对岸的人不但想要射杀祐宁帝,还要阻止这些人下河接应,不少人在河中中箭。这个时候萧觉嵩亲自拿了一把弓弩,抬起小巧的手弩对准了祐宁帝,萧长赢见状也迅速挽弓。

萧觉嵩迅猛射出的短箭在射中祐宁帝的前一瞬被萧长赢的箭给打偏了,这一箭在厮杀震天的双方对决之中惊艳了所有人,就连沈義和都忍不住震撼。

弓弩的力道远在弓箭之上,这样的情况下,萧长赢能够射准已经难如登天,竟然还能够将萧觉嵩的弩箭射偏,这样的能耐,放眼天下没有几个人能够做到。

难怪当年他一路被追杀,面对那么多人的围追堵截还能逃那么久,萧长赢的武艺,的确令人望而生畏。

萧觉嵩只是看了一眼萧长赢,倏地又举起了弓弩对准祐宁帝。萧长赢的箭也挽在弓上,弓箭的速度远没有弓弩快,只不过祐宁帝距离萧长赢更近。

他预判得相当精准,萧觉嵩刚刚起势,有几次故意作势,他都没有松手,直到萧觉嵩真的要射出第二箭的时候,他才抢先一步松了手,再一次精准无误地打落了萧觉嵩的弩箭。

萧觉嵩原本只当方才一箭是巧合,这下子不得不激赏地看了萧长赢一眼。

蓦然间,萧觉嵩对祐宁帝生出了一种难言的忌妒之心,自己的前半辈子享尽荣华,却尚未得一子便颠沛流离,而祐宁帝子嗣颇丰,且没有一个草包。

有了萧长赢辖制萧觉嵩，祐宁帝松了很大一口气，这时却传来了绳索崩断的声音。

萧华雍的身体迅速坠落，沈羲和看见这一幕，不再理会这里的交战，朝着河下游奔去。

河水实在湍急，人一旦落水，必然无法自控，被大水冲走，就连跳入河中的人都没有几个能够不被河水冲偏。

"珍珠，你去寻个百姓问问，可有人从桥上落水，落水之后在何处寻到了人！"沈羲和带着墨玉继续往河的下游奔去，心思一动，想到了另外一个法子。

珍珠连忙折身，绕过战场，走向仿佛被定住、不敢上前也不敢后退的百姓。

萧华雍肯定是要跳下去的。便是他不跳，吊桥也坚持不了多久。而两岸相隔，他又不能横渡河流，这场对决不会轻易结束，唯一的法子就是跳入河中。

只是急流伤害性极大，也不知他落下之后会被冲到何处，在河中又是否会撞到礁石……

若非有如此之多的不确定因素，祐宁帝和萧华雍早就往河水里跳了。

沈羲和往下游去时，萧长赢的目光几不可见地随着她的身影移动了片刻，被紧盯着他的萧觉嵩看在眼里，萧觉嵩又想到了下面递上来的消息：他们随同萧华雍的人去营救萧华雍时，萧长赢和萧华雍在一起。

这是祐宁帝为萧华雍布下的局，萧华雍是顺势被抓走的，萧长赢却穷追不舍？

两个人当真是兄弟情深？

萧觉嵩的视线在萧长卿和萧长赢身上绕了一圈，这才是同胞兄弟，而萧华雍……

一念至此，萧觉嵩将手上的弓弩对准了萧华雍，萧长赢眼瞳紧缩，握着弓的手不由自主地紧了紧。萧觉嵩眼神微沉，拉动弩机，萧长赢迅速射出了一箭，萧觉嵩却在最关键的时候扣住了弩箭。

这一支箭没有射出去，他转手将弓弩对准了祐宁帝。萧长赢要再搭箭挽弓已经来不及，只得目眦欲裂地高喊一声："陛下——"

在萧长赢射空的一箭从自己身边飞射过去后，萧华雍就知道了萧觉嵩的意图。在萧觉嵩还没来得及射出这一箭的时候，萧华雍就身体一荡，松了抓住的绳索，自桥底下朝着不远处的祐宁帝扑了过去，刚好拽住了祐宁帝悬空的双腿。重力让萧华雍将半个身子还在吊桥上的祐宁帝拖了下去，而萧觉嵩的弩箭恰好擦过了祐宁帝的肩膀，带出飞溅的血丝。

若非萧华雍及时将祐宁帝拽下去，这一箭就要射穿祐宁帝的胸口了。

两个人滚入了河水中。巨大的水花汹涌而来，混浊的水灌入口鼻之中，二人迅速被分开，只是几个眨眼间，就消失在滚滚河流之中。

没有了祐宁帝和萧华雍，朝廷的人再没有了掣肘，早就备好的一批水性极好的人纷纷跳入河里，也有人迅速沿着河岸追去，剩下的人全力伏击萧觉嵩。

萧觉嵩立时斩断了吊桥，带着他的人迅速撤回了后面的山庄。祐宁帝早就派人暗中从旁的地方潜伏上去，只不过绕路甚远，就不知来不来得及截杀萧觉嵩。

沈羲和是最先往下游去的人，走了一半，珍珠就追了上来，驾着马车带了一个年轻的百姓："郡主，殿下和陛下坠河，快上马车。"

沈羲和带着墨玉迅速上了马车，马车在官道上疾驰而过，扬起一路灰尘。大约一炷香的时间后，他们到了下游一处，由着人带到这边，发现在这里河流转了弯，若是幸运萧华雍他们是可以被拦下来的；若是不幸，就会被继续冲走。

沈羲和在这里既没有看到萧华雍也没有看到祐宁帝，水流的速度应该比他们只快不慢，若是这里没有萧华雍，那么只能说明他和陛下都被冲下去了，饶是此处水流没有上面湍急，沈羲和也担心不已。

珍珠问带来的百姓可还有旁的地方，对方忐忑地摇头，珍珠便让莫远送百姓回去。

"郡主，别担心，殿下应是早有准备。"珍珠宽慰沈羲和。

"他受了伤。"

这样的河水会让伤势恶化，他落到这样汹涌的河流之中，有太多不可控的因素……

哪怕他安排得再缜密，若有个万一呢？

"郡主莫要忘了，郡主与殿下当年也是在河中相遇，殿下也安然无恙，意味着殿下水性定然极好。"碧玉连忙补充道。

沈羲和看了她们俩一眼。的确，萧华雍水性极好，皮外伤也不足以让他没有自保之力，再不济他还有海东青。他到了何处，海东青都能将他寻到。沈羲和心下稍安，却没有放弃寻找，而是继续沿着路往下走。

马车一路往下，很快就遇上了昭王萧长旻。萧长旻的人划着几条船等待着，看来不只萧华雍早有安排，就连祐宁帝也早做了打算。

沈羲和靠近后，就发现祐宁帝已经被他们救上来了，连忙问："太子呢？"

"郡主，太子殿下在那儿。"萧长旻指着另外一艘小船说道。

萧华雍面色苍白，已经晕了过去，太医正围着他检查伤势。而祐宁帝仍旧清醒，坐在船上任由太医为他包扎伤口。

"珍珠！"

沈羲和唤了一声，珍珠立刻跳上了船。太医院的人对昭宁郡主身边这个医女也熟了，没有阻拦，自己诊了脉之后就给珍珠让了位置。

珍珠面色不大好，转头对沈羲和说道："郡主，殿下好似又中了毒。"

不只沈羲和，就连祐宁帝也面色微变，朝着这边看过来。祐宁帝立时看向给自己诊脉的太医，太医会意慌忙解释："陛下安心，陛下并未中毒。"

祐宁帝面色稍霁，唤了给萧华雍诊脉的太医到跟前："太子又中了毒？"

"回禀陛下，"太医如实回道，"太子殿下本就……体弱，此次又被毒箭所伤，真是雪上加霜。"

祐宁帝吩咐刘三指："即刻送太子回宫。"

一阵兵荒马乱，大部分人护送萧华雍回行宫，沈羲和跟了上去。

随阿喜守在行宫里。他要一直为萧华雍施针，这次来行宫直接跟着东宫来的，占的是东宫的名额。

沈羲和站在外面焦急地等待着，没一会儿太后便赶来了。

沈羲和没有心情去安抚焦虑的太后，因为不知道萧华雍中毒是意外还是他自己搞的鬼，真的很担心他的身体。大概半个时辰之后，祐宁帝就回了行宫，太医和随阿喜等人才出来。

"太子如何？"太后连忙问。

太医垂头不语，随阿喜看到沈羲和的目光才回道："太子体内两种剧毒相冲，能不能醒来未知。"

太后一个不稳向后倒去，祐宁帝连忙扶住她。太后抬头看到是祐宁帝，一把将他推开，倒在自己的宫婢身上，用一种悲痛欲绝的目光盯着祐宁帝："陛下可满意？"

陛下可满意？

除了沈羲和以外，在场之人纷纷低下了头。

太后的指责之意过于明显，兼之之前萧觉嵩的话、余桑梓与溧阳县主供出来的两名暗卫的事，无疑都在隐隐揭露某一个呼之欲出的事实。

曾经他们没有这样想过，现在想一想，若陛下在嘉辰太子递降书当日设计谋杀谦王，嫁祸给嘉辰太子，真是一举数得。

当年谦王突然遇刺，他们不敢这般想，一则是谦王与陛下素来手足情深，二则是有太后做证。

如今众人想来，手足情深抵得过至尊皇位？太后在那样的时局下若是不忍痛支持陛下，将会面对怎样的下场？

"阿娘，是儿没有保护好七郎。"陛下低声愧疚地说道。

"你废了他吧，让他安稳地过完所剩无几的日子。"太后沉痛地闭上了眼睛，仿佛用尽了全部力气，靠在女官身上，语气里又好似还夹杂着一丝哀求之意。

这个时候废太子，理由是什么？

太子体弱？才发生这样的变故，无论祐宁帝给出多么冠冕堂皇的理由废太子，太子不是他的亲生骨肉、他当年杀兄夺位的事情必然无法再遮掩。

群臣会如何看待他？今日在场的那些百姓又该如何传言？

萧觉嵩还逃跑了。他是不是在等着这个结果，好借机散布谣言，谋夺帝位？

祐宁帝要考虑的因素太多，太子不能废。

"阿娘，七郎不会有事，他活着一日，儿在一日，他就是皇太子——他是儿唯一的嫡子。"祐宁帝当着所有人的面做出了承诺。

太后睁开眼，冷冷地看着他，看了许久许久，才冷笑一声，入了屋内。

沈羲和早就入了屋内，此刻正坐在床榻边，看着面色苍白如纸的萧华雍。她就那样静静地看着，没有人知晓她在想什么。

太后和祐宁帝入内，她站起身礼数周全，看起来恭恭敬敬，可透着一股子敷衍和不满之意，谁都感受得到，却指责不了。

众人在寝殿里也是相顾无言，祐宁帝日理万机，又有萧觉嵩的事情要处理，便最先离开。太后倒是想要一直留下，奈何上了年纪熬不住，在宫女的几番劝说之下，最终还是走了。

月上西楼，沈羲和却没有离开。她留在寝殿里，等到所有人都走了，才问："他是真的又中了毒？"

"是。"珍珠和随阿喜同时低下了头。

沈羲和便没有再说话，一直守着萧华雍。萧华雍是深夜万籁俱寂的时候醒过来的，就看到沈羲和趴在床沿睡着了。他瞬间呆愣，用力闭了闭眼，再睁开眼时，朦胧细碎的光晕中，她依然静静地趴着。他迅速坐起身，小心翼翼地要去抱她，却将她惊醒了。

对上她困倦的目光，还不等她反应过来，他一把将她紧紧抱住。

抱着沈羲和，萧华雍有些失神地望着一处，甚至没有感受到沈羲和的挣扎动作。

"你放开！"沈羲和从未被人这样紧紧抱着过，好似要将她嵌入骨子里，令她差点儿呼吸不畅。

这个人看似孱弱，身子骨儿却结实。任凭她如何拍打，他没有感觉到痛，反而是她的手疼。

萧华雍忽地回过神来，松了些力道，却没有让沈羲和挣开他的束缚。他还是抱着她，抱得很紧："对不住，呦呦……"

他似呢喃的声音透着浓浓的担心与愧疚之意。

沈羲和皱了皱眉，没有弄懂他突然发什么疯。

他却蹭了蹭她，一个劲儿地重复着那五个字："对不住，呦呦……"

沈羲和无奈。要不是今日手上戴着的镯子里都是毒针，她真的恨不能直接给他一针！

"你若再不松开我，我保证你日后休想见我。"沈羲和很讨厌被人这样圈着，鼻间全是一个男人阳刚炙热的气息，令她很不舒服，只得出言威胁。

　　这个威胁很有效，萧华雍受惊一般松开了她，动作迅猛，险些将她给推倒。幸亏他又反应过来拉了她一把，而后过意不去地冲着她傻傻地笑了笑。

　　沈羲和挣开他的手，站起身却发现方才坐在脚踏上太久，腿已经酸麻无力，脚下一软就倒了下去。萧华雍手疾眼快地将她一把抱住了。

　　温香软玉抱了满怀，萧华雍忍不住咧开了嘴角。

　　"放开。"沈羲和低喝道。

　　要是往常，他肯定死皮赖脸地抱紧她不撒手。现在察觉到沈羲和在生气，萧华雍只得乖乖地松了手。看见沈羲和要走，他又连忙抓住她的手腕："呦呦，你恼我、气我都成，莫要不理我可好？"

　　他最怕的就是她对他冷漠以待，她的冷漠态度比万箭穿心更让他畏惧和疼痛。

　　"太子殿下将所有人玩弄于股掌中，我岂敢恼你？"沈羲和冷着声音说道。

　　"你还说不恼，这话不就是气恼之言？"萧华雍小声嘟囔了一句，察觉到沈羲和用力要挣开他的手，又小声说道，"我并非要隐瞒你，也不是要你配合我做戏，掩人耳目，而是我……我从未想到，你会担心我，亲自守着我。

　　"若我知晓我在你心中如此重要，定会早早告知你，我的确中了毒，只是这毒并不会伤我，而是克制我体内的奇毒……"

　　这事只有令狐拯和他知晓，便是太医令都不知。

　　他体内的奇毒近年来之所以好了些许，便是令狐拯寻到了这种刚猛之毒，每年为他以毒攻毒一次，才能压制体内的奇毒。这毒刚入体时，会形成两种毒素冲撞之势。

　　无人会想到它是用来克毒的，萧华雍如此做，是为了打消陛下对他最后的怀疑。因为他又中毒了，陛下不会觉得他会付出如此大的代价来做戏。

　　这一局，他就再不可能是参与者。

　　沈羲和站在床边，低头静静地看着坐在床榻上明明智计百出、此刻望着自己的目光却明亮宛如稚子的萧华雍。他笑得那么明媚，令窗外的月华都羞了三分。

　　他冲着沈羲和眨了眨眼："中毒的不是我，而是……"

　　"陛下"两个字，他吐字无声，用口型告知她，脸上是沾沾自喜又阴冷邪佞的笑容。

　　"陛下怎会中毒？"沈羲和错愕。

　　当时祐宁帝和萧华雍都受了伤，可太医诊断出萧华雍中了毒之后，就有太医轮流仔细地给祐宁帝诊脉，都确定祐宁帝并未中毒。

　　"弩箭上没有毒，毒是我去救他时乘机所下……"萧华雍低声笑了笑，补充道，

"与其说是毒,不如说是蛊,太医之所以还未诊断出来,盖因蛊虫还未孵化,刚刚潜伏到陛下体内,尚未兴风作浪,如何能够被察觉?"

"这蛊……"沈羲和皱眉。

巫蛊巫蛊,自古是一家,沈羲和从未接触过这个领域,在闲书上倒是略有所见,书上的内容也不甚详细,萧华雍却对这些东西运用自如。

不是她自命清高,而是潜意识里不希望亲近的人接触过多这类东西,总觉得容易被反噬,也许是无知,所以对未知之物本能地有些忌惮。

"是嘉辰太子交与我之物,这种蛊虫会像一粒种子埋入土壤,吸收土壤内的养分成长。"萧华雍感觉到沈羲和的排斥情绪,连忙解释,言简意赅地将蛊虫的作用也解释了一番。

"他竟然不求让陛下速死?"沈羲和有些意外。

"他命不久矣。"萧华雍忽地说道。

"嗯?"沈羲和不解。

"他自十年前起就饱受病痛折磨,不想陛下痛痛快快地驾崩。"萧华雍说道,"他也不想助我轻而易举地夺得大位。"

祐宁帝驾崩,萧华雍顺理成章地即位,不但祐宁帝死得干脆、毫不痛苦,就连萧华雍也能够顺顺当当地继承帝位。在得知萧华雍不是祐宁帝之子后,萧觉嵩就只想看他们互相残杀。只可惜,他看不到了,不过这不妨碍他创造出这样的局面,哪怕离世也会少些遗憾。

故而他给祐宁帝下了一种蛊虫,这种蛊虫要吸食人体的养分,在祐宁帝的身体里悄无声息地与祐宁帝共存,一旦祐宁帝生了病,提供不够养分,它就会开始蚕食祐宁帝的五脏六腑。

医者无论如何都查不出病因,也察觉不到它的存在,至多只能感觉到祐宁帝体内五脏失衡。而这只蛊虫极小,每日蚕食的分量有限,没有个十年八载,是不可能要了祐宁帝的命的。

而没有五六年,祐宁帝也不可能察觉到问题。一旦察觉就到了无力回天之时,余下的年岁,他就得以汤药度日,每日在痛不欲生的剧痛之中苦苦挣扎。

沈羲和听得有些不舒服。她不是个好人,亦不是个有仁爱之心的人,对人从来是快狠准,不喜欢以折磨人为乐,其缘由是不想浪费精力,也不想给人反弹之机。

故而她对这种慢慢将人折磨死的法子还是有些不喜。然而这仅代表她个人的想法,也纯粹是对这个法子有意见,对萧华雍,沈羲和并没有因此而厌恶。

"你确定他命不久矣?"

萧觉嵩现在逃脱了,这样阴狠毒辣的人若是还活着,漫说祐宁帝,便是她也觉得不安宁。萧觉嵩目下是满腔恨意都在祐宁帝身上,谁知道等他觉得祐宁帝已经逃不出他布下的杀局之后，会不会将目标转移到旁人身上？

当年谦王也是萧觉嵩的敌人。若非谦王用兵如神，如今登上皇位的可就是萧觉嵩。

"久病成医，我虽久病未成医，可一个人是否病入膏肓、回天乏术的模样，还是能分辨一二的。"萧华雍安抚她，"况且我寻到他之后便调查过他，为他医治之人与令狐老头有些交情，极容易打探出他的情况真假。"

在布局缜密这方面，沈羲和还是信得过萧华雍的，他从不失手。

"我从未想过，你会亲自把身世的事揭露出来。"沈羲和轻声一叹。

萧华雍莞尔，面色从容："借此机会宣扬出来，陛下日后便不得不与我演父慈子孝的样子，省去我的诸多麻烦。"

他的身世是陛下心头的一根刺，早晚陛下会利用起来大做文章，且他已经察觉陛下或许猜疑自己已然知晓身世，与其遮遮掩掩，与陛下就身世的事互相试探，不如将事情摆在明面上。

无论陛下是否断定他知晓身世，都会极力让他觉得这纯粹是萧觉嵩信口雌黄。

自此之后，陛下为了不被安上杀兄的名头，也要极力让众人认可萧华雍的身世，萧华雍就是中宫嫡子。

"你……便没有想过日后要正名吗？"沈羲和问。

这样绑着，他就永远是陛下的儿子。

萧华雍渊海一般深沉的眼瞳静默地看了沈羲和片刻，他才失笑道："呦呦，我自十岁起便四处闯荡，其实性子放荡不羁，并非你所见的雍容清雅。有些事有些物，我较之许多人看得极淡。认祖归宗、落叶归根，这些于我而言并不是必不可缺的。"

他也不知自己是否凉薄。他没见过生父、生母，对他们谈不上有任何牵绊与孺慕之情。幼时经历太多绝望和无助的事情，他曾无数次在鬼门关徘徊，那时无人对他伸出手，无人将他揽入怀。

所以，即便是对生身父母，他也没有什么血脉之情。

他对他是谁的孩子无所谓。于他而言，他只是他，他的一切只属于他。

当然，现在又不同，他有了她，可以属于她。

这些话他又不敢说得太直白，恐让她害怕自己薄情，将她好不容易对自己多出来的在意粉碎得一干二净，却又不想欺骗她，故而婉转地将自己的心思表述了出来。

他紧盯着她，很是忐忑与忧虑。

他明明很担心自己在她心中高大伟岸的形象轰然崩塌，可还是选择了说实话。

沈羲和轻轻笑了："殿下，你甚是没有自知之明。"

"嗯？"这句话没头没脑，让萧华雍的那点儿不安情绪消失得无影无踪，他表情困惑地看着沈羲和。

他费解又带着点儿自我反思的样子，让沈羲和的目光温和下来，她忍不住调侃他："雍容清雅？我从不曾在殿下身上体会到这四个字，殿下的放荡不羁，我倒是看得一清二楚。"

他在她的面前就是个登徒子，自己心里却没有一点儿数！

沈羲和揶揄的话，让萧华雍的眼中星光涌动，他忍不住低头笑了笑，笑容淡然明净，却又透着浓浓的醉人之意："这世间，唯有一个你能知我全貌，见我真性情。"

他缓缓抬眼，长夜留灯，暖光融融，温柔了他的眉眼。他眼眸明亮，能让人轻易窥探到一片柔情："也唯有你，能让我卸下伪装，放下心防。"

他明明不是桃花眼，也不是天生含情眸，眼底却时刻浓情如墨，令人不敢与之对视。沈羲和微微移开目光，瞥了一眼天色："殿下再歇息会儿。"

萧华雍低笑一声，轻轻扬唇。她在躲避，萧华雍一点儿也不懊恼，一种偷着乐的愉悦感悄然笼上心头，萧华雍低声说道："我明儿还得继续'昏迷'，呦呦莫要担心我休眠不足，倒是呦呦应该歇息。"

沈羲和从善如流地颔首，视线落在萧华雍捏着自己的手腕的五指上，用眼神示意他放手。

萧华雍的笑容忽地透着一股子邪佞和坏意，他不但没有松手，反而一把将沈羲和拉到了床榻上。

仿佛只是一个眨眼间，沈羲和的后脑勺就枕在了枕头上，熟悉的平仲叶气息散开，萧华雍侧躺在她身边，半边身子撑了起来，悬在她的上方。对上她恼怒的双眸，他依然笑得肆无忌惮。

知道她不会发出声音引来人，他缓缓低下头，渊海一般的眼眸中闪动着暧昧的光。

沈羲和就紧紧盯着他，双瞳宛如覆了一层寒霜，表情带着一种他敢乱来就要他好看的隐怒之意。

夹杂着药味的温热气息拂过她的脸庞，他在她身侧紧挨着她躺下，双唇几乎碰到她的耳垂，压低的声音有股说不出的暧昧感："呦呦若是现在离去，少不得有人要猜疑我已经醒来，只得委屈呦呦在此处将就一晚，我绝不会冒犯呦呦。"

"饱读圣贤书，太子殿下竟是连冒犯为何解都不知？"沈羲和冷着声音说道。

他揽着她同榻而眠，两个人发丝相缠，这还不算冒犯吗？

"非不知为何解，"萧华雍的胸腔里透出一点儿低沉的笑声，他说，"而是……被呦呦纵容着的人……有恃无恐。"

沈羲和气得脸都红了，懊恼自己幼时体弱，不能习武。她若有父兄的武艺，这会儿一定要狠狠教训这个无耻之徒一番。

知道她素来以大局为重，不会轻易令他处于不利境地，他便肆无忌惮地触碰她容忍的底线，还如此堂而皇之、沾沾自喜地说出来。

萧华雍知道自己已经触碰到了沈羲和的底线，趁着她还没有发作之前乖乖地往内滚去，贴到了床内的边缘，中间空出了许多位置，拉开了两个人之间的距离。

沈羲和迅速坐起身，她的礼教不允许她轻易和男人同榻而眠，哪怕是未婚夫婿。她冷着脸坐到一旁的长榻上，将长榻上的案几挪到一端，和衣躺下，很快便入眠。

她的呼吸变得均匀绵长后，萧华雍忍不住侧首看她，看着看着也不知想到什么，忽地笑起来，就这样看着她入了梦乡。

早间是萧华雍先醒来的，察觉到有脚步声，他坐起身的动静也让沈羲和睁开了眼。

两个人以眼神传递了消息，萧华雍又躺下，沈羲和走到了门前，打开房门，就对上了刘三指。刘三指身后跟着三位太医和天圆。

"郡主。"刘三指见到沈羲和行了礼，"奴婢是奉命来看望殿下。"

沈羲和让开了路："太子尚未苏醒。"

刘三指带着太医轮番又给萧华雍诊了脉。三个人嘀嘀咕咕一阵，又对刘三指摇头，刘三指这才恭恭敬敬地说要回去复命，便离开了。

沈羲和回了自己的院子。她住得本就与萧华雍很近，盥洗一番换了身衣裳，就连朝食都是到了萧华雍这里才用。

这里不比东宫，尤其是这个节骨眼儿上，此刻也不知道暗处藏了多少双眼睛，白日里萧华雍都没有醒来与沈羲和说话。

天圆熬了些汤药，这是滋补身体的，否则萧华雍一直不进食，再好的身子也熬不住。

天圆给萧华雍喂药的时候怎么都喂不进去，沈羲和又想到当初在太后宫里，这厮吃饺子非要她喂的事了。沈羲和不想惯着他，就大步走出了房门。她不在，他总会学乖。

哪里知道萧华雍就是不喝药，天圆弄洒了一碗汤药，只得垂头丧气地来向沈羲和求助。沈羲和正翻看着书："饿了，他总会喝。"

又不是她饿肚子，倒要看看这人能坚持多久。

事实就是，沈羲和到底低估了萧华雍的忍耐力。半夜肚子"咕咕"叫，他也能装作没有苏醒，闭着眼睛躺在床上。起初沈羲和仍是选择无视，结果这人的肚子一直叫唤。

沈羲和最后烦不胜烦，还是捧了一碗汤药，舀了一勺："好好喝，别得寸进尺。"

勺子被喂到萧华雍的嘴边，萧华雍乖乖地配合着张了嘴，眼睛是闭着的，睫毛和眼皮却在颤动，嘴角也抑制不住地上扬，那小人得志的模样，让沈羲和差点儿没忍住将一碗汤药扣在他的脸上。

喂完汤药,等所有人都下去了,沈羲和才问:"你要装到何时?"

这样的日子,她不想持续太久。她抽身不管他,会引人怀疑;一直这样留在这里配合他演戏,瞧瞧这人做的都是人事吗?

"我这毒原就不是只服一次药。"他确实没有欺骗沈羲和。

这到底是毒,哪怕是以毒攻毒,也得分段服用,否则两种毒药没有互相抑制,反而相互激发就得要他的命。

沈羲和皱了皱眉。她不是不信萧华雍,而是忽然有些心疼他:"以前定然很苦。"

这句话让萧华雍心花怒放、眉开眼笑,立刻得意忘形地握住沈羲和的手:"不苦,不苦,若能因此得呦呦三分怜惜之心,再多的磨难都是值得的。"

这样一想,他对自己中毒之事还心生感激,若非有中毒之事,他只怕不会蛰伏和装病,更不会有命不长的断言,如何能够因此被沈羲和青睐?

这个因果循环,甚得他的心。

"若定要经历种种磨难才能与你相遇,无间地狱,我亦感激。"

他不是没有抱怨过,不是没有憎恨命运不公过,只是这些曾经的不平与愤懑情绪,在遇见她的那一瞬间就全部释然了。

他的眼里再也没有仇恨与怨愤,只有对她的向往与渴求。

她是能让他忘记所有不快与痛苦,心中盛满温柔和庆幸的人。

沈羲和忽地有些后悔方才下意识地感慨了一句,当时只想到了他幼时的种种经历,便情不自禁地脱口而出那句话,结果又引得他眉开眼笑,油腔滑调。

她几不可闻地轻叹了一声,重新找了话茬:"有件事我一直想不明白。"

"哦?"萧华雍来了兴致,银辉凝聚的眼眸转了转,"普天之下,竟有事令呦呦捉摸不透?"

沈羲和正色道:"我非诸葛再世,又非先知,岂能事事算尽?"

"呦呦说得是。呦呦只管问,我可盼着能为你解惑。"萧华雍语气讨好道。

"你为何要安排两个暗卫?"整件事情,沈羲和唯独不明白他为何要安排两个暗卫去救余桑梓和顾青姝。

他是想借她们之口揭露陛下养私兵的事?这也不能堂而皇之地说出来,无凭无据,就给群臣一个猜测?他需要费这么大的劲儿?

沈羲和更不相信萧华雍纯粹是为了把顾青姝和余桑梓推出来,以他的格局和心胸,他怎会去关注两个不起眼、满脑子只有风花雪月的小女郎?

时至今日,沈羲和有点儿明白萧华雍为何倾心她了。与美貌无关,似萧华雍这样的儿郎,能够让他为之心动的必然是心智、手腕和眼界与他在同一水平的女郎。

可他天生要走的是帝王之路,这世间怎会有女郎着眼帝王之路?哪怕是余桑宁一心想要荣华富贵,依然是寻常女郎的思维,所算计的无非是一桩好姻缘,借助儿郎抬高自己。这样的女郎数之不尽，他走过繁华，历经坎坷，看遍人世间之事，自然不会心悦这样的女郎。

故而，萧华雍这一举动，在整盘棋局里显得尤为突兀，才会令沈羲和捉摸不透。

听完这话之后，萧华雍轻轻地笑了，看着沈羲和如同看着一个迷路的可人儿，含笑的眼瞳里尽是柔情蜜意和宠溺暖光："我的呦呦，你真是一叶障目。"

"请殿下点拨。"沈羲和也不恼，因的确没有想透关键之处。

萧华雍的目光越来越温柔，他喜欢她，其实她的性子不讨喜，没有女郎的鲜活与娇俏、温软与柔弱，她是一种很难让儿郎生出保护欲与爱怜之心的女郎。

大多时候她甚至胜过万千儿郎，这样的沈羲和，注定会让无数儿郎望而却步。故而，明明她拥有绝美容颜，而上京之后没有人对她表达爱慕之心，并非大家都懂她注定要嫁入皇家，而是没有几个儿郎愿意迎娶这样的妻子。

她的智慧和心胸、眼界与手腕，都会让无数儿郎在她面前相形见绌。

可他喜欢她，觉得这世间只有她配得上自己，也只有自己才能够配得上她。只有与她朝夕相对的人，才能发现她身上有多少大儒和被封为圣人的博学之人都没有的优点。

譬如她从不避讳自己的缺陷，从不觉得自己不知不懂是丢人之事。不耻下问，在她身上体现得淋漓尽致。

"呦呦觉得，我费了这么大的劲儿，其目的只是让嘉辰太子与陛下对上？我只是在破局对吗？"萧华雍低声问。

"我从未说过殿下是破局人，无论何时，殿下从不被动，永远是执棋者。"沈羲和说道。

萧华雍这样的人，永远不会沦为棋子。他不会被人利用，对他再不利的局势，无论开始是何人发起战书，结束都是由他说了算。

他抬起手，手腕上是沈羲和编织的五色缕，五色缕被他缠上了那枚黑色的棋子，他的手腕在她面前晃了晃："若呦呦是执棋者，我甘愿成为棋子，为你所驱使，为你所向披靡，只要你能永远留我于掌心上，不将我舍弃。"

沈羲和摆出无言以对的模样静静地看着萧华雍。

萧华雍就喜欢撩拨她，不过该正经的时候还是一本正经地作答。他轻咳了两声，正襟危坐："不，不，不，呦呦忘了，早在来行宫之前我就说过，陛下对我心有猜疑，必是要试探我……"顿了顿，萧华雍眼睛微弯，瞟向沈羲和的方向，有些做贼成功般偷乐，"从我抓了巽王却一无所获开始，我就在筹谋一个局，一个把陛下套进来的局。"

巽王……沈羲和瞬间福至心灵，恍然大悟，旋即有些愕然，又有些心惊肉跳："殿下是故意引起陛下猜疑，就是想逼得陛下对你下手。从对付萧长泰开始，殿下就一步步留下了尾巴，因为越是让陛下觉得你深不可测，越是似是而非，陛下越会小心谨慎。

"去年发生太多事情，让陛下有一种身侧危机四伏的忧虑感，陛下觉得一切都是殿下所为，就不敢轻易用身侧的人，因为陛下无法确定哪些地方没有你的耳目。"

既然陛下不敢动这些人，就必须动用神勇军，一则是隐蔽，二则是养了这么多年，正好试一试刀够不够锋利。

陛下怕是到了此刻都想不到，由始至终，萧华雍的目的都是神勇军。

他将目光又转了回去，落在一处，目光锋利似雄鹰："我抓了陛下的人。"

被拖回来的尸体是对得上数，可这些人陛下不是每一个都见过，陛下不可能记得每一张脸。萧华雍抓了十一个人，依照陛下小心谨慎的性格，陛下必然是要请训练他们的人过来核实的。

萧华雍要阻拦陛下这个时候带人来一一核实，只得让陛下不敢轻举妄动，就得让群臣知道陛下在养私兵，且是掏国库养私兵，让群臣盯着陛下。

等过个三五日，不论陛下有没有让人私下处理尸体，在这样的夏秋交替之际，尸体也早已经腐烂，要辨认绝不可能。

这便是暗卫救下余桑梓和顾青姝的用意。

李代桃僵，浑水摸鱼，萧华雍抓了神勇军，定然是一个个进行严刑拷打。这些人虽然都是经受过严酷训练的，但没有经历过战场洗礼，毅力必然有限，绝不会如同巽王一样坚强不屈。

"此举或会让陛下生疑。"沈羲和也不确定陛下会不会猜疑。

好歹是军士，无调令不得私自行动，他们怎会突然撤离跑到行宫来护驾？尤其是那句话，更是极其刻意。

"呵呵呵……"萧华雍愉悦地笑出声来，"那两个人只是做神勇军打扮，实则是嘉辰太子之人，嘉辰太子为何这般做，自然是要暴露陛下的私心，与我何干？"

沈羲和蓦地看向萧华雍，就见他眉目从容，一切都在掌控之中。

陛下不会认为萧觉嵩和萧华雍早有预谋、串通一气，因为陛下想不到萧觉嵩已经病入膏肓、命不久矣。所以在陛下看来，萧觉嵩若要与萧华雍联手，定不会如此突然暴露，必然有大图谋才对得起萧觉嵩这些年潜伏在暗处汲汲营营。

既然陛下不会怀疑他们串谋，就不会想到那两个假冒的暗卫故意到行宫来救人，暴露他私下养兵，是萧华雍的手段，只会觉得纯粹是萧觉嵩恶心他的手段。

好一招瞒天过海，萧华雍把萧觉嵩撬出来，扰乱了陛下的视线，利用萧觉嵩吸引走了陛下全部的注意力，而萧觉嵩以两边受害者的角色掌控了整个局势，得到了全部好处。

"日后，殿下多了一层面具。"沈羲和不得不赞叹萧华雍的深谋远虑。

萧觉嵩快死了的事只有萧华雍知道，祐宁帝想不到，以后萧华雍要做什么，就能伪装成萧觉嵩所为，借助萧觉嵩一点点地将自己掩护起来。

这一局，萧华雍不费一兵一卒，折损陛下两百多精锐将士，其中十余人被活捉，且陛下还不知情。

陛下训练的精锐将士实则已经能以一敌百，萧华雍根本没有军队，不能这个时候让陛下肆无忌惮。神勇军一旦出动，大获全胜，陛下就会信心大增，一定会大肆扫荡沈岳山或是步拓海，抑或直接朝着外族发兵，以战绩来让神勇军正大光明地被人接纳，被百姓拥戴，从而理所当然地让神勇军取代西北军或是蜀南军。

萧华雍一次诛杀数百人，在陛下这里一个活口未留，会让陛下怀疑神勇军的能力，陛下会不敢轻举妄动，这为萧华雍争取了有效的时间来继续筹谋。

事实上，为了歼灭这二百多人，萧觉嵩几乎全军覆没，萧华雍也算是费尽心思，可陛下不这么认为，因为萧觉嵩全身而退了。萧觉嵩有多少人手才能做到这一点？

陛下自然不会想到，萧觉嵩能够全身而退是有萧华雍这个内鬼。这个内鬼被"对方"用了毒，是要他的性命的剧毒。所以，他要继续躺很长一段时间，甚至只怕要几度危急，要让陛下知道他多可怜，陛下才会越发不信他会和萧觉嵩联手。

萧觉嵩轻轻松松地跑得不见踪影，会让陛下深深忌惮，日后萧华雍假借萧觉嵩的名头，无论掀起多大的腥风血雨，陛下都会觉得可信，会越发忌惮一个早已经死了的人，永远看不清真正兴风作浪的人就每日在他眼前扮演着命不久矣的羸弱待宰羔羊。

"知我者，呦呦也。"萧华雍道。

沈羲和轻易就想到，日后萧觉嵩就是萧华雍的一层皮，迷惑外人的皮，这令萧华雍心情愉悦，总有一种他们心心相印的默契感。

"殿下曾说，幸亏我非殿下的敌人。"沈羲和嗟叹，"今日，我将此言还与殿下。"

她也庆幸他们不是敌人，否则有这样一个敌人，真是令人防不胜防、心惊胆战、寝食难安。

"我对你坦诚以待，不是望你惧我、防我，是盼你能知我、明我。"萧华雍低声说道。

"我叹服殿下的智谋，佩服殿下的手段。"沈羲和淡淡一笑，自有一派自信的光彩流转于她的身上，"我并不畏惧殿下。"

她光彩夺目令他挪不开视线，深深地凝视着她，眼神深情而又灼热："你是苍天对我的怜悯。"

这人总是这样，三句话不离撩拨她，偏都说得好似肺腑之言。她不想接这话，又不好质疑他，瞧他得意扬扬的模样又觉得碍眼，忍不住就怼了一句："那你便是苍天对我的惩戒。"

萧华雍的笑容瞬间僵在了脸上，他倒头就躺下，翻身背对着沈羲和。

这下换沈羲和忍俊不禁了，不过忍着没有笑出声，但也不打算去哄他。他这番作态，不就是指着她哄？之前他不喝汤药的事，她都没有和他计较，这会儿他又开始闹脾气……

心知哄多了就会把他给惯坏，沈羲和索性转身，把长榻上的案几推到尾端，扯过薄被，脱了外袍躺下。

萧华雍是在等着被哄，可等了一会儿听到"窸窸窣窣"的声音，内心是想要悄悄转过头去偷看的，可教养和沈羲和的反应让他抑制了自己的行动。

别看他嘴上油腔滑调，偶尔也会夜探香闺，但心中还是恪守男女大防的，没有想过婚前就轻薄她，蠢蠢欲动的心缓缓歇下，那点儿小情绪也顿时消失不见。

很快就感觉到她因为熟睡而呼吸绵长起来，他缓缓转过身，就看到沈羲和躺在长榻上，只留了一盏灯，灯光有些昏暗，笼罩在她的脸上，睡梦中的她安静而柔和。

萧华雍忍不住就嘴角上扬，目光也温软了下来。他调整了睡姿，侧躺着面向沈羲和。

他忽地觉得这次设计陛下得到的最大好处不是神勇军，也不是日后能够假借萧觉嵩的名义兴风作浪，而是能够在假装中毒期间每日与她朝夕相对。

这是意外之喜，有了这个开始，沈羲和就断不会半途而废，她的一举一动都影响着旁人对他的病情的猜测。

"嗯，得想个法子，拖着不回宫。"萧华雍自言自语。

只有在这里，沈羲和才能一直这么关心他，他们回了宫她就有理由不来了。

第十四章　心有灵犀控人心

白日里沈羲和是绝对自由的，因为萧华雍白日里无法作妖，除了非得她喂他才喝药之外，便没有什么让沈羲和不如意之事了。

不过一日也就喂两回药，沈羲和也就忍了。原以为昨夜她将他气到，他今日定会不配合，但不知为何，他自个儿心情又好起来。

似乎察觉到沈羲和的情绪，萧华雍喝完药，趁着没有人，睁开眼睛看着沈羲和，用口型吐字无声道："夫妻哪里有隔夜仇？"

沈羲和捏着手帕给他擦拭嘴角的手顿时用力摁了摁，萧华雍疼得龇牙咧嘴，却愣是不敢发出一丁点儿声音。

沈羲和这才暗自笑了笑，起身离开。

她每日只需要守着萧华雍，旁的事情她连打探都不曾去打探。祐宁帝铆足了劲儿追捕萧觉嵩，想要探一探萧觉嵩的实力，还打着为萧华雍寻解药的名头，故而如何兴师动众也无人觉得不妥。由于萧华雍躺着，人人都不敢劝说祐宁帝。

可惜的是，萧觉嵩就像会土遁术一般凭空消失了。祐宁帝追查了半个月也没有寻到蛛丝马迹，越发忌惮萧觉嵩的势力。一个消失了二十年的人，谁也不知他背地里蓄积了怎样的力量。

追查了半个月，祐宁帝也知道如此追踪下去必然无果，索性放下了，只不过萧华雍的毒未解，明面上自然还是需要有人锲而不舍地追下去查的。

但祐宁帝并未下令回宫，依然按照原定的九月回宫。行宫看似恢复了风平浪静的景象，实则人人都变得谨小慎微，再也不复出来时那般随心自在，就连贵女们也一下子乖了起来，没事就留在自己所居住的院子里赏花绣花、烹茶画画。

哪怕是在同一个院子里相聚，众人也不敢像最初那般放声喧哗，无形的压抑气氛笼罩在行宫的上空，令人有些喘不过气来。

"陛下因何不回宫？"

是夜，天色尚早，沈羲和与萧华雍低声闲谈着。

按理说，发生这样的事情，祐宁帝在行宫遇刺，还拉了那么多尸首回行宫被众人看见，行宫诸人的谨小慎微样子，他都看在眼里，竟然一点儿不嫌晦气。

"陛下心思深沉，我岂能窥透上意？"萧华雍冠冕堂皇地幽幽说道。

沈羲和只差对着他翻白眼，这些话他拿去糊弄没见过他的真面目之人尚可，漫说她不信，就是萧长卿和萧长庚也不会信："这话殿下您自个儿信吗？"

萧华雍用一种企图蒙混过关的傻笑来应付沈羲和，沈羲和就静静地看着他，他最终败下阵来："太后不愿回宫，因我尚未康复。"

太后不愿回宫，理由是萧华雍不宜被挪动，那就是太后和太子都不回宫。又没有什么特别紧要不得不回京都的大事发生，祐宁帝能够丢下萧华雍和太后，自个儿带着大队人马回宫？

显然不能，现在民间已经开始传太子非他所生，若祐宁帝真在这个时候把萧华雍扔在这里，这谣言就难以止住了。

沈羲和点头，太后紧张萧华雍，会如此想也是情理之中的事。

聪慧如沈羲和也忽略了一个关键所在：萧华雍和萧觉嵩联手，并未告知太后，太后在完全不知一切是萧华雍所为的情况下，刚刚经历了这样的风浪，应当顾忌行宫的安危问题才对。

只可惜沈羲和以为萧华雍的所作所为太后皆知，才不会觉得太后此刻坚持留在行宫里的行为有些反常。

萧华雍自然不会告诉她这点，因为这就是他一手促成的。他就要留在行宫里，就要与她每日同屋而眠，就要她一整日都围着他转，这种滋味，美得难以名状，令他沉醉。

"近来好似有人在背后推波助澜，散布你并非陛下之子的传言。"沈羲和又说道。

这事当然也是萧华雍搞出来的，就是为了让祐宁帝更坚定地留下来，当然还有另一层用意："怀疑的种子被埋下，总会有人想要试探，不如就让他们看清楚陛下的态度，也省了些许麻烦。"

这事果然是萧华雍所为，沈羲和便不再多问。

反倒是萧华雍见她静默，忽地来了一句："太后与陛下打算弄些喜庆之事，冲一冲近来的不顺。"

"喜庆之事？"沈羲和首先想到的是太后的生辰，但时间是下个月月底。

"太后和陛下决定将平遥侯嫡长女指婚给二哥。"萧华雍提前让沈羲和获悉了消息。

平遥侯府要出个皇子妃的事,经过余桑宁一番运作,必然能成,陛下也确实想要给平遥侯府做脸,这次不论是行宫平乱还是追击萧觉嵩,平遥侯都表现不俗,也应该论功行赏。

"竟然是昭王殿下……"沈羲和有点儿惊讶。她没有看低昭王殿下的意思,只是萧长旻到底已经有了嫡长子,再配高门贵女,女方难免有些委屈。

她想着很有可能是将人指婚给信王兄弟,毕竟一个膝下无子,一个尚未婚配。

"陛下原是打算赐婚给小九,"萧华雍解释,"只不过揭露陛下的暗卫一事,她与溧阳县主参与其中,陛下心中也有了些芥蒂,赐婚的事自然就落在了老二头上。"

他那日其实就是想找个见证人,肯定要找女眷才不会引人怀疑。若是朝臣,未必会将事情吐露出来;便是没有脑子之人,也说不定在尸体被运回来之前,就向父兄吐露暗卫之事,会被阻拦。

唯有女眷,女眷消息闭塞,发生这样的大事,父兄都忙着善后,恨不得时时刻刻伴在陛下左右,为君分忧。她们很不容易见到父兄,极不可能在短时间内透露暗卫之事。

等到事情发生,她们又是两个人,不能说谎,恐被另一个人拆穿,嗅不到政治风向,只得把话如实交代出来。

萧华雍没有特意针对谁,正如沈羲和所想,这些女郎都不被他看在眼里,他只是叮嘱手下寻两个在一起又落单的女郎,恰好余桑梓和顾青姝落了单。

为这一句话,余桑梓错失了更好的姻缘。

"这姻缘落不到她头上。"沈羲和对余桑梓没有多深的印象。

这个皇子妃是余桑宁筹谋来的,只怕是昭王而不是烈王,更让她满意。

若对象是烈王,她很难李代桃僵,身份不够,昭王倒是可筹谋的空间更大。

"唉,若早知他们是想要喜事,我就晚些时候做局。"他也正好筹备他们的大婚之事。

他语气之中浓浓的遗憾之意以及瞟向她满是暗示性的眼神,让沈羲和当下就明白了他心中所想。

她只是淡淡地看了他一眼,说道:"这几日殿下夜夜外出,所为何事?"

萧华雍张口便要下意识地作答,眼底却忽地闪过一丝促狭之光:"呦呦这是要我交代行踪呢?"

沈羲和微微蹙眉,直觉他定要说些轻佻之言,正欲开口阻拦,他却没有给机会,先一步说道:"呦呦像极了询问夫君的新妇。"

沈羲和:"……"

她本想张口质问她何处像新妇,可对上他笑意流转的眼瞳,就连他眼尾的小痣也风情无限……她选择了闭口不言。再掰扯下去,他不知有多少轻浮之言等着她。

萧华雍早料到她是这般反应，故而早早准备了话："趁热打铁，摸一摸神勇军的底。"

萧华雍抓了陛下的人，自然要从这些人嘴里套出些有用的话。

沈羲和了然，点了点头，沉默不语。

她没有问他都摸清了一些什么，萧华雍微讶，还以为是方才的一番戏弄令她心中不悦，故而小心地觑了觑她的神色："你……你恼我了？"

沈羲和同样惊讶了："殿下何出此言？"

"你对神勇军亦有好奇之心，却不问我。"

神勇军一定程度上是为了对付西北军而存在的，没有人会比沈羲和更想知道神勇军是怎样的存在。

他们之间早已在不知不觉中变得信任与随意，沈羲和若想知晓什么，定会直言相询，不会顾忌什么。

沈羲和莞尔，黑曜石般明亮的双瞳笑看着他："殿下，我想知晓何事总会知晓，我与殿下可相辅相成、互助互利，但我绝不会一味向殿下索取东西。"

萧华雍闻言抿唇笑了笑，含笑的双眼柔情蜜意。

他细细想来，她的确是这般，他待她好，她就待他也用心。或许于她而言她只是不愿相欠，可于他而言，这就是有来有往，是相亲相爱。

"想来呦呦是成竹在胸。"萧华雍说完，低低的笑声从嘴角溢出。

若非如此，沈羲和便是从他这里打听到了消息，再于旁处答谢他便是。

"太子殿下对巽王可了解？"沈羲和也没有卖关子。

巽王其实早就是萧长风了。在他父亲诈死没多久后，他就继承了王爵。

沈羲和派去的暗卫伪装成游侠卢炳，已经与萧长风碰过面。就在前不久，在萧华雍失踪，行宫上下一片忙乱之际，萧长风于黄州与卢炳相遇。

彼时恰好萧长风为父母迁坟合葬完毕，黄州多雨，山体滑坡，差点儿将萧长风活埋，是卢炳将萧长风从泥泞里拉了出来。

将人拉出来后，卢炳见有人赶来，便将人交给了萧长风的下属后扬长而去。有了这个天赐良机，卢炳再安排一次被江湖仇杀，无路可退，碰上萧长风的戏码，萧长风定会将人留在身边，过了试探期，便会重用。

"呦呦要从堂兄身上着手？"萧华雍扬眉，"堂兄为人……"

思索了片刻，萧华雍才继续说道："沉默寡言，武艺高深，用兵如神，颇具城府，性情多疑，不易接近。"

萧长风袭爵之后就由祐宁帝亲自抚养，不管是为了安抚其父，还是为了让萧长风堪当大任，陛下都是用了心的，萧长风绝非等闲之辈。

萧华雍也知以陛下对萧长风的器重程度、对巽王府的信任来看，神勇军十有八九就是萧长风子代父业培养的。萧华雍早想过派人接近萧长风，不过萧长风没有和他派出去的任何一个人交心。

萧长风是个天生喜好独来独往之人，或许是为了安陛下的心，没有任何人能够接近他。

沈羲和扬唇浅笑："殿下的人便是干干净净也得有个身份，有身份就能查来历，要身份与能耐相等，就必然可疑。巽王既然生性多疑，自是不会轻易结交，要让巽王放下戒心，这个人就得能被查得清清楚楚，能让巽王欣赏并生出爱才之心，又能让巽王放心倚重才成。"

"谈何容易？"萧华雍笑道，"堂兄尚武，只对武艺高强之人青睐有加，举凡武艺高强之人只要一出手，便会暴露来路，堂兄深谙各路武艺，极难逃过他的眼。"

"其实并不难。"沈羲和说完，眼底透出神秘的光。

萧华雍来了兴致："呦呦既出此言，必是已然谋成，还请呦呦赐教。"

前些日子她才向他请教，现在他又反过来请教她，还学着她当日的模样，令沈羲和瞥了他一眼，她却也没有隐瞒他："要从推骨术说起……"

沈羲和遂将随阿喜的看家本领向萧华雍坦陈，又将自己做局，如今一年之后的收效都告诉了萧华雍。

萧华雍听得心头如抹了蜜，她这是对他交心了呢。

若非信他，她如何能够将如此令人想都不敢想的本领告知于他？

沈羲和说完，就见萧华雍笑得有些发痴，好似还在走神："殿下可有听我之言？"

"自是有。"萧华雍立时回神，信誓旦旦地说完，就露出一丝苦笑，"不承想，竟是我班门弄斧。"

他费尽心思才抓到神勇军，几番严刑拷打，倒也套出不少有用之话，但这些都是最低等的士兵，所知消息有限，他也不过算是摸到了神勇军的皮毛，而沈羲和已经在向神勇军的中心靠近。

亏他还在沈羲和面前得意扬扬，此刻想想，颇为脸红。

"殿下谋划，神勇军不过是一环，破陛下之局，获嘉辰太子之名，才是最大之利。"沈羲和说道，"且还不知卢炳何时能接触神勇军，殿下现在对神勇军至少有了初步判断，不必妄自菲薄。"

换作往常被沈羲和这样夸，萧华雍指不定要乐傻，可是此刻他的脑中想到了另一件事："推骨之术，当真如此神奇？"

他擅易容，虽技艺已出神入化，可也只能短暂蒙蔽他人，不能长时接触。

"选面容相似，尤以双眸相似之人，能推出一模一样的外形。"沈羲和现在回想见到推骨后的卢炳的样子，依然觉得震撼。

萧华雍忽然击掌："呦呦，我们推个陛下玩玩如何？"

"殿下可知你在说什么？"沈羲和极少有被惊到失语的情况，萧华雍总是语出惊人。

推一个陛下！

他要干什么？

他要谋反吗？

萧华雍要把真正的陛下给杀了，李代桃僵，用个假的？

若是能够擒拿或者杀了陛下，萧华雍何必去掌控一个假的，自个儿直接登基便是。

他若掌控一个假皇帝，一个不慎就会万劫不复。

他们根本接近不了陛下身侧的心腹之人，她相信萧华雍能够了解祐宁帝的脾性，可祐宁帝的阅历、祐宁帝属于帝王的威严和谋略，岂是一朝一夕能够模仿的？

这和卢炳完全是两回事。

沈羲和吃惊的样子让萧华雍颇为无奈，他说："呦呦想远了，我从未想过要掌控一个假的陛下。"

且不说沈羲和所顾虑的那些事，只说帝王之位诱人，真有人坐上那个位置，只要不是草包，就断不可能不想成为真正的帝王，而草包又怎么模仿得了陛下呢？

"殿下又为何想要用推骨术推出一个陛下？"沈羲和不解。

"并无长远计，只是想亲眼见识见识推骨之术，又觉得总能用上。"萧华雍坦诚道。

沈羲和不知用什么表情看他，索性下巴微仰，目光往上，融了烛火橘光。

她并未翻白眼，眼瞳和下颌都往上，就连不想搭理人的模样也清雅迷人，萧华雍一时间又情不自禁地露出了痴笑。

受不了发痴的太子殿下，沈羲和索性站起身往次间走去。她已经发现萧华雍的小心思，再则近来太医也说了太子殿下病情日渐平缓，她就没有留在这儿。

没过几日，传来了一个令沈羲和开心的消息：沈云安与薛瑾乔定下了婚期，是来年五月。在沈羲和大婚时，阿爹会来为她送亲，沈云安留在西北筹备自己的婚礼。

沈羲和知晓这是让沈云安心里能够感到安慰些，他定然想要亲自背着沈羲和上花轿，可他和沈岳山注定不能一道来，让他筹备婚礼，也算是有个不能入京的由头，不单单是因为时局，算是自欺欺人。

因而这几日沈羲和虽然表现得不明显，萧华雍却看得出她有些郁郁寡欢的模样。

他记得她是因为接了一封家书才变得情绪低落的，故而去打听了一下西北的事，没几日就知晓了西北只有喜事没有恶事。他琢磨了片刻后，大抵想到了她的心思。

"我陪你去西北参加你阿兄的大婚。"萧华雍低声说道。

沈羲和微微一愣，有些怀疑自己的耳朵："殿下，你说什么？"

"我说，我陪你去西北，亲眼看着你阿兄大婚。"萧华雍重复了一遍。

"殿下，舟车劳顿，且不合规矩。"沈羲和从未有过这等奢望。

她能够去参加表兄的婚礼，还是仗着自己是质子的身份没有明说，勉强能够争辩出个自由身的幌子，阿兄在她之后大婚，她身为太子妃如何能够任性妄为？

"规矩？从来只有我给旁人定规矩，我从不守旁人的规矩。"萧华雍嘴角上扬，眸底泛光，"我想你嫁与我，能因我而欢喜与安乐——我尽我所能让你这一生自嫁与我起少些憾事。待你我垂垂老矣之年，回首过往，你能因嫁我而觉得是人生之幸，我此生便是圆满的。"

能够参加阿兄的婚礼，让素来心如止水的沈羲和都忍不住心动，她不想口不对心，知道要成事，萧华雍少不得要费一番心思。

她若直言不愿让他费心，他只怕又要恼她；她若问他想要什么，他定也会不悦。他想要的是与她以心换心，不是做交易谈利弊，可她现在做不到他想要的地步。

她只得把他这份心意记在心里，遂莞尔："好。"

她说"好"，没有说"有劳殿下""多谢殿下"这些生疏与客气之言，更没有问他欲求什么，宛如一股凉风吹入萧华雍的心间，吹散了阴霾，令他的心房霎时敞亮起来。

两个人相处，也因此少了些礼数约束，沈羲和对他越发自在，待他也越发细心和上心。

其实早在那夜醒来，看到她伏在榻边，萧华雍就知道他愿意为这个温柔待他、真心忧心他的女人粉身碎骨。

八月伊始，祐宁帝果然给余桑梓与昭王赐了婚。众目睽睽之下，沈羲和亲眼看到余桑梓一副如遭雷劈的表情。

余桑梓是平遥侯府的嫡女，嫁给亲王做继室，名分上的确不委屈。

可实际上她韶华正茂，如何甘愿去做继母？

而她又不是恶毒心肠，从未想过折磨昭王的嫡子，想到的是有嫡长子在前，她日后便是生下嫡子，孩子也无法继承王爵，站在她自己的立场上看，这是一段难以接受的婚姻。

她畅想的是一个知冷暖的夫君，昭王已经有过嫡妻，日后她在昭王心里也好，在旁人眼里也罢，都是处处要被与前妻对比的，逢年过节她还要给一个牌位行妾礼。

只是想一想，余桑梓就觉得憋屈。

余桑梓心中所想并没有人在意。祐宁帝除了赐了一桩婚事，还打算十月给沈璎嫭操办及笄礼。沈璎嫭比沈羲和小了不多不少整十个月。

很多人偷偷打量沈羲和，沈羲和却浑不在意。她更纳闷的是另外一件事："太后办了春日宴，漫说还有宗亲巽王等人，就连信王和烈王以及在外的景王都未被赐婚，这是为何？"

这不合常理，典型的雷声大雨点小。

"刚接到的信儿，吐蕃要送公主来和亲。"萧华雍为沈羲和解惑。

吐蕃年初想要求娶公主，穆努哈被沈羲和算计，弄出了穆努哈杀死阳陵公主一事，祐宁帝本身就不愿意和亲，原打算翻脸，也没有翻脸成功。吐蕃是铁了心要和天朝联姻，娶不到就嫁公主。

公主必然要嫁给皇室之人，最次也得是如巽王萧长风这样的宗亲。

"又是一番腥风血雨。"沈羲和轻叹一声。

谁娶公主，就意味着与皇位绝缘了，除非是皇帝和太子娶。

若只是涉及是否无缘帝位，倒也不至于令人兴风作浪，毕竟便是有人心中觊觎帝位，也不敢这个时候表现出来。若是谁为了不娶吐蕃公主而闹得太难堪，岂不是司马昭之心路人皆知？

最大的隐患还在于，娶了吐蕃公主的人日后若被新帝不容，有个吐蕃公主的发妻，又不似李燕燕那般是亡国公主，吐蕃还在，新帝就随时能利用这一点，稍加运作给人扣上一个通敌叛国之罪。

再则，吐蕃公主生于吐蕃，双方言语、习俗都不相通，夫妻间也难以和美，是以此刻最高兴的莫过于昭王萧长旻，既得了高贵的嫡妻，又免了可能娶吐蕃公主的苦恼。

吐蕃公主只可能给陛下做妾，不可能给亲王做妾。

"陛下要回宫了吧？"

吐蕃遣公主来和亲，这是国之大事。

"过了中秋启程。"萧华雍颔首，颇为遗憾。他更喜在行宫里与沈羲和朝夕相处。不过想到已经八月，再有半年他们就能大婚，他心里方好受些。

没两日，吐蕃公主要和亲的消息传来，吸引了举朝的注意力，这里面涉及错综复杂的关系，早已经成了某位皇子党羽的大臣们自然也是满心谋算。

沈羲和发现这件事情迅速缓和了之前萧觉嵩弄出来的混乱局面，让群臣渐渐淡忘了太子是否陛下亲子的流言。

这大概也是陛下应允婚事的缘由之一。

与去年使节上京要和亲的消息不同，那时各家都忙着婚嫁，就怕自己的女儿被封为公主远嫁和亲，这次女眷们都坐等着看好戏，行宫的日子恢复了初时的欢声笑语景象。

日头渐凉，眨眼便是端正月，去年这个时候沈云安陪着她，今年随着陛下和太后在行宫里庆贺，祐宁帝带着诸位皇子和王公大臣一道猎了不少肥美的猎物，众人少了些往年在宫中的拘谨感。

哪怕是在行宫里众人也能够看到一簇簇烟火远远升入高空，百姓都在热闹庆祝着。

端正月过后，陛下带着众人浩浩荡荡地赶回了宫中。

沈羲和依然深居简出，只有月末最后一日是太后的寿辰，她受邀到宫里贺寿。今年与去年的整寿不同，宫里并未大肆操办，只请了些许宗亲和勋贵大臣，不算特别热闹。

祐宁帝并不铺张奢靡。不论是他本人还是宫里的人，若非整寿都不会大肆操办。

十月，深秋染红了东宫的枫叶，沈羲和想到去年初次见到萧华雍，他也是站在这两棵红枫下等候她，翘首以盼。只是那时他伪装着，现下则真切而炙热。

"呦呦今儿这套枫叶色襦裙极美。"入了宫内，萧华雍低声赞美道。

沈羲和脚步一顿，侧首看向萧华雍，眼中透着一种惊讶的喜悦之色："殿下你……"

"多亏呦呦，我才能重见颜色。"萧华雍眉眼含笑道。

他好了，可以清楚看到所有颜色，这让令狐拯都觉得不可思议。听闻他恢复，令狐拯已经动身赶来，一定要见一见随阿喜。且今年沈羲和采集了不少琼花，如今已入深秋，眼瞧着就要至寒冬，可他的肺部已然没有了往年的痒意与灼痛感。

他这才体验到，原来无病无痛的冬日竟然这般怡人。

"殿下，这是什么颜色？"沈羲和有些不信，拿起了腰间的玉珏。

为了搭配衣裳，这是黄色的玉。

"杏黄。"萧华雍温和地笑着作答。

沈羲和这才眉开眼笑："恭贺殿下。"

"今儿唤你来，是为了试婚服。"萧华雍眉眼间也透着欢喜之色。

尚服局用了数月时间，赶制出了沈羲和的婚服和头冠，原是要送到郡主府的，是萧华雍拦下，请了沈羲和来东宫试，尚服局自然求之不得。衣服华贵，带出宫若是有损，整个尚服局的人都要遭受责难，沈羲和入宫试穿再好不过。

十月了，再过一季，来年三月，春暖花开之际，他们便要大婚了。

沈羲和顿觉时间真快。尽管看出了萧华雍的私心，这是正事，她也没有忸怩，大大方方地试了起来。

当看到头冠之际，她还是愣住了。这是由珍珠镶嵌出来的头冠，上面全是一种大小不一却泛着一点点金色光泽的圆润北珠。

不是说这种北珠一珠难求吗？

"殿下何故如此破费？"这头冠只怕再难出第二个，沈羲和只当是萧华雍自己掏腰包，花了千金打造出来的。

"并未破费，都是海东青刨来的珠子。"萧华雍说得云淡风轻。

立在他身后的天圆抽了抽嘴角，太子殿下说得好像是海东青自己愿意去刨的一样。

想到自己手中还有一颗北珠是萧华雍所赠，据说也是海东青带回的，沈羲和没有多想。她甚是喜欢，穿上了华丽烦琐的嫁衣，随意绾了发髻，戴上了头冠，骨子里透着温柔与高贵的气质。

萧华雍仔细打量着她，没有放过一丝细节，确定没有任何不足的地方，才下令赏赐尚服局众人。

隔日，吐蕃公主抵达京都，当夜陛下在清凉殿设宴，招待远道而来的公主及使臣，沈羲和也来了。

这位公主长得十分美艳，五官要比天朝的女郎多了一分英气，身量较高，有着天鹅一般细长的脖子，秋水一般的眉下是一双眼波一转便风情无限的灵动眼眸，唇红齿白，双颊生晕，唇边含笑，明艳不可方物。

令人惊叹的是，她还能说一口流利的汉人语，向陛下敬了一杯酒，而后转身又向萧华雍敬了一杯酒："太子殿下，别来无恙。"

一句话让大殿静了静，大殿上的众人纷纷投来了探究的目光，就连祐宁帝都忍不住问："尧西公主何时见过七郎？"

沈羲和的位置距离萧华雍不远，她清楚地看到尧西公主慧黠的目光扫过萧华雍，随后尧西公主回禀祐宁帝："启禀陛下，尧西三年前曾随王兄来过天朝，在洛阳遇见过太子殿下，与太子殿下有过一面之缘。尧西险些被人蒙骗，是太子殿下相助，尧西才能脱险。尧西一直不知相助之人是殿下，今日见了面，忍不住对殿下表露感激之情。"

直觉告诉沈羲和，尧西的话半真半假。

一时间，众人的目光齐刷刷地落在了萧华雍的身上，有的意味深长，有的暧昧不明，有的则是深藏探究之意。

萧华雍的面色一贯苍白，他十分从容地说道："尧西公主只怕是认错了人，孤的确长居洛阳十余年，却甚少出道观，孤不记得与公主有过一面之缘。"

太子殿下神色坦然，让人情不自禁地就信了几分。

尧西显然没有料到萧华雍会睁眼说瞎话，果断否决了他们曾见过的事实，微微怔了怔。

还不等她开口，萧华雍便伸手摸了摸自己的脸，颇为玩味地说道："尧西公主并非第一个初次见面便如此对孤言语之人。"

他的语气、动作，无一不让人联想到方才尧西公主说那话纯粹只是觊觎太子殿下的美色，故而大胆以此来拉近两个人的关系。

换作大部分儿郎，若有一个身份如此尊贵、美貌绝俗的少女对自己表明心意，多半会顺势应下。这不失为一段风流佳话，又全了女郎的颜面，偏萧华雍不识风情。

尧西从愣神瞬间变成了恼羞，她的汉文化学得很好，明白萧华雍在说她没有女儿家的矜持，对俏儿郎见色起意！

他明知他们见过，却丝毫不惧怕她将实情吐露出来。

尧西公主定定地看了萧华雍片刻，才发出一阵银铃般的豪爽笑声，有些俏皮地开口道："一点儿小心思，被太子殿下看穿了，实属惭愧。"

她反倒大方承认她就是见色起意，化解了尴尬的处境，还叫人看到了她敢作敢当的一面。

"哈哈哈……"祐宁帝愉悦地笑出声来，"朕的诸位皇子，春花秋月，各有风姿，倒是七郎最肖似朕。"

太后也跟着打圆场："陛下少年时，可有不少女郎争相追逐。"

沈羲和想，或许祐宁帝与谦王也很像，只不过谦王已故二十年，身故之前大多时间还是在西北，朝堂二十年里已经更替了不少人，就连以前谦王的旧部，现在回想一下谦王的模样，画面都已经被岁月侵蚀得模糊起来。

她看了看祐宁帝，再看了看萧华雍，倒觉得萧华雍确实和陛下有些相似。

宴会的一个小插曲，并无人放在心上，包括沈羲和。

萧华雍自第二日起就在等着沈羲和来问他。他不信沈羲和那么灵透的一个人不知事情蹊跷。好歹也是个女郎正大光明地与他套近乎，沈羲和怎么着都应该有些介怀才是。

回了京都之后，沈羲和基本五日入宫一次。隔日沈羲和并未进宫，只有珍珠欲言又止。

"有话你只管说便是。"沈羲和看到珍珠几次动了动唇，话到嘴边又咽了下去，有些诧异，"你与阿喜喜事将近？"

沈羲和实难想到除此之外，还有什么事能够让珍珠如此难以启齿。

这两个人都在她的眼皮子底下，彼此间的情意根本藏不住。

珍珠脸一红，连忙说道："婢子要陪着郡主入东宫，郡主莫要取笑婢子。"

东宫才是危机四伏的地方，沈羲和怎么离得开她？她怎么着也要陪着沈羲和在宫里站稳脚跟之后，才能放心嫁人。幸得阿喜也效忠郡主，她嫁了人也能服侍沈羲和左右。

"东宫，东宫，呦呦，呦呦！"百岁又唱了起来。

沈羲和笑看它一眼，珍珠才说道："郡主，昨夜尧西公主之事，您不去东宫问一问吗？"

"为何要去问？"沈羲和不解，"太子殿下与尧西公主并无纠葛。"

这一点她能看出来，既然明知他们并无纠葛，她为何还要去询问？这样有些无理取闹。

珍珠："……"

她原以为郡主不去问，是因不在意，或是觉得自己立场不足，毕竟郡主尚且未与萧华雍成婚，现在她才明白，郡主是觉得没有必要，因为郡主相信萧华雍。

只是太子殿下并不需要这份信任，或者不知对这信任是觉得苦还是甜。

既然沈羲和不是不在意，珍珠也就不好再劝。

太子殿下正如珍珠所想，伸长了脖子在翘首以盼。日出到日落，天圆眼瞅着太子殿下的脸色越来越阴沉，做什么都不顺心，看谁都不顺眼，心都提到了嗓子眼处。

天圆想着自己要不要派人去递个话，请郡主入宫一趟，可左思右想也想不出个正当的由头。若他假传太子殿下的口信，要是太子殿下被哄好了，他也得不到夸赞；要是太子殿下和郡主不欢而散，那太子殿下岂不是第一个拿他开刀？

权衡利弊之后，天圆还是决定小心翼翼地缩着脖子承受太子殿下阴沉的目光。

第二日沈羲和还是没有来东宫。沈羲和没有来便罢了，反倒是另一个不应该来的人来了，天圆低声禀报："殿下，尧西公主求见。"

"不见！"萧华雍没好气地甩出了两个字。

"诺……"

天圆还没有转身，又被萧华雍喊住了。

"等等。"萧华雍低着头看了看手腕上的五色缕，眼底闪过一丝幽光，"请公主进来。"

天圆不解，却明显感觉到萧华雍此刻心情不好，不敢多问，连忙退下将尧西公主请进来。

尧西公主穿着绚丽多彩的吐蕃皇室衣裳，戴着精美的首饰，看起来华贵却不奢靡。

"参见殿下。"尧西公主行了吐蕃的礼。

"公主。"萧华雍也礼貌地回了礼，"公主请坐。"

两个人落座之后，宫婢上了茶水和点心，萧华雍便问："公主寻孤是有何事？"

"殿下，你我在吐蕃便见过。"尧西公主不答，只是说道。

萧华雍垂下长翘的黑睫："所以？"

"殿下韬光养晦，定不想旁人知晓殿下的真面目。"尧西公主带着些试探的口吻说道。

萧华雍嘴角微微上扬，却不言不语，仿若没有听到尧西公主之言。

尧西公主捏了捏衣摆，静等了片刻才继续说道："我知晓，我便是将此事说出去也无人会信，殿下定然也有诸多法子让人认定我是在胡言乱语。但我倾慕殿下，是发自肺腑的。"

萧华雍那点儿笑意顿时消失无踪。

"公主，吐蕃王病危，你幼弟年少且无大志，吐蕃王权岌岌可危，你们势必要与我朝和亲，为的就是巩固王位，驱逐大论（丞相）。"萧华雍淡淡地开口。

尧西公主面色微白，父王的病情一直隐瞒得极好，便是吐蕃掌权的夏扎家都没有办法确定父王的病情虚实，一时半会儿不敢轻举妄动。

年初吐蕃前来和亲，因突厥王子杀害天朝公主一事成谜，和亲一事并未谈成，父王也不好表现出急切之心，就怕夏扎家有所猜疑，且年初父王的病情有所好转。

哪知前不久父王的病情陡然加重，吐蕃只得再与天朝谈和亲之事，娶公主不行，就嫁公主。

比起在吐蕃被夏扎家垂涎，她不如肩负起家族的使命来到天朝，且在天朝有个她钟情的儿郎。她那时候并不知萧华雍的身份，只知道他必然非富即贵，也许是京都权贵。因着皇子是不能随意出使他国的，一个不慎极有可能引起两国冲突，故而她从未奢望萧华雍是皇子。

接待宴上，她看到了高居诸位皇子之首的萧华雍，心不可抑止地狂跳不止。

她觉得她与他或许有缘。

旁的皇子迎娶她或许要失去些什么，皇太子却不一样。他是继承人，昨日她打听了很多关于萧华雍的事，除却与沈羲和的部分，其余的她越听越按捺不住自己的心。

"吐蕃兵强马壮，殿下娶我入东宫，如虎添翼，难道不好吗？"尧西不明白，男人不都喜欢美人和江山？

她自问也是难得一见的美人，他娶了她就相当于得到了一半吐蕃，阿弟对她言听计从，日后吐蕃必将对天朝一心。

先帝荒淫，无心朝政，对内如此，对外更是从不多问，在位时期，两度失去安西四道，是后来沈岳山重新将安西夺了回来。

西北军在突厥与吐蕃之间，却威慑着两个地方，这也是为何祐宁帝至今不敢轻易动沈岳山，只能背地里打造出神勇军来悄然取代，以免山河沦陷。

当年吐蕃能够让祐宁帝忍痛割爱，眼睁睁地看着自己心爱之人去和亲，可想而知其强大程度。尽管现下吐蕃内部政治有分裂迹象，但天朝若贸然行动，未必能够一举将其拿下。

"虎，是丛林之王，它的江山是丛林，无须好高骛远，展望高空，要羽翼做甚？"萧华雍面色冷淡，"公主，你若安心待嫁，无论嫁了谁，好生过日子，我与陛下皆不会为难你与吐蕃，陛下也定会支持令弟夺得王位。你若有了不该有的心思……孤能让突厥王子有来无回，也能让吐蕃公主死得无声无息。"

尧西面色大变，惊恐地看着萧华雍。

其实她已经听说了关于突厥王子的种种事情，想到突厥王子也是在年初之时说见过萧华雍，必然是与她一样，知晓萧华雍的真面目，这才被萧华雍灭了口。

为了不引起两国战乱，萧华雍让突厥王子成了一个在逃的杀人犯，突厥王子杀的还是公主，萧华雍可谓智计高绝。其实她已经隐隐猜到，突厥王子极有可能遇难了，且这事与萧华雍脱不了关系。她那晚会顺着萧华雍把话圆过去，也是怕萧华雍对她下手。

但想法当真被萧华雍证实，她还是忍不住心脏紧缩。

萧华雍没有再看尧西公主一眼，站起身就出了房门，立在屋檐下对天圆吩咐："一刻钟后，送公主出东宫。"

他的声音没有压低，坐在明间里的尧西公主听得一清二楚。她不知萧华雍为何要留她一会儿，却因为畏惧而不敢提离去的事，硬生生地僵直着身子坐了一刻钟，最后被天圆送走。

"殿下，已将公主送走。"天圆回来复命。

萧华雍"嗯"了一声，没有多言。

天圆连忙又说道："属下派人将公主来东宫坐了一刻钟的消息散布开了，郡主定会知晓。"

"多事。"萧华雍瞥了天圆一眼。

天圆低着头，明明殿下自个儿就是想他将消息传到郡主的耳里，不然为何要留尧西公主一刻钟？

殿下心里想得不行，嘴上却还要说反话。不都说女郎才是口不对心之人，怎么到了殿下和郡主这里，都是殿下口不对心？

天圆捉摸不透，沈羲和也捉摸不透。她当天午后就接到消息，尧西公主去了东宫，还坐了许久，这是宫里传来的消息，还传尧西公主与太子殿下相谈甚欢。

沈羲和对这消息听听就好，依然低头调香。她偶尔也会调制一些香料放到独活楼售卖。若是香料受到喜爱，她便会将方子给红玉，由红玉吩咐香娘子赶制。

"郡主，这位公主是不是想嫁太子殿下？"沈羲和表现得云淡风轻，红玉却急了。

红玉一心支持郡主嫁给太子殿下，就觉得太子殿下与郡主顶般配，眼瞅着婚期不远了，可别出了岔子。

"她想嫁，也得太子殿下愿娶才成。"沈羲和研磨着香粉，头也不抬地说道。

"她若去求旨赐婚呢？"红玉担心。

尧西公主好歹是公主，若是不计较名分，就要给太子殿下做个良娣，陛下也不见得会不允。大不了太子晚个半年再迎她入东宫，也算是全了沈羲和的颜面。

最重要的就是吐蕃对西北而言可是交战国，吐蕃王室在王爷手中败了好几回，吐蕃公主和郡主怎么都不可能和平共处，陛下岂不是乐见其成？

"于公，你都能知晓我与她不能共处，太子殿下会不知？他岂会坐视这等局面出现？"沈羲和无奈地看了这群丫鬟一眼，一个个也不傻，为何就转不过这个弯儿？她继续说："便是陛下硬塞，你们家太子殿下也有的是法子拒绝。他不愿之事，无人能勉强他一二。"

于私，萧华雍允诺过她潘杨之睦，沈羲和虽然不信这个诺言会永不变，但以萧华雍的品行，他不至于这么快就变。

"郡主又说我们家太子殿下，可真是让我们寒心。"碧玉不满道。

每次她们一替郡主和太子殿下着急，郡主就说这话，好叫她们知道，她们的心都偏向太子了。这可真是六月飞雪，她们由来都是向着郡主。

"就是，就是，若非郡主，谁理太子殿下是谁？"紫玉连连附和。

"我们可不是为着太子殿下说话。"珍珠也表态，转而说道，"郡主总觉得我们向着殿下，实则是郡主与殿下比，殿下势弱，我们言及之时难免会温和些。"

"殿下势弱？"这个词甚是新鲜，沈羲和听了不由得乐了。

萧华雍势弱吗？

沈羲和仔细想了想，好似也真可如此说。

萧华雍待她可谓处处体贴，哪怕总是言语上撩拨她，却从未真正做过一件让她无法容忍之事，反而桩桩件件都替她着想。

"郡主待殿下，少了女儿家的柔软。"珍珠斟酌了一番，才把心里的话说了出来。

"我生来就没有女儿家的柔软。"沈羲和语气淡淡地回道，"我知你们心中所想。尧西公主对太子殿下之心昭然若揭，于情于理，我都应该有所反应，不应当如此漠不关心。"

珍珠等人齐刷刷地垂首不语，确实都是如此想的。

沈羲和不怪她们，因为这是她自己与人不同，症结在她："我只是觉得没有必要将此事放在心上。一则我信他；二则便是他不好动手，只要他确实有心想要拒绝，我也能出手。

"尧西公主于我而言，不过是动动手指就能解决之人，我为何要因她而闹心？"

她是觉得没有必要计较，也可以说她压根儿没有把尧西公主放在眼里，那就不是个对手。

珍珠虽然说不清沈羲和的想法，但明白沈羲和的意思，忍不住叹了一口气："郡主，婢子说句僭越之言，或许于郡主而言，有些事情是无理取闹，是不值一提，但于旁人而言，至关重要。正如尧西公主之事，婢子想着太子殿下是希望郡主能在意的。"

这与信任与否、实力碾压与否无关。

沈羲和活得太刚直、太有条理，完全不知情这物有时候是不需要过多理性的，它需要人冲动行事，抛开理智，忘却权衡利弊。

若沈羲和没有对萧华雍有所松动，若萧华雍在珍珠看来不值得托付，珍珠是绝不会对沈羲和说这些话的，免得害了沈羲和。

现下郡主明显对太子殿下不同，这份不同已经让郡主发自内心地关切太子殿下，而太子殿下对郡主的所作所为，她们也看在眼里。若郡主到现在还没有意识到这一点，日后她与殿下成婚，总会因此闹出矛盾。

届时珍珠等人作为郡主的丫鬟，自然不能帮着太子说话，郡主没有转过这个弯儿，只怕也会觉得自己没错，两个人也许会因此生出嫌隙。

珍珠的话让沈羲和顿住了手上的动作，沈羲和仔细想了想，忽地笑了："明日若是谣言越传越烈，我们就进宫看望太子殿下。"

听到尧西公主在东宫坐了许久，沈羲和一开始只当萧华雍坦荡，不惧外人传言，这会儿听了珍珠的话，又觉得或许萧华雍是故意将这话传与她听的。

目的嘛……

正如珍珠所言，他想她在意尧西公主，也许只能是她在意的反应，才能让他觉得她在意他。这个时候他想要的是她的在意反应，而不是她的信任表现。

尽管沈羲和觉得儿郎真是种难懂的活物，闹不明白萧华雍为何如此……嗯，矫情。

但他待她这么好，她也不介意容忍和宽待他，甚至去理解他的矫情行为。

隔天，谣言果然越传越烈，传到最后都有人说尧西公主要与沈羲和不分高低了。沈羲和可以确定，若无萧华雍纵容，这谣言绝不能传成这般。

他就是故意的，故意要她听到这些谣言。

沈羲和拎着精心做的食盒到了东宫，萧华雍故意侧身坐着，手中执卷，仿佛看不到沈羲和一般，把闹别扭的模样表现得清清楚楚。

沈羲和将食盒放下，寻了长榻自己坐下，就静静地看着他，眉目温和。

萧华雍起先还努力忍着，就等着沈羲和先开口，可等了一炷香的时间，沈羲和竟然还是不言不语，就那么静静地看着他。他实在忍不住，就把书放下阴阳怪气地开了口："来做什么？质问我太子妃的位置？"

"扑哧。"沈羲和一听他开口，就忍不住乐了。

她前两日没有读懂他的心思，故而没有来东宫看他，到今日都在传她太子妃的地位摇摇欲坠了才来，所以他以为她是为了利益才来，就摆出了这副面孔，说话都不愿看她。

"是啊，我可紧张正妃的位置了呢。"沈羲和一本正经地说道。

萧华雍侧对着她，虽然没有表现得特别明显，可沈羲和还是能够看到他胸腔剧烈起伏，鼻孔也微微放大，明显一副气极的表现。

他虚搭在腿上的手也瞬间捏成了拳。

沈羲和起身，缓缓走到他身边，缓缓坐在了他的身侧，柔软的手搭在他紧捏的拳头上，感觉到他有一瞬间身子变得僵硬。

她轻声细语地说道："那日在宴席上，我便知你与她并无瓜葛，故而并未来质问你。后来她来寻你，你在东宫接待她，我能猜到，她定是来寻你表明心意的，想要嫁入东宫，而你见了她，也定然对她疾言厉色地加以警告。无论外面风言风语传得多么不堪，我始终信你。"

萧华雍缓缓转过头，幽深的双瞳银光凝聚，目光十分灼人。

沈羲和与他四目相对，搭在他手上的手也微微用力相握："殿下，我是个不懂风情的女子，不知如何去对一个人用情，只知用心，有些你想要的拈酸吃醋的表现，这辈子我可能都不会与你。

"我若对你有心，天下人质疑你，我亦信你；我若对你无心，你后宫三千，我也难有一丝在意表现。"

沈羲和就是这样一个没有情趣的人，理性远远高于感性。

偏她又遇上了萧华雍这样一个满心满眼都是她，且手眼通天、万事都能摆平的儿郎。她认为没有任何事情是他解决不了的，除非他不愿意去解决。

这样的她，是不可能产生醋意的。

心"怦怦"跳得十分厉害，萧华雍小声问："故而……？"

黑曜石般明亮的眼瞳里盛满了笑意，她说道："故而不呷醋，不代表我不在意殿下。"

心里似有繁花朵朵绽放，萧华雍激动地反握住了沈羲和的手，声音都微微颤抖着："呦……呦呦，你是说你……在意我？"

最后三个字，萧华雍的声音极低，他看着她的眼瞳里涌动着银辉，也闪烁着忐忑之色。

"是，殿下于我是我在意之人。"沈羲和没有逃避。

若非在意，她当日又怎会在误以为他中毒之后彻夜相守呢？

这对守礼的沈羲和来说，算是较为出格的行为了。

萧华雍展开双臂，将沈羲和抱了个满怀，激动地说道："呦呦，我好生欢喜！"

沈羲和从未将"在意"二字说出口，她的内敛甚至理智，让他许多时候无力又无奈。他做梦都希望自己有朝一日成为于她而言不可替代、不可或缺的存在。能够听到她说上一句在意，让他如获至宝，喜悦之情溢于言表。

沈羲和任由他抱着，嘴角微扬："给殿下做了馄饨。"

萧华雍喜欢吃馄饨是真,并不仅仅因为和沈羲和有关。他未与沈羲和相识之前就喜爱馄饨,与沈羲和相识之后,这份喜爱就更深了。

馄饨不宜久置,萧华雍恋恋不舍地松开了沈羲和。沈羲和将馄饨端出来,放到了萧华雍的面前。

萧华雍看着汤碗里的白面馄饨,扬着唇将之吃得一滴汤水都不剩。

太子殿下很快就被哄好,又拉着沈羲和去看他们的婚房。婚房布置得差不多了,沈羲和发现所有的座椅都雕刻着平仲叶,有些自由舒展,有些拼凑在一起如花绽放,有些则是飘飞着似蝶起舞。

萧华雍还给她弄了属于她的制香房,香房内所有香具一应俱全,还有不少难得一见的香料。屋外两棵平仲树杏黄的叶子随风飘落,推开窗就是清新的平仲叶淡香袭来。

"殿下不用这般迁就我。"沈羲和看完,心里喜欢,可也觉得每一处都是她喜好的,就没有萧华雍自己的需求。

"我只要你,有你在,旁的我都看不见。"萧华雍含情脉脉地说道。

有她在,其他东西都是陪衬,能用能看就成。

"殿下便没有特别的喜好吗?"细细想来,沈羲和除了知晓萧华雍爱吃馄饨,好似就没有发现他有旁的喜好。

"八岁之前,我喜酪樱桃。"萧华雍收敛了笑意说道,"也正是因着自个儿喜好,才会克制不住动了那一碗酪樱桃。自那之后,我便再不放纵自己。"

没有喜好,他才能无悲无喜,才能不轻易落入陷阱。

沈羲和忽地有些心疼他。她明白强者就应该如此,这也是强者大多孤苦的原因。一个人一旦没有了自己的好恶,就缺少了生趣,他大概也曾从容想过短寿的结局。

"以前没有无妨,现下我有了。"萧华雍低头看着他们相握的手,将她的手抬起来,"呦呦便是我的喜好。"

这是第一次萧华雍说着情意绵绵的话,沈羲和没有无言以对甚至逃避。她说道:"荣幸之至。"

无论如何,在沈羲和看来,一个活生生的人应该有自己的喜好,这样才能鲜活,才有活下去的动力和乐趣。她很荣幸能够成为萧华雍这样顶天立地、手握乾坤之人的喜好。

她由着萧华雍执起她的手,漫步在东宫的每一个角落,告诉她日后该如何规划。与往日静静听着不同,如今沈羲和会主动开口给出自己的建议,也会提出自己的要求,这让萧华雍更加眉开眼笑,将她的每一句话都记得清清楚楚,甚至每到一处,都会问及她的想法。

沈羲和在东宫里用了夕食才离去,回去的路上,余晖勾勒着熙熙攘攘的人群,京都的街道依然热闹非凡,食肆正是热火朝天的时候。

"郡主,二娘子和余二娘子。"红玉也看着外面,竟然看到余桑宁和沈璎婼在一起,且二人似乎相谈甚欢。

沈羲和顺着红玉示意的方向看过去,那是一栋银楼,两个人似乎在讨论首饰,颇为志趣相投的模样。

"这余二娘子不是自外接回来的,倒也懂金钗珠玉?"碧玉讶异。

"她到京都已经一年。"

余桑宁与沈羲和是差不多时间到的京都。或许以往余桑宁没有人教导,可这一年,尤其是献舞之后,余桑梓处处帮扶,余桑宁又聪明、肯下功夫,这些东西学起来不难。

"郡主,余二娘子心思狡诈,是否要提醒二娘子一番?"珍珠问。

虽然沈羲和不关心沈璎婼,也不干涉沈璎婼的事,可余桑宁不同——这是个手上沾了不少人命的女郎。余桑宁若对沈璎婼下杀手,沈羲和是务必要干预的。

"不用。"沈羲和语气淡淡地否决,马车前行,沈璎婼与余桑宁都被抛在了身后,"她不似你们所想的那般任人欺凌,余二娘子也不敢对她下杀手。"

余桑宁早就畏惧沈羲和,行宫那次沈羲和更是将余桑宁吓破了胆,余桑宁现下纵使还敢接近与沈羲和相关之人,也绝不敢轻易算计。

"郡主,昭王殿下心仪二娘子,也不知二娘子是否还对昭王殿下有心。现下余大娘子被赐婚给了昭王殿下,郡主又言余二娘子早就盯上了这门婚事……"珍珠又说道,"婢子是担心余二娘子想引得余大娘子和二娘子鹬蚌相争。"

"鹬蚌相争?"沈羲和微微抿了抿唇,"不会。"

见沈羲和这么笃定,珍珠不解。

"余大娘子对这门婚事本就不满,沈璎婼对昭王也已经歇了心思。"

若非歇了心思,去年沈岳山在时,他们二人落入冰湖之中,昭王要负责,沈璎婼也不会干脆地拒绝。

余桑梓和沈璎婼都对昭王无意,如何争夺得起来?

余桑梓只要不傻,就不会打这样的主意。

"余二娘子至今没有动静,婢子难免多想。"珍珠又说道。

"不着急。"沈羲和语气淡淡地说道,"二人的婚期尚未定下,必是要在我与太子大婚之后,她有的是时间慢慢筹谋。况且……我们看不到之处,她未必没有动手。"

顿了顿,沈羲和补充道:"她应是为了沈璎婼的及笄礼。"

沈璎婼要及笄了,陛下下旨操办此事,不如沈羲和隆重,没有在宫里举行,而是在沈府举行,但也都是礼部和宫里的内侍省与六局主持,沈羲和届时也要出席。

到时来的人必然是达官显贵,沈羲和的及笄礼,宾客名单都是由沈岳山和祐宁帝亲自过目的,不是人人都有资格去观礼,沈璎婼的则不同,她想请谁就能请到谁。

余桑宁想要去观礼,而余桑梓已经被赐婚,沈璎婼与余桑梓也没有交情,自然不会邀请,余桑宁就没有法子跟着姐姐去,只得自己想法子了。

"她……她此刻还琢磨这些做甚?"碧玉费解。

既然余桑宁的目标是余桑梓的婚姻,余桑梓都不去观礼了,难道余桑宁是冲着昭王殿下去的?

沈羲和一时间也想不透余桑宁的心思。哪怕余桑宁是为了参加沈璎婼的及笄礼也是沈羲和猜测的,无关紧要的人,沈羲和从不费心思去想。

只是她没有想到,等她回到府中,竟然有人在等她。

橙黄的暖光将郡主府一分为二,一半在明一半在暗,隐在暗处的大门前立着一抹纤细窈窕的身影。她穿着吐蕃王室绚丽多彩的服饰,与京都女郎大相径庭,一下就能吸引住旁人的目光。

沈羲和拾级而上,脚步无声地走到门口,与尧西公主正对上。

"公主。"沈羲和先见礼。

尧西公主显然对汉人的礼仪也了解得很透彻,应当是为了和亲做足了准备,还了沈羲和礼:"郡主,我有些话想与你说。"

沈羲和大概能够猜到她的来意,思忖了片刻,终是颔首应下,将尧西公主请入了府中。

"我有些话欲单独与郡主说。"两个人到了明间,沈羲和让下人上了茶点,尧西公主看了看四周的下人开口道。

沈羲和给珍珠使了个眼色,珍珠便带着所有人鱼贯而出,房间内只剩下了沈羲和与尧西公主。

"恳请郡主助我入东宫。"尧西公主站起身,对沈羲和行了个大礼。

沈羲和也站起身,扶住了尧西公主:"公主,恕我不能相助。"

"郡主,太子殿下是储君,迟早要纳妃,东宫不会仅有你一人。"尧西公主认为,不论是天朝还是他们吐蕃,王者从来不只有一个妻子,"我若入东宫,必将奉你为尊,亦不会与你争夺太子殿下的宠爱。郡主应当知晓,便是我诞下皇子,皇子也无继承大统之权。"

她需要的是助力,沈羲和需要的是贤名,她们是可以互惠互利的。

尧西公主并不了解沈羲和,沈羲和不需要贤名。沈羲和不是妒妇,却也不是需要为了彰显妇德而利用萧华雍、不顾萧华雍的感受之人。

若哪一日萧华雍亲口对她说要纳妃,她必然会担起太子妃的责任,尽到太子妃的本分。她不会为一己之利,去替萧华雍做主。

换个人,哪怕是对萧华雍有情的女郎作为准太子妃,都会对尧西公主的提议心动。

在女郎固有的观念里,寻常儿郎都不止一妻,遑论储君。明知日后会与人共侍一夫，为何自己不早早选择对自己最有利的人？

今日尧西公主求上门，就是欠下了偌大的恩情。日后入了东宫，尧西公主也知道自己哪怕生下孩子，孩子也无权继承大统，她乃至她的儿子都得倚仗太子妃，自然会对太子妃言听计从。东宫再有新人，也可以由她出面牵制、打压，太子妃就高居上位，永远做个贤良太子妃，所有的腌臜事都与大度贤惠的太子妃无关。

"公主请回。"沈羲和下了逐客令。

尧西公主用不解的目光盯着沈羲和。她主动送上门，就是以自己为投名状，沈羲和却无动于衷。

"郡主对殿下有情？"尧西公主试探道。

"我之事，与公主无关。"沈羲和不答。

尧西公主并没有离去，犹豫了片刻，咬了咬牙："我可以只要名分。"

若沈羲和是介意有人与她共享丈夫，尧西公主觉得自己可以做有名无实的太子妃妾。尧西公主所求，就是夏扎家忌惮她嫁给了天朝太子，未来必然是天朝皇妃的身份，而不敢对她弟弟下杀手。

只要她一日在天朝拥有举足轻重的地位，夏扎就一日不敢篡位，否则天朝就有理由挥军吐蕃。

黑曜石般明亮的眼眸里闪过一丝诧异之色，沈羲和没有想到尧西公主竟然能够做到这一步。这一刻，尧西公主的眼里有急切以及真挚之色，沈羲和相信她是出自真心，只想要找个靠山。

沈羲和想到此，心思一动，问道："公主，你可听闻太子殿下重病缠身，有碍寿数？"

"他装的。"尧西公主立刻反驳，也不隐瞒沈羲和，"我在吐蕃见过他，他不仅智谋过人，还武艺高强，全然不似京都盛传的模样。"

原来尧西公主在吐蕃就见过萧华雍。沈羲和了然，却说道："他的确没有重病，而是奇毒未解，到今时今日，我与他也没有寻到解药，三年五载若是仍旧寻不到，他必然如传言一般……"

尧西公主微微皱眉，审视着沈羲和，在判断沈羲和说的话是真是假。

沈羲和坦然回视。

尧西公主分不清沈羲和的虚实，索性问道："你为何要与我说这些？"

"我是告知你，太子殿下并非你的最佳抉择。"沈羲和面色从容地说道，"太子殿下并非国君，大论若想篡位，公主便是入了东宫，也只会刺激他为了皇权而暗中与旁的皇子合谋。帝位之争，若是太子殿下败了……"

说着，沈羲和浅浅地笑了笑，改了口："不，他不会败，但有中途退场的可能。"

萧华雍若能寻到解药，这个帝位毫无疑问一定是他的，可沈羲和不敢笃定他们一定能够寻到解药。

"你是要我……?"尧西公主瞬间明白了沈羲和的意思。

皇太子可能登不了帝位,不是最佳的选择,那么任何一位皇子都可能登不了帝位,最好的法子就是她嫁给已经是帝王的祐宁帝。

既然她可以为了权力选择有名无实地嫁入东宫,为何不能为了权力嫁给比她大了许多的祐宁帝呢?

"这是你最好的选择。"沈羲和颔首,认可了她的猜测。

"你为何不做这个选择?"尧西公主反问。

她们的情况其实差不多不是吗?沈羲和明知道太子殿下身中奇毒难解,为何会选择太子殿下?她只是为情吗?

尧西公主不信。父王身子不好,吐蕃许多政事是她代父王处理,她见过太多的人,沈羲和一看就不是为情所困的女人。沈羲和身上有一股傲视群芳的孤高气质。

沈羲和如花般柔软的唇瓣微启,她说:"我比你尊贵,你的路我选不了。"

三分之一的兵权都在沈岳山手上,他上辖突厥,下扼吐蕃。

祐宁帝要娶她,就得打开朱雀门,以国母之尊将她迎进后宫。

且不说祐宁帝立誓此生不再立后,便是没有这个誓言,祐宁帝也不可能让她成为皇后。

本朝的国母,若是陛下应允是有同朝听政之权的,绝非前朝只是管辖后宫这般简单。

所以,她只能嫁皇子,选择萧华雍,是阴错阳差的结果罢了。

其中缘由,沈羲和自然不会对尧西公主明说。

抬眼见尧西公主依然有些没有明白自己的意思,沈羲和便说道:"陛下不敢纳我为妃,亦不敢娶我为后。"

祐宁帝纳她为妃,就是踩了沈岳山的颜面,沈岳山一定会以他与陛下是结义兄弟、于礼不符为由拒绝;娶她为后,沈岳山也不会同意,但若她本人愿意,沈岳山也是阻拦不了的。

尧西公主是处理过吐蕃政务的人,还是有一些政治敏感度的,理解了这句话的含义,也信了沈羲和所言。

"陛下也不会娶我为后。"尧西公主认真考虑了沈羲和的建议,"我若成为陛下的皇妃,陛下……我若无子,按照你们天朝的规矩便会被送往寺庙。"

届时她无权无势,在天朝也无地位,她的弟弟同样危险。

只要尧西公主愿意选择祐宁帝,一切都好说。沈羲和伸手请尧西公主坐下:"公主若愿意,我们可以换个法子合作。"

"请讲。"尧西公主顺势落座。

沈羲和为尧西公主斟了一杯茶："无论太子殿下能否伴我走到最后，尧西公主应当知晓，我没有退路可言，我必须成为最后的胜利者。他日无论是太子殿下登基，抑或是我的骨肉登基，我都能让你在宫中荣享富贵，让夏扎家族不敢轻举妄动。"

这是双重保险：陛下在时，尧西公主是陛下的皇妃；陛下不在了，有沈羲和与萧华雍支持着她。

比之嫁给萧华雍，至少在陛下没有驾崩之前，尧西公主能够凭一己之力保全王弟。这法子自然也有风险，那就是沈羲和与萧华雍没有成为最后的赢家，不过这个风险是尧西公主嫁给任何一个皇子都有的。

尧西公主的确有些心动，但没有立刻答应，因为知道一旦答应，她就会是沈羲和放在陛下身边的眼线，日后说不定还要与沈羲和合谋弑君。

"我听闻陛下已经许多年没有纳妃，陛下如何会纳我入宫？"尧西公主又问。

"尧西公主，我不妨与你说一句实话。"沈羲和眼里闪过一丝浅光，"陛下本再无和亲之心，却允你来京都，并非因为是公主嫁入天朝，而非天朝公主嫁入吐蕃。

"以我猜测，陛下应是知晓了吐蕃如今内乱。他垂涎吐蕃已久，却一直寻不到正大光明的理由动手，公主若大胆地向陛下表露爱慕之意，尤其是在众目睽睽之下，陛下断无可能拒绝。"

陛下做不出将一个当众向自己表明心意的女人转头嫁给自己的儿子之事，又绝不可能错失这次和亲机会，因为稍加运作，就能达到他出兵吐蕃、吞并吐蕃的目的。这是送到嘴边的肥肉，他焉能有不吃之理？

"陛下有对吐蕃动兵之心？"尧西公主五指一收，沉了面色。

沈羲和淡淡地扫了她一眼："强国君主之心，惯来如此。吐蕃昔年强盛，不也征西北、伐云南？"

尧西公主听了此话微微一怔，旋即面色松缓，因为沈羲和说得对："你容我想一想。"

"静候公主佳音。"沈羲和也不着急。

她告诉尧西公主这些也不是抹黑祐宁帝，这些都是实情。

祐宁帝未必不会利用尧西公主得到吐蕃的政权，就怕尧西公主一时不清醒，中了美男计。

祐宁帝虽然年近半百，可保养得宜，尤其是这些年更是注重养生，可比沈岳山看起来年轻了好几岁，说他三十几许也不为过。这样成熟又统御天下的至尊，若想俘获一个懵懂少女的心实在是太过容易了。

祐宁帝身边防守严密，萧华雍也只能安排祐宁帝的心腹，却无法渗透祐宁帝的饮食起居，哪怕这次与萧觉嵩做戏，令祐宁帝中了蛊毒，也难掌握帝王的一举一动。

若是帝王的枕边人，尤其是帝王想要利用而不得不多亲近的枕边人是她的眼线，陛下就难逃她与萧华雍共同织出来的天罗地网。

兼之她即将嫁入东宫，有个后妃是她的阵营，对她稳定后宫也大有神益。

隔日沈羲和去东宫陪萧华雍之时，就把这事告知了他。萧华雍听完不由得拊掌："妙，实在是妙。"

他都没有想到，竟然还能将尧西公主塞到陛下身边做眼线。

换了任何人被送到陛下面前，陛下恐怕都会怀疑，尧西公主不是不会被陛下怀疑，相比其他人，陛下对尧西公主这个吐蕃公主会少些猜忌。

"不过让尧西公主当众表明心意，是能让她如愿成为陛下的女人，"萧华雍却有更好的法子，"可如此一来，尧西公主的目的性就太明确了，陛下只怕会更谨慎。不如让尧西公主仍旧摆出一些想嫁我或者皇子的小心思，再暗中勾得陛下先对她起心思。"

如此一来，就是陛下主动要人，对尧西公主还能多一份愧疚之心。

"陛下对女色并不上心。"沈羲和道。

招待使臣那晚，陛下并没有对尧西公主动心思的迹象。

"尧西公主来自吐蕃，我那位姨母可是嫁到吐蕃去了……"萧华雍意味深长地笑了。

萧华雍口中的姨母，是他名义上的阿娘（已故皇后）的姐妹，更是陛下的心上人。

"这么多年，难道就没有人为了圣宠而学她吗？"沈羲和疑惑。

"有。"萧华雍颔首，"容貌相似只能让陛下多看几眼，性情相似倒能让陛下记住这么个人。"

只是从未有人成功过。

沈羲和垂下长睫："以前未成功，是因陛下心心念念的那个人还活着，现在那个人已经不在了。"

"这是其一。"萧华雍眼眸一转，露出笑意，"其二，尧西公主的优势并不是去效仿旁人，假的终究是假的，再深的梦终究会醒，她的优势是过去十多年，都与那人活在同一屋檐下。"

尧西公主不用去模仿那个人，去做那个人的替身，替身的下场永远不会太好。尧西公主只需要多讲一些那人在吐蕃的点点滴滴，就足够让陛下魂牵梦萦，足够让陛下时时想留在她身边。

这无关男女之情，只要她够真实，陛下也会袒护她；只要她够聪明，总能窥探到陛下的一举一动。

男女情爱本就不是尧西公主所求，在她心中，吐蕃的安稳、弟弟的王位重于一切。从昨日短短一番畅聊中，沈羲和能够看出来这一点。

沈羲和觉得此计甚好，少不得要去提点尧西公主一番。

自然，沈羲和不会亲自去寻尧西公主。尧西公主的一举一动陛下都掌握着，她来寻沈羲和，陛下不会怀疑，会理所当然地认为是尧西公主一心想要嫁入东宫，故而她才会对沈羲和与萧华雍锲而不舍；反之，落在陛下眼里，就是形迹可疑。尧西公主再稍有变化，定会引得陛下猜疑。

两日后是沈璎婼的及笄礼，沈岳山和沈云安都没有得到特许上京，沈羲和作为沈家唯一能够到场的亲眷，自然不能缺席。

沈羲和说过，不会让人欺辱沈璎婼，这是沈璎婼作为沈家女应享的权利。

按照规矩准备了一份厚礼，沈羲和也只需要出个面，一应事情都有宫里操办。沈璎婼的及笄礼自然隆重无比，她不仅有个手握重兵的父亲，还有个即将嫁入东宫的姐姐，自己又是陛下宠爱的县主，她的赞者是平陵公主。

沈羲和也借助这一场及笄礼见到了尧西公主，本来不想打眼地与尧西公主攀谈，但尧西公主主动约见了她。沈羲和听了尧西公主的婢女的传话，决定赴约。

她在沈府住的时间虽然不长，对这里却也比尧西公主了解，故而她说了个地方，让碧玉去领尧西公主，自己先去那处等着。尧西公主来得很快。

"我答应你，但你要告诉我，我如何才能让陛下对我另眼相待？"尧西公主思虑了两日，也和自己的心腹再三商议，觉得沈羲和的提议的确是对她最有利的。

她现在成为陛下的女人，即刻就能够震慑夏扎家，稳住弟弟的王位，毕竟阿爹那里不能再拖。

日后她还能审时度势。若是萧华雍与沈羲和一直是胜利者，她自然与他们长久合作下去；若是萧华雍夫妻俩出现了颓势，只要她掌握着陛下的机密，就不愁找不到新的合作者。

她这算是真的让自己立于不败之地了。

"你有最大的优势……"沈羲和从未想过尧西公主会拒绝她的提议，遂将关于那位绝代佳人的事告诉了尧西公主。

"王后……"尧西公主听了这个消息先是有些诧异，旋即又恍然大悟，"原来如此……"

其实在二十年前，吐蕃是想攻打天朝的，那时候天朝内忧外患，吐蕃却达到了空前强盛的阶段，只不过她的父王在沈岳山手上屡战屡败，心中有了忌惮。

另一个原因就是她的父王恋上了一个中原女子，她对汉文化之所以如此了解，也是受这位女子影响。其实若非王后无子，她和弟弟或许都没可能来到这个人世间。

父王太迷恋那位中原女子，对她言听计从，自从有了她，便对旁的女子不屑一顾。那个女子太聪明，她的智慧让整个王宫的人都知道父王迷恋她，却无人忌妒她，反而争相讨好。

尧西公主的母亲就是最会讨好她的人，为了讨好她，还将尧西公主送到了她的膝下抚养。

她对尧西公主很好。因为她，尧西公主的父王才格外偏宠尧西公主，也是因为她离去，尧西公主的父王才一夜之间心力衰竭，开始缠绵病榻，乃至现在命不久矣。

"郡主，你可知她在弥留之际，让我烧毁了一卷羊皮卷？"尧西公主目光有些恍惚，看着一处出神，仿佛陷入了长久的回忆之中，"我忍不住好奇偷看过，上面是吐蕃的军事防御舆图。

"那应该是她想要给天朝陛下的临终之物，她想要将其送回天朝其实很容易，父王从不会对她设防，可她在最后一日还是选择了将其烧毁。她也是感动于父王对她无私地真心相待吧。"

沈羲和沉默，对旁人的爱恨纠葛没有丝毫兴致。

尧西公主也瞬间回过神，没有继续这个话题："多谢郡主为我出谋划策。"

"公主，"沈羲和不得不再提醒一句，"凡事有度，没有一个父亲愿意娶一个心在自己的儿子身上的女人。"

沈羲和之所以建议尧西公主当众表明心意，是为了满足男人的虚荣心，也是为了让尧西公主万无一失地达到目的，至于陛下会不会怀疑尧西公主，日后朝夕相对，再消减戒心也不迟。

萧华雍的建议是让日后省了不少麻烦事，一旦陛下真的动了心思，就不会过多试探；前期却容易出纰漏，其中尺度，就需要尧西公主自己去衡量了。

她要表现出从未想过嫁给陛下、一心想要嫁给皇子的样子，但不能让陛下觉得她是死心塌地地爱慕着某个皇子，一旦让陛下有了这种印象，陛下绝不会再对尧西公主动心思。

尧西公主深深地看了沈羲和一眼，眼前这个女郎，太懂掌控人心。

"那就得请郡主再相助我一番了。"

她不能一点儿挫折都没有遭受，就转头去寻旁的目标，这样显得过于刻意。

若她一直缠着萧华雍，难免就会如沈羲和所言，落入陛下眼里，成了她痴恋萧华雍。

"公主只管行事，时候到了，我自然义不容辞。"做恶人，她很喜欢。

更何况萧华雍不是总觉得她不够在意他吗？那她就哄一哄他，让他开心便是。

"太子殿下那边，还请郡主先知会一声。"尧西公主提醒道。

若是萧华雍不知情，只怕不等沈羲和出手，萧华雍自己就先对她不利，她可不想步上穆努哈的后尘。要是她去寻萧华雍，萧华雍只怕也不会配合她做戏，只能是眼前这个人去才成。

沈羲和莞尔："公主放心，我会叮嘱太子殿下。"

事情谈妥后，尧西公主与沈羲和也无甚交情可言，便起身离去。

沈羲和等了片刻，才起身去了一趟弄瓦院看了一圈。离开弄瓦院后，她又寻了个幽静的院子坐了坐。身为寿星的姐姐，她也不好太早离开。

她让珍珠和碧玉去前头盯着，若是有什么事及时来通知自己。

坐了大概一刻钟，她听到有脚步声，和墨玉对视了一眼。声音是从隔着一道垂花门的小院里传来的，她正要起身去看一看，就听到了沈璎婼的声音："王爷此来何意，淮阳心中都知，王爷无迎娶我之心，我亦无嫁王爷之意，这桩婚事我会亲自寻陛下推拒。"

王爷？

沈羲和疑惑，听这话是祐宁帝给沈璎婼保了媒，要把她嫁给某位王爷，故而特意让对方在及笄礼时前来表示或者让他们二人相看。

"县主，小王并无对县主不敬之意，只是小王尚未立业，近两年未有婚配之心。"

这是一个年轻、低沉且富有磁性的声音，并非属于祐宁帝的某位皇子，难道是她未见过的景王？

念头一过，就被沈羲和给否定了，景王不可能秘密回京，陛下召见必然是正大光明地见，否则泄露行踪就是大罪。

这人不是景王，那就只能是巽王萧长风。

祐宁帝竟然想把沈璎婼嫁给萧长风！

"王爷无须多虑，淮阳也说了，淮阳并无嫁王爷之意。"沈璎婼坦然笑着，"且这世间千千万万之人，人各有志，人各有喜。王爷不愿娶我，非我不好；我不愿嫁王爷，亦非王爷不好，只是我与王爷无缘罢了。故而王爷用不着因此负疚，费心寻找说辞，让我觉得不伤颜面。"

萧长风看着眼前这个亭亭玉立的少女，他们其实很熟悉，曾在一个地方读过书，哪怕他们的年纪相差了七八岁。只是曾经粉嫩嫩的小团子，眨眼间长成了妙龄女郎，他完全没有意识到，陛下竟然说要将她许配给自己。

对自己未来的王妃，他从未想过。且他刚刚丧父，外人不知，他却不能不顾礼数，守孝三年是身为人子应当尽的孝道。

若非如此，这个娇俏动人又磊落明媚的少女，或许是个极好的妻子人选。

"县主……若两年之后……"话说到一半，萧长风失笑着摇了摇头，没有说下去。

沈璎婼没有听到下文，也不勉强，端端正正地给萧长风行了个礼，就飘然远去。她今日是寿星，离席太久十分失礼。

沈羲和是等到萧长风也走了，才越过垂花门，立在院子里，看着头上坠满桂花的树。桂花飘香，清幽淡雅。

"陛下待她倒是有几分真心。"沈羲和没有想到祐宁帝会给沈璎婼这样的婚姻。

除了诸位皇子之外，就数萧长风最尊贵，而比起皇子，萧长风更稳固，沈璎婼嫁给萧长风，他只要一直忠心陛下，无论陛下和萧华雍谁胜谁负，日后他的亲王之位都不会跑。

毕竟忠于陛下是理所应当的事情，他算是没有结党营私，做个纯臣罢了。

萧长风也是沈璎婼的表哥，两个人还青梅竹马，若是成了姻缘，未必不能举案齐眉。

沈璎婼嫁给萧长风，就不存在任何政治因素，陛下是纯粹希望沈璎婼嫁得好。

只怕陛下对自己的女儿都不曾这般上心过。

沈羲和走出来时，以为萧长风应该已经离去——她已然等了片刻，却仍在小院子里看到了萧长风。他身边是余桑宁，余桑宁正抱着一只猫在包扎，萧长风有些面色不自然地站在一侧。

黑曜石般明亮的眼瞳里闪过一丝玩味之色，沈羲和带着墨玉走上前："发生何事了？"

正在给猫包扎的余桑宁听到沈羲和的声音，下意识地瑟缩了一下。

旁边还立着沈府的婢女，沈羲和也是沈府的主人，自然有权过问，婢女连忙低声回答："余二娘子的狸奴跑丢了，婢子带着余二娘子追寻过来，狸奴正朝着巽王殿下扑过去，巽王殿下或许以为有人偷袭，便打伤了狸奴……"

"可真是巧了。"沈羲和似笑非笑地说道。

站得近了，沈羲和已经嗅到了萧长风身上有蜘蛛香的气息。蜘蛛香是一味药草，出自蜀西茂州，这味药草若是配药剂，可成极强的致幻药剂，它的气味芬芳，猫尤喜之。

萧长风身上沾染了这种香气，猫只要一靠近，就会禁不住往他身上扑。

这里又恰好是月亮门前，猫若是从月亮门处飞袭过来，萧长风出于习武之人下意识的反应，出手一定不会轻，看着躺在地上奄奄一息的狸奴，沈羲和就一清二楚。

碧玉她们不明白余桑宁不去对付余桑梓，抢昭王妃的名分，这个时候巴结沈璎婼是为哪般，这下子不就清楚了？

余桑宁早就得到消息，沈璎婼可能会和萧长风结亲。比起有了嫡子的昭王，高大英俊、尚未成婚，日后无论谁登基都会荣华富贵不愁的巽王萧长风，比萧长旻可好了不知多少倍。

皇帝的儿子自然是不会迎娶庶女的，子侄嘛……虽然她身份仍旧低微，可若是萧长风执意要娶，陛下又哪里能够强行阻拦？

最重要的一点是，成了巽王妃，就不会和沈羲和成为敌人，余桑宁大概是这样想的，所以改变了目标。

沈羲和不会拆穿蜘蛛香的事，因为不会把自己的秘密暴露给萧长风。此事，算余桑宁幸运。

第十五章　盛世大婚约白首

"你去前面唤珍珠过来。"沈羲和吩咐一旁的沈府的丫鬟。

沈羲和带着珍珠等人在沈府住了一小段时间，这些丫鬟都认得珍珠，当下领命离去。

"不用烦劳郡主，我将狸奴带走。"余桑宁抱起已经被她包扎好的猫站起身来。

"还是着人看看的好，我也养了只猫，寻常若是有何不妥之处，皆是珍珠照料，她不比宫里的兽医差。"

这不是沈羲和过誉，白头翁老人家留下的手札中也有一些关于兽类的粗浅医理，沈羲和的短命虽然这一年多生病不多，却也让珍珠很是上心。每日珍珠都会分点儿时间钻研一番，闲暇时就出门寻些被遗弃的猫医治练手，倒也练出了一番本事。

沈羲和其实不想过多干涉余桑宁的事情，奈何余桑宁非要选择在沈府作妖，沈羲和身为主人家，这种事情理应出面。

这只猫最好是珍珠也救不活，真的命绝于此。否则任由余桑宁这样抱走，它就是死路一条。只有它死了，才会让萧长风愧疚，最不济他也要送一只猫补偿给余桑宁。

这样一来一往，对余桑宁这种极其会钻营又善于见缝插针的人来说，足够她渐渐与萧长风熟络起来，吸引萧长风的目光。

沈羲和并不是故意要破坏余桑宁的事，余桑宁之于沈羲和无关痛痒，沈羲和也并非觉得余桑宁手段卑劣，要伸张正义，只是合情合理地做身为主人家该做的事情。

珍珠很快就过来了，给狸奴看了一下，冲着沈羲和摇头："这只狸奴损了脏器，活不了多久了。"

珍珠话音一落，余桑宁的一滴泪就瞬间滚落，她却不着痕迹地掩饰着，仿佛不想任何人看到她悲伤的样子。

萧长风听了这话心中过意不去:"二娘子,是小王下手没轻重,请二娘子节哀。二娘子要何补偿,只管道来,小王定竭尽全力地为二娘子达成。"

这话一出,沈羲和都忍不住多看了萧长风一眼。

按理说,似他们这样的王孙贵族,甭说一只猫的命,便是一条人命,他们也不会看在眼里。萧长风竟然没有随口说出另寻一只猫赠予余桑宁,这说明他心里明白,生命不可替代、不可作践、不可轻忽。仅凭这一点,萧长风的德行就高于无数世家公子。

沈羲和能够通过一句话就看出萧长风的人品,余桑宁如此心思细腻,又如何不知他是个德行高尚的宗亲?余桑宁施施然地行了礼:"王爷不必介怀,是我没有看好它,惊扰了王爷。王爷也是出于防卫,它受此大难,是我疏忽,与王爷无关。"

这真是善解人意、宽容大度、不卑不亢的俏女郎呢。

沈羲和扬了扬眉,沉默不语。

萧长风面色不改:"多谢二娘子宽容,狸奴确系小王所伤致死,无论如何,小王应表歉意。"

意思就是余桑宁什么都不提,他反而于心不安。

余桑宁明白话里之意,便说道:"它虽生来为狸奴,却也是一条命,今朝因我疏忽而殒命,我想为它做场法事,起坟茔。王爷若有空,不如送它一程便是。"

沈羲和都差点儿为余桑宁的心智与手腕鼓掌,余桑宁绝对是她所见过的女郎之中少有的攻心高人。

沈羲和只是静静地看着他们协调,萧长风并没有为难:"二娘子届时派人来巽王府知会小王一声,小王定会亲往。"

男人再聪明,又岂能轻易看懂女人的把戏?尤其是像余桑宁这种从不落入俗套的算计手段。若非早知余桑宁的真面目,若非闻到了蜘蛛香,沈羲和也未必能够猜到这是一场精心算计。

不是巧遇那一套,余桑宁也不展现自己的美丽,不是英雄救美的戏码,一只猫,一丝歉意,一番通情达理的表现,足够深入人心。

毕竟这猫是活物,不可能长远控制,萧长风自然不知自己身上何时多了蜘蛛香,而这只猫只需早早被放在这里,不拘用什么法子留在这里,只要确定了他定会路过这里,它就会扑上去。余桑宁就连找过来的时间也算计好了。

她知道沈璎婼和萧长风私下见了面。为了避嫌,两个人不可能同时回,她只需要看到沈璎婼,就能沿着沈璎婼来时的方向追过来,自然就能碰上萧长风。

想来这段时间她接近沈璎婼,也没有少来沈府拜访,也有些了解沈府的地形。

或者说,她直接跟着猫就能寻到萧长风。至于她是如何让萧长风身上有蜘蛛香,又是何时不着痕迹下的，这只怕就她自己心里清楚了。

这需要精密算计，才能达到如此毫不让人怀疑的效果。

隔日沈羲和去东宫，闲聊时便忍不住将此事说与萧华雍听了。

在行宫养伤那段时日，萧华雍总以自己憋闷，只能躺在寝榻上装病为由，询问外间发生了何事，让沈羲和讲来与他解闷。

沈羲和抵不住他的央求，便挑了些自己从紫玉嘴里听说的事讲与他听。她原以为就是女郎之事，他听了定会觉得无趣，听上几回便会作罢，哪知他好似无论她讲什么都能听得津津有味，甚至认真发表自己的看法，与她讨论。这让沈羲和也不好敷衍行事，就这样养成了遇上何事都说与他听的习惯。

她发现她又掉入了一个他处心积虑挖出来的坑。

最可怕的不是她发现了这个坑，而是发现了之后并不觉得有何不好，丝毫不想改。

"陛下对二娘子倒是有些真心。"萧华雍听了事情的来龙去脉之后第一反应和沈羲和一模一样。

闻言，沈羲和情不自禁地嘴角上扬，他们之间的心灵默契仿佛越来越多。

她的反应就让萧华雍领悟了她因何而笑，他也忍不住莞尔："若是二娘子有意，我这位堂兄也不失为一个良婿。"

萧长风是巽王的嫡子，比萧华雍年长两岁，之所以至今未成婚，是因为萧长风曾经定过婚约。对方比萧长风年幼五岁，等对方及笄，他都已经加冠了，偏生对方在及笄没多久就病故了。

遵循道义，他守了一年没有谈婚论嫁，就在去年他父王又真没了，他身为儿子，定然是要为父亲守孝的，哪怕当年他父王假死时他已经守过一回。

"随她。"沈璎婼便是要嫁给皇子，沈羲和也不会管。

沈璎婼的婚事全凭她自己做主，沈府会按照礼制备上一份嫁妆，也会将萧氏的东西全部交给她。她日后过得好与不好，都是自个儿的选择。

萧华雍看了沈羲和一眼，她虽然不管沈璎婼，可沈璎婼一日姓沈，日后过得不如意，自己咬着牙便罢，要是求上门，沈羲和就不会不管。便是沈璎婼不求上门，夫家欺辱太甚，沈羲和也不会置之不理，与其如此，他想着不如给沈璎婼安排一个可靠之人。

"阿行也是极好之人，今年的解元，来年必将蟾宫折桂，前途不可限量。"萧华雍说道。

萧甫行是汝阳长公主与过世的韦驸马之子，因韦驸马胭脂案被斩，汝阳长公主献上了大笔财宝充盈国库而被判和离，两兄妹也由韦姓改为萧姓。

"我知晓他是你的人，你若为他婚配，他定会好生对待。"沈羲和轻轻摇了摇头，

"虽则我觉得男女情爱无足轻重,但并非人人似我,我们觉得好之人,她未必觉得好,我也不想让她误以为我干涉她的事,亦不能勉强你的心腹。"

萧华雍脸上的笑意缓缓消失,下颌渐渐紧绷,他问:"男女情爱,无足轻重?"

他的眼底看似还流转着些许笑意和星光,实则仿佛笼罩上了一层寒夜的凉意。

沈羲和反应过来,自己这句话怕是戳了他的肺管子。他一心想要拽她入爱河,她却不想骗他,时至今日,她依然觉得男女情爱就是无足轻重、可有无可的。

她也知晓她若当真这般说了,他定又要恼怒、使小性子,沉默了片刻说道:"男女情爱,无足轻重;殿下于我,举足轻重。"

他沉默了片刻,笑容重新从唇边蔓延至眼底,声音轻柔至极:"你在哄我。"

这不是哄骗的意思,是在迁就的意思。

"殿下欢喜不是吗?"沈羲和委婉地承认了。

她没有说谎话。其实她现在很清醒地发现,萧华雍在她心中逐渐变得重要,但这份重要,与她所想的男女之间缠缠绵绵、一日不见如隔三秋的情爱无关。

她会在意萧华雍的情绪,愿意包容他的性子,乐意迁就他的习惯,却不会时时刻刻恨不得见着他,事事都依赖他。若他远行,她也不会茶不思饭不想,为他牵肠挂肚。

"欢喜,只要呦呦心中有我,我如何能不欢喜?"萧华雍笑得柔情蜜意,眼中华光流转。

沈羲和也跟着有些许无奈地笑了笑。

两个人揭过这一茬,说了些旁的话,萧华雍适可而止。他并非满意沈羲和的回答,而是不急于一时。他清楚地知道,他在她心中重要,却没有那么重要。

不过没关系,来日方长,他们很快就要大婚,待到大婚之后,自然有更多时日占据她的心,他会一寸寸地占据她的整颗心。

沈羲和从东宫回了府邸,却没有想到沈璎婼竟然难得寻上了门。沈羲和将人请了进去,看到沈璎婼欲言又止,开门见山地说道:"有话但说无妨。"

"昨日我收到了阿爹赠予我的及笄礼,阿爹还让人传话,是关于我的婚事的。"沈璎婼缓慢地开口,"我不知阿爹是何意,特来问一问阿姐,阿爹是不是盼着我早些婚配?"

沈羲和听了这话之后沉默了片刻,才正色道:"你思虑过重。你是沈家女,既已及笄,他身为阿爹自当要过问你的婚事,你若有中意之人,只管告诉他。阿爹不会左右你的婚事,只要你自个儿看着好,无论对方是什么身份,皆可。"

沈璎婼闻言垂眼,又是半晌不言。

沈羲和也没有不耐烦,亦没有主动再询问,静静地吃了一口茶。

许是自己也觉得这样诡异的安静气氛有些不自在,沈璎婼又问道:"我……我若一直不成婚，阿爹会嫌我吗？"

沈羲和用一种不解的目光看了沈璎婼一眼，旋即又想到她从未与沈岳山相处过，自然不懂沈岳山的为人。

京都哪里有女郎年长不成婚的？这样不但自己要成为笑柄，便是家里也会成为谈资。

"为何不想成婚？"沈羲和不答反问。

沈璎婼低着头，指尖绕着手绢，绞了几圈才回道："我……我不想被困于后宅之中，不想去伺候公婆，不想做妇人。"

她讨厌被束缚，这些年从未有人束缚过她，成了婚就多了一重身份，代表着沈家女，哪怕有些事情她不喜，她也得为了不牵连沈家的名声去笑脸相对。

她若那般活着，还有什么意思？

沈羲和点了点头表示知道："你大可放心，你便是终身不嫁，也由着你。"

这一点不论是沈羲和还是沈岳山都看得开，至于沈云安——他压根儿当沈璎婼不存在。

那双盈盈的杏眼仿佛注入了一泓活水，霎时灵动起来，沈璎婼喜形于色地给沈羲和行了个礼："我……我告退了。"

晓得沈羲和不愿见她，沈璎婼得了准信后，也不碍沈羲和的眼了。

接下来许多打听沈璎婼的婚事的人寻到郡主府，沈羲和都一一推拒了。这就是沈璎婼的目的，若她不来表态，沈羲和必然会把这些人的信息如数转过去，由着她自己挑选。

沈羲和拒绝得多了，打听之人渐渐也就明白了沈家不急着给沈璎婼相看夫婿，求娶之事也就搁置下来。

尧西公主隔三岔五不是上郡主府，就是去东宫，回回吃闭门羹也不在意。如此半个月过去，有一日尧西公主又来沈羲和的府邸，却没有想到出门就在郡主府被人掳劫了，人人都寻不到她，就连祐宁帝都派了金吾卫寻人。

"其实你不用吃这些苦头。"京郊外，沈羲和语气淡淡地对尧西公主说道。

"既是做戏，自然要真，才能让陛下信。"顿了顿，尧西公主神秘地笑了笑，"我也想借此探一探我在陛下心中有了几分地位。"

这半个月，她去郡主府和东宫只是走个过场，所有的心思都在祐宁帝身上。

话已至此，沈羲和不再多言，给墨玉使了一个眼色，墨玉就将双手被捆绑的尧西公主吊在了树上。

此地偏远，附近并无居住的村民，沈羲和带走尧西公主时尧西公主又十分配合，痕迹被扫得一干二净。她们已经商量好，要让尧西公主在这里挂上一夜，沈羲和的原意是等到天快亮时，挂一个时辰做个样子便是。

尧西公主非要坚持被挂一整夜。她要用一整夜的狼狈样子和伤痕来博取祐宁帝的怜惜之心，也要借此来理所当然地不再纠缠萧华雍，从而不被怀疑。

沈羲和没有留在这里，不过让墨玉和莫远轮番远远守着，以防有危险。若是吐蕃的使臣和金吾卫提前寻到这里，就是尧西公主幸运，他们不必干涉。

为了让所有人都不怀疑她是要惩戒尧西公主，她没有留下丝毫痕迹，所以尧西公主被提前寻到的可能性极低。

正如沈羲和所料，尧西公主并没有被发现。眼看着已经被吊了接近三个时辰，十月的京都又阴寒，尧西公主已唇瓣发紫、脸色发白，莫远算着时辰，将尧西公主放了下来。

一旁陪着的随阿喜被叫醒上前运针，给尧西公主活络一番血脉，确定尧西公主不会有性命之忧，双手亦不会致残，便遵从沈羲和走前的吩咐，将昏迷的尧西公主送回了吐蕃使臣们所住的使馆。

沈羲和一觉起来，盥洗完毕，正在用朝食，宫里来了内侍，带着陛下的口谕宣她入宫。

因何入宫，沈羲和心里有数，面色从容，甚至不曾多看传口谕的内侍一眼。等她入宫之后，站在明政殿的宫门口，却迟迟未有人进去通禀。

寒风刺骨，一阵吹来，宛如发丝都要被凌厉如刀锋的风削断。珍珠上前询问，宫中内侍却言陛下在与大臣议事，临时发生了要紧之事，他也不敢贸然通传，恐触怒龙颜。

"郡主体弱，寒风凶猛，若郡主受寒，你们担待得起吗？"珍珠低声怒道。

内侍战战兢兢地回道："姑娘息怒，今年初雪来得早，多处遭了雪灾，有些地方隐而不报，压到今日才被捅出来，陛下雷霆大怒，三省六部诸公都在内。"

"偌大的宫殿竟没有遮风避雨之处？"珍珠沉着脸问。

"姑娘……"内侍说着，一脸为难的表情，"陛下正在气头上……"

他们也不敢擅作主张，明政殿素来是没有通禀便不得擅入的，若是他们自作主张地将沈羲和放进去了，陛下在气头上，他们就要被问罪。因此，他们自然得把沈羲和放在门外。若是沈羲和有个不好，他们也难逃被降罪的命运……

总而言之，他们这一回是讨不到好，神仙打架，凡人遭殃。

沈羲和静静地听着内侍的话，微微一笑，目视前方，傲然而立，恰似身后不远处风雪中枝头悄然绽放的寒梅。

又等了片刻，风雪渐大，沈羲和从袖笼里伸出手，接住一片飘落的雪花，在指尖摩挲了一番，将之揉化，这才莲步轻移，于风雪之中缓缓行来，却让站在大殿门口看着她的内侍们如临大敌。

"郡主，奴婢这就去通禀……"见她走近，内侍哆哆嗦嗦地开口，就要折身入内。

沈羲和语气淡淡地开口:"不必,陛下既有国事繁忙,我便不再在此处等候,以免扰了陛下的大事。我去东宫等候,待到陛下议完朝政之事,你再来东宫知会我一声。"

有国事定然是真的,但是不是恰好这个时候十万火急有待商榷,不论是不是,她在这里候了一刻钟,已然全了陛下的颜面。

撂下话,沈羲和便飘然转身,银白色的狐裘斗篷在雪色之中翻动间荡出淡淡的银芒,华贵中又好似藏着一丝锋芒。

内侍眼睁睁地看着她走了也不敢上前阻拦,连忙溜回去寻刘三指回禀。

沈羲和来到东宫,萧华雍也不在,看来商议国事是真。天圆早就知道沈羲和被晾在了明政殿外,只不过沈羲和早有叮嘱,他不敢去寻萧华雍禀报,见沈羲和来了,连忙命人端上热水。

"辰时正,尧西公主便入了宫,状告她昨夜被郡主所掳。"天圆对泡着手的沈羲和禀道。

沈羲和轻轻颔首,目光落在放在热水盆里的手上,水花一圈圈波动后趋于平静,似她的心思一般,令人猜不透。

"太医令去查看了尧西公主的伤势,说是双手差点儿废了,尧西公主还染了风寒,昏昏沉沉,不省人事,陛下甚是恼怒。"天圆又禀道。

沈羲和抬起手,接过珍珠递上来的帕子,慢条斯理地擦着手,对天圆含笑道:"无事。"

天圆心里有些猜不透沈羲和在做什么。他深信尧西公主一定是沈羲和绑走的,不只是他,整个京都的人都知道,尤其是尧西公主被人吊在树上一夜的消息不胫而走,那就更符合沈羲和的作风了。

可尧西公主不是已经知难而退了吗?郡主为何还要因为尧西公主缠着太子爷而下狠手?若是做戏,据他打听出来的尧西公主的惨状,那也未免牺牲太大了。

太医令都说尧西公主命悬一线,人虽然没死,却也去了大半条命。

沈羲和没有为天圆解惑,在东宫坐了两刻钟,明政殿就有内侍来宣召她。

她见到祐宁帝的时候,朝臣已经离去,除了祐宁帝,大殿内只有偶尔轻声咳嗽的萧华雍。

"昭宁,尧西公主一早拖着病体入宫,告你掳走她,将她吊在树上一夜,此刻她昏迷不醒,你作何解释?"祐宁帝问。

沈羲和不疾不徐地说道:"陛下,公主可有证据?"

"昭宁倒是与旁人不同,旁人第一句定然是喊冤,昭宁开口便理直气壮地索要证据……"祐宁帝意味不明地笑了一声,"依你所言,若无证据,此事便是你所为,朕也不能拿你如何？"

"陛下，昭宁只是相信律法、相信证据，公主既然状告昭宁，显然是有证据，总不能开口诬蔑，故而昭宁十分好奇，是什么证据让公主笃定此事系昭宁所为？"沈羲和气定神闲地回道。

"尧西公主说亲眼见到是你的手下所为。"祐宁帝说道。

沈羲和轻笑出声："陛下，尧西公主对东宫之心昭然若揭，我与她算得上是利益相冲。"

"你的意思是，尧西公主将自己折腾得命悬一线，只为陷害你？"祐宁帝看着沈羲和。

"未尝不是。"沈羲和神色平淡，"毕竟是太子妃之位，值得以命相赌不是吗？公主虽病情凶猛，可人不也转危为安了？不过是卧床休养个把月而已，就能换来入主东宫的结果，她怎么看也不亏。"

"喀喀喀……"萧华雍忽地一阵咳嗽。

他其实是为了掩饰自己的笑意。他早听闻沈羲和对上陛下是格外伶牙俐齿的，这还是第一次亲眼见着，一时有些忍俊不禁。

祐宁帝扫了萧华雍一眼，又看了一眼落落大方地立在正殿上的沈羲和。她说得有理有据，不容人反驳，两个人各执一词。尽管明眼人都知道这不可能是尧西公主的苦肉计，可尧西公主拿不出证据，谁也不能给沈羲和定罪。

"便容公主醒来，你二人再对质。"祐宁帝开口道。

沈羲和闻言施礼道："诺。"

"陛下，喀喀喀……若无吩咐……儿便送郡主……出宫。"萧华雍适时开口。

他满心满眼都是沈羲和，祐宁帝摆了摆手挥退他们。

"你这是为何？"两个人肩并着肩迎着风雪，萧华雍为沈羲和撑着伞，往宫门口走去。

厚厚的雪被踩在脚下，传来"嘎吱嘎吱"的声音，二人抬脚时雪屑飞扬。

宫中每日都有内侍打扫，光洁的地面湿漉漉的反而打滑，沈羲和便故意寻着积雪处走。西北多风雪，她不仅喜欢听雨打屋檐的声音，还喜欢脚踩积雪的声音。

"殿下不是要我让旁人都知我有多在意殿下吗？"沈羲和脚步不停，风声之中传来她清朗的声音。

今日一过，昭宁郡主对太子殿下志在必得之心尽人皆知，若有人想要觊觎太子殿下，尧西公主就是她的下场。

萧华雍蓦然停下了脚步，呆了呆。

沈羲和没有停下，一片雪落在她的长睫上，她轻轻眨了眨眼，雪融化不见，她的嘴角微扬。

417

寒风一吹，萧华雍回过神，就见沈羲和已经远去，连忙撑着伞小跑着追上去，奔跑之中，飞雪也变得轻快起来。

沈羲和在寒风刺骨的冬夜里吊了尧西公主一夜，险些要了尧西公主的性命，甚至有太医传出，若非有人对尧西公主及时施针救治，只怕尧西公主凶多吉少，这就更证实了尧西公主被掳是沈羲和所为。

然而人人皆知又如何？尧西公主死咬着她是亲眼看到沈羲和的侍卫将她挂上树的又如何？没有旁的证据，沈羲和一口咬定这是尧西公主的苦肉计，太医那一套有人提前替尧西公主保命的说辞也拿不出证据。

因这样狠辣又干净利落的手段，沉寂了一年没有出手的沈羲和再一次让京都的少男少女望而生畏。

昭宁郡主还是那个昭宁郡主，霸道又强势，凶狠又果决。

甚至不知何时传出了同情太子殿下的谣言，众人总觉得太子殿下文文弱弱的，日后不得被昭宁郡主拿捏得毫无反抗之力？

这些话，沈羲和与萧华雍都一笑置之。

尧西公主足足躺了一个月才能下地，之后便也怕了沈羲和，再不缠着太子殿下，而是改去缠着信王殿下。

"谁？"沈羲和听到紫玉与红玉她们聊起，有些意外。

"是信王殿下，公主现在又盯上了信王殿下。"紫玉回道。

沈羲和其实以为尧西公主会重新寻萧长赢来做戏，毕竟萧长赢与她年龄相当，未曾婚配。

总之不论尧西公主现在寻何人都是做戏给祐宁帝看，从那日祐宁帝因她告状，将沈羲和晾在明政殿外吹寒风来看，尧西公主已然引起了帝王的注意。

"信王殿下是长得最俊美之人，我自然寻他。"这日，尧西公主与沈羲和在汝阳长公主设下的赏梅宴上相遇，尧西公主特意来寻沈羲和闲聊。

汝阳长公主是沈羲和的及笄礼上主持的长辈，沈羲和自然不会推拒汝阳长公主的邀约。只是沈羲和不喜与人往来，京都贵女都看清了她是个怎样之人，莫说这些贵女，便是陛下的公主都对她敬而远之。

落得清闲的沈羲和正在琢磨着离去时问汝阳长公主要些梅花做香料、花酱，尧西公主却跑过来寻她，珍珠等人立时去守着。

沈羲和和尧西公主名义上现在可是水火不容的，让人瞧见两个人谈话不大好。

尧西公主自顾自地说着，沈羲和时不时地礼貌应两声。谈到此事，沈羲和随口问了问，只是不想让尧西公主觉得自己被冷待，结果尧西公主像煞有介事地回答道。

"最俊美？"沈羲和投以质疑的目光。

尧西公主掩唇笑了："太子殿下整日'病恹恹'的，便是有十分姿色，也消减了五分。我可打第一眼就觉得信王殿下最俊，若非当时觉得太子殿下深不可测，我第一个就冲着信王殿下去。"

"各花入各眼。"沈羲和语气淡淡地说道。

每个人的喜好不同，便是没有喜好，沈羲和也觉得萧华雍俊美得当世无双。

"与你说笑。"尧西公主渐渐收敛了笑意，"我这是为你煞费苦心呢。我总觉得那位荣贵妃娘娘非简单之人，她绝不会将宫权拱手相让。"

荣贵妃把持后宫已经十多年，最开始是四妃协理，到如今她一人掌权，十数年如一日，其手腕如何能是简单之人可比的呢？

"我现在缠着她的儿子，等过段时日，陛下留我在宫里，她定会恨透了我。"尧西公主笑意盈盈地说道，"待到你嫁入东宫，要夺她手上的宫权，她也会恨透你，你猜她会不会借力打力，用我来对付你？"

尧西公主之所以要和沈羲和做这一场戏，一则是让人不怀疑她突然就对萧华雍保持距离；二就是日后她们要里应外合，那就先让全天下的人都知晓她们已经决裂，甚至有大仇。

这便宜往后行事，同样也可以轻易试探出彼此的敌人。因为与她们不对付之人，都会借助对方的手来对付另一个人，毕竟她们俩不睦的事尽人皆知。

荣贵妃若真对沈羲和夺权怀恨在心，定然会落入尧西公主的圈套。

"荣贵妃膝下有两子一女，皆非等闲之人，你要与她为敌，须得斟酌。"沈羲和不得不提醒一句。

"好心没好报。"尧西公主努了努嘴。

沈羲和微微一笑："便是念你好心，才提醒你一句。"

"你信我之言，荣贵妃定是个面慈心苦之人，除非你不要宫权，否则你与她定会势不两立。"尧西公主坚持己见。

"无妨，她若不甘，只管来夺便是。"沈羲和不甚在意。

尧西公主看着沈羲和。沈羲和穿了一袭银色袄裙，身段纤细，身姿挺拔，坐在那里背脊仿佛撑了一把尺，端正却又不显得刻意，一举一动都让人挑不出半点儿仪态不妥之处，将京都贵女那股浑然天成的贵气展露得淋漓尽致。她对人对事也从容镇定，仿若无论面对多么云谲波诡的局面，都能云淡风轻般化解。

"有闲心为我忧虑，你不如多管好你个儿，陛下可是一等一的聪明人。"沈羲和触及尧西公主投来的不识好歹的目光，转而提醒。

"你大可放心，陛下已然对我有所暗示，我正在领会圣意之后逃避。"尧西公主自信满满地说道，"这叫欲拒还迎。"

她经过沈羲和点拨之后，就寻了个机会。她自然不能贸然去打探帝王的行踪，可萧华雍给她提供了信息，她知晓陛下每月总会有几日去藏书阁读书。宫里的藏书阁，只要能入宫的人都能入内，她守了好几日，每日都在看同一本书，而这本书对那位王后而言至关重要。

因为这本书，她见到了祐宁帝，在祐宁帝询问缘由时，她便半真半假地提到了王后。她一个吐蕃人自然不知帝王之心在何处，顺理成章地就聊到了王后。

此刻尧西公主挺感恩阿娘为了讨好王后，将她放在王后膝下抚养。关于与王后相处的点点滴滴，她能够如数家珍。她本身就敬佩王后，在祐宁帝面前，又将对王后的七分敬佩之心衍生出了三分孺慕之情。

他们共同爱着同一个人，陛下太渴望知晓关于王后在吐蕃的点点滴滴。

但在接触的过程中，尧西公主仍叹服着陛下的毅力。他明明那般渴望，却从不放纵，也没有每日召见她，召见她时也不是回回套有关王后的话，应当是不想她察觉他的心思。

有时候她尚未反应过来，就被陛下套了话，许久才能反应过来。

若非她一早就知道陛下心系王后，就目前陛下的言行举止，只怕要让她误会陛下是看上了她，才会想方设法地了解她在吐蕃的生活过往。

帝王想要得到一个女人的心实在是太容易，幸而她时刻保持警醒。

想到此处，她不得不更钦佩眼前这个女人。若非沈羲和早早告诉她陛下有攻打吐蕃之心，若非沈羲和让她早早知晓帝王心里一直有个人，她早就陷入了陛下的温柔乡之中。

他是个手握天下的男人，在用体贴入微、像个寻常男子般的法子一点点地让她感受到呵护与怜惜，让她体会到致命的温柔。

沈羲和微微一笑，这时候珍珠打了个手势，沈羲和于是说道："走吧，有人来了。"

尧西公主便站起身走了。

赏梅宴后，沈羲和开始陪着短命猫冬，东宫都不爱去。他们的婚期日近，萧华雍十分繁忙。就在这个时候，沈岳山装好了沈羲和的嫁妆，带着薛衡与薛瑾乔起身赶来京都。

"阿爹，一定要把儿给妹妹备下的贺礼亲自交给呦呦。"沈云安将人送到了西北的边缘，不得不折回，才再三叮嘱。

"回吧。"沈岳山不耐烦地挥了挥手。

沈云安戴着绲着狸毛的毡帽，风雪中鼻头通红，眯着眼睛又驱马来到马车旁，敲了敲车窗。车窗被撑开一条小缝，裹得严严实实的薛瑾乔探出一个毛茸茸的头顶和两只眼睛："嗯？"

这一年相处，他们彼此已经心生情愫，沈云安看薛瑾乔的目光极其温柔，他说："要好生照看自己，莫要欺负旁人，也不可被旁人欺负。呦呦去了东宫，你也可时常去宫中看她……"

"你好烦。"

沈云安："……"

"啪"的一声，薛瑾乔把窗户关上了，隔着木制的马车，传来薛瑾乔催促的声音："快走，快走，我想阿姐了！"

薛瑾乔哪怕是和沈云安定了亲，也改不了口要喊沈羲和阿姐。被沈云安纠正了几次，她烦了，就说日后各喊各的，她就要唤沈羲和阿姐，一辈子不变。

她不想被沈羲和唤阿嫂，总觉得这样她就不能黏着沈羲和了。沈云安把她逼狠了，她便抱怨沈云安："你为何要早出生？你为何不能是阿姐的阿弟呢？"

被她噎得半晌回不了一句话的沈云安许久才找回声音："若我是阿弟，呦呦幼时多可怜？没有阿娘，她还要照顾幼弟。"

薛瑾乔听了这话觉得甚是有理："嗯，你还是做阿兄吧，日后我也唤你阿兄。"

沈云安："我们有了婚约，日后是要做夫妻的，你……"

"不过一个称呼，你计较这些做甚？唤你阿兄明明是我被占便宜，你还不乐意。"

沈云安无言以对。

马扬起飞雪，浩浩荡荡的一行人转瞬间消失在他的视野中，他眼前只有茫茫大雪簌簌飘落。

他想到了前几日薛衡对薛瑾乔说他们要离开了，薛瑾乔还抱着他的腰哭得好大声，说会想他，说舍不得他，只是阿翁年纪大了，不能没她陪伴。

他当时感动得一塌糊涂，正要抱着她好生安慰，结果薛衡说他们是回京都。

他还没有抱着人就被她一把推开了，她迅速往屋子里跑去，立时收拾行李，眼角挂着的泪珠都被她嫌碍事一把抹干了："回京都，回京都，可以见到呦呦，我最想呦呦了！"

沈云安："……"

以前自己疼妹妹，只怕寻个女郎委屈了妹妹，好不容易寻到一个疼爱妹妹的女郎，结果她真的这般在意妹妹，他又是心酸又是甜蜜，这等心情，实是不知如何形容。

好几次他差点儿忍不住问："你是否因我是呦呦的阿兄才嫁我？"

他有预感，若是将此话问出口，一定会得到一个毫不犹豫的肯定答案。

"还真是沾了妹妹的光。"沈云安摸了摸鼻子，失笑道。

又看了一眼他们消失的方向，沈云安才勒转马头，策马往回奔去。

沈羲和是在十二月底，年关之前，接到了沈岳山要入城的信。她如去年一般，在这日早早地就候在城门口，整齐又具有震动力的马蹄声传来，让戴着斗篷帽子的沈羲和忍不住回望过去。

风雪纷飞之中，人影渐渐清晰，一马当先的就是那高大魁梧的男人。他裹得像雪山之中走出来的熊，壮实又威猛，眼睛比去年看着更加雪亮和锋利。

"阿爹！"沈羲和朝着沈岳山飞奔过去，沈岳山也翻身下马，大步走来，就怕女儿绊着。

然而还有一道身影比他还快，风一般刮过沈岳山身边，和奔过来的沈羲和抱了个满怀。

直到被薛瑾乔抱在怀里，视线越过她看着立在她身后展开双手的沈岳山，沈羲和都还有点儿发蒙。

"阿姐，乔乔想你，想你！"薛瑾乔不仅紧紧抱着沈羲和，还忍不住蹭了几下。

愣怔了片刻，透过飞旋的雪花，看到僵在面前不远处的沈岳山，沈羲和忍不住乐了，回抱住薛瑾乔，顺了顺她的后背："我也很想乔乔。"

"阿姐，我给你带来了好多礼物。"薛瑾乔抓着沈羲和的手就往前走，"这里风雪大，你快去躲躲，若是着凉了可如何是好？"

沈羲和就这样被薛瑾乔拽着跑了，忍不住回过头无奈地看了看叉腰立在寒风中欲怒又不能怒的沈岳山。

"乔乔！"后面追上来的薛衡看到薛瑾乔拽着沈羲和就往前跑，不由得出声呵斥道。

薛瑾乔听到了他的呵斥声也当耳旁风。她现在也是沈家人了，才不和公爹客气呢。她嫁到沈家，就是要让阿姐属于她的，终于可以正大光明地和阿姐亲近，阿姐还不排斥她，她开心坏了。

而且……而且，阿姐都是大女郎了，怎么能和爹爹以及兄长太过亲昵呢？现在好了，以后这种事情由她代劳，就能保全阿姐的名声是吧？

薛瑾乔美滋滋地想着，压根儿把西北民风抛到了一边。本朝摒弃以往旧习，对男女大防尤为宽容，未出嫁的女儿若是事出有因，与父兄偶有亲密之举，只要于礼相合，并无妨碍。

薛瑾乔把沈羲和拉上了马车，两个人坐在马车里，沈岳山骑着马护在一旁。入了城沈岳山要第一时间去见陛下，薛瑾乔没有和薛衡回薛府，拉着沈羲和就把这一年在西北的所见所闻竹筒倒豆子一般"哗啦啦"地说了出来。直到沈岳山回来了，她还霸占着沈羲和。

用了夕食，薛瑾乔更是当着沈岳山的面说道："今夜我要与呦呦同寝。"

沈岳山又不和女儿同寝，这点他倒无妨，只要沈羲和乐意就成。他不悦的是薛瑾乔就似沈羲和的影子一般，沈羲和走到哪儿她跟到哪儿，完全不给他这个做父亲的和女儿一诉衷肠的机会。

最终沈岳山忍无可忍，命墨玉将之拎回了薛家。

今年的除夕沈岳山终于能和女儿共度。去年他早已经离去，今年能够早早入京陪沈羲和守岁，并且留到三月沈羲和大婚回门之后，多赖萧华雍运作。因此，沈岳山看萧华雍也顺眼了些。

只是这份顺眼，在父女二人守着岁、聊着天之际，萧华雍悄无声息地到来而消弭无踪。

"除夕之夜，殿下擅自离宫，不怕被陛下知晓？"沈岳山将不欢迎的态度表现得很明显。

"多谢王爷担忧，我自有安排，定不会让陛下起疑。"萧华雍谦和地回道，一副晚辈的恭敬样子，"是呦呦约我前来，说要为我煮牢丸。"

沈羲和怔了怔，瞪了他一眼。这厮胆大包天，现在当着她的面都敢胡言乱语了。她何时说过要他除夕夜前来，又何时说过要给他准备牢丸？

他是吃准了她会替他圆谎是吧？

看到沈羲和怒瞪的样子，萧华雍一派泰然，就是随便沈羲和怎么说，仿佛把小命交到她手上了，是生是死，由她定夺。

沈岳山投来询问的目光，沈羲和却还是下意识地维护着萧华雍："太子殿下说他未曾在元正之际吃过牢丸，我便邀殿下前来……"

沈羲和不善于说谎，这是平生首次对沈岳山说谎，面色极度不自然。

只不过沈岳山没有怀疑自己的宝贝女儿在说谎，只当她是性子内敛，有些难为情。

不过他不信萧华雍："殿下尊贵，岂能没有在元正日吃过牢丸？莫要把呦呦当作小女娃哄骗。"

"王爷所言极是，我便是为了讨得呦呦的一碗牢丸，故而连哄带骗，是我的不是。"萧华雍大大方方地承认，不忘表达一番他对沈羲和的稀罕之情。

"殿下还是早些回宫吧，须知夜路走多了总会遇到鬼，莫要因一时由着性子，毁了大局。"沈岳山不想和这个小无赖磨嘴皮，直接冠冕堂皇地下了逐客令。

萧华雍却脸皮极厚，正色道："我今夜前来，实则有一事与王爷相商，还请王爷移步书房。"

沈岳山狐疑地看了看萧华雍，有什么事情竟然是要背着沈羲和说的？沈岳山摸不清他葫芦里卖的什么药，又不敢托大，怕这件事或许真的会给沈羲和带来困扰，只能站起身往书房走去。

萧华雍冲着沈羲和眨了眨他那带着小痣的眼睛，笑了笑，跟上沈岳山。

沈羲和并不觉得他们背着自己商议事情有何不妥，也不会觉得心里不自在。这两个男人不会做出任何对她不利的事情。他们不与她说，或许是不想她烦心，既然如此她也不追问，折身去了厨房。

长夜漫漫，待到子时一过，便是第二日，他们正好可以吃一碗热乎乎的牢丸。

不知为何，沈羲和笃定萧华雍有本事让沈岳山将他留下来，也许与他说的要商议的事情有关。故而，她毫不犹豫地多做了一个人的份。

果然，小半个时辰之后，萧华雍就随着沈岳山出来了，越过沈岳山的后背，冲着她得意地扬了扬眉。

原本不好奇的沈羲和，看到他这么得意，而沈岳山不但没有丝毫勉强之色，甚至连最初那点儿对他的不喜之情也消失之后，都有点儿好奇他是通过什么手段让阿爹对他看顺眼的。

萧华雍还是很识趣的，吃完了热乎乎的牢丸，就踏着夜色、冒着风雪回了宫，仿佛他真的只是来与沈岳山谈事一般。

这个新年沈羲和过得很满足，因为有沈岳山陪伴。沈岳山陪着她去陶府住了两日，因为沈岳山来了，步疏林也不好登门——她到底明面上是男儿身。

薛瑾乔在初三之后，就堂而皇之地拎着包袱住到了郡主府里，俨然自己是沈家人的模样。薛衡管不了她，而见薛衡不管其他人也不敢多言，毕竟现在薛家一落千丈。

在薛家人眼里，薛衡是为了保住薛侗才辞了中书令一职，薛侗一家人整日遭受薛氏族人的白眼，更不敢干涉薛瑾乔的事，就怕惹恼了薛衡被驱逐出薛家。

尽管这个不是很有眼色的未来儿媳妇让沈岳山这个做爹的少了和女儿之间的天伦之乐，不过看到她对自己的女儿这般好，沈岳山也就忍了。

另一则便是他有些忙，有个人伴在女儿左右，也能让他少些牵挂和愧意。

上元节花灯会，萧华雍也十分大度地让沈岳山陪着沈羲和。

"你这般善解人意，让我有些怀疑你在筹谋什么。"沈羲和本意是来告知萧华雍，自己在上元节想多陪陪阿爹。再有两个月她就要嫁给萧华雍，日后可能没有多少能够陪伴沈岳山的时候了。

"这叫以退为进。"萧华雍从不在沈羲和面前掩饰自己的心机，"我早知我便是争也争不赢，执意缠着你，只会让你进退两难；再则这是岳父，是长辈，若是大舅兄，我定然寸步不让；最后便是，我今儿主动让了，你便会感念我之好，心里头对我萌生愧意，往后的上元节便会对我更加迁就。"

沈羲和忍不住笑出声来："你倒是坦诚。"

"我恨不能将心都掏给你，好教你看得一清二楚。"萧华雍信誓旦旦地说道。

"你也不怕说出来，我对你便毫无愧意？"沈羲和收敛了笑意问。

"你不会。"漆黑的眼眸银辉凝聚，光芒温柔细碎而又闪耀，他语气轻缓却笃定，"你喜欢我这样。"

她是这样的人,明明白白、坦坦荡荡,他若拐弯抹角只会让她觉得彼此之间不够信任。

沈羲和脸上的笑意越发收敛不住,她让珍珠递来一盏灯,赠给了萧华雍,这是一盏木制的花灯:"我亲手所做。我从未替旁人做过灯,这是第一盏,唯有你有。"

萧华雍看到这盏灯气息芬芳,没有任何雕刻,只是用了榫卯之法制造出一栋小屋子的模样,精巧得令人叹为观止。

他小心翼翼地接过灯来,动作极其轻柔,就怕自己一个不慎将它给损坏。事实上这盏灯与屋子一样坚固,萧华雍拿在手里爱不释手。

"果然,以退为进之法甚妙。"得了便宜,萧华雍还忍不住卖乖。

沈羲和笑看了他一眼,走上前为他解说这盏灯的玄妙之处——有个窗户能够打开,就是自这里换里面的蜡烛——然后又说了这盏灯的由来。

陪了萧华雍半日,沈羲和才离去。萧华雍心满意足地送她出宫后,就折身回去钻研他的宝贝灯了。

沈羲和陪着沈岳山看京都的上元节灯会,哪怕去年灯会发生了不愉快之事,今年百姓依然载歌载舞,只不过巡卫更多。

正月望夜,充街塞陌,聚戏朋游,鸣鼓聒天,燎炬照地,人戴兽面,男为女服,倡优杂技……

灯火交错,巷陌繁华,这也是沈岳山第一次见识到京都的上元节。万盏华灯,照耀的是盛世王朝的昌盛;笑靥如花,洋溢的是活在国强民富之地的喜悦。

沈岳山听着已经有了一次经验、对上元节颇为了解的女儿解说,脸上的笑容也一直没有落下,唯一美中不足的就是跟了薛瑾乔这个小尾巴,不过这可以忽略不计。

沈羲和陪着沈岳山穿梭在璀璨的灯河之中,萧华雍却在东宫单手托腮,目光一错不错地盯着高悬的灯,橙黄的灯光温柔地笼罩着它,让月色都柔和了不知多少。

天圆看了看天,又看了看太子殿下。殿下盯了它两个时辰了,这都月上西楼了,殿下换了不知多少姿势,目光就是没有离开这盏灯,笑容还那么……迷惑。

天圆不得不着胆子上前:"殿下,该就寝了。"

"孤再看会儿。"萧华雍心情甚好。

"殿下,这灯虽是郡主所赠,可郡主相赠之物也不少,殿下您这般……?"天圆点到为止,怕被太子说不懂揣摩主子的心意,借此将他贬出去。

萧华雍今儿愉悦,不与他计较,依然盯着这盏灯:"这灯香吗?"

"香。"

檀木所制,点的又是香烛,这灯怎能不香呢?

"故而这是一盏香灯。"萧华雍说完,笑容逐渐变得有些不正经,"香灯,有传宗接代之意,这是呦呦赠予孤的,呦呦的心意,是要与我……"

萧华雍说着，笑容更加……一言难尽。

天圆："……"

他抬头望天，默默走了出去。他就不该去劝殿下就寝，就殿下如此能绕弯的设想之能，看着这样一盏灯，殿下哪里还睡得着，哪里还需要睡？

有本事殿下当着郡主的面这么说啊，看郡主不劈头盖脸地将灯砸在殿下的脑门上！

沈羲和不知她的一盏灯又被太子殿下曲解了意思，以至他兴奋得一夜无眠，看灯到天亮。

上元节之后，宫里忙碌了起来，首先就是下聘。萧华雍亲自捉了两只活雁，随同宫里的聘礼送到了郡主府上。

内侍在外面念着长长的聘礼单子，沈羲和蹲在一旁研究这两只大雁。珍珠以为她是喜欢，便说道："这雁身上没有丝毫箭伤，也不知殿下如何捉到的。"

他还能如何捉到？肯定是海东青直接将之逼得束手就擒的。

沈羲和也很满意："如此肥美，一只炙烤，一只煲汤羹。"

珍珠："……"

合着郡主这么直直地看着大雁，是想着如何烹饪？

一时间珍珠错愕又觉得好笑，甚至觉得这样的郡主特别可人："婢子这就拎去给紫玉。"

"做好之后，记得分一半送到东宫。"沈羲和还忍不住叮嘱道。

珍珠忍俊不禁。她决定亲自去送，想要看一看太子殿下的反应。

雁是高门大户聘礼中的必备之物，当然不是人人都能活捉大雁，便是本人不能捕捉，也会请人捉两只来充当门面。

大雁无人饲养，被捉来自然不能饲养下去，通常也是成了盘中餐，但准新娘亲口说要烹饪，还给了烹饪之法，真是史无前例。

沈岳山过目完聘礼，心里其实有点儿惆怅，这意味着离女儿嫁人又近了一步。等他面色落寞地回到内院里，碧玉迎上来施礼后禀道："王爷，郡主请王爷去食汤羹。"

女儿的美食都不能勾起他的兴致，沈岳山兴致缺缺，却还是去了内院，坐到了桌边。沈羲和就将炖好的大雁汤羹端到了他的面前，又让人端上了片好的大雁炙肉："阿爹尝尝，与我们西北的大雁可有不同？"

沈岳山炯炯有神的虎目一亮，他倏地转头望向了沈羲和："大雁？"

沈羲和眼神含笑地点头："大雁，两只。"

哪儿来的大雁，还是两只，这不言而喻，沈岳山顿时感觉愁云一扫而空，豪放的笑声刹那间充斥在小院里。随后，他大快朵颐起来。

"嗯嗯，汤鲜肉香……"他一边吃一边评价。

沈义和坐在旁边，看着阿爹笑逐颜开，也忍不住露出笑容。她其实知道，他今日看到了聘礼，哪怕早就接受女儿要嫁人的事实，其实还是会怅然忧愁，故而才行此举哄他。

也不知是不是吃了女婿送来的大雁真有奇效，总之沈岳山又把女儿要嫁人的事选择性地遗忘了，一整日都乐呵呵的。

和沈岳山的开怀不同，萧华雍听说郡主府送来了食盒，一开始还开心不已，结果等到一盘炙肉被端上来，盘子摆得甚是好看，大雁翅膀和大雁头颅都还在……他怎么看怎么觉得不对劲儿。

"天圆，你来看，这是何物的肉？"萧华雍有点儿不敢相信，他的大雁才被送去不过一个上午，就成了盘中菜。

天圆缩了缩脖子。他和萧华雍在外游历多年，可谓吃遍天下能吃之物，这炙烤大雁他们也是吃过的，他一眼就认了出来，可……他不敢说。

"殿下，珍珠姑娘还在外面候着，属下眼拙，不如请珍珠姑娘前来一问？"天圆果断推诿道。

萧华雍凉凉地看了他一眼："请进来。"

珍珠敛衽躬身地进来给萧华雍见礼："婢子参见殿下……"

"免礼。"萧华雍急不可耐地打断她的话，问，"这是何物之肉？"

"回殿下，这是大雁之肉。"珍珠如实回答。

萧华雍顿时脸上一僵，其实早就看出来了，只不过有些不死心。哪怕听到珍珠之言，他还是有些不死心："雁从何来？"

"是殿下今晨送去的聘礼。"珍珠彻底打破了萧华雍的最后一丝希冀。

萧华雍一时间有些失语，不知摆出什么表情，亦不知该说些什么。

珍珠参着胆子悄悄抬头，就见太子殿下愣愣地盯着这盘炙烤大雁，那神情颇为怜悯。就在她以为太子殿下要说些什么之时，哪知太子殿下提箸就开食。

炙肉入口，他轻"嗯"着领首，变成了被美食取悦到容光焕发的样子，越吃越香，弄得天圆站在一旁咽口水。

这大雁和萧华雍往日吃的不一样，香味竟然越来越浓郁。

珍珠也闻到了。不过她到底见识过紫玉的手艺，还是能够面色如常的。她又给萧华雍斟了一碗汤羹，让萧华雍伴着食用，萧华雍吃得畅快不已。

萧华雍吃到翅膀时，发现它的皮被划开了，用双箸沿着口子伸进去，扒出一个小竹筒。他将竹筒打开倒出一个小纸卷，展开就见上面是沈义和的字迹：

"雍雍鸣雁，旭日始旦。士如归妻，迨冰未泮。"

这是大雁为聘礼的习俗之由，萧华雍捏着纸卷忍不住笑了。

他也顾不得吃了一半的东西，随意擦了擦手，就站起身走向书房，也写了一封信，交给了珍珠："鸿雁传书，雁我已收，书就由你代我转交给呦呦。"

珍珠接过信，行礼之后就离开了东宫。

沈羲和刚把沈岳山哄好，珍珠就带着萧华雍的书信回来了，上面写了一个关于大雁的典故。

大雁之所以成为聘礼，是因为它是鸟类之中的情种，双雁一对，若是痛失配偶，另一只雁必将终身相守，再不另寻新偶，这代表着一生一世一双人。

许多人会送雁做聘礼，却很少有人探寻送大雁背后真正的寓意。

这绝不是一种门第和颜面的象征，一对雁代表着忠贞的承诺。可笑的是，许多人送雁不过是走个过场。

从潘杨之睦，到大雁典故，他总是在不厌其烦地向她表明，他此生有她足矣。

沈羲和饶是铁石心肠，也有松软的一天。她将书信放好。

珍珠发现，郡主终于将太子殿下送来之物珍藏了起来。以往类似这等非特意相赠之物，抑或是寻常书信，郡主都是随意处置的。

之后的很长一段时间里，沈羲和与萧华雍都是依靠着书信往来。随着婚期将近，他们不能再见面，这是习俗。都说新人婚前相见大不吉，沈羲和是不信佛与道之人，对此嗤之以鼻。

但萧华雍异常在意，俗语言婚前相见，婚后不见。

他因为紧张这场婚事，故而宁可信其有，不可信其无，谨遵着每一步礼法，这大概是沈羲和见过的萧华雍最守礼的时候。

二月的时候，大婚事宜已经筹备得如火如荼，这一日不知为何尧西公主与烈王萧长赢起了争执，被烈王不慎推入了宫中的荷花池，这事恰好被祐宁帝撞见。

之后宫里传来消息，烈王被祐宁帝杖责二十，隔日祐宁帝便下旨封尧西公主为淑妃。尧西公主一跃成了四妃之一，且是唯一一位有封号的妃嫔。

尧西公主成了祐宁帝的第一个异邦妃妾，在二月中旬入了后宫，据闻备受宠爱。

沈羲和听闻这个消息之后，只是笑了笑。到了三月，桃花盛开，满街飘香，太子大婚，举国同庆。

天未亮，沈羲和便起身沐浴，披散着一头青丝，身着轻薄的里衣坐在铜镜前，由喜婆为她绞面。喜婆能够来伺候太子妃，自然不是寻常人，而是宫里放出去的女官。她给不少高门贵女绞过面，但像沈羲和这样肤如凝脂，压根儿绞不到汗毛，几乎只是走个过场的情况极为少见。

"郡主天生丽质，只需略施粉黛，便能艳压群芳。"喜婆一边夸赞，一边退开，由宫里的女官负责为沈羲和上妆。

上妆的时候，沈羲和自己看着，也会提出自己的意见，过于浓厚的妆容遭她排斥，兼之大婚礼服又是素雅浅色的款式，女官只能依照沈羲和的话行事。

一个时辰之后，沈羲和一切收拾妥当，两个女官合力将飞凤坠珠的凤冠戴在了沈羲和乌亮的发髻之上。凤冠的凤凰羽翼栩栩如生，边缘由硕大的北珠点缀，细长的金链子穿着米粒大小的珍珠，形成了一面帘子，让她美艳的容颜若隐若现。

珍珠从女史手中接过绣着大红牡丹花、点缀着几颗珍珠的扇面递给沈羲和。

沈羲和捏着扇柄，执扇掩面，由红玉和碧玉搀扶着端坐在朱红描金的坐榻之上，等待着东宫的迎亲车辇。

屋外传来了锣鼓声、喧哗声，是东宫的人来迎亲了，沈羲和长睫微微一颤。

她由司仪引领，执扇而出，一步步踩在红毯之上，到了正堂里。萧华雍一袭华服，与她的婚服相得益彰，长身玉立。大概是人逢喜事精神爽，他今儿难得面上没有了病色。

漆黑的眼瞳泛着银辉，他深深凝视着她一步步走到近前，两个人先互相一拜，才转身面对着沈岳山拜别。

紫玉递上了蒲团，沈羲和在红玉的搀扶下跪了下来。按理萧华雍是不需要行跪礼的，毕竟君臣有别，可他还是随着沈羲和跪下了，这令观礼之人纷纷倒吸一口凉气。

其实许多大户之人成婚，新郎官在拜别的时候，都是对女方的长辈躬身行揖礼。

沈羲和此刻没有关心萧华雍。她一直没有多少情绪起伏，却在跪下的那一瞬间，眼眶蓦然一酸，眼前浮现一层雾气。她企图用以往的自制力来克制这情绪，却不知为何会失控，声音还是控制不住地带了哽咽之意："儿，一拜，念阿爹生养之恩。"

说完，沈羲和深深拜下去，萧华雍也随着她对沈岳山拜下。

沈羲和直起身后，泪珠忍不住夺眶而出，滑落下去。她轻轻舒了一口气，调节着自己的情绪："二拜，谢阿爹教养之情。"

沈岳山想要去搀扶沈羲和。他这一生极少流泪，除了在战场上，看到那些年少英勇的身影一个个浴血奋战而倒下，已不记得自己流过泪。

这会儿看着捧在掌心里十五年的掌上明珠要嫁与旁人，他也忍不住眼眶充血，却不得不捏紧拳头高坐在这里，受着她的拜别礼。

晶莹的泪珠在沈羲和再次拜下去时，砸落在喜服上，洇开一朵浅浅的水花，她缓缓直起身："三拜，辞别阿爹，此后为妇，阿爹谆教，不敢相忘。"

沈羲和深深拜下，久久未起身。沈岳山起身扶住她的双肩，将她搀扶了起来，赤红着双眸说道："得觅佳婿，门庭有耀；宜家宜室，白首永偕。"

沈岳山从珍珠的手中接过遮面团扇，递给沈羲和，又执起沈羲和的另一只手，递给了萧华雍。

萧华雍接过沈羲和的手，紧紧握住，对沈岳山承诺道："蒙岳父以信，托儿予明珠,绣阁名姝,必以珍之。生而同室,死则同穴,此心可照,有如皦日。"

沈岳山已经说不出旁的话,只得勉强笑着,连说了三个"好"字。

恰好起辇的吉时号声响起,沈岳山松开了扶着沈羲和的肩膀的手,对着她挥了挥手。

沈羲和用扇子遮挡住自己同样泛着泪光的眼,又对沈岳山行了万福礼,才在萧华雍的搀扶下,一步步走上红毯。

红毯铺到了车辇前,车辇旁立着一个高大的侍卫,萧华雍翻身上马后,侍卫伸出手:"太子妃当心。"

沈羲和身子一僵,愣愣地看了一眼侍卫,他是陌生的模样,却有她熟悉的眼眸。她的唇瓣微微轻颤着,侍卫冲着她微微一笑:"太子妃请上辇。"

沈羲和掩下心中的惊骇情绪,手搭上他的手,一步步踩上木墩,坐上了车辇。红色轻纱隔绝了沈羲和的视线,她看着高大的侍卫随着车辇一步步前往宫门,热泪再一次滚落。

忽地她又低头笑了,看着骑着高头大马走在前方的萧华雍伟岸的背影,眼中染着柔光。

太子大婚,金吾卫五步一人,肃穆而立,婚辇自郡主府一路到皇宫的朱雀门,百姓立在卫队之后,争相探看,乐声一路飘散在清风里。

萧长赢骑着马自婚队前行起就跟在后面,直到护送着婚辇入了朱雀大门,才勒马掉头离去。

婚辇入了朱雀门,却没有直接去往东宫,而是浩浩荡荡地一直来到紫宸大殿前。沈羲和下辇,厚重的大门伴随着嘹亮的号角声被推开,萧华雍已经立在了前方,她由着宫中女官搀扶着,迈上阶梯,走过大门,步下阶梯,缓缓走到萧华雍面前。

他宽厚的手从明媚的日光之中伸来,剪碎了晨辉,坚定地伸到了她的面前。

他其实不用亲自去迎亲,在这里等着她便是——他选择亲自去了。她把手搭在他的掌心上,微凉的手却让她觉得异常舒适。

他牵着她的手,踩在红毯之上,两边是文武百官、宗室命妇,注视着他们走到了盘龙石阶之下,他们俩才分开,由两边拾级而上。

祐宁帝在正上方等着他们,两个人先向祐宁帝行了礼,祐宁帝致辞告天地,两个人随着祐宁帝叩拜,之后才是真正属于他们夫妻二人拜天地的流程。

一拜天地,二拜高堂,夫妻对拜。

并未礼成,有内侍捧着托盘,托盘之上是用红线连着葫芦柄的葫芦,葫芦被一分为二,两名宫婢同时各捧一瓢一起分别递给了沈羲和与萧华雍。

这是合卺酒,两人共饮一卺,葫芦为苦,美酒是甜,意为同甘共苦,患难与共。

饮完合卺酒,夫妻二人转过身,面对着文武百官、命妇宗亲,接受跪拜,才算礼成。

沈羲和离开紫宸大殿，乘上车辇，直入东宫。萧华雍则要留下来，与众人共宴。

沈羲和到了东宫，天圆就端上了吃食："太子妃先吃些，若有想吃之物，只管吩咐属下。"

沈羲和看了一眼，都是她爱吃之物，还有她最喜的消灵炙。沈羲和想要取下头冠，它实在是太重了，可太后派来随行的女官不允，说新娘子的头冠只能由夫君取下来。

沈羲和念及她是太后跟前之人，便没有坚持。只是顶着这么重的头冠，哪怕面前的珠帘被撩至两边，并不影响她进食，她也觉得头一抬一低之间格外难受。

因此，她连享用美食的兴致都少了些许。似乎是心有灵犀，一道轻咳声传来，沈羲和抬首就见到了萧华雍。他长身玉立，眉目温柔，目光幽幽地盯着她。

沈羲和在珍珠的搀扶下站起身，萧华雍进来，扶住要行礼的她，顺势握住她的手去了梳妆台前，亲手将她的头冠取了下来，散下她一头顺滑乌黑的青丝，立在她身后，俯身吻了吻她的发顶："我会早些回来。"

说完他就走了，来也匆匆，去也匆匆。

他应该还有很多礼节要完成，是想到她的头冠太重，才抽时间特意跑了一趟。

沈羲和头上轻了，心情也跟着轻快起来，美美地用了一顿吃食，又盥洗一番，擦掉了妆容，素面朝天，清水芙蓉，还换了一身轻便的衣裳。

萧华雍忙到快至黄昏之时，才赶到宴席上。此时的他状态已经很不好了，脸色有些苍白。看着他随时都有可能两眼一翻昏厥过去的模样，连走路也脚步虚浮，谁还敢朝着他灌酒？

哪怕是大婚之日，百无禁忌，众人也不敢灌他喝酒，甚至有大臣敬了酒，都要紧张地提醒一句："殿下随意即可，随意即可。"

饶是如此，每个人敬酒时萧华雍只是浅抿一口，不过片刻，他苍白的脸上就浮现了不正常的红晕，看着更是令人心惊胆战。后来大伙儿都主动以茶代酒敬他，萧华雍也从善如流地跟着以茶代酒。

原以为萧华雍至少要月上柳梢头才能回来的沈羲和，没有想到夜幕都还未落下，他就踩着最后一缕夕阳的余晖被搀扶回来了。

旁的新郎官被搀扶是因为喝多了，他被搀扶是因为……体力不支……

萧华雍被送到新房里后，其他人都自觉退下，屋子里就剩下了他们俩。房门一被合上，躺在床榻上的萧华雍就弹起身，顺势将站在床榻边的沈羲和揽在怀里，深深吸了一口她身上的馨香。

尽管他喝的酒不多，可在宴席上走了一圈，身上还是沾了不少酒气，沈羲和有些嫌弃地推了推他："为你备下了香汤，快去沐浴。"

萧华雍抱着沈羲和，将头埋在她的腰间："呦呦要与我一道吗？"

沈羲和红了脸，用力一把将他推开，见他又倒在榻上，退了几步："快去。"

"呵呵呵……"萧华雍呈"大"字形躺在榻上，胸腔里发出低沉的笑声，睨着不明他为何笑得如此欢愉的沈羲和，眼底流转着促狭的光，揶揄道，"原来……呦呦如此着急呀……"

登时会意他意味深长的话语，沈羲和羞恼得只能怒瞪着他。

萧华雍又笑得更畅快了，沈羲和气得转身，大步出了寝殿。她怕再待下去，自己就会随手抄起一物，砸在他的脸上。

小娇妻被自己给恼得气呼呼地走了，萧华雍脸上的笑容却抑制不住。

其实他也不知为何，就喜欢把她逗弄得羞恼不已，看着甚是鲜活可人。

萧华雍慢悠悠地撑起身，看到了旁边备下的换洗衣裳，心口涌入一股暖气，又胀又满。他抱起衣物折身去了后面的耳房，这是他特意留出来的沐浴屋室，砌了四四方方的浴池。

他沐浴完，恰好黑幕落下，出来就看到沈羲和正手执书卷，侧身坐在灯台旁低头翻看。他大步上前，从身后将她抱了个满怀。

沈羲和本能地有些僵硬，但很快就放松了自己，第一次顺势依偎在他的怀里。

心头一喜，萧华雍顺势将她打横抱起来入了卧房。

沈羲和的身体有些发紧。她原以为接下来必然是行周公之礼，却没有想到萧华雍只是将她放在榻沿上坐着。

看着她紧绷的模样，他不由得乐了，指尖触及她的额头，将她的发丝顺到一边，凑近她低声在她的耳畔说道："别怕，时辰未到。"

他没头没脑地说了这么一句话，就去取了两件斗篷。这是尚服局按照萧华雍的要求给太子和太子妃赶制的新衣裳，一黑一白两件斗篷，狸毛绲边，下摆绣了两片不起眼的平仲叶。

在沈羲和不解的目光下，他给沈羲和系好斗篷，自己的也系好之后，牵着沈羲和就出了屋子，弄得守在外面的珍珠等人都是一脸莫名其妙的表情。

"你们都候在此处。"萧华雍吩咐了一声，牵着沈羲和就进入了东宫的另一处屋子。

沈羲和跟着他，由着他领着她入了一间屋子，一道墙被转开，眼前是一条密道。

两个人下了密道，竟然有好几条路纵横交错，萧华雍熟门熟路地牵着她往一条路上走去，一路上七拐八绕，沈羲和险些被转晕。更令她震撼的是，皇宫之下竟然是迷宫一样的暗道，四通八达。

等再见到天日时，已经出了皇宫，外面是荒野，出口被杂草遮掩着，沈羲和忍不住回头看着这道门。

"这是皇宫之外,无人能至,这道门若无钥匙,从外推不开。"萧华雍牵着沈羲和就这样出了宫。

两个人行了一刻钟之后,看见了一匹马,他抱着她上了马,扬鞭疾驰而去。

马一路疾驰,绕了不知道多少路,才到了一个庄子前停下,沈羲和不解:"我们为何来此?"

萧华雍对她神秘一笑,没有回答她,牵着她入了内。进了二门,就见到庭院里立着的高大身影,沈羲和情不自禁地唤道:"阿兄!"

今日送亲的时候,沈羲和就猜出那是阿兄。父亲不能送嫁,家里女郎出嫁按照习俗都是兄弟送嫁,沈羲和只有沈云安这么一个亲哥哥,明面上为了不让她遗憾,安排了陶家的表兄送嫁。

可这是她一生一次的大婚,她希望沈云安为她送嫁……

只是她到底明白什么是无奈,什么是大局,从未提及过。

沈羲和提着裙摆奔到沈云安面前,沈云安因为她的呼唤转过身,展开了双臂。

沈羲和投入他的怀里,紧紧抱着他。她和阿兄又是一年多未见,尽管时常通信,她却仍是对他想念至极。

沈云安抱着沈羲和转了一圈,才放下她,摸了摸她的头顶,低头看着她,眼底透着感慨之色:"阿兄的呦呦长大了。"

她是真的长大了,已经嫁为人妻。

"阿兄,呦呦永远是阿兄的妹妹。"沈羲和微微仰着头,黑曜石般的眼眸里映着沈云安的身影,里面一片温软的光。

萧华雍远远地看着兄妹俩,原来她也有这般小鸟依人的时候,这是萧华雍第一次见到这样的她。

她不是没有小女儿的姿态,只是极少有人能够让她展露。

哪怕她现在对他包容、迁就、信任,却从未在他面前这般柔软过。

他很羡慕沈羲和在沈云安面前的模样,但没有忌妒。沈云安因着十五年的朝夕相对、根深蒂固的血脉亲情,才能得到这些,他与她不过相识不到三载。

沈云安摊开手,掌心里有一颗狼牙,狼牙根部钻了个孔,用一根绳子穿着:"还记得这颗狼牙吗?"

沈羲和低头,光滑表面已经有些磨损的狼牙昭示着它的岁月长久。狼牙其实有两颗。沈羲和七岁那年,听闻伴随将士们训练的沈云安失踪,不顾旁人阻挠,支开了所有人,偷跑了出去寻沈云安。

那时的沈云安也不过是个小少年,只是踩空了雪地,瞬间被雪埋了才无人发现他如何失踪的。等他千辛万苦地爬上来,恰好遇上了沈羲和,兄妹俩运气不好,又遇上了瘸了腿被驱逐的饿狼。沈云安的身上没有任何称手的兵刃,十五六岁的少年郎,

433

赤手空拳地和饿狼博斗，弄得遍体鳞伤，最后准备抱着饿狼同归于尽。

是沈羲和寻了尖锐的树枝，顺着他和饿狼滚下去的雪坡一路追下来，鼓足了勇气，孤注一掷地将树枝朝着饿狼的眼珠子插了下去。

那时候沈云安和饿狼扭在一起，沈羲和也许根本伤不了饿狼，反而会戳伤沈云安，可他们都清楚，机会只有一次，对幼小的沈羲和而言，这需要极大的勇气。

但是她没有迟疑，精准地戳爆了饿狼的一只眼睛，才为他赢得了短暂的契机。等他把饿狼弄死，转过头就发现沈羲和早已经晕了过去。她不是被吓晕的，是病发喘不上气。

若非阿爹及时赶到，还带了一直给沈羲和治病的大夫，只怕他就要失去妹妹。

后来这只狼被带回去，沈云安拔了它的两颗锋利的牙齿，一直将牙齿戴在身上。之后无数次战场上浴血奋战，无论多么艰难困苦，只要看到这两颗狼牙，沈云安就能想到那年。想着若是不咬牙坚持下去，沈羲和也会沦为饿狼的口粮，他身上就能涌出无限的战斗力。

"那时便想赠予你，可阿爹说你是女郎，怎能随身戴着狼牙？你气血弱，这等血腥凶悍之物也会压了你的福气。"沈云安抬起沈羲和一只手，将狼牙放在她的掌心里，"现在呦呦身子大好，定能压住它的凶气，日后我们兄妹一人一颗，你想念阿兄时，看它便是。"

说着顿了顿，沈云安压低声音又说道："阿兄，亦然。"

狼牙是温热的，沈云安应该一直捏在掌心里，上面残留着沈云安的掌心的温度。

沈羲和收拢五指，企图以此来隔绝微凉的夜风吹散它的温度。

沈云安低头依依不舍地看了沈羲和片刻，才干涩地说道："阿兄要走了，呦呦，照顾好自己。"

"嗯。"沈羲和勉强勾起一丝笑容，沉闷地应了一声，不敢开口说话。

今日的她格外心灵脆弱，出门拜别阿爹的时候便忍不住落了泪，现在也觉得自己或许有些忍不住泪意。

沈云安握着沈羲和的手，走到萧华雍面前，将妹妹交给萧华雍，没有多言，只是握着拳头的手捶了一下萧华雍的胸口，然后迈步往后退，一直看着沈羲和，直到退到了门口，才转身大步离去。

沈羲和没有动。直到院外传来马的嘶鸣声，"嗒嗒"的马蹄声远去，她才忍不住垂下眼帘。

"我如此安排，是盼着你欢喜，结果反倒惹了你伤心。"萧华雍轻叹了一口气，将她揽在怀里，拥着她说道。

沈羲和偏头，有些湿意的双瞳透着感激之色："殿下，我很欢喜，多谢殿下为我筹谋至此。"

她现在知道了，除夕夜那晚，他来寻沈岳山便是为了此事——寻个人假扮成沈云安留在西北，可以假装病了几日，沈云安快马加鞭地赶来，为她送嫁。

沈云安护在她的婚辇边，亲自将她送入朱雀门，做到了每一个兄长必须做到的事。

她的大婚，因此而没有半点儿遗憾。

所以那夜沈岳山才会接纳萧华雍，因为发现眼前这个女婿比自己所想的还要在意自己的女儿，女儿嫁给了他，一定不会比未出阁之时过得差。

要知道这件事情有天大的风险，就连他们心中遗憾，都不敢做出这样冒险之举，萧华雍却为了能够让沈羲和此生无憾而冒险为之，并且直言，若有纰漏，责任他一人承担。

为了确保万无一失，萧华雍费了多少心思、耗了多少人力，只有参与此事的沈岳山心里清楚。

正因为这一举动，沈岳山才彻底放心将沈羲和托付给萧华雍，也有了方才沈云安的无声之举，这是一家人的亲昵举动。

然而沈云安和沈岳山都不知，萧华雍还将皇宫的密道揭露在了沈羲和面前，至此，他对她称得上完全坦诚。

沈羲和心里的震撼情绪，哪怕她随萧华雍回到东宫后都还未平复下来。

她身边的紫玉最爱看话本子，又是个看完之后忍不住与人分享之人，几个丫鬟围在一起，时常讲些缠绵悱恻的故事。

那些故事她也跟着听了不少，加之在西北也不是没有遇见过恩爱的夫妻，故而她由来只觉得情爱不能长久，但从未质疑过这世间存在真情实意。

然而萧华雍给予她的一切，震撼到让她难以想象。

"不要用这样感动的目光看我。"萧华雍低头吻上了她的眼帘，温热低哑的声音在她的耳畔响起，他的眼里似有一团火在燃烧，又像是有一头凶兽在他的眼底似乎要挣脱出来，令她有些害怕。可她又想顺从他，不由自主地伸出双手，在他俯身亲吻她的时候，圈住了他的脖颈……

青光色，夜光寒，风流偏胜枕边看；

芙蓉帐，月低眠，几度云雨春宵短。

新妇大婚第二日，哪怕是皇太子妃也是要如同民间一般，拜见家翁。沈羲和随着萧华雍一道去了太后的宫殿，先给太后敬了茶，太后乐呵呵地给沈羲和备下了许多东西。

在太后这里略坐了片刻，算着祐宁帝差不多下朝了，他们才起身往明政殿去。

"乘辇。"车辇停在了太后的宫门口，萧华雍抱着沈羲和上了车辇，陪着她一起坐着。

"你放开我。"她说，"我能走，这样乘辇过去，指不定被他们传成什么模样。"

这么多人看着，他竟一点儿不顾忌。

沈羲和只要想一想，就觉得羞窘。

"传什么？"萧华雍目光戏谑地扫着她。

沈羲和瞪了他一眼，这人好不知羞！

又被她的模样取悦的萧华雍抓住她的手，亲了亲她的指尖："你只管坐，世人皆知我体弱，是我要乘辇，与你何干？总不能我乘辇，让太子妃跟着车辇走着去明政殿吧？这要是传到岳父的耳里，我后日哪里敢陪你回门？"

沈岳山要留到沈羲和回门后才回西北。

沈羲和这才反应过来，这人在旁人眼里就是个瓷娃娃。她压根儿没有想到这一茬，只想到了……

萧华雍又忍不住笑出了声，沈羲和扯了扯他的衣袖："你收敛些，你可是'体弱多病'之人。"

他笑得如此中气十足，也不怕旁人猜疑。

"这都是信得过之人，有生人靠近，我自然会收敛。"萧华雍故意压低声音，凑到沈羲和的耳畔说话，说完还忍不住亲了亲她的耳垂。

沈羲和又瞪了他一眼，萧华雍则是笑得像偷腥成功的猫一般满足。

沈羲和和萧华雍到明政殿时，祐宁帝刚用完朝食。遇上大朝会，陛下也只能饿着肚子上朝，上完朝才能用食。

祐宁帝倒是没有为难他们，将慈父的面目展露得恰到好处，给他们备下了厚礼，就让他们回宫歇息了。

她成婚了，嫁到了东宫这个她熟悉的地方。也许是因为成婚前她就往来于此，也许是因为身旁这个成为她的夫君的男人，她竟然没有丝毫不适应的感觉，也没有半点儿茫然与忐忑之情。

只是她去整理嫁妆，清点东宫事物之际，竟然看到了一幅画。

这幅画她一点儿都不陌生，是她按照萧华雍的意思给他画的画像——他屈着一条腿坐在树下，一腿伸长。只是现在一个女郎枕在这条伸直的长腿上，这个女郎竟然是她自己，她何时画了自己在上面？

她取下了画，就去寻萧华雍："萧北辰，这画你作何解释？"

萧华雍正在翻阅分派给他的奏折，抬眼看到这幅画，眼中闪过一丝心虚之色，旋即就被委屈取代。他沉沉地叹了一口气："偶有一夜，梦境如此，我做梦都盼着与呦呦亲昵，奈何呦呦从不肯给我亲近之机，我只得画上几笔，以慰相思。"

沈羲和："……"

他做了这么无耻的事情，竟然还把自己说得如此可怜，活像是被她逼得无可奈何。

这要是大婚前发现，沈羲和肯定把它给毁了，因为一日不成婚，一日都可能有变数。试想她若是没嫁给萧华雍，又有这样的画存在，真是百口莫辩。

但现在他们都大婚了，也行过了周公之礼，这画好似也没有出格之处，沈羲和只得认了。

她转头又发现了一个结绳，结绳正是前年除夕守岁萧华雍从她这里磨去的，只是现在结绳上缠了一缕青丝。犹记得表兄成婚之时，她去了临川郡，萧华雍每日送去一封书信，书信里都有一根发丝，这头发不用看她也知道是谁的。

沈羲和看了两眼，正要收回目光，不想萧华雍从她身后将她抱了个满怀。他将下巴搁在她的肩膀上："夫妻结发，呦呦还欠我一缕青丝呢。"

这个习俗不是固有的，只有那婚前就两情相悦的夫妻才会在成婚后结发缠丝。不过既然萧华雍提到了，沈羲和也没有拒绝："你不放开我，我如何剪发？"

萧华雍自个儿去拿了剪子，钩起沈羲和的一缕青丝剪了，又剪了自己的一缕，将两个人的发丝都分作两半，一半与一半编织在一起，变成了两股。

沈羲和会意，折身取了两个自己缝制的香囊过来，递了一个给他。

萧华雍抬头对着她温柔地勾唇笑了笑，递了一股由他们二人的发丝编在一起的头发给沈羲和。

两个人各自将头发放入香囊，萧华雍将之挂在腰上："日后定要每日都戴着。"

摸了摸香囊，萧华雍目光一动，又说道："只是这香囊颜色不能配着每身衣裳，还得烦劳呦呦多做些香囊。"

沈羲和如何能够不懂他的小心思，微微一笑算是应承下。她方才寻香囊，看到了萧华雍从她那里偷走的绣着仙人绦的手帕，手帕没有锁边，她将之拿了出来，穿针引线，开始锁边。

沈羲和的举动，让萧华雍的心口宛如被刷了一层蜜，甜得他心跳如擂鼓，他索性挨着她坐下来，不言不语，就静静地看着她。

他总是喜欢这样，双目含情、温柔至极地看着她，以往她都有所察觉，他宛如在走神，时刻让她有种天地间都静止了一般的错觉。

往常他是偷偷看，现在是光明正大地看。他们新婚他有三日婚假，沈羲和也不好撵他去处理政事，便由着他找了个舒服的姿势，单手撑着脑袋，微微歪着头专注地看着她。

她想，这样的情形她还是早些适应为好。

二人各自目光专注，沈羲和的视线在手中的手帕上，萧华雍的目光在她的身上。

太子殿下的黏人劲儿远不止于此，接下来几乎是沈羲和走到哪儿他就跟到哪儿。

他将视线锁在她身上，压根儿移不开。

东宫都在萧华雍的掌控之中，他十多年不在东宫里，压根儿没有人有心思在东宫安排人，兼之他有心一点点地在东宫培养心腹，十多年的经营并无人察觉。

他乍然回宫，别人想要再来安排眼线之人，却发现东宫根本不缺人，且一个个谨小慎微，谁想要发作打发一两个人挪出空位也不易，故而东宫防守严密，沈羲和接手，都不需要立威。

东宫之人早就熟悉了沈羲和，对沈羲和成为太子妃早就做好了心理准备。原本东宫就只有天圆一众侍卫和九章统御的一应内侍，宫女只有几个，都不得用。

九章早就将内务整理好交给了珍珠，东宫也因为沈羲和嫁入多了些女郎，看着鲜亮了不少。

新婚第二日，沈羲和与萧华雍要一早去宗庙祭祖，又是一番忙碌，长长的祭文就念了半个时辰，繁文缛节走下来，沈羲和与萧华雍跪在蒲团上磕完头时都已经日上中天。

两个人接过内侍递过来的香，三拜后正要叩首之际，前方几个灵牌忽地就蹿起了火。萧华雍手疾眼快地将沈羲和拉到怀里，又见灵牌起火，立时上前用袖子将火扑灭。内侍们也是迅速上前，效仿萧华雍，将其他灵牌上的火势扑灭。

萧华雍将牌位拿在手里，发现底座有桐油，气息极淡，应当是昨日或者更早就被上了桐油。但牌位上有了桐油，要起火，还得有人放火才是。萧华雍将供奉牌位架子下面的木台绸布掀开，下面竟然空空如也。他敏锐地看到了一点儿痕迹，怀疑那里有暗道。

先前一定有人蹲在那里，只是他与沈羲和都站得较远，故而没有察觉，等他们到了近前，这人纵了火，又从暗道跑了。

"殿下……殿下看什么？"短暂慌乱之后，礼部侍郎和宗正寺卿维持好了秩序，围拢上前。

萧华雍索性钻下去，伸手敲了敲地板，回响却不是空的声音。如果地道不是在这里，那也在后面，无凭无据，萧华雍也不好移开祖宗牌位去探查情况。

他探查出来有暗道便罢，要是探查不出来，就不好收场了。

"这几个牌位底座上有桐油，其他牌位上并无，定是有人刻意为之。"萧华雍将自己手里的牌位交给宗正寺卿，"有油须得点火，才能燃。"

沈羲和随他祭祖，牌位起火，这是大忌，弄不好就会被人传是先祖不认可沈羲和，他不得不将这是有人坑害的罪名坐实。

宗正寺卿与礼部尚书检查了一番，着火的牌位之下的确有桐油，桐油已干，却有淡淡的气息。其实牌位上都刷了桐油，多数是为了护养。

"殿下有所不知，这几个牌位，是前几日守灵内侍发现有开裂迹象，微臣命人刷了桐油护养。"宗正寺卿回话,"已有三日。"

按理说三日了,牌位不应该轻轻一点就燃,除非有人纵大火,纵大火又岂能掩人耳目?且这四周并未见到不轨之人,火来源于何处?

这就不得不让人讳莫如深了。

察觉众人的目光十分隐晦地看向沈羲和,萧华雍冷笑了一声:"这牌位也挺有意思,燃的都是宗正寺卿恰好派人护养的牌位,且都是与孤无关之人。"

被烧的牌位都是旁支先祖的,并非祐宁帝这一支的先祖,唯独和萧华雍关系最近的谦王的牌位也受到了波及。

众人定睛一看,也觉得蹊跷。要说先祖显灵,不认可沈羲和,也应该燃先帝的牌位才是,总不能先帝的牌位在,太子殿下的曾祖的牌位也在,轮到伯父的牌位来示警?

"撤了这些牌位,孤与太子妃继续祭奠先祖。"萧华雍下令。

"殿下……"

礼部尚书要劝说,就见萧华雍目光深沉,平静地盯着他不言不语。明明萧华雍的目光不凌厉,他也没有施压,礼部尚书的声音就是卡在喉咙里没有吐出来。

"殿下,牌位起火,应立即探查其因,此时继续祭祖,是对先祖不敬,已然不吉。"礼部侍郎上前劝告,"还请殿下三思,改日再择良辰吉时祭祖方为上策。"

"殿下三思,请殿下另寻吉时。"一群人"呼啦啦"跪了下来。

萧华雍的目光扫过他们,他"扑通"一声跪在蒲团上,对着牌位先叩首,后起身道:"列祖列宗在上,今后人萧华雍,携新妇沈氏,告慰先祖,佳媳在侧,望先祖庇佑。"

见萧华雍坚持,宗正寺卿不想得罪萧华雍,且被点燃的牌位确为桐油之故,桐油又牵扯到自己,他遵从了萧华雍的意思,将燃过火的牌位撤下,继续主持未完的祭祖仪式。

这一次沈羲和与萧华雍顺利叩拜先祖,安然无恙,风平浪静。

祭祖完毕,萧华雍带着沈羲和回宫。上了车辇,萧华雍握住了她的手:"别怕,这件事我会给你一个交代。"

"殿下觉得,此事是何人所为?"沈羲和微微一笑。

"无论是何人所为,这人敢动牌位,必然有陛下授意。"萧华雍知道自己不说沈羲和也清楚,"他或许是想要试探我。"

当时看到谦王的牌位起火,萧华雍差点儿没有忍住扑上去,是沈羲和拉了他一把。谦王的牌位距离他最远,如果他这样扑上去,就暴露了他知道自己的身世的事实。

第十六章　君王大忌又如何

萧华雍没有见过谦王，八岁之前都不曾有人在他的耳畔提及谦王，乍然得知谦王才是他的生父，茫然又无措。也许是从未见过的缘由，他对谦王只有个模糊的印象，并无多少情感寄托。

但这不妨碍他身为人子，本能地想要维护关于谦王的一切，尤其是谦王的牌位在自己眼前被点燃，他怎么能无动于衷？

保护行为几乎是一种本能，是无法抑制的冲动，幸亏沈羲和在他身侧，也幸亏沈羲和知晓一切，才会在最关键的时候拉住他，而他再去扑火时就不是越过近前的牌位去扑谦王的牌位。

"陛下心思深沉，我们日后要小心应对。"沈羲和轻声细语道。

他们俩都没有想到，陛下竟然会用这样的法子来试探萧华雍是否知道自己的身世。今日若非她在，萧华雍必然露出马脚。

萧华雍轻轻靠在了沈羲和的肩头上，其实现在心里很不好受。

沈羲和握住他的手，下意识地脱口而出："我会让陛下为此付出代价。"

原本心情有些沉重的萧华雍听了她安慰自己的、要为自己出头之言，霎时看向她。从未有人要为他出头，从来都是他为旁人主持公道。

哪怕是太后，对他也只是维护，不会过多为他做主，尤其是涉及陛下，手心手背都是肉的情况自不必提，碍于陛下的身份，太后也处处受制。

太后亦恐与陛下彻底翻脸，陛下对萧华雍更是毫不掩饰地下毒手，故而多是与陛下虚与委蛇。

这么多年来，沈羲和是第一个在明知对他下手之人是陛下后，毫无顾忌地开口说要为他出头、扳回一局之人。

他望向她的目光似星河般璀璨，日月都不及他的目光耀眼，深沉而又火热，似乎要让她溺在他的眼里。

沈羲和有点儿被这样的目光吓到，这像极了那夜月色下，他怎么也不肯放过她的凶狠目光。

沈羲和不由得移开视线，假借撩起鬓发掩饰自己的不自在之态。

她的躲避表现让萧华雍扬了扬眉，旋即福至心灵，他也想到了什么，眼神更加明亮地凑到她的耳边，低声说了句什么，惹来沈羲和警告又警惕的怒瞪眼神。

"哈哈哈……"她像受惊的鹿一般可爱的模样，让萧华雍的心软成了一团，他忍不住从胸腔里发出一阵愉悦的笑声。

回到东宫，萧华雍正想黏着沈羲和，刘三指却早已候在东宫门口，定然是为了牌位着火一事，祐宁帝召见。沈羲和乐得轻松。

她去了香房，带着红玉，一待就是一下午。沈羲和在香房里有个规矩，未经她允许，谁也不能打扰她。

萧华雍归来寻她，珍珠说了这话要去通禀，被萧华雍拦下了。他就站在香房外，闻着阵阵幽香，等了她一下午。

等到沈羲和打开房门，就看到了面露疲色的萧华雍，责问珍珠："为何不通禀？"

珍珠惶恐，因为清楚知道沈羲和动怒了，"扑通"一声跪了下来。

"不是她的过错，是我让她莫要坏了你的规矩。"萧华雍连忙出声道。

"规矩是死的，人是活的。"沈羲和拉他到一旁坐下，吩咐红玉取了她所制的香膏，涂于指尖上，替他揉按太阳穴，"此处是东宫，你是太子，当无不可去之地。"

清凉的芬芳伴随着一丝凉意散开，萧华雍闭目享受，喟叹道："东宫以往是太子的，目下是太子与太子妃的，今日若是我的书房，呦呦可会不问及我便推门而入？"

沈羲和被问得哑口无言。换作如此，她的确不会擅自闯入，这是尊重，哪怕是夫妻之间，也需要尊重彼此的隐私，也需要给彼此一些私人空间，不能擅闯。

暮春时节，鸟语花香，碧空如洗，天地万物焕然一新。

沈羲和觉得她的心境自打入了东宫后也变了一番。

她原以为高墙之中必是一片困顿景象，却因为有这个人细心呵护、体贴照顾，而觉得比在外之时反而更自在。

一只黄雀掠过树梢，沈羲和抬眼，望着它落在枝头欢快地跳动，又展翅掠到另一处，自由惬意，不由自主地莞尔。

原来这就是成婚的感觉，和她看到的情形似乎不大一样……抑或，是因人而异？

沈羲和这份开心的心情没有持续多久，到了夜里被缠着的时候，疲于应对的她就觉得婚后唯一美中不足的地方，大概就是萧华雍对床笫之欢索求无度。

新婚的第三日，新妇回门，萧华雍一早备下了厚礼，陪着沈羲和回门。坐在车辇上，沈羲和还眼皮沉重，昏昏欲睡。

萧华雍看着她的模样，小心翼翼地伸手将她的小脑袋扶住，动作轻柔地摁向自己的肩膀。

沈羲和醒来时是在自己出阁前的闺房里。她霍然坐起身，有种自己好似未出嫁的不真实感，是身上的不适感拉回了她的思绪。

她慌忙下榻。珍珠听到动静，和碧玉一块儿进来。

"我……我如何会在这里熟睡？现在是什么时辰？"沈羲和语无伦次地问。

珍珠一边取了沈羲和的衣裳为她穿上，一边回话："是殿下抱着太子妃入内的，此刻是巳时正。"

他们是辰时出发的，从宫里到郡主府要不了两刻钟，她足足回府睡了一个多时辰！

沈羲和惊愕又有些恼怒，这让阿爹如何看她？！

沈羲和迅速穿戴好，就跑到正堂去寻沈岳山。她原以为沈岳山会对萧华雍疾言厉色或者冷眼相待，跑过去才发现，他们翁婿二人竟然相谈甚欢。

沈羲和看着笑得开怀的沈岳山，总有一种不真实的狐疑感。

"阿爹。"沈羲和上前试探性地唤了一声。

"呦呦醒了，备吃食。"沈岳山吩咐管事。

沈羲和有些忐忑，以为沈岳山至少要呵斥他们胡闹，却没有想到沈岳山只字未提，一整日都笑呵呵的，看萧华雍的目光更是比看阿兄还慈爱。

沈羲和觉得十分不可思议，总觉得萧华雍给沈岳山下了蛊。

"你给我阿爹下了什么蛊？"辞别了沈岳山后，沈羲和忍不住问。

萧华雍将俊脸凑上去，指了指自己的脸，暗示意味十足。

近在咫尺，沈羲和都能在他身上的药味之中嗅到丝丝缕缕的多伽罗香。她看了他两眼，就闭目养神，不躲不避，也不言不语。

萧华雍见状，忍不住就凑过去迅速在她柔软的双唇上啄了一口。对上沈羲和倏地睁开的双眼，他偷笑着退开，靠在车辕上，眸底染着温柔而又满足的笑意，专注地看着她。

"山不就我，我便就山。"萧华雍还乐滋滋地开口，"你我夫妻，不必计较谁就谁。"

他权当是她亲了自己便是。

本有些恼的沈羲和见他这般模样，又觉得他好似总在为自己退让，可要她变成他想要的那种模样，那样主动于她而言实在是太强人所难。

她迟疑了片刻，主动伸手握住了他的手。萧华雍又是一怔，旋即眼里仿佛有热浪涌动，沈羲和要收回手，他哪里容许她逃避，立时紧紧反握住她的手。

他还得寸进尺，将五指挤入她的五指之中，与她十指相扣，举起他们相握的手，乐不可支，笑得如获至宝。

沈羲和用了力才把他的手给压下去，仿佛看不到就能够自在些许。

她没有再追问什么，萧华雍知道她已经算是鼓足勇气迈出了超出她遵守的礼教规矩的极大一步。是因为他，她才屡屡打破自己的行为守则。

萧华雍便主动说道："方才在与岳父商议下个月带你去西北之事。"

五月沈云安和薛瑾乔大婚，萧华雍去年许诺过，要带沈羲和去西北观礼。

"你当真有此打算？"沈羲和从未真正将之放在心上。

她现在是太子妃，要离开京都谈何容易？刚成婚，她还有许多事情要做，有了身份的束缚，有些人情往来她就不能如未出阁前一般任性，譬如接见命妇，好在东宫干干净净，用不着她操心。

她正准备接手后宫之事，如果五月就要离去，那就不适合现在动手。

"我也不想你嫁给我就开始操劳。"萧华雍似乎懂她的心思，捏了捏她的指尖，"我们到底是晚辈，强势去抢，不如先礼后兵，给足她颜面，后发制人，有理有据。你也好先作壁上观，松快一段时间。"

宫权，迟早是要落在沈羲和手上的，但荣贵妃到底执掌后宫十多年，沈羲和甫一成婚就公然与荣贵妃撕破脸，倒是能起到杀鸡儆猴的效果，但后宫诸人难免不会因此一致对外，与沈羲和为敌。

陛下早不恋后宫，恩宠于她们而言也不再是利益冲突，这些年后宫的妃嫔也都活得随意，陛下大概也是不想为后宫诸事烦心，才会弄成这样的局面。比起外面那点儿质疑他是否身体有恙才不去后宫的声音，现下后宫一片和谐的模样只怕好处更多。

宫权到了沈羲和手中，她们就得在晚辈手上讨生活，这会时刻提醒她们她们也不过是妾，会令她们如鲠在喉，若荣贵妃再挑拨一二，有的是人会成为荣贵妃的棋子，为难沈羲和。

"只要手段够凌厉，出头之人下场够凄惨，没有什么人震慑不了。"沈羲和压根儿没有想要和祐宁帝的这群女人纠缠过招，只打算下狠手不超过三次，就让这些人学乖。

宫权她一定要，只有掌控了后宫，她才能进一步控制皇宫。

萧华雍扣着她的手，将她的手背贴在自己的脸上："可我想你多陪陪我。"

沈羲和垂眼睨着他，他歪着头，脸贴在她的手背上回望她："既可多陪陪我，又能参加兄长的大婚之礼，还能留得美名，何不乐哉？"

"美名？"沈羲和轻轻一笑，从来不在乎美名，"在朝堂之上，你一直被动，没有人投向你，是因他们都知晓你……我若强势一些，会让他们心中多些考量。"

萧华雍安排的人都还在各部底层苦熬，沈羲和相信这些人都是有学之士，是萧华雍精挑细选的，只要熬过这一段寂寂无闻的时间，基本都能成大器，这是长远之计。

可朝廷局势瞬息万变，这些人要能独当一面，要在朝堂之中站稳脚跟，拥有一定的权势和地位，少则要八年，多则十数年。谁又能知晓，这漫长的时间里，没有其他变故？

她是希望她在明，萧华雍在暗。她身为西北王的女儿，明知太子寿数有碍，还义无反顾地嫁入东宫，可谓司马昭之心路人皆知。她气势汹汹一些，招兵买马只要没有越过东宫应有的分例这条线，谁也不能说什么。

萧华雍可以只扮演一个色令智昏的"弱者"，所有的事情都由她冲在前头，如此一来还能保护他。

"呦呦，我知你有大能亦有大智。"萧华雍忽地正色道，"我是男人——身为男人，哪怕是受时局所迫，哪怕如此行事大有裨益，我亦不可能让你成为我的挡箭牌。"

见沈羲和欲解释，萧华雍两指摁住她柔软粉嫩的唇："假的亦不行。"

这无关男人的自尊，仅仅是利益冲突一旦形成，所有的明枪暗箭都会对准她。

其实这是她一开始就制订好的计划，在决心嫁入东宫后，就想过要一路强势，迎难而上，哪怕前方是万丈悬崖，也要单枪匹马地飞跃过去。

萧华雍打乱了她的全盘计划。他并非她所想，却一心待她。

她没有改变这个计划，并非对萧华雍丝毫不动容，而是觉得他们可以一明一暗、相辅相成，如此一来，日后再有何事牵扯到东宫，陛下也会把目光放在她身上。

他不允，沈羲和没有像以往那样与他争辩，将利弊掰开揉碎与他细细讲清楚。她开始从他身上感受到，有时候利弊也许并不是最重要之物，与之朝夕相对、倾心以待的那个人的感受，或许比利弊更重要。

这种想法让沈羲和有些害怕，不像保持理智、一切以利益为先的她会有的念头。

她心中有些排斥，然则对上他温柔而又执拗的眼神，却没有将反驳的话说出口。

与他四目相对了半晌，沈羲和终究还是退让了："依你。"

桃花香气馥郁，灿如朝霞，繁似群星，凉风一过，红玉纷纷扬扬，摇曳夺目，但都不及他此刻的笑颜动人心魄。

大抵是沈羲和的一句"依你"深深取悦了萧华雍，他开心得犹如稚童，靠在了她的肩头，甚至轻轻蹭了蹭她，却无多余的言语。

以往沈羲和不太懂，萧华雍为何每每迁就她会比自己还开心；目下她才会到，或许让一个自己在意的人快乐，自己也会情不自禁地嘴角上扬。

"你要如何让我下个月去西北？"沈羲和觉得要谋成此事并不容易，陛下那一关很难过。

这一次萧华雍老老实实地作答道:"过两日岳父便要启程离京,我与岳父商议,我会寻人假扮突厥人偷袭岳父,让岳父趁机失踪,有我的人接应,保准无人能够寻到岳父。"

沈岳山被突厥人偷袭而失踪,这绝非小事,朝廷必然会派人搜寻,若是久寻无果,很可能影响到西北的时局。

"待到岳父失踪十天半个月,朝廷之人搜寻不到,呦呦就可以做几个梦。父女连心,你以此请陛下允你去寻岳父便可。"萧华雍微微一笑,"我已与岳父提前商议好,让岳父去信与阿兄,西北早做准备,正好借此试一试阿兄与岳父怀疑之人……若是陛下再趁机动手,只怕我们会有意想不到的收获。"

沈岳山和沈云安既然早就做此打算,必然是要把西北安排妥当。偷袭者是突厥人,哪怕沈岳山故意失踪的事情败露,也可以扯出怀疑西北军里潜伏有突厥人做借口揭过去,便是陛下也无可奈何。

这个计划进退得宜,不但能够让沈羲和得偿所愿,若是此时有人轻举妄动,他们还能有意外的收获。沈羲和赞叹道:"殿下计高,我心悦诚服。"

"我的呦呦不必妄自菲薄,你只是从未想过要回西北,否则岂能想不到法子?"

他们都是一样的人,决心做一件事,总能想到万全的法子达到目的同时全身而退。

他总是夸赞她,有时候沈羲和自己都在怀疑他是情人眼里出西施。关于这一点,她不欲与他辩驳,绝非他的对手,遂转而说道:"陛下便是放我走,也不会让你随我同去。"

萧华雍是储君,干系重大,又有嘉辰太子在逃,祐宁帝有无数理由扣着萧华雍。现在祐宁帝对萧华雍的怀疑虽有消减,却未完全放下,更不可能让萧华雍离开自己的视线。

"我要出这宫里,谁能阻拦?"萧华雍轻轻笑了笑。

"不可再用替身。"沈羲和觉得祐宁帝对此只怕早就有了疑心,这次如果萧华雍真的再来一次昏厥的戏码,寻个替身代他,只怕祐宁帝想尽法子也要拆穿他。

"不寻替身。"萧华雍抿唇笑了笑,说道,"我大可以多去求陛下几次,陛下执意不肯,我留书正大光明地出逃,以念妻为由。有一个任性、一心只有儿女私情的皇太子,陛下难道不欢喜?"

一点儿小事,陛下便是恼他不听吩咐,私逃出宫,还能因此责怪他?至多不过口上训斥几句,若陛下要对他略施薄惩,就看他的心情,好的话便由着陛下出出气;若是心情不好,他大可以两眼一翻晕过去便是。

他这替陛下中的一身奇毒,怎能不在陛下这里物尽其用呢?

445

沈羲和听着他说得头头是道，不由得对他幼时成长的境遇有些好奇了，是怎样的境遇才能将他培养成这副模样？

他可以智计百出，阴谋阳谋手到擒来；也可以尽显无赖，小打小闹的手段层出不穷；有时候更是双管齐下，让人难以猜到他下一瞬会使什么手段。

路数百变，让人看不出行迹。

"我知你喜静，如若不然，我定要带你走一遍我走过的大好河山。"

若我有这个机会。

沈羲和喜静，不喜欢喧嚣，不慕繁华，不恋天高海阔。她喜欢择一隅，安然清静，无烦心事，无烦心人。

沈羲和笑了笑，没有应答。天高任鸟飞，海阔凭鱼跃，这些她的确不向往。或许是幼年体弱的关系，让她养成了不喜舟车劳顿的性子，比起和他走遍大江南北，她其实更喜欢留在宫里，等他下朝，与他商谈国事。

萧华雍看着低头抿唇莞尔的沈羲和，忽然生出了一个念头：她以往不喜，或许是条件所限，因为从未尝试过，故而才以为自己不喜。他可以试试，她是否真的不喜。

若她其实也喜欢这些，他倒是更喜欢带着她天南地北地游玩，去看不同的人、不同的事、不同的景。

这个打算，萧华雍也没有说出来。

两个人商量好了五月要去西北，沈羲和就没有着急处理宫中之事。她好似忘了她身为太子妃可以夺宫权，除了每日给太后请安之外，基本不离开东宫，和太子殿下如胶似漆，新婚宴尔，蜜里调油。

荣贵妃本来等着沈羲和先发难，宫权无论如何都要从沈羲和的手里过一道手，让她拿得也理亏，为自己重新夺回宫权做个铺垫，却没想到沈羲和小小年纪如此沉得住气。

更让荣贵妃生疑的是，太后在太子大婚前就提过要让沈羲和掌宫权，偏太子成婚之后，太后也好似忘了这一茬……

这就令荣贵妃有些进退两难了。

无人提及，她若主动上交，就落了下风，六宫的其他人只怕要耻笑她上赶着巴结太子妃；迟迟不上交，沈羲和若真要起来，就是她不知礼数、贪恋宫权。

沈羲和没有理会荣贵妃心里的踌躇不定，和萧华雍依依不舍地送别了沈岳山。

如此又风平浪静地度过了几日，太后又寻了些仕女图来与沈羲和商议信王、景王和烈王的婚事，沈羲和只能三番五次地推托，次数多了，太后似乎也看出她不想干涉这些事，便没有再询问。

这一日，沈羲和刚从太后宫里走出来，珍珠便焦急地来报："郡主，莫远递来消息，王爷遇袭，下落不明。"

沈羲和被萧华雍训练了好几遍，身子立时晃了晃，还是碧玉手疾眼快地将她扶住。

忆起萧华雍说的"呦呦实在装不好，就装作被吓晕便是"，沈羲和就"晕倒"在了碧玉的怀里。

西北王遇袭失踪，下落不明，太子妃闻讯，惊吓过度昏厥的消息不消半个时辰就传遍了宫里宫外。

不少人幸灾乐祸，不少人隔岸观火，唯独萧长赢听到这个消息，拿起自己的剑就要往外走，被萧长卿一把扣住了握剑的手："你想去何处，去凉州寻人？"

沈岳山是在离开京都进入凉州后遭到偷袭，才失去了踪迹。

"据传西北王是被突厥的人偷袭而失踪，突厥必有所图，我去向陛下请命，一探突厥意图。"萧长赢为自己找了个理由。

萧长卿听了轻哂了一声："据传是突厥的人偷袭？'据传'二字值得细品。"

"你是怀疑有人设局？"萧长赢转过身，困惑地看着兄长。

"突厥王庭此刻不安稳，断不会对西北王下手。"萧长卿对突厥的动向了如指掌。

自从荣策因为安西防御图之事被萧华雍摆了一道，成了河西节度使，萧长卿就三令五申让他要小心谨慎，万事不可出头，便是以往的同僚挑衅，也要大度忍让。

当初成为节度使得罪了不少人，这一年多没少被人穿小鞋，若非荣策听了萧长卿的话，凡事一忍再忍，也不能在凉州站稳脚跟。

这次西北王在凉州遇袭，据传是突厥人所为，可身为河西节度使的荣策丝毫风声都没有收到，这是失职。

"正是因为舅舅失职，我才要去请求陛下让我去凉州将功补过。"萧长赢说道。

萧长卿扫了萧长赢一眼："舅舅为人虽有些好大喜功，但绝非酒囊饭袋。若突厥人都偷袭西北王了，他还丝毫风声都不知，我也不会让他留在凉州任河西节度使。"

若德不配位，荣策只会牵连整个荣家。

"阿兄的意思是，偷袭西北王的并非突厥人？"萧长赢对兄长还是很信任的，既然听兄长如此说了，便也多想了一些，"有人冒充突厥人偷袭西北王？何人？"

这人好大的胆子，这是死仇吗？

"普天之下，胆敢对西北王下手之人，只有一位……"萧长卿捏着垂在手里的信物，在两指间轻轻转动，"陛下此时断不会对西北王下手，更不会假冒突厥人行此事。"

"不是陛下？"萧长赢其实第一个怀疑的对象就是陛下，他说要去寻陛下恩准他去凉州，只是说说而已，其实是打算先斩后奏。他也没少做这样的事情，大不了就是回来被陛下责罚一番。

他又不指望继承大宝，不在乎陛下对他的喜恶。只要他没有犯下大错，陛下也不会对他下狠手。

"嘉辰太子在逃，陛下近来事事息事宁人，便是不希望嘉辰太子与大臣串通一气。"萧长卿乌瞳幽深，"此刻陛下若对西北王下手，西北王勇武，一击即中绝非易事，且轻易不能掩人耳目，这无疑是将西北王推向嘉辰太子。"

当年就是因为西北王等人一路相护，谦王和陛下才能将嘉辰太子逼得开城投降。

陛下绝不会在这个时候犯下这等不可原谅的大错。因此，萧长卿判断不是陛下派人对西北王下的手。

"不是陛下又会是谁？"萧长赢想不出还有谁会这么做。

他设身处地地想，他们这一辈的人对西北王都有一种崇敬之心，这份崇敬之心会让他们对西北王有一种未知的畏惧心理，西北王又不是他们必除的敌人，他们是绝不可能对沈岳山下手的。

萧长卿笑了："是啊，无人敢对骁勇善战、以一敌百的西北王下手，可西北王偏偏就在要进入西北之前遇袭了，偷袭来得如此迅猛又退得这般干净利落，你说这世间当真有如此手眼通天之人，这该是多么令人闻风丧胆之事？"

萧长赢对上阿兄投来的目光，觉得阿兄的笑容有些诡异又有些意有所指。并非他们兄弟之间有多默契，而是他与阿兄在一块儿谈论了诸多事情，清楚阿兄只在提到一个人的时候才会露出这样意味深长的模样。

"不可能！"萧长赢不信，"他怎会？他们才成婚，便是他对她一腔情意作假，那便必有所图，绝不会这么快就翻脸不认人。"

怎么会是太子呢？太子才刚大婚，沈岳山可是上京都嫁女，刚回去就遭太子殿下偷袭，这让沈羲和情何以堪？太子殿下如此做能图谋什么？

萧长卿笑着轻轻摇了摇头："阿弟，那是身经百战的西北王呢，怎会这般轻易就被偷袭到毫无招架之力，连一点儿求救之能都无？那还是战功彪炳、名震天下的西北王吗？"

萧长卿承认萧华雍运筹帷幄，可沈岳山不是等闲之辈，又带了心腹在侧，哪里这般容易就遭受如此之大的重击，消失无踪？

"出了细作？有人反叛？西北王并无事，只是在将计就计？"萧长赢猜了无数种可能，唯独没有猜到这是他们自导自演的一出戏，是因为他听到了沈羲和受惊昏厥的消息。

在他心里沈羲和是个矛盾的存在，她睿智、刚强、傲气，却又最直白、真实不过。

他在潜意识里认为，沈羲和不是那种会做戏之人。

萧长卿无语地看了弟弟好半晌。他的弟弟绝不是个愚笨之人，答案都呼之欲出了，可阿弟还能轻易避开，只能说明太子妃在阿弟心中的地位比他设想的还要重要。

"太子妃无须你担心，西北王也用不着你去寻，你有这个时间，多去看看阿娘。"萧长卿想到了另一事，"劝她将宫权安安心心地交出，否则迟早有一日，你要左右为难。"

沈羲和一早就生了嫁入东宫的心思，皇位早就被视作她丈夫或者儿子的囊中之物，岂能不掌控宫权？

萧长卿却又极其了解自己的生母，她看似雍容华贵、不争不抢，其实把地位和名分看得极重，要让她将攥在手里十多年的宫权拱手相让，不啻痴人说梦。

他的母亲若是碰上旁的女子，未必没有一争高下之力，可沈羲和不同，沈羲和的手段绝非寻常女人的可比，当真针锋相对，阿娘未必能够讨到好处。

一如那些年，她从未在青青手中讨到好处一样。

比起冷漠无情的顾青栀，沈羲和更多了一份刚毅狠辣劲儿。

听明白萧长卿是意有所指，萧长赢也不得不面对这个逃避的问题："我们阿娘，你还能不知？我现在去劝她，只会更激怒她。"

萧长卿伸手拍了拍萧长赢的肩膀，说道："到底是我们的阿娘，她的性命我会护着，旁的事你自个儿看你能为她分忧多少。实在苦恼，你寻一寻平陵，阿娘最能听进去她的话。"

萧长卿不想与沈羲和为敌，一则他有旁的事情，不想树立强敌，二则沈羲和是顾青栀的旧识，他们不能为友，也莫要为敌最佳。

萧长赢陷入了苦恼之中，最不耐烦处理这等事。

"我也要似你一般，就此在东宫里躺着？"

太医署的太医来了又走了，萧华雍还是将沈羲和摁在床榻上，不准她轻易下榻。

"你要信我之言，过两日才能取得陛下的信任，早日出京去西北。"萧华雍坐在床榻边，恰好珍珠端来了汤药，看似汤药，其实是换了药膳汤，不过远远闻着还是有药味。

萧华雍伸手接过汤，要喂沈羲和。

沈羲和心里别扭，坐起身来："我能自个儿喝。"

"呦呦，你要时刻记着自己目下受惊过度、疲乏无神，不可没了人便掉以轻心。"萧华雍避开沈羲和要来接碗的手，"在行宫我不正是如此？"

沈羲和静静地看着他。亏他好意思提到行宫！在行宫里他根本就是借故耍无赖，想要她伺候他，哪里是什么要时刻谨记自己是重病之人，才不会轻易露馅儿。

现在他这般义正词严，也还是要占她的便宜！

那双黑曜石般灵动明亮的眼里，有着一种看穿一切的犀利之意，全然被萧华雍无视，他依然一本正经："呦呦不会骗人，更应时刻谨慎，我们多练练便好。"

说着他就将汤喂到了她的唇边。沈羲和看了他好一会儿,他依然笑眯眯地耐心等着她喝汤。

最终沈羲和败下阵来,张了嘴,只不过全程目光直直地盯着萧华雍。

但凡有点儿心虚之人都顶不住这样的目光,偏萧华雍自有一番解读:"为夫固然有倾城色,可也禁不住夫人这般贪看。"

沈羲和也被萧华雍荼毒得有些定力了,并未因为他的一句话就移开目光,仍旧不言不语、面无表情地盯着他。

一碗汤见了底,萧华雍拿了手帕给沈羲和擦拭唇瓣上的汤渍。擦着擦着他的脑袋便越凑越近,最后他忍不住就啃了上去。但无论他如何撩拨,沈羲和都无动于衷。

最后萧华雍轻轻咬了她一口,才凑到她的耳畔道:"为夫秀色可餐,夫人这般目不转睛,是饿了吗?"

最后三个字余音拖得极长,暗示意味十足。

温热的气息轻轻滑过脖子,沈羲和偏了头,一把将他推开。

萧华雍顺着沈羲和的力道就被推倒在榻边上,单手撑着头,还冲着沈羲和眨了眨眼尾有痣的眼:"任君采撷。"

沈羲和深吸一口气,扫了他一眼,径直躺下,侧过身去不理会他。

萧华雍也有些恶趣味,就喜欢逗她,看她对自己无可奈何。

自以为又一次取得压倒性胜利的萧华雍,等到夜间躺上榻,自然地伸手要将娇妻揽入怀中时,却被沈羲和伸出两只手推远。沈羲和皮笑肉不笑地说道:"太子殿下,我应时刻谨慎,记住自己是重病之人,太子殿下向来不是急色之人,做不出折腾重病之人的事,对吗?"

说完,沈羲和对他明媚地笑了笑,就和他分了被子。

新婚至今,两个人第一次分被而眠,娇妻的馨香就飘在鼻间,他怀里却空空如也。

萧华雍从未想到,有朝一日他也会搬起石头砸自己的脚。

萧华雍极其黏人,自从成婚之后,她就没有一夜睡得清净过,萧华雍总是要搂着她,哪怕规规矩矩,也要搂着。幸亏现在是春季,不甚炎热,沈羲和尊重他,也就随他去。

今儿可算能自由自在地独自一个人裹着衾被,沈羲和高兴极了。

她正要入梦,睡意蒙眬的时候,不甘寂寞的太子殿下悄悄伸出两根手指头,做贼一般顺着自己的被子爬到了沈羲和露在外面的双手上。被沈羲和宛如遇到蚊虫一般不耐烦地拍开后,他还是锲而不舍地追上去,轻轻挠着她的掌心:"呦呦……"

沈羲和再好的脾性,也恼有人在她昏昏欲睡之际扰她清梦,倏地睁开眼睛:"你若再闹,今夜你我就休想再入眠。"

萧华雍委屈巴巴地鼓了鼓腮帮子，垂着眼睛，活像被抛弃的稚童。

沈羲和轻哼一声。素来喜欢平躺入眠的她翻了个身，背对着萧华雍。

没有让沈羲和心软，萧华雍只得收敛起那点儿可怜的神色，径自琢磨了片刻，就也翻身，面朝向沈羲和，看着她的背影。听到她绵长的呼吸声，银辉凝聚的眼瞳再次灿若朝霞，他轻手轻脚地贴上去，小心翼翼地又将她圈入了怀中。

嗅着她发丝间的香甜气息，他脸上挂着笑意也跟着熟睡。

沈羲和早间醒来就发现自己在萧华雍的怀里，而他们二人都靠近床边。自来夫妻安眠时都是夫在内、妻在外，但沈羲和喜欢在内，他们成婚之后一向是她在内。

沈羲和疑惑。她素来睡相极好，从不会乱动，这明显就是萧华雍半夜趁着她熟睡将她抱过来的。

睁开惺忪的睡眼，对上沈羲和质疑的目光，萧华雍倏地醒神，打量了一下四周，立时会意过来，冲沈羲和笑得诌媚又讨好。

沈羲和不但没有恼怒他，反而笑得温柔至极："殿下，我定是受惊过多，夜不能安眠，恐扰殿下好眠，耽误殿下白日处理公务，我们应当分榻而眠。"

萧华雍下颌一紧，连忙说道："呦呦，我觉得受惊也不是大事，休息了一宿可以痊愈。"

沈羲和悠闲地躺到榻上："我觉得不能这么快痊愈。"

萧华雍的脸色像吃了黄连一样难看。

西北王遇袭失踪的事惊动了各地，陛下下令凉州节度使、陇西道都护全力寻找，并且暗中下令与突厥相接处的驻军时刻盯紧突厥的动向，做好应战的准备。

沈羲和静待着这些人搜寻的结果。等到搜查无果的消息传到京都，她就可以去寻陛下请求亲自去寻人。

"如此大的动静，突厥会不会当真作乱？"沈羲和知道萧华雍定然是安排妥当了的，但还是想知晓，萧华雍有没有借此引战的心思。

大概是欲求不满，萧华雍今日整个人都蔫蔫的，一副无精打采的模样，幽怨地看着沈羲和。

沈羲和看了他一眼，恰好听到了短命的叫声，便拍了拍手。短命"喵"了两声就跑进来，直奔沈羲和。

沈羲和取了旁边的肉脯递给短命，短命圆圆的大眼睛明亮无比，它正要伸爪子去抓肉脯，嘴都张开了，结果沈羲和将手里的肉脯一转，塞到了萧华雍的嘴里。

"喵？"短命短促地叫了一声，瞪着圆眼、扬着利爪就朝着萧华雍扑了上去。

不等萧华雍抓它，沈羲和先一步摁住了它的脖颈。短命趴了下来，委委屈屈地叫着，耷拉着眼皮，眼神十分幽怨。

沈羲和将短命凑到萧华雍面前："见到了吗？"

被妻子塞了一块肉脯的萧华雍还在享受地嚼着，满心满眼都是妻子，冷不防被妻子这样一问，一时间有些发蒙。

"它现在的模样，与你方才别无二致。"沈羲和点了点短命的小脑袋。

萧华雍这才将视线移到短命身上，看了片刻，不得不实话实说："真丑。"

"喵——"短命最不能忍受旁人说它丑，好似能够听懂这句话。当初步疏林说它丑，被它狠狠挠过。

这会儿听到萧华雍说它丑，它不知何处来了力竟然挣开了沈羲和的禁锢，朝着萧华雍扑了过去，一副要拼命的架势。

萧华雍何等身手，岂能避不开？就在身体本能地要避开的时候，他硬生生地抑制住了动作，只是稍稍偏了一点儿，短命的爪子擦过了他的脖子一侧，留下了细细的三道抓痕。

"北辰！"沈羲和瞳孔一缩，大步上前，看了一眼萧华雍的脖子上的伤，隐隐有渗血的模样，连忙对外高喊："珍珠，取药箱！"

萧华雍不喜下人近身伺候，他与沈羲和成婚之后，除非早间盥洗，朝、夕二食备膳，寻常时候所有下人都是在外间伺候，只有他与沈羲和在一处。

珍珠在外面听到沈羲和的呼喊声，急忙奔进来，取了屋内的药箱，就要上前给萧华雍看伤。

萧华雍避开："些许小伤，不用上心。"

"要看。"沈羲和正色道。

"不用。"从不与沈羲和唱反调的萧华雍第一次与沈羲和唱起了反调。

珍珠看了看沈羲和，又看了看萧华雍，十分为难。太子妃的吩咐不敢不从，太子殿下又不配合，她不敢冒犯。

见珍珠左右为难，沈羲和自己取了伤药，强势地拽着萧华雍，令他坐下。萧华雍轻易就被沈羲和拽着乖乖地坐在她面前，眼底闪过一丝得逞的笑意。

沈羲和担心他的伤势，因为看到他避了，只是没有避开，压根儿没有怀疑萧华雍是故意避开要害留下了伤痕。

兼之短命又是她的猫，还是因她为了数落萧华雍而被叫过来的，也是她把肉脯塞给了萧华雍，引得短命对他露出敌意……

这会儿她心里十分自责。

她用药粉兑了水，小心翼翼地将柔软的帕子沾了水给他清洗伤口。

"嘶……"萧华雍忍不住吸了口凉气。

"很疼吗？"沈羲和缩了缩手，轻声问，看向他的目光满溢担忧之意。

珍珠在一旁迅速低下了头。

太子殿下忒矫情，偏太子妃也信。

"疼！"萧华雍这个时候才不要什么男子气概，只要妻子心疼他！

夸张、娇气的语气，让珍珠忍不住把头垂得更低。若非太子妃还需要她指点，她真想现在就告退。

身为奴婢，珍珠觉得这不是她应该听到的话！

沈羲和一向不喜欢矫揉造作的人，这会儿却似没有发现太子殿下的做作样子，竟然更担心了，转头问珍珠："可有不疼之药？"

珍珠："……"

她要怀疑这是不是她的主子了！

主子自己又不是没有受过伤，不说旁的，就说以往也被狸奴抓伤过，也用过这个药粉，有多疼主子的心里难道不清楚？

心里这么想着，珍珠却丝毫不敢多言。太子殿下只是在主子面前柔弱，对其他人那就是狂风暴雨般凌厉，她才不敢得罪太子殿下。

珍珠勤勤恳恳地又找出了一盒膏药递给沈羲和："太子妃，此物涂抹于伤口上。"

这药膏涂上冰冰凉凉的，萧华雍也不好再故作姿态，目光凉凉地扫过珍珠。

珍珠一脸茫然，直到退出内殿也不知自己何处惹了太子殿下。她不是没有拆穿太子殿下的把戏吗？

"天圆，你帮我琢磨琢磨，我何处做得不妥？"

来了东宫这么久，珍珠她们早就和天圆等人打成一片，互相直呼名字了。

珍珠将今日发生之事细细说与天圆听了。

听完之后，天圆心里默默鄙夷了太子殿下一下，然后满目同情之色地看了珍珠一眼："我们做心腹的，有时候也不能太有能耐。"

不能太有能耐？

珍珠细细品味了一番，表情有些龟裂。

所以太子妃问她有没有上到伤口上不疼的药，她应该说没有，然后太子殿下就能继续娇气，就能让太子妃多心疼心疼他？

这……这真的是太子吗？是那个伟岸英武、顶天立地的太子殿下吗？

珍珠一言难尽的表情落入天圆的眼里，天圆丢了个大惊小怪的眼神就走了。

对他这样见识过太子殿下的各种各样姿态，经历了"大风大浪"的人来说，这点儿场面不值一提。

当然，这只是天圆还没有见到晚间的太子殿下，否则他一样会惊掉下巴。

太子殿下受伤了，一整天都故意直着脖子，用略显怪异的模样走来走去。

沈羲和想忽略他脖子上的伤都不成。尤其是就寝的时候，他理直气壮地扑了上去，沈羲和还来不及抵抗，他就委屈巴巴地说道："脖子疼。"

沈羲和看了看他脖子上细长的伤口，也不知是真出于愧疚还是她自己也不清楚的对萧华雍无限的纵容，就这样又让他得逞了。

轻拢慢捻腻腻软，低吟高喘声声缠；

露上枝头花蕊绽，月移西楼云雨散。

一夜颠鸾倒凤，沈羲和醒来时，萧华雍已不在身侧。今日有朝会，萧华雍去上早朝了。

沈羲和不知道的是，太子殿下今日穿了翻领袍，还着了低领的里衣，就差没有把脖子上的抓痕摊给人看了。

今日朝会议论最多的就是西北王之事，便有不少人眼神时不时扫向萧华雍。

"陛下，太子妃因西北王失踪之事，忧伤过度，卧榻不起，喀喀喀……还望陛下允许儿派东宫率卫去凉州寻人。"萧华雍这已经是第三次这样恳求了。

东宫率卫岂能随意去兵家要地？没有陛下的应允，太子轻易就能被扣上一个谋反之罪。

祐宁帝也看到了他的脖子上的抓痕，目光深不可测："朕已派了绣衣使前去，东宫率卫素来护你安危，从未去过凉州等地，寻人之事如何能有凉州驻军更便宜？"

萧华雍还欲再言，祐宁帝已经宣布散朝，萧华雍只得无奈作罢。他一脚刚踏出正殿，陶专宪便追了上来。

"太子殿下，借一步说话。"陶专宪手伸向一边。

萧华雍大步走过去，恭敬地说道："外祖请讲。"

对萧华雍如此尊称自己，陶专宪作了一揖："承蒙殿下不弃，不敢以殿下的外祖自居，却也有一句话，还望殿下担待。"

"外祖不必生疏，呦呦与我是结发夫妻，我自当孝顺外祖。"萧华雍越发恭敬。

陶专宪见状也就直言道："呦呦性子刚烈，又逢其父遇难，难免有些忧虑过重，若对殿下有不敬、不周之处，请殿下多多垂怜与宽宥。"

萧华雍被陶专宪说得一头雾水——聪明绝顶的太子殿下也难以品味出其中真意。

看着萧华雍不似生怒，反而有些费解的样子，陶专宪也不好说什么过于直白之言，到底也年轻过，只得说道："殿下与呦呦新婚宴尔，也应有节制。"

说罢，陶专宪拱了拱手就离去了，留下了面色紧绷的萧华雍。陶专宪怎知他们东宫之事？

萧华雍离开正殿后遇上了天圆，也不好把这等事告知天圆，只得婉转地问道："今日众人看孤多眼色怪异，你觉得是何故？"

天圆看了看萧华雍，留意到萧华雍的脖子上的抓痕，想了想，回道："或许是殿下身上的伤痕之故？"

纯洁少年郎天圆的想法很单纯，萧华雍是储君，储君被伤了脖子这等要害之地，应该不是小事，引人关注也实属应当。

萧华雍听了这话本也未多想，毕竟和天圆也差不多，经验尚且不丰富，但又想到了陶专宪的话，就情不自禁地摸了摸脖子。

太子殿下迟迟不语，天圆抬头看了太子殿下一眼，太子殿下忽地就笑得……有些暧昧不清，心情愉悦地走了。

百思不解的天圆只得跟上。

萧华雍特意露出脖子，是为了引起沈羲和的愧疚心，打算在伤口消失前多为自己谋福利，却没有想到这些人竟然误以为是沈羲和挠伤了他。

听陶专宪那语气，只怕他们还以为是他求欢被拒，不顾沈羲和的意愿，才会被沈羲和挠伤脖子。对他们的想象之能，萧华雍也是叹为观止。

不过歪打正着，陛下一直有些怀疑他们在密谋什么，萧长卿能想到的事，陛下也能想到，定然还会想得更深远。

陛下定然怀疑沈羲和在做戏，故而太医署的太医才会每日殷勤地问诊，只不过随阿喜一针下去，这种忧心过度的脉象不要太简单，太医署的太医怎么瞧得出破绽？

陛下这下应该信了几分，毕竟他急色求欢被拒，还被伤得这般严重。

幸亏是脖子这等不合常理之处，若是手臂，只怕他们要更加怀疑沈岳山失踪之事有诈，看来日后他要小心些，不要整出这些暧昧的痕迹。

萧华雍回到东宫的时候，沈羲和刚刚用完朝食，坐在了梳妆镜前准备上妆。

她今儿实在是太饿，盥洗之后，就披着一头青丝先用了朝食。

萧华雍就看到她一袭茜色齐胸襦裙，坐在矮凳上，窗户透进来的光落在她的身上，令她看起来如画一般静美。

萧华雍上前从红玉手中接过石黛，要为她上妆。

十分疲惫的沈羲和无奈地说道："殿下别闹。"

"呦呦忘了我可是易容高人，区区上妆岂能不通？"萧华雍极其自信。

沈羲和将信将疑地看着他。她自然没有忘记他的易容之能，这等事未必需要他自己会，身为皇太子，尤其是他拥有这等手段，有的是人供他驱使。

她一直以为萧华雍是身边有个擅长易容之术的能人，现下才明白，竟然是他自个儿有这等能耐。

"让呦呦见识一番我的才能。"萧华雍将红玉等人挥退下去后，信心满满地开始摆弄沈羲和的妆具。沈羲和垂眼看到他的手法，果然娴熟，也就放心地闭上了眼睛。

萧华雍低声笑道："呦呦昨儿问我，突厥是否会动，其实近来突厥王庭内乱，我才有此一举。我并不想引起两国之战，不论胜负如何，百姓无辜。"

萧华雍说着就俯下身替沈羲和画眉："我并不想做个开疆拓土之王，走过太多的路，见过太多的人间疾苦，心知百姓存活不易，不想他们陷入战乱生活之中。若他国不引战，我不会与人交战。"

沈羲和懂了他的意思。为了百姓，他不会好战；同样为了百姓，他也不会惧战。

"殿下必然是最好的君主。"沈羲和低声说道。

这样的萧华雍，让沈羲和更欣赏。他有仁君之风，是个真正懂得百姓疾苦，懂得为百姓着想，懂得庇护百姓之人。

她的夸赞比什么都让他兴奋和开怀，萧华雍嘴角微扬，低声说道："比起做天下的好君主，受万民敬仰，我更想做你一个人的好夫君，得你一人夸赞。"

我想护你无忧，与你长乐。

沈羲和抬眼从镜中看了萧华雍一眼，无语之色尽显。这个男人动不动就撩拨她，不放过任何机会。

萧华雍低笑出声，给沈羲和画好眉之后，端详了她的脸，挑了几种颜色的胭脂，最后选择了桃色，朱唇一点，晕染开之后，如桃花舒展开来："人面桃花，我的呦呦，美哉。"

言罢，他又在沈羲和的颧骨上轻轻晕染开一层淡粉颜色。接着该是眉心了，他却迟迟没有落笔，思虑了片刻，微微一笑，这才落笔。

沈羲和本有些迟疑，眉心不由得跳了跳，总觉得他又有了什么坏主意。

她本能地伸手想要阻拦他，抬起的手在半空中僵了僵，却轻轻落下。

余光瞥见沈羲和的举动，萧华雍忍不住莞尔。

从何时起，她便是明知他可能捉弄她，做出挑战她的教养和规矩底线的事情，依然不再是果断拒绝，而是纵着他，哪怕这是她从不曾经历过、从内心排斥之事？

萧华雍在沈羲和的眉心处画了一个平仲叶的花钿，细小的一片，梗细短，不细看根本无法看到，远远见了，还以为是一只细小的蝴蝶展翅欲飞。

"好了。"萧华雍退后，甚是满意地盯着菱花镜。

沈羲和缓缓抬起长睫，镜中人如芙蓉出水，盈眸流转，美得不可方物。

她真没想到，萧华雍竟然化出了令她都惊艳的妆，忍不住抿唇一笑。

"呦呦可满意？"萧华雍弯身扶住她的双肩，从她的肩头探出头，两个人双鬓相贴。

沈羲和不说违心话，轻轻点了点头："嗯。"

萧华雍端详了片刻之后，视线落在她饱满柔润的唇上："还差一点儿。"

说完也不等沈羲和的反应，他便附身低头，含住了她饱满丰润的双唇，还故意将她的口脂全部卷走，然后才放开她。

"你！"

"明儿呦呦便可去寻陛下请命去凉州寻岳父。"不等沈羲和恼怒，萧华雍就快速说道。

沈羲和的怒火瞬间被转移，她直接忽略掉了被萧华雍占便宜的事实："你不是说要过几日才时机成熟吗？"

"今日有个契机，此刻陛下不再疑你做戏，会对你所求之事有所动摇。"萧华雍低声说道。

"什么契机？"沈羲和狐疑。

莫名其妙地就多了一个契机，沈羲和直觉定是萧华雍做了什么事。

萧华雍退后一步，手握拳抵唇轻咳了两声："我若说了，呦呦可莫要恼怒，也莫要生我的气。"

沈羲和一听这话便觉得他定是做了什么惊天动地又十分讨打之事，微微眯了眯眼："你说。"

萧华雍没有得到承诺可不敢轻易开口，此事也不是非要与她说，因为此刻不说，用不了多久宫里上下也能传遍。

而且此事还不知会传成何等模样，不如他早些坦白。

"呦呦应我，不恼。"萧华雍坚持道，"此事非我有意为之，实属无心插柳。"

沈羲和蹙眉，思忖片刻后应道："我不恼。"

其实沈羲和自己心里清楚，这事萧华雍不说，她着人去打听，定然也能打听到一些风声，只是这般显得对萧华雍不够信任与包容。

他并非有意为之，又不曾想要隐瞒，有主动坦白之意，她为何要过分苛责？她若执意不信他，日后他再做了什么事，只怕要隐瞒她。

萧华雍摸上了自己的脖颈："今儿文武百官都看到我脖子上的伤了，便以为是你所伤。"

沈羲和一时间没有明白过来，他们以为是她所伤又如何？这能证明什么？

萧华雍握拳抵唇轻咳了一声，凑到她的耳畔低声点明。沈羲和听完他的话，又想到昨夜放纵的画面，面上顿时铺了一层薄红颜色，宛如朝霞映面。

她仍旧恼了，不是气恼，而是羞恼。

这种事……这种事，这些人竟然猜测这些事，实在是令人极难不恼羞成怒。

"这些文武百官，白日思淫，都是闲的！"沈羲和憋了半天憋出来一句话。

萧华雍听了忍不住笑出声来。

"你笑甚？！"沈羲和从镜中瞪了他一眼。

她极少这样风情流转，萧华雍看得怔了怔，又生了旖旎心思。

为了遏制住自己的冲动，萧华雍移开视线，重新拿起胭脂为她在唇瓣上细细点上。

"这事于我们有利，旁人如何想，你不是素来不在意？"萧华雍一边仔细下手，一边低声说着。

幸亏沈羲和没有怨怪他，没有觉得是他不遮掩之故，他自然迅速转移她的注意力。

"这种事……"她怎能不在意？！

诋毁也好，诬蔑也罢，她都能坦然处之。这等私密之事被人臆想猜测，沈羲和实在是想将这些胡乱猜测的人给狠狠教训一顿。

"此次你离京定要当心。"萧华雍微微屈腿，端详着她的红唇。

沈羲和沉默了一会儿后说道："陛下会派人跟着我。"

萧华雍嘴角上扬，笑意蔓延到眼底："我的呦呦果然玲珑心思，一点即透，不点也透。"

陛下定会放人，不是有了这个似是而非的缘由就彻底信了沈羲和，而是苦于无法，不如就由着沈羲和去，他的人再跟着沈羲和好生看一看，这里面到底有没有鬼。

沈羲和从容地笑了笑："陛下会派什么人跟着我？"

萧华雍扬眉："呦呦希望陛下派什么人？"

其实祐宁帝要派什么人萧华雍也不能左右，只是萧华雍可以在里面安插自己的人。陛下实在防备过甚，萧华雍也能想法子在中途混个人进去，目的是确保沈羲和安全。

现下看来，沈羲和想要自己来解决陛下的人。他总想保护她，却忘了她从来不是需要保护的娇弱女郎。

果然，听了萧华雍的话，沈羲和淡淡地笑了："陛下的人交由我便是，你不用插手。"

萧华雍低笑出声，语气温柔而又纵容："好，夫人大展身手，为夫拭目以待。"

沈羲和轻推开萧华雍，站起身来："你在宫中切莫轻举妄动。无论听到与我相干的任何消息，你都莫要相信，须知我有自保之力。"

陛下未必没有一箭双雕之意：利用她寻找沈岳山，利用她试探萧华雍。

祐宁帝想用她试探沈岳山下落不明的缘由，用她来试探萧华雍是否还隐藏着实力，沈羲和与萧华雍都知道，祐宁帝从未消除过对萧华雍的猜疑，祭祖那日牌位被点燃的事就是最好的证据。

下午风言风语果然被传到了东宫里，不过都是对沈羲和不利的传言，譬如太子妃不敬太子，譬如太子妃不知廉耻，譬如太子妃不孝不义……

都是言辞文雅者，不文雅的词不堪入耳，萧华雍在一旁听了传言面色铁青。

沈羲和却浑不在意，转眸看了萧华雍一眼："陛下是故意纵着这等流言，为的就是让你按捺不住。"

萧华雍霍然起身，大步就往外走去。

珍珠见了，回头看到沈羲和无动于衷，迟疑地说道："太子妃……"

"无妨，他是太子爷，若当真对这些流言充耳不闻，才令人起疑。"沈羲和相信萧华雍有分寸。

萧华雍不需要暴露什么人脉，挑几个挑头的人，也不以诬蔑太子妃为由发难，对付这等奴婢，都不用似对付王政一般还需要设个套，一句伺候不周，就能命人将人拖下去杖毙。

人人都清楚伺候不周只是个莫须有的罪名，真正导致他们丧命的缘由是他们管不住嘴，这自然也不会影响萧华雍的名声，他如此处置也算是最得当的。

沈羲和等到萧华雍把他该做的事都做了，就起身朝荣贵妃的芙蕖殿走去。

荣贵妃刚刚午歇起来，就听闻太子妃来了，懒洋洋地吩咐："芍药去请太子妃入偏殿，海棠给我上妆，切莫怠慢太子妃。"

她嘴上说着不要怠慢，梳妆打扮却丝毫不急，甚至挑选珠钗、胭脂的颜色都反复对比。

沈羲和知晓荣贵妃才起，在偏殿里等了荣贵妃小半个时辰。荣贵妃午歇是固定的时间，沈羲和是踩着点来的，小半个时辰，荣贵妃若是有待客之道，恰好够不疾不徐地上完妆。

小半个时辰一过，沈羲和便搁下喝完茶水的茶碗，伺候沈羲和的芍药连忙上前续茶水。

沈羲和抬眼看了她一眼："杜女官在宫中多少年了？"

芍药连忙行礼，毕恭毕敬地回话："回禀太子妃，奴婢六岁入宫，至今十六年。"

"再过三年就能出宫了。"沈羲和微微颔首。

本朝宫女年满二十五岁才能申请出宫，但不是人人都能在二十五岁一到就有资格出宫，也有个例得到恩赦，早早就能嫁人。

"奴婢早已决定，此生都要伺候贵妃娘娘，以报贵妃娘娘的恩德。"芍药有些忐忑。在宫里十多年，又能成为荣贵妃的左膀右臂，她自然有一种敏锐的直觉。

沈羲和等久了要寻她问话，也不是无缘无故与她说话。

"既然如此，你为何不好好当差？"沈羲和目光淡然，"在宫中十六年，贵妃娘娘的左膀右臂，芙蕖殿女官，你当知晓规矩才是，造口舌之谣，诬蔑宫中主子，是何罪用不着我来说与你听吧？"

芍药面色一白，"扑通"一声跪下："太子妃明察，奴婢素来是锯嘴的葫芦，嘴笨口拙，蒙贵妃娘娘不弃，才留在娘娘身边伺候，怎敢造谣生事？定是有人冤枉奴婢，还请太子妃将冤枉奴婢之人唤来，奴婢愿与他对质！"

沈羲和轻笑了一声："珍珠，送她去内侍省对质。"

"太子妃，奴婢没有……"

"太子妃要将何人送到内侍省？"荣贵妃总算在宫女的陪伴下大步走来。

沈羲和抬眼看着她，神色淡漠地说道："贵妃娘娘，芙蕖殿的女官散布谣言，诋毁于我，我送她去内侍省审问，当不为过吧？"

荣贵妃眉眼间画了精致的花钿，用金子磨开的粉淡淡描摹了边缘，显得格外华贵与精致，细长的眼看了一眼跪着喊冤的芍药："若当真有人诋毁太子妃，自是罪不容诛，芍药是我宫里的女官，我亦有管教不严之责。只是这罪，总是要有证据方能令人折服。"

"贵妃娘娘要证据。"沈羲和看了珍珠一眼。

珍珠拿了一支金簪双手举高，递到荣贵妃面前："此物是芍药赠予旁人，令人造谣生事。"

荣贵妃扫了一眼金簪，顿时目光一紧。这是属于她之物，她的首饰又是芍药在掌管，这物虽旧，她却记得从未赏与旁人，如何会落到沈羲和的手里？

"芙蕖宫的小太监亲口说此物乃是杜女官所赠，让他对外声称太子妃与太子殿下荒淫无度……"珍珠眼睛都不眨地将准备好的话说了出来。

人证、物证都有，但芍药知道自己没有做这等事情，对着荣贵妃叩首："贵妃娘娘，是奴婢失职，被人盗了财物，诬赖奴婢，奴婢绝没有买通人做这等事情。"

"贵妃娘娘，物证、人证皆全，送她去内侍省不冤吧？"沈羲和扬眉问道。

荣贵妃面上覆了一层寒霜。这是她的东西，沈羲和能够拿到此物，这是在告诉她，她沈羲和手眼通天。这事沈羲和定义为谁所为便是谁所为，若要争辩下去，沈羲和可能还会拿出来旁的不利于她的证据。

荣贵妃正要开口，却被身旁的另一个女官拉了拉水袖。

让她眼睁睁地看着沈羲和带走身边的心腹？这个脸，荣贵妃不想丢。她想要看一看沈羲和到底有多少本事，差一点儿就强硬地与沈羲和对上。这会儿被另一个心腹提醒，荣贵妃却犹豫了。

芍药值不值得她冒险探一探沈羲和的底，让她多了一丝衡量。

沈羲和看了她一眼，就施了个晚辈礼，带着人走了。

芍药被押着离开时哀求声不断，荣贵妃追了两步就被海棠拦住了："娘娘，太子妃能无声无息地拿到您的金簪，又敢明目张胆地上门拿人，手中不知还有何物。芍药看守不力，理应吃些苦头，目下娘娘应思虑一番，芙蕖殿可有旁的把柄落于太子妃手上。"

娘娘不能因小失大，再则内侍省也有他们的人，芍药入了内侍省他们再运作也不迟。

荣贵妃终究被劝住了，沈羲和却没有给他们再运作的机会，因为芍药一进内侍省就畏罪自杀了。

沈羲和要让祐宁帝和荣贵妃乃至整个宫里的人都知道，这宫里真正埋了无数暗线的人不是萧华雍，而是她沈羲和，宫中的争斗都冲着她来便是。

"有夫人相护，妙哉幸哉。"萧华雍在宫门口迎接着首战告捷的妻子。

她想要为他分忧，想要将他护在身后的决心，通过付诸实际行动告知了他。萧华雍劝不住，索性不再相劝，坦然受了她这份好意便是。

"当日你将名册交于我之时，便说过你是要我相护。"沈羲和拿他的话来堵他的嘴。

他当然只是寻这个理由让她无法拒绝这名册而已，又被自个儿搬的石头砸了脚。

宫中有沈家的人，也有萧华雍交给沈羲和的人。

自大婚以来，她一直与世无争。无论宫中对宫权的事揣测得多么热火朝天，她都充耳不闻，是因为萧华雍和阿爹为了能够让她回去参加阿兄的大婚之礼可谓煞费苦心，她不想这件事情因为旁的事而有差池，故而从未下过手。

今朝她略微动一动，只是让人知晓，她并非人人可欺，也并非宫中无人，才处处忍让。

荣贵妃知道芍药一进内侍省就畏罪自尽后，气得昏厥了过去。

这说明不仅她的宫里有沈羲和的人，内侍省也有沈羲和的人。

沈羲和这是故意杀鸡儆猴，是要告诉荣贵妃，自己想动谁就能动谁。

死无对证，雷厉风行，哪怕人人都看得出这里面有猫腻，但那又如何？

关于沈羲和的那些流言蜚语，掌宫权的荣贵妃也是极其明显的放纵态度，深查下去，芙蕖殿未必清白，而且这不算是大事。

作为东宫太子妃，沈羲和被传了风言风语，本就该寻芙蕖殿要个说法。她只是处置了一个宫婢，也算是息事宁人。

这一场东宫和芙蕖殿的小较量，明显是沈羲和略胜一筹。

隔日，沈羲和去求见祐宁帝时，伴在祐宁帝身侧的正是淑妃。

"陛下，儿近来噩梦连连，总是梦到阿爹声音凄苦，在伸手不见五指之地唤着儿。儿欲往凉州，亲自寻阿爹的下落，"沈羲和请求道，"还望陛下恩准。"

祐宁帝搁下御笔，站直身子看向沈羲和。沈羲和由萧华雍化了妆，看起来格外憔悴与精神不济。

"你与七郎才成婚不到一月，身为东宫太子妃，岂能轻易离宫离京？朕已经派了三路人搜寻西北王，你与七郎安心留在宫中等候消息便是。"

"陛下，河西、陇右、朔方三位节度使，劳动地方军士上万，凉州之地更是处于吐蕃与突厥的夹缝之中，久有兵动，恐影响三国邦交。"沈羲和行了个大礼，"请陛下允儿亲往凉州，儿既频频做噩梦，想来是父女连心，早些寻到阿爹，也好安抚各地。"

祐宁帝沉默地看着沈羲和。

沈羲和端端正正地保持着行礼之姿。

两者僵持了片刻，祐宁帝才开口道："且容朕思虑一番。"

尽管没有得到准确回复，沈羲和也没有咄咄逼人："望陛下成全，儿告退。"

祐宁帝点了点头，目送着沈羲和离去。

"陛下何不成全太子妃？"沈羲和刚走，淑妃便笑道。

祐宁帝侧首看着淑妃："你倒是不记仇。"

"妾不记仇？"淑妃低笑出声，眼里有毫不掩饰的暗芒闪过，"不，陛下。妾最是小心眼，当日被吊在荒郊野外，濒临死亡，寒风如刀，刀刀刺骨，宛如凌迟。这份'恩情'，妾至死难忘。"

她把自己小肚鸡肠、目露凶光的一面完全表露了出来，这是祐宁帝从未接触过的样子。在他面前，无论是以往还是现在，无论是他的女人还是旁人，人人都是将最美好的一面展露给他看。

这是第一次，有人如此真实、不在乎面目狰狞的模样落入他的眼里。

"太子妃性子霸道了些。"祐宁帝忽地说道。

"太子妃能如此强势，便是仗着西北王权重，若西北王……"淑妃顿了顿才又说道，"若西北王此次当真遇难，妾私心觉得欢喜。"

祐宁帝听了这话唇边有了点儿笑意，只是这笑意又多了点儿复杂的味道："事情绝非如此简单。"

淑妃歪头看着祐宁帝，祐宁帝对上她困惑的目光，极其自然地为她解惑道："突厥王庭有内乱，此刻不应树外敌，偷袭西北王的绝非突厥人。

"西北王身经百战，千军万马都奈何不了他，他却被人偷袭成功且下落不明，其中定有蹊跷。"

"陛下是说有人假借突厥之名暗害西北王？"淑妃粉润的唇微张，她问，"何人如此大胆？"

听了她的反问，祐宁帝忍不住愉悦地笑出声来，轻轻摇了摇头："这不是要害，要害在于这偷袭之人成功了。"

淑妃应和着点头："是，这人定然是祸患，必要将之揪出才是。"

这回答令祐宁帝有些哭笑不得，不过他的眼底浮现了一丝温和之色。帝王身边不需要蠢货，却也不能有太聪明之人，祐宁帝又说道："普天之下，除非西北王束手就擒，否则便是朕也不能轻易将他拿下。"

淑妃初时好似并未领悟这话的意思，仔细思忖了片刻，眨了眨眼睛，好一会儿才恍然大悟，细长的指尖掩唇："陛下，您是说西北王他……？"

西北王要么与人合谋做局，要么就是故意失踪？

这就是为何陛下迟迟不允太子殿下的人离京，是担心他们另有图谋、里应外合？

"不算迷糊。"祐宁帝赞道。

"他们……"淑妃露出不解的神色。

他们要做什么？

祐宁帝读懂了她的未完之言，目光深沉："朕也不知。"

这几日祐宁帝也在琢磨，沈岳山到底是真失踪还是假失踪。哪怕祐宁帝笃定失踪一事极大可能是作假，却也不能排除有一分真的可能，毕竟沈岳山也老了。

若是沈岳山真失踪，那么下手之人只能是萧觉嵩，目的也好猜，无非是拉拢沈岳山，绝不会杀了沈岳山。沈岳山于萧觉嵩而言，活着比死了更有价值，活着就能替萧觉嵩牵制祐宁帝。

若此事是萧觉嵩所为，用不了几日萧觉嵩就会放了沈岳山，故而这些日子祐宁帝在等结果，不过一晃这么久过去了，这倒也不像是萧觉嵩所为。

那就意味着沈岳山是自己要失踪，失踪的缘由是什么？最大可能便是自己苦心安排到西北的细作被沈岳山察觉了，沈岳山想要借此清理西北军一番，也只有这个理由，让沈岳山无故失踪的消息哪怕被拆穿，自己也不好严惩他。

因而，祐宁帝下令让好不容易混入西北军的人按兵不动。

"陛下，若当真如此，陛下更应成全太子妃才是。"淑妃忽地笑意盈盈地开了口。

"哦？"祐宁帝饶有兴趣地看向淑妃。

"西北王素来疼爱太子妃，若知晓太子妃遇险，还能无动于衷？他必然会主动现身。"淑妃说完，妙目里光华流转。

祐宁帝听了这话深深地看了她一眼："爱妃此言甚妙。"

此时沈羲和与珍珠已经回到了东宫，萧华雍则去与群臣处理政务。本朝不是每日都有朝会，没有朝会之时，诸多事情都是由帝王分派给了太子，大臣们会随着太子处理政务。

沈羲和是故意借着萧华雍不能作陪的时候去寻祐宁帝请命的，以免萧华雍不在，祐宁帝又多想。

"太子妃，陛下会应允吗？"珍珠摸不清祐宁帝的态度。

"会。"沈羲和语气笃定地说，"这是个绝佳的机会。"

这是用她来试探萧华雍的深浅，试探她阿爹到底是真失踪还是假失踪的绝佳机会。

珍珠面色一凛："太子妃，陛下只怕不会轻易如此做。"

这要是擦不干净痕迹，陛下是直接逼西北王谋反哪。帝王派人暗杀皇太子妃，这种事传出去多么骇人听闻？

"陛下身边可是有个'恨我入骨'的淑妃娘娘呢。"沈羲和高深地笑了笑。

还未入宫前，曾经的尧西公主——今日的淑妃，为何要吃那一番苦？她们就是要让她们俩的"敌对关系"深入人心。

"太子妃，二娘子又来了。"沈羲和一脚刚迈入她的寝殿，碧玉就来禀报。

沈岳山失踪的消息传来，沈璎婼已经几度来求见，均被沈羲和拒了。前些时候沈羲和都装作卧床不起，今日却应允了："你去带她过来。"

今日她都已经去见过陛下了，不见沈璎婼一面也说不过去。

不过沈璎婼见了她也是白见，这些事情沈羲和自然不会说与沈璎婼听。

"见过太子妃。"沈璎婼急急忙忙地行了礼，眼下青黑，尽管被妆容修饰得很精神，却也能看出眼底的疲惫与焦虑之色。

"免礼，坐。"沈羲和坐在一侧，指了指一个位置。

沈璎婼坐过去，便急忙问："阿姐，阿爹他可有下落？"

"我尚不知阿爹的下落。"沈羲和没有骗沈璎婼，自己的确不知道沈岳山在何处。

萧华雍把阿爹安排到了什么地方，阿爹现在又在做什么事情，抑或只是在某个地方等着她，沈羲和一概不知。她不想问太多。她信萧华雍，也信阿爹。

萧华雍不会欺骗她。哪怕他当真欺骗她，阿爹也不会轻易被糊弄。

"阿爹他……"沈璎婼瞬间眼眶通红。

沈羲和看了她两眼："阿爹不会有事，不日我便会去寻他。"

"阿姐你要去寻阿爹？"沈璎婼愕然，旋即眼底生出希冀之光。

沈羲和面色微冷："我不会带你同去。"

这一次是和帝王交锋，她尚且在冒险，怎能带着沈璎婼同去？这样岂不是还要担心沈璎婼的安危？

"你好生在京都等着，我会让我留在沈府的护卫盯着你，你若敢私逃出京，追随我而来，我便令他们打断你的腿。"沈羲和警告道。

沈璎婼顿时委屈地咬了咬唇，却又不敢多言。她与沈羲和素来不亲，她也知晓她们除了同姓这一点牵绊，再无其他关系。沈羲和说会打断她的腿，绝非吓唬她。

"珍珠，你亲自将她送回府，并且叮嘱留在沈府的护卫，若连她都看不好，我身边不留无用之人。"

沈璎婼被不情不愿地强行带走，到宫门口要上马车的时候，恰好看到萧长风入宫。萧长风过来打招呼，两个人一番见礼之后，萧长风明显察觉沈璎婼有些快快不乐："县主这是……？"

"我只是担心阿爹。"沈璎婼敷衍地回了一句，匆匆行了个礼，就上了马车。

萧长风看着她的马车远去，消失在视线范围内，才收回目光举步入内。

沈璎婼刚离去不久，萧华雍就回了东宫，就见沈羲和立在花园的石桌前修剪花枝。

她是真的喜欢花花草草，这满园的奇花异草，不过是萧华雍觉得东宫少了些鲜活之气，才一点点移植栽种的，也算是让人知晓他醉心这些物事，实际上他自己并不是多么喜爱。

不过沈羲和是真的喜爱至极，自从嫁入东宫，大部分时间都在折腾这些东西。

萧华雍极其自然地上前，从身后拥住她。

沈羲和挣了挣。她不是矫情，他们更亲密的举动都有，可光天化日之下，又有宫女、内侍在，只要有人，沈羲和就不习惯萧华雍这么亲近她。

萧华雍不放手，俯身在她的耳畔说道："他们都有分寸，近处没人。"

沈羲和更用力地将他推开，凉凉的眼风扫过他。为何没人，他自个儿不知？

反倒是如此，更显得他们白日宣淫。

萧华雍伸手摸了摸自己的鼻子，讨好地笑道："明儿你再去寻陛下，他定会再装一装，后日你再去，他必然会应允。"

"嗯。"沈羲和也是如此作想。

有了淑妃在旁边鼓动，祐宁帝哪怕对走这步棋犹豫，也会顺着淑妃试一试。

她这次一定要狠狠一巴掌掴在陛下的脸上，否则如何对得起陛下在她新婚第二日赠予她的大礼？

陛下火烧牌位试探萧华雍，何尝不是让人觉得她不被他们萧家祖宗认可，才引得牌位着火？

她从不招惹是非，却也从不吃闷亏。

"我安排了，你从地宫出京，我派人秘密送你去寻岳父，由他人假扮你离京。"萧华雍又说道。

"不可，"沈羲和断然否决，"我要亲自去。"

萧华雍目光一紧："我不允。"

这个局是由他策划的，到这一步都在他的掌控之中，陛下会派人对沈羲和下手，轻重难以预料，萧华雍怎会舍得沈羲和去冒险？

若她有个万一，自己岂不是悔恨终生？

故而一早他就安排了妥当的法子。

"此举于陛下而言必要成功，陛下定会重拳出击，若假的我落在了陛下的手中，后果不堪设想。"沈羲和没有说打算让陛下的人有来无回。

她不亲自去，如何坐镇指挥？

"你既然知晓陛下此次绝非儿戏，就更不能亲自冒险。"萧华雍态度很坚决。

夫妻二人第一次有了分歧，且双方难以妥协。

"我知你是担心我，可我觉得这是极好的机会。"沈羲和也格外坚持己见。

她故意去扫了荣贵妃的颜面，就是为了激起陛下的愤怒情绪，这才有了淑妃煽风点火的戏码，让陛下觉得的确该给她一些教训，促使陛下这次对她下手。她想要借这一次机会给陛下一次迎头痛击。

她一手促成的局，要她轻易地放弃，史无前例，沈羲和不喜欢这种被人干预的感觉。

"我知晓你心中所想。"萧华雍也努力说服她，"由始至终，你从未放弃过要将陛

465

下的注意力转移到你的身上，这才是你苦心做局的缘由。"

沈羲和这次若是让陛下的人全军覆没，陛下定然会将沈羲和视作眼中钉、肉中刺，只怕没有那个心思再来慢慢试探自己，东宫最让陛下寝食难安的便是沈羲和。

沈羲和再稍加运作，就能将她原本的心思完全暴露在陛下面前。她选择了自己，是因为自己寿数有碍；她的野心，是带着嫡系血脉，做最尊贵的主人，让这皇位上坐着拥有萧氏血脉的人，做主的却是她这个摄政太后。

这是犯了陛下的大忌！

"陛下忌我之心，不会因此事而增减。"沈羲和不惧被祐宁帝忌，因为她姓沈，这一生都会被祐宁帝忌讳，沈家和陛下是不可能共存的。

因此，她不在乎陛下如何看待她，是视作眼中钉、肉中刺，还是不放在眼里都无所谓。如何能够使他们获得的利益最大化，才是沈羲和所求。

"陛下对你多有猜疑，便是你次次避开，让他拿不到证据，他仍旧不会放下戒心。有陛下盯着，你免不得处处掣肘。"沈羲和条理清晰地说着，"若要他当真信了你并非韬光养晦，此乃最佳之法。让他知晓，我便是因为你好拿捏才嫁与你，他又见我如此势大，既然我以终身做赌，必是通过法子证实了你势弱，如此一来，他才能对你降低防范心。"

"我无须你为我掩饰！"萧华雍沉声说道，"我并不惧与他撕破脸，不过是为着行事便宜，才一直遮掩。这份便宜，若需要你不顾安危换来，不要也罢！"

"殿下！"沈羲和冷着声音唤了萧华雍一声，"莫要感情用事。"

萧华雍霍然看向她，目光复杂而又倔强："你是否觉得我如此任性妄为，不是成大事者该有的脾性？我由始至终从未想过要成为天下之主，两年前便做好了治不好奇毒的心理准备。我谋这些，不过是觉得我终究是要为生我之人讨回一个公道。"

是的，他从未想过要成为帝王，在遇到沈羲和之前从未想过。

他培植这些势力，是为了若有一日英年早逝，完成身为人子的使命。若他有幸得到解药，自不能受制于人，天下之主，从不在他的计划之中。

是遇到了沈羲和之后，他才开始一步步筹谋朝中势力，这也是他在朝中的势力并不雄厚，而陛下也从未怀疑过他的缘由。他压根儿没有任何异动，何来让陛下猜疑的痕迹？

但这是沈羲和所求，想要西北安宁，想要做主为西北派遣真心呵护西北百姓的官员去接手西北，想让沈家功成身退，就必须大权在握。

沈羲和看着他，掷地有声道："我要。"

萧华雍身子一僵，沈羲和重复了一遍："这天下，我要。"

黑曜石般的眼瞳深沉而又明亮，透着不容反驳的强势，萧华雍竟然不敢与之对视。他微微垂下眼眸："所以，我终究只是你的一枚棋子？"

466

为了你筹谋的事，我要压抑自己的情意，要配合你去做你想要我做之事，甚至对你的安危视若无睹，眼睁睁地看着你以身犯险？

若是我阻拦，便是与你为敌吗？

这些话萦绕在萧华雍的舌尖上，过于苦涩，他没有说出来。

他是那样伟岸而又顶天立地的儿郎，可以吓得六皇子因他而逃离皇宫，可以震慑得十二殿下在他面前毕恭毕敬，可以抬手间就将阴狠狡诈的四皇子变成一个"死"人。

他将英明无双的祐宁帝玩弄于股掌之中，将权倾一时的三公之一王政逐出京都，翻手为云，覆手为雨，却在她面前总是这样脆弱得仿若不堪一击。

他的话以及他隐忍的眼神，都令沈羲和说不出强硬的话了。

"殿下，我从未将你视作棋子，只是你我对局势的见解不同。你我都是有主见之人，故而难以说服彼此罢了。"

"你我不是见解不同，"萧华雍说着，嘴角扬起一丝涩然至极的淡笑，"而是……我用心于情，你着眼于利。"

因为担心她、在意她，他不敢让她有丝毫涉险的可能。他将她视作妻子，视若至爱，捧在掌心里。

而在她眼中，不在意这些。她在意的是局势的利弊，甚至她不曾有身为人妻的自觉，抑或……

她不曾在意他的在意罢了。

沈羲和微微蹙眉。她已然放软了态度。可萧华雍仍旧咄咄逼人，她对他到底如何，早在二人成婚之前她就表明了态度。她是个什么样的人，也明明白白地让他知晓了。

现下他却来计较她重利？

"殿下，你并非今日方知晓我重利，又何必到了今时今日才来横加指责？"沈羲和莫名其妙地烦躁地说道。

萧华雍听了这话轻嘲一笑："是，我并非今日才知，无权指责……"

说完，萧华雍深深地看了沈羲和一眼，转身就走了。

沈羲和追了一步，便立即停下了脚步。萧华雍在门槛前顿了顿，才迈出门槛消失不见。

"太子妃……"

"由他去。"沈羲和也气恼地折身回了寝屋。

她极少动怒，应当说从未有人能够引得她动怒。

但凡挑衅她对她不敬、伤她在意之人的人，她都是用一种看死人的目光看他们。

因为她知道这些人活不长，故而无论他们多么卑劣和招摇，她都能波澜不惊。

最近一次动怒，应当是被玲珑背叛，现在她却清楚地知道，自己是真生气了。

第十七章　夫妻联手招招狠

这种生气的情形却又和往日不同，往日她生气就会将惹她不快之人除去，可今日惹她不快之人是萧华雍，她气他、恼他，却又不曾想过要伤他分毫。

她恼的是萧华雍为何不肯给她一丝信任。无论萧华雍做何事，无论多么惊险，她哪怕担忧，却从未阻拦，只因她信任他。

可萧华雍不愿信任她。她既然敢如此行事，敢引得陛下对她小惩大诫，自然有能力应付各种意料之外的事，萧华雍却完全不准她去尝试。

难道在萧华雍看来，她是需要被男人护在身后，依附男人而活的女人？

越是深想，沈羲和越是气闷。

两个主子吵了架，东宫上方仿佛笼罩着一层乌云。东宫里人人噤若寒蝉，显得自从沈羲和嫁入东宫就鲜活明媚、布满朝气的东宫格外压抑，就似一场狂风暴雨随时会侵袭而来。

自从婚后，无论何时，夕食萧华雍都会赶来与她共进，每日都会变着花样为她做吃食，今日临近夕食时间，九章却战战兢兢地求见，说不知殿下去了何处，请她定夕食。

沈羲和闻言面色更不好了，却也不是个喜欢迁怒他人之人，便随意说了些吃食吩咐给九章。

虽然她是随意说的，但一半是萧华雍爱吃之物。等到夕食都做好了，沈羲和眼见着天都黑了，也没有见人来禀报太子殿下回宫，脸色便一沉再沉。

碧玉参着胆子提议道："太子妃，不如婢子去问问太子殿下在何处……"

"不必！"不等碧玉说完，沈羲和就高声打断，"让膳食间传膳。"

碧玉和红玉缩了缩脖子，只得退下去让膳食间传膳。

色香味俱全的美食摆在沈羲和面前，提箸随意用了几口，便没有心思再吃，又命人撤了下去。

夜幕降临，繁星点点，皓月高悬，灯火万丈。

萧华雍依然不知去向，沈羲和不许人去寻，因她不想低头。然而她并不知萧华雍就坐在东宫门口，只需要她迈出东宫就能见到。萧华雍也不许东宫门口之人去禀报，就想知晓沈羲和会不会派人来寻他。

天圆站在一侧，甚是为难。他知晓太子殿下不是要太子妃服软，也不是要太子妃退让，只是想要太子妃哄一哄，让太子殿下心里能好受些许。

眼见着天色暗了下来，天圆自个儿都饿得前胸贴后背了，萧华雍却仍坐在东宫门口的石阶上，目光落在前方的两棵枫树上出神。

天圆急得恨不能跑进去把沈羲和拽出来，可不敢这么做。他要是敢自作主张，只怕下场凄惨。若能换得两位主子和好如初，他倒也乐意为了太子殿下牺牲，怕就怕弄巧成拙，反而令两位主子闹得更僵，那自个儿就是百死难赎其罪了。

两个人相隔不过数百步，一个不愿去寻，一个等着被哄，硬生生磨到了月倚西楼都未见到一面，一个越发气恼，一个越发委屈。

"太子妃……"

"我要沐浴。"沈羲和不准珍珠她们开口。

珍珠张了张嘴，最终还是去准备沐浴之事。等到她们陪着心不在焉的沈羲和洗漱完毕，沈羲和直接驱赶走了她们，躺在床榻上盖上被子，以为自己能够闭眼就睡着，却没想到翻来覆去如何都睡不着。

而皇太子呢，在东宫门口坐到了沈羲和要就寝的时辰，终究忍不住了，站起身走到了内院，又坐在了内院门口的石阶上。

坐了片刻，他又觉得或许还是太远了，绷着脸踏入了内院，坐到了他们的寝殿的大门口。

珍珠等人大喜过望，想要张口通传，却触到了萧华雍凌厉而又冰冷的视线，只得把话咽下去。

这里是东宫，珍珠等人现在已经不只是沈羲和的人了，也得如同尊敬沈羲和一般尊敬太子殿下。

萧华雍在寝殿门口坐了许久，久到一颗心跟着暮春的夜风渐凉的时候，房门被从内拉开，温热的烛光霎时间将他笼罩住，驱走了他内心附着的那一层薄霜。

沈羲和也没想到拉开房门就看到了这个让她夜不能寐的男人。

仍旧有些气恼的沈羲和语气十分不善："你因何在此？"

萧华雍全部的委屈和受伤情绪都在沈羲和拉开房门这一瞬间化为乌有，他笃定她是在意他，才会这个时辰尚未安寝，才会出来寻他，因她穿上了斗篷。

他忍着笑，克制住不让嘴角上扬："我怕你寻不到我。"

本来气得想要打人的沈羲和莫名其妙地因为这句话更恼，不是气恼，而是羞恼。她难得口是心非地说道："谁要寻你，你想去何处，我怎就能干预？"

说完，她就转身回了卧房。萧华雍的眉眼间重新染上了薄薄的笑意，他自觉地跟了进去。

见此，天圆双手合十，无声地对前后左右拜了拜，嘴里念着"阿弥陀佛"。

东宫总算拨云见日，雨过天晴。

萧华雍一脚踏入屋内，肚子就不争气地"咕噜噜"响起来，闹得沈羲和忍不住回头看过来。萧华雍一点儿没有不自在的样子，委屈巴巴地说道："我未进夕食。"

"珍珠……"

"我要吃馄饨。"不等沈羲和吩咐下去，萧华雍先一步提出要求。

沈羲和看了他一眼，迈步就朝膳食间走去。萧华雍志得意满地跟上，与她并肩而行，先是用手背碰了碰她的手，沈羲和没有躲，他就彡着胆子抓住了她的手，然后紧紧握住。

被沈羲和一把甩开，他又连忙抓住她的手，这次抓得更紧了。

沈羲和甩了半晌都没有甩开他的束缚，索性由着他了。

得逞的萧华雍嘴角咧得更开："呦呦，我们日后不争吵了可好？"

他难受至极，从未如此难受，当真比病痛、毒发还要折磨人。

"我可没有要与你争吵。"沈羲和不承认他们吵架了，吵也是萧华雍单方面的行为。

"是我不好，你若执意……"

沈羲和忽然停下来，转身望着他："我不从地宫走，不过我可在半路与你的人调换，再尾随在陛下所派之人后面。"

这是沈羲和想到的两全之策，也是她有生以来第一次为一个人在自己制订的计划上做出让步。

沈羲和的一句话像火星子飘入了萧华雍的眼底，渊海般的眸子里似烟火绽放，似火海瞬间被点燃，扑面而来的热浪仿若要将人吞噬。

沈羲和太熟悉他这样灼热而又好像要吃人一样的目光。她避开他的眼神，正要开口说什么，引开萧华雍的注意力，萧华雍却先一步握住了她的手。

他并没有她所想的那些孟浪之举，而是握着她的双手，轻轻地一点点将她的指尖收到自己的手掌中，包裹住她的手，而后低声说道："呦呦，先前是我思虑不周全，是我未曾顾及你的感受。我只想让你接受我的一番好意，却未曾深思，这是不是你所需的。"

他轻声细语，语气真挚地致歉，沈羲和反而有些不自在："我亦有不是之处。夫妻之间，互相担待，偶有争执，并无大碍。你我到底是两个人，各有所思，各有所虑，实属常事。我不会将方才的争执放在心上，殿下也无须介怀。日后若再意见不合，我们亦可争辩。"

谁能说服对方便听谁的；若是说服不了，那他们如同这一次这般解决问题便是。

办法总是要比难处多，只要双方愿意退步，肯去想旁的办法，总会有解决之策。

萧华雍心里最后一丝不安感散去，柔情似水的双眸里涌动着层层爱意，深深凝望着沈羲和。

他没有多言，只是那种目光让沈羲和觉得，在这一刻，她就是萧华雍的整个世界。

沈羲和忍不住莞尔，张口欲言，不和谐的声音却响起——

"咕噜噜……"

萧华雍："……"

情意绵绵的氛围瞬间被冲散，沈羲和忍不住笑出声来："煮馄饨去。"

萧华雍爱吃馄饨，一个月总要吃上七八次，沈羲和每次调馅儿都会预留一些。膳食间的人也极多，和面这些事都有专门的人负责，沈羲和就包一包，下个锅，煮起来很快。

一碗热气腾腾的馄饨被端到了萧华雍面前，他眉开眼笑。有些胖胖的九章有些幽怨地扒着门，露出半边身子看着就在膳食间外面准备用膳的萧华雍。

九章自殿下五岁起就被分配到东宫，是最早跟着殿下之人，十多年来做过无数人间珍馐捧到殿下面前，从未见殿下笑得这么灿若星河。

更过分的是太子殿下前一瞬还对太子妃笑得见牙不见眼，不经意间瞥见了他，变脸比变天还快，下一瞬间就只剩下深深的嫌恶之色。偏偏太子殿下转过眼对上太子妃，又笑得灿烂明媚。

九章："……"

天圆在膳食间里吃了点儿九章做的馄饨，打着饱嗝走过来，顺着九章的目光看过去，很有过来人架势地拍了拍九章的肩膀，乐颠颠地走了。

太子妃已经将太子殿下哄好，余下没他啥事，他可以回去睡觉了。他有预感，明儿他又是可以睡懒觉的一天，因为春意盎然的暖意，注定主子们也是芙蓉帐暖，只恨春宵苦短。

沈羲和隔日又去见了祐宁帝，再次请祐宁帝准许她去凉州寻沈岳山。祐宁帝没有一口拒绝，只说容他想想。

等到第三日沈羲和再去，祐宁帝好似在她的几番恳求之下才最终同意了她的请求："朕会派人护送你去凉州，你回宫备下行囊，明日启程。"

沈羲和大喜过望地应下，回了东宫。

"陛下派人护送，实则是监视你。"萧华雍将沈羲和拉到自己绘制的舆图之前，这是一整面墙的舆图，十分细致，是萧华雍根据个人的亲身经历完善的，有粗略之处则是他尚未探索之地。

"京都往西北，先至岐州，再至兰州，接着是鄯州，最后到凉州。"萧华雍用他特制的长尺，一路指着舆图，"岐州距京都极近，且一路官道，每日赶路必能至驿站，陛下并无动手时机。岐州至兰州，改陆路行水路，渭河浩渺，你又曾落水，陛下若有杀心，当选此地。"

祐宁帝若在渭河上动手，那就是动了杀心，但沈岳山下落不明，祐宁帝未必会对沈羲和下杀手。

只是也不能排除祐宁帝有其他手段，能够确保沈羲和在船上遇险却保住性命。

萧华雍告知她这些事，是让她警醒一些。

沈羲和微微颔首，表示知晓。

"兰州到鄯州相距甚短，不过三日行程，陛下恐无下手之机。若在渭河陛下尚未动手，那必然要在兰州到凉州之间对你下手。"

这也是萧华雍最为笃定的位置，因为沈岳山在凉州失踪，祐宁帝如此全力搜捕，尽管沈岳山对凉州一带甚为熟悉，也不可能做到毫无痕迹地离开凉州。

祐宁帝偏向于沈岳山就在凉州潜伏着，沈羲和距离凉州太远遇袭，消息还没有传到沈岳山的耳里，指不定就被人拦截或者沈羲和已经脱险了。

只有沈羲和就在沈岳山近处遇险，才能让沈岳山慌了手脚而无所遁形。

"我与你所想一致。"沈羲和颔首。

萧华雍莞尔，放下手中的长尺，转头慎重地说道："你我身份特殊，此事观望之人不在少数，未必无人浑水摸鱼。萧长泰虽元气大伤，但恨我入骨，此次也未必不会参与……"

这才是萧华雍不准沈羲和以身犯险的缘由，实在是太多人想要取他们的性命。这些人隐藏在暗处，萧长泰只是其中之一。

"离了京都，在岐州我便与你安排之人调换。"沈羲和安抚他道。

"我一会儿去请求陛下让我随你一道去，陛下必然不允。待你走后，我便偷溜出宫，陛下定会疑我有诈，我会引走陛下的人。"萧华雍握着沈羲和的手，"另，我安排了一批人，伪装成萧觉嵩之人，随时跟着，露出要劫你之心，牵制陛下的人。若旁人有异动，他们会将水搅浑，你心里有数便是，不用特意配合他们。"

沈羲和颔首之后问："嘉辰太子他……？"

"上月便已辞世。"萧华雍回道。

萧觉嵩早就病入膏肓，能够撑过年关已经不易。他临终之前传了信给萧华雍，也确实把不多的人留给了萧华雍。

萧觉嵩对祐宁帝怀恨在心，更想要让世人皆知祐宁帝的皇位来得多么手段卑劣，一心只希望萧华雍撕掉祐宁帝的那一层伪善的脸皮。

萧觉嵩不甘之下苦心经营，也不过是自我安慰，遇上萧华雍后，才觉得遇到了机缘。这些人都是萧觉嵩贵精不贵多地培养出来的，就此散了，这些人若暴露，也会暴露萧觉嵩辞世的消息。萧觉嵩的身份，萧华雍大有用处，索性就接手了这些人，交给了地方。

沈羲和也把自己的计划说与萧华雍听了，夫妻二人商议妥当，沈羲和去收拾行囊，萧华雍则去寻祐宁帝请求护送沈羲和，被祐宁帝一顿痛斥驳回。

萧华雍也装模作样地在明政殿跪了许久，最后跪晕过去，也没有换来祐宁帝心软。就连一向纵容萧华雍的太后赶来，也没有帮着萧华雍，而是劝着他，萧华雍便不再提要随沈羲和离去。

次日一早，沈羲和就在宫门处遇上了随行的护卫，皆是由祐宁帝指派。她万万没想到竟然看到了一张熟悉的面孔。对上步疏林粲然的笑容，沈羲和沉沉地扫了她一眼。

等到出了京都，到了第一个驿站落脚，沈羲和才把步疏林给叫到跟前："谁允许你跟来的？"

"自然是陛下允许的。"步疏林跷着腿回道。

"别和我顾左右而言他，"沈羲和低声斥道，"你明知此行危险，便是你不知，崔少卿也不可能不知。他定然告知过你，你还来凑什么热闹？"

"我就是知晓此行惊险，这才来护你。我不如你聪明，可论武艺，在京都能与我为敌者不过一手之数。"步疏林伸手扒拉着桌上的点心，看到喜欢的，也不管手干不干净，拈起来就往嘴里塞。

沈羲和此时也顾不得她的这些陋习："你没有脑子吗？陛下因何轻易应允你随行？"

咀嚼着嘴里的点心，步疏林浑不在意："陛下最高兴的莫过于一箭数雕。"

不过陛下定然不会要沈羲和的性命，却会要步疏林的性命。尤其是步疏林跟着来，是主动请命，这要是半路有个三长两短，蜀南王都没处说理去。

"陛下要对付我，又要对付你，便会束手束脚。"步疏林大大咧咧地继续啃糕点。

"陛下可以选择只要你的命。"沈羲和说完，黑曜石般明亮的双瞳微沉。

"你会坐视我被陛下除去？"步疏林伸着脖子、眯着眼睛，一副嬉笑的模样，眼里却是信任的目光。

于情，步疏林这次来是为了替沈羲和分担陛下的注意力——对沈羲和下手引出沈岳山和对步疏林下手伺机接手蜀南，各有利弊。

不过显然祐宁帝杀了步疏林，接手蜀南军才是最好的选择。若步疏林在京都，他还不好下手，人多眼杂，除非能同时诛杀步拓海，否则必受反噬。

现在步疏林离了京都，若死在外面，人并非陛下委派出去的，只要交代得过去，都不用安抚步拓海。机会难得，试探沈岳山有的是时机，且祐宁帝虽好奇沈岳山失踪一事有什么猫腻，却也清楚此事动摇不了什么国本，两相比较，自然是抓住机会杀了步疏林为好。

于理，沈羲和不会让陛下对蜀南下手，一旦陛下掌控蜀南，就会发起与吐蕃的战争，届时沈岳山只得被动协助朝廷。一旦陛下平定吐蕃，西北危矣。

"日后莫要如此。"沈羲和轻声说道。

她知道，步疏林这是以身犯险，替她挡住了祐宁帝对她的恶意，这份情谊，至诚至深。

步疏林心中是有蜀南的责任的。她都不肯对崔晋百坦承身份，就是担心二人的关系发生改变，暴露自己的身份，却肯在这时候义无反顾地为了沈羲和挺身而出，是出于对沈羲和的绝对信任，相信沈羲和能够护她周全。

"我也是在京都待烦了。我怀疑崔石头对我的身份起疑了。"步疏林有些烦闷地开口。

"嗯？"沈羲和其实并不惊讶，崔晋百赖在步府里，两个人朝夕相对，哪怕不是同床共枕，有些东西还是会出现端倪，远的不说，只说女郎每个月的月事就是一大漏洞。

"我亦不知他是从何时起疑的，总之近来他总喜欢对我动手动脚。"步疏林似想到了什么，面上浮现一层薄怒之色，"恰好此刻，我借机躲一躲他。"

只是她躲得了初一，躲不了十五。崔晋百在大理寺这么多年，断案如神，一旦起疑，就绝不会轻易罢休，她的身份想来是隐瞒不了多久的。

沈羲和给步疏林投去了个自求多福的眼神，拉着她，将详细的计划告诉了她。

"嗯？你的意思是，不只陛下对你不利？"步疏林将眉毛抬得高高的。

"自然不是，就看他们动不动手。"沈羲和微笑着说道。

步疏林猫着身子往外走，沈羲和侧身幽幽地看着她："现在才想退缩，晚了。"

步疏林撇了撇嘴，拍了拍自己的胸脯："我可是讲义气的，为朋友一向两肋插刀！"

"快回去吧。"沈羲和打发她。

步疏林走了两步，又折回来，将桌子上她喜爱的糕点都抱走。

沈羲和："……"

"明儿再给我多准备一些。"步疏林拈着透花糍晃了晃，一边吃着一边走了。

一路上有步疏林陪伴，沈羲和倒觉得多了不少趣味。能下厨的时候，沈羲和便亲自为步疏林做一点儿吃食,不过次数不多,毕竟自己是"急着出去寻父之人"。

平安无事地出了岐州,沈羲和在驿站里与萧华雍派来的人调换,一早那人随着大部队包括沈羲和带来的珍珠等人上了船,沈羲和则在暗中保护她的墨玉的陪同下,走陆路去凉州。

这一年来,沈羲和从未懈怠过马术,与墨玉一起骑马疾驰,一整日下来,虽有不适,倒也能够忍住。

"主子,殿下已经出了宫,渭河之上尚未传来消息。"墨玉陪着沈羲和在客栈里落脚,向沈羲和汇报,"不过婢子觉得,自岐州出来,便一直有人跟踪我们。"

"跟踪?"沈羲和黛眉微扬。

她和萧华雍的人调换这事实际上很隐秘,萧华雍的人在她出京后就跟了上来。在驿站的时候,那人代替她随着宫里的人上了船,她则是等到了晚间,又跟着另一户入驿站落脚的官员的马车离开了驿站。

这恰好路过驿站的官员也是萧华雍安排的。他们是当真有事,恰好路过驿站,经得起调查。离开驿站之后,墨玉一直跟着沈羲和,她离开官员的马车时,墨玉确定四周无人。

但跟踪的人从她们离开驿站后不久就跟上来了,这说明她和萧华雍的障眼法根本没有瞒过对方。抑或对方早就猜到他们会走这一步,故而才在驿站里从日出等到日落。

除非是笃定他们会走这一步,否则谁会一等一整日,且在她离开驿站连面都没有露的情况下,精准地跟上来?

对方到现下依然只是跟着,竟然没有想过动手,可以断定至少并非敌人。

"可察觉到有多少人?"沈羲和问。

"离得太远,婢子只能猜测或是一人。"墨玉也不确定。

沈羲和端起茶杯,目视前方,目光幽远:"将他引出来。"

她浅饮了一口茶,不轻不重地搁下茶碗,茶碗在木桌上发出沉闷的声音,沈羲和嘴角微扬。

一夜好眠,沈羲和与墨玉第二日急忙赶路。她们要绕过渭河,路程极远,不能比行船的人晚太久。

行了大概半个时辰,沈羲和勒马停下来,看了一眼墨玉。墨玉面无表情,只是给了沈羲和一个肯定的眼神。

沈羲和从马上的行囊里取出一个类似于祈愿要抛上枝头的平安符,扔给了墨玉。

墨玉接住平安符之后纵身跃起,一脚落在马鞍上,借力跃得更高,将平安符挂在了一根极高的树枝上。

沈羲和抬眼看了看,就扬鞭前行。墨玉稳稳地落在马上,策马追上沈羲和。

她们离去不过一刻钟，一个人就驱马过来，停在了树下。来人抬头望着高高挂在枝头的东西，犹豫了片刻，纵身而起，身轻如燕，取下平安符，反复看了一遍，平安符极普通。

并未发现异样，他又将东西挂上，立刻骑马追上沈羲和二人。

及至午间，沈羲和正要用些点心，墨玉进屋道："珍珠传信，船上遇袭。"

沈羲和长睫微垂，神色没有变化："可有伤亡？"

"陛下之人折损过半。"墨玉回。

沈羲和抬眼："缘何如此？"

祐宁帝派遣的人都不是花架子，又是在船上，便是有人能够潜伏上去，人数应当也不多，如何能够轻易就让陛下的人折损一半？

"这封信是殿下传来的。"墨玉没有回答沈羲和的疑问，而是递上了一封信。

沈羲和将信拆开之后，一展开就是一根青丝先映入眼帘。这是萧华雍独有的给她来信的习惯，且现在他这根青丝还浸泡了一种由多伽罗和平仲叶调和出来的香料，寻常人闻不到，萧华雍自己闻不到，唯独沈羲和能够轻易嗅到这股独特的气息。

两种香料分开之后各有特色，合在一起，气息有些怪异，沈羲和实属不喜，但也谈不上厌恶，不过萧华雍喜欢，说什么多伽罗和平仲叶融合，就是他们二人的气息相缠。

沈羲和受不了他满脑子的旖旎想法，却也阻止不了，索性由着他。他现在香汤沐浴都是用这种香料，三不五时要沈羲和给他调配这样的香。

将滑落到桌子上的青丝小心拾起来，放到随身携带的荷包里——这个荷包装着他们二人相缠的结发——沈羲和这才阅信。

原来他早就察觉到萧长泰派人来偷袭的痕迹，且萧长泰还与人合作，目的是绑走她。他也借机安排人潜伏着，船上的确没有潜伏多少人，但早有人在海中路经的小岛屿上等待着，等到船行到一半，夜间追上来，又有船上的人里应外合，轻易就杀了上去。

这是铁了心要沈羲和的性命，萧华雍也派了人潜伏在岛屿周边，等着这些人杀到船上。他的人上船之后除了沈羲和身边的人，两方皆杀，制造出了一个乱局。

最后的结果就是，祐宁帝派去的人还来不及对沈羲和下手，就折损了一半，萧长泰的人全军覆没。萧华雍没有说他的人折损多少，但想来也不会全身而退。

说完正事，萧华雍又单独写了一整页相思之情，信末才仿佛临时想起，添了一句"步疏林无碍"。

沈羲和看到最后，莫名其妙地就忍不住摇头失笑。

"萧长泰倒是有几分本事，竟然能够寻到合作之人胆敢与他一道谋刺太子妃。"

沈羲和的脑子里迅速闪过诸位皇子的面容。

这个时候杀沈羲和，无疑是将祐宁帝视作替罪羊，敢公然陷害陛下，没有几个人有这个胆。

不过陛下开始怀疑萧华雍，其他皇子应当也开始怀疑了，无论萧华雍是不是真的韬光养晦，先把人拉下储君之位才是首要目的，挑起帝王和储君对立，这无疑是最好的法子。

做这等事情的人，必然是有心皇位的。

除了十二皇子燕王萧长庚，人人皆可疑。

以萧长卿的行事之风，他是不屑与萧长泰联手的。萧长卿的态度代表着萧长赢的态度。

剩下的就是昭王萧长旻和景王萧长彦最可疑，就连背后有个李燕燕的萧长琪也不能被排除。

这三个人，萧长旻与李燕燕都有可能做这等事，景王……沈羲和倒是知之不详。

思虑了片刻，沈羲和便转头问："我们入店可有半个时辰？"

墨玉颔首。

沈羲和把信收起来，推门出去，在走廊上从一间间屋子门外走过，最后在与自己的房门斜对，隔着中间挑高的楼，最远的一间屋子门口停下，给墨玉使了一个眼色。

她偏身让开，墨玉一脚踢开房门，拔剑冲了进去。屋子里的人戴着幕篱，与墨玉交起手来。

沈羲和在平安符上抹了十里香，十里香由一种极其持久的花香调制，经久不散，十里之外也能追踪。

这人被墨玉挑开了幕篱，露出了面容，竟然是萧长赢！

"烈王殿下！"沈羲和极为诧异。

墨玉在看到萧长赢的面容时便收了剑，萧长赢由始至终没有想与墨玉动真格的，也担心墨玉察觉他的招式——他们是交过手的。

也正是因此，他才会轻易被墨玉挑开了幕篱。墨玉收手，他也紧跟着收手。

"殿下缘何在此？"沈羲和审视着他。

萧长赢负在身后的手握成拳："无可奉告。"

从驿站开始他就一直跟着她，沈羲和可不认为他是有公务恰好与她同路。若是如此，他也不可能碰她挂的平安符，染上十里香。

"殿下可是奉陛下之命跟踪我？"沈羲和直截了当地问道。

在沈羲和看来，萧长赢身为皇子是不可能不受皇命私自离京的，现下离京又跟着她，自然是受命于陛下。

事实上萧长赢就是私自离京，并非受皇命，单纯是想要保护她。而他之所以在驿站里等到天黑，是受了萧长卿点拨。差一点儿他也犹豫是不是兄长预料错误……好在他多了一丝耐心，果然寻到了沈羲和。

这一次凶险非常，兄长怕他日后懊恼、悔恨，才告知他实情，让他自行选择。其实他知道沈羲和根本不需要他，可还是控制不住自己，担心她若有意外……

被她这般质疑，萧长赢额头上的青筋跳动，可他的骄傲又让他说不出自己是为她而来，他便是说了，以她的冷漠与绝情性子，她也不会动容丝毫："没错，我是奉陛下之命前来。"

得到了肯定的答案，沈羲和扬眉颔首："殿下单枪匹马，好胆色。"

萧长赢心底本能地生出防备心："你要如何？"

沈羲和轻笑了一声："多一事不如少一事，既然殿下是一人前来，便只当未曾见到我，也省得与我大动干戈。"

沈羲和是真的这般想。她不知萧长赢为何寻上来，但既然他是一个人来的，说没有见到她，那便是没有见到她，也无人能够质疑。

"你要我放你走，再不跟着你？"萧长赢明白她的深意。

沈羲和微微颔首。

"我必须跟着你。"萧长赢却不同意。

沈羲和微微抬起了下颔，唇畔有一丝弧度，眼底却没有任何笑意。

萧长赢移开目光，不去看她随时要对自己下手的模样："我与阿兄并不想与你们夫妻为敌，但我既有皇命在身，便不能不跟着你。若你遇上陛下所派之人，我亦能交代去向。"

陛下的人大部分跟着假的沈羲和上了船，船上厮杀惨烈，萧长赢去向不明，少不得要被祐宁帝质问，沈羲和倒也能够理解萧长赢要跟着自己的缘由。

她在衡量是由着萧长赢这样不痛不痒地跟着，若有意外还能利用一番，还是现在就把萧长赢放倒，带着墨玉迅速离去。

她想了想，萧长赢已经知道自己的路线，而她又耽误不起，不可能再绕行，便是现在将萧长赢放倒，萧长赢还是会追上来，总不能就为此对萧长赢痛下杀手。

"便当作我不曾见过殿下。"沈羲和说完，转身回了自己的房间。

沈羲和当作自己没有见过萧长赢，自顾自地带着墨玉按照原计划绕过陇州到原州，再到兰州。

萧长赢也当作自己没有被沈羲和揭穿，依然保持原来的距离不紧不慢地跟着沈羲和。

一路上风平浪静，直到他们即将离开原州的这一日，路途原因，哪怕是一早离开原州，他们也没有在夜里抵达兰州，不得不露宿荒郊野岭。

沈羲和与墨玉正在炙烤晚间的吃食，晚风一阵阵袭来，空气里有着不一样的气息，属于人的气息，且不是一个人。

沈羲和从耀眼的火堆上收回视线，星火仿佛在她的眼瞳之中摇曳燃烧。

她抬起手，袍袖随风拂动，好一会儿才放下手。测了风向，她站起身从马匹上的行囊里取出一个香粉盒子，并未察觉异样的墨玉见状，目光微闪。

沈羲和给墨玉使了个眼色，二人就换了个与风向相反的位置坐下。沈羲和将香粉盒子打开，淡淡的香气散开，随手抓了一把香粉，看似撒在烤架上的野味里，实际上香粉全部落在了火堆之中。

原本淡淡的香气在火中燃烧之后变得浓郁起来，随着风不断扩散。

正是春夏交替时节，繁花盛开，山野间一阵风拂来，总有花香飘过，故而这些让人闻着没有觉得不舒服的芬芳并无人防备，反而有人因为闻着这味道觉得格外清醒，忍不住多吸了几口。

大概过了半炷香的时间，"砰砰砰"的沉闷声此起彼伏，都在距离沈羲和她们一二里的地方响起，有人从树上跌落，也有埋伏在地上的人晕倒。逆着风没有闻到迷香的人顿时惊觉，知晓已经暴露，也不用再等深夜她们休息之后动手了，抄起兵刃就飞身朝着沈羲和砍过来。

沈羲和手里不知何时多了一个弹弓，包裹着一些白色的蜡丸朝着飞掠而来的人弹了过去。她的手法极快，追杀之人来不及闪躲，只得一刀将蜡丸劈开。

蜡丸破开，白粉随着一股芬芳散开，追杀之人吸了两口，杀到沈羲和面前时，食指已然无力到握不住手中的钢刀。

察觉到异样，追上来的萧长赢看到的就是这幅场景：沈羲和云淡风轻、姿态端雅地坐在石头上；墨玉则将一个一个倒在地上的人拖过来，叠罗汉一般叠起来，叠在事先放好的绳子上，叠了五个人就捆一摞；一共十四个人，被捆了三摞。

萧长赢："……"

等将人捆好了，墨玉才将被压在最下方的三个人泼醒，冷着声音问："你们是受何人指派？"

三个人被死死压在下方，嘴很硬，都不愿开口。

墨玉的耐心很不好，她一个纵身飞跃间，长剑飞扬，寒光闪过，有什么圆滚滚的东西从最上面落下来，砸在他们面前，在他们眼前滚了一圈。

人是叠着的，却有些错位，最上方的鲜血滴落下来，恰好滴在他们的额头上，再顺着鼻尖，滴落在地面上，火光照亮了浓稠的血液。

饶是见惯酷刑的他们也忍不住心脏紧缩。

萧长赢看了这场景都头皮发麻，沈羲和坐在不远处，却能泰然地食用炙肉。

萧长赢紧紧盯着慢条斯理地用着炙肉的沈羲和。她似看不到距离她不足十步远的酷刑，也好似听不到人头砸落在地上的声音，更像是嗅不到空气之中的血腥之气，而是处之泰然、风轻云淡、慢条斯理地用食。

她是如何能够不受外界影响到这个地步的？！

再看看被墨玉折腾的堂堂七尺男儿，还是吃过苦头习得一身武艺的人，也在浓稠的血逐渐冲刷他的整张脸时，开始出现疯癫的模样。

萧长赢十四岁在刑部观摩，接触过最残酷的刑罚，刑部之中折腾嘴硬、骨头硬的犯人，手段千奇百怪，他自问有些见识，今儿却也在沈羲和这里开了眼界。

"受何人指使？"墨玉又不耐烦地问了一遍，声音很冷硬。

清醒的三个人咬着的牙关都在颤抖，若是可以，他们真的想要自尽一了百了。奈何他们浑身绵软无力，力气仿佛被抽空了一般，根本做不了任何反抗动作，脑子偏又清醒无比。

墨玉停顿了片刻，犹如覆着寒霜的目光扫过一脸血迹的几个人，又是纵身而起。

"不——"有人费力地嘶吼出声。

墨玉手起刀落并未受到影响，画面重演，更浓稠的鲜血滴落下来，前方是两颗熟悉之人的人头，身上压着曾经出生入死的好兄弟的尸首，满脸覆盖着他们的鲜血……一重重的压力和折磨，终于让铁骨铮铮的男儿也受不了了，一个人哭着开口："我说，我说。我们只是接了一笔生意……"

原来，他们只是一个专门拿人钱财、替人消灾的组织。有人来他们堂里砸了一大笔钱，他们是不愿意与朝廷之人扯上关系的，只不过老堂主年纪大了，二堂主和少堂主正是争夺堂主之位的关键时刻。一千两金子，是一个极大的诱惑。

二堂主为了压一压少堂主的威风，这才铤而走险地接了单子。

墨玉听完侧首看向沈羲和。

沈羲和吃完手中的最后一块炙肉，拿起一块轻柔的帕子，倒了些水浸湿，一点点地轻轻擦干净手掌，又开始仔细地一根根擦拭手指："杀了。"

萧长赢霍然看向沈羲和，疾步走过去："你不想知晓是何人买凶杀你吗？"

沈羲和置若罔闻，依然低着头擦拭手指，有些油脂深入指甲缝隙里，都要轻轻清理干净。

"留着他们，带着他们登门质问，查出幕后主使，才是根本之法！"沈羲和不回他，萧长赢接着说道。

擦完手，沈羲和又倒了水囊里的水，抹了一点儿香膏冲洗了一遍手，确定她的手在夜色之中如天上的月盘一般洁净无瑕，这才将脏了的手帕扔到火堆里。

另一边墨玉已经在执行沈羲和的命令，不过几下眨眼的工夫，这些人就全部死不瞑目了。

沈羲和拿起自己的香膏，朝着一旁走去。

萧长赢被忽视得一股怒气直冲脑门，大步走到她的面前，拦了她的去路："你为何如此？"

沈羲和淡淡地瞥了他一眼："若是信王殿下，断不会问出烈王殿下之言。"

听她明晃晃地说他蠢，不如兄长聪慧，萧长赢脸色铁青。

萧长赢不服，沈羲和不想理会他。他们都说好了，彼此当作未曾见到对方。迈步走了两步，想到萧长赢执拗的性子，沈羲和为了避免后面麻烦，有些不耐烦地开口："似这样的组织，只认钱不认人。只要拿到了钱，他们不会追问是何人出钱，只需要拿稳这笔钱。"

拿得出这么一大笔钱的人，他们岂敢随意得罪？既然他们接了这笔生意，自然要尽心尽力地办成这件事情，故而出钱之人也不惧他们敢阳奉阴违，吞他的钱财。

所以，这些人不会知道是谁要她的命，既然落在她的手里，又是以这样的勾当为生，沈羲和就没有留他们一条生路的可能。

她瞥了萧长赢一眼，来到一个避风之处，靠在墨玉为她打扫干净铺了毯子的地方，打算闭目养神。

萧长赢剑眉微皱：你……你竟然连这样的组织也有所了解！

沈羲和给了萧长赢一个那又如何的眼神。

她为何就不能了解？她了解的东西，别说萧长赢，便是萧华雍也未必全知。

至于沈羲和为何会了解这些东西，还是和萧华雍成婚之后，萧华雍与她说外面的世界之时顺带提到的，她追问了两句，才明白了些。

萧长赢目光沉沉地看了沈羲和好一会儿，才颓然地移开目光，绷着脸离开了沈羲和的视线范围。

他对沈羲和极其好奇，却清楚地意识到自己早已经失去探究她的资格。

他不能再过多看透她，哪怕她从方方面面来看未必善良可人。相反，她也有可能是凶狠骇人的，可他不知为何，了解她越深，知她越多，越无法自拔。

萧长赢走了，沈羲和只会觉得舒心。墨玉将尸体全部移走，招来了暗中跟随的暗卫，挖了个大坑，将尸体全部扔了进去，又弄了些香油，一个火折子投下去，熊熊烈火燃烧起来。墨玉让暗卫守着，直到火熄灭。

她折回来，弄了些泥土将血迹遮盖住，又撒了些香粉掩盖气息。这些香粉恰好就是让野兽不敢靠近的东西，一举两得。

最后她将每一颗脑袋都用布包好，拎着放到了守着火坑的暗卫面前："明儿一早，寻个箱子装好，多使些金子，找个镖行把这些人头运回去。谁派来的就还给谁，切记选个好日子。"

这些都是沈羲和的意思，虽然她没有亲口吩咐，墨玉却能够领会沈羲和的意思。

与其押着活人回去质问幕后出钱向沈羲和索命之人，不如好好震慑这些不懂规矩的人一番，选个热闹的日子，让这事传得广一些，日后就不会有旁人不长眼睛，想来赚她这条命的钱。

至于是谁在背后捣鬼，沈羲和闭目想了想诸位皇子的行事作风，直觉告诉她，不是这些人所为。

她一时间却又想不到会是何人，只得无奈叹息："总有这么多人想要暗害我。"

沈羲和不知这次准备偷袭她的人是冲着她而来，还是冲着她是太子妃而来。但现在不是追究这个事情的时候，等她把更重要的人收拾了，再来与他们慢慢清算。

好在一路上也只有这么个意外，沈羲和与墨玉及时赶到了兰州。守在这里给她们递消息的人已恭候多时，沈羲和入城后就拿到了一手消息。

步疏林他们也是昨日才入城，在渭河上厮杀惨烈，之后假扮沈羲和的人就以受了惊吓为由，时常卧病在床，一直拖拖拉拉，明明比沈羲和要短好几日的路程，愣是只比沈羲和早一步入城。

陛下还没有真正出手，沈羲和没打算现下就与人调换过来。她找了个客栈投宿，客栈距离驿站不远，一路上幂篱的轻纱就差垂到她的膝盖处了，便是风吹也掀不开。

在路上奔波了一遭，沈羲和沐浴一番，便打发了墨玉出去，打算好好歇息一番。

她很快就入了眠，却在似梦非梦间感觉有人靠近她压着她。起初她只当自己梦魇了，没一会儿，真实的湿漉漉的触感才让沈羲和倏地睁开了眼。

明亮的房间里，可不就是有个人？沈羲和点了安神香，是出于对墨玉信任，墨玉不会让她置于险地，故而一开始她才会觉得自己是梦魇了。千防万防，她却忘了有个人，墨玉是会正大光明地放他进来的！

"你……"

沈羲和只来得及张开口，其余的话全部被萧华雍给吞了下去。

连日奔波，加上萧华雍挑逗的行为，她早就身软无力，根本无法再反抗。

香肌染霞色，鬓边堆濡泽；水乳相交融，双影互磨合。

沈羲和醒来时已经是第二日，睁开眼就对上了皇太子萧华雍，他正单手撑着头，侧躺着看着她，眸底银辉凝聚，面上春风得意，浑身上下透着餍足气息。

"好几日没有见着呦呦，一时情难自禁，呦呦若是气恼，只管罚我。"萧华雍认错态度良好。

"闭嘴！"沈羲和低声呵斥道。

这里是客栈，他怎么敢……怎么敢在客栈里就做出这样的事情？！

在沈羲和看来，夫妻间的事情，就只能发生在他们共同居住的屋子里。

萧华雍老老实实地闭上嘴，沈羲和撑着仿佛散了架的身子要起身，萧华雍连忙上前殷勤地服侍。沈羲和剜了他一眼，并没有拒绝。

之后无论萧华雍多么殷勤，多么温柔，多么体贴，他说什么，沈羲和都不搭理，需要他的时候也不会推拒，让萧华雍一颗心七上八下的。

她到底是气恼了呢，还是没有气恼呢？

沈羲和当然是气恼的，可气恼归气恼，又不想在这个时候与他闹。离宫前两个人才争吵过一番，哪怕后来说开了，沈羲和还是担忧又伤到太子殿下那颗脆弱的心。

是的，在沈羲和这里，萧华雍面对她的时候内心脆弱得像个孩子，好似她稍有力度的一句言辞，就能将他的心扎得千疮百孔。

要是旁人，沈羲和自然眼不见心不烦，但这人已经成了她的丈夫，时时刻刻在眼前，她还能如何？她只能少与他拧着，少让他脆弱的心受伤。

"呦呦，我知晓一家食肆，甚是美味，我们去尝尝？"

沈羲和纹丝不动，拿着自己的书在看。

萧华雍以舌尖顶了顶牙槽："呦呦，你都不好奇我为何这般早来此？如何来此？何时离宫的？路上有没有被人追杀吗？"

沈羲和充耳不闻，沉浸在自己的思绪里，看完一页又翻了一页。

萧华雍的下颌紧绷起来，好看的双唇也抿了抿，眼珠子转了一圈，也没有发现可以引得夫人注意的东西，他很是沮丧地耷拉下了肩膀。

他倏地又似想到了什么，故意蹭过去，紧挨着沈羲和坐下来，语气酸溜溜地说道："小九一直跟着你，护了你一路。"

要不是因为这个，他纵然对自己妻子的抵抗力极低，也不会这么心急火燎。都是萧长赢的错，他一入城就听说萧长赢跟着沈羲和入了城，显然萧长赢是一路护送沈羲和。

沈羲和不许他派人跟着，却允许萧长赢一路保护她，他都忌妒疯了！

"烈王殿下是有皇命在身。"沈羲和知道，萧华雍不但心灵脆弱，还心眼小。

"皇命在身？"萧华雍扬眉。

"嗯。"沈羲和轻轻地应了一声，没有去看萧华雍，而是翻了一页书，"他奉陛下之命，盯着我。"

萧华雍何等聪明，如何没有猜到其中的弯弯绕绕？他忽地笑了。

笑声引来沈羲和的目光，他立时收敛笑意。萧长赢自个儿要说他是奉命盯着人，而不是冒险私自离京护送，妻子也如此理所当然地认为是这样，自己为何要去拆穿？

狼子野心，今年他定要让萧长赢成婚不可，看萧长赢还敢不敢时刻盯着自己的妻子。

虽然萧华雍收敛了笑容，但沈羲和直觉有些不对劲儿，合上书侧过身，与他拉开一点儿距离，目光幽幽地盯着他。

萧华雍可不想和沈羲和谈论萧长赢的痴情，连忙转移话题："渭河上的事，陛下十分震怒，派了我那位堂兄过来。我那堂兄身手了得，深谙用兵之道，若是陛下密令他对你下手,我们须得重新制订计划。"

萧长风?

沈羲和也有些诧异,没想到祐宁帝竟然将萧长风派来了。

"我与巽王有过一次接触,他并非诡诈之人。"沈羲和想着萧长风被余桑宁赖上那日,对萧长风有初步的印象。

"他是个极度忠君之人。"萧华雍笑了,"陛下若是对他说,怀疑岳父之事有诈,恐岳父生了二心,要他假装对你不利,引岳父出来,他绝不会不照办。"

"那便将他和他的人全部困住。"沈羲和目光微动,"让他知道驿站里的人不是真的我,再让他发现我的行踪,他必然会觉得陛下所疑属实,带着人跟上我。选个好地方,你给他们布个阵,我这里恰好有一种新的香料,人大量吸入,必然产生幻觉。"

说不定他们还能从那些人嘴里套出点儿话,困住了那些人,就能和阿爹会合。

萧华雍站起身走到沈羲和身后,一手伸直搭在她坐下的靠背椅扶手上,一手按住她的肩膀:"呦呦手上的香料花样百出,可真是令人防不胜防。"

以前萧华雍其实并没有领略到香的危害,记忆最深的大概就是迷香和催情香。与沈羲和相识之后,他了解到了一些吸引毒蛇猛兽或者威胁毒蛇猛兽的香,现在成婚,更是大开眼界。

沈羲和微微抬头,明亮的眼眸里浮现一丝丝笑意:"我手上的香料还有致命之物,殿下要试一试吗?"

"哦?如何致命?"萧华雍像是被迷住一般缓缓俯身,与她两鬓相贴。

沈羲和站起身,一把将他推开,走到了屏风后面,从行囊里取出一个巴掌大的盛放胭脂水粉的瓷盒:"这是我用西域一种能引发人哮喘的香方改良的,它闻着清凉,肺上不好之人定会迷恋,寻常人若是焦躁、忧虑也会喜爱。香中有一味毒药,可通过气息蔓延至肺腑,初时不显,久而久之便会咳嗽喉痛,时间再一长便会咳出血,最后不治而亡。它是通过气息侵蚀肺腑,便是最厉害的医师,也无法想明白毒是如何只损伤肺腑的。"

萧华雍上前,从她的手里取过小小的瓷盒,将之打开后,凑近要轻嗅一口,还未闻到便被沈羲和一把将东西夺走了。旋即,他对上了沈羲和怒目而视的面容。

"你不要命了?"沈羲和怒斥。

嘴角微扬,萧华雍忍不住问:"这香原不是为我备下的吧?"

他可不就是咳得厉害?要真用上这样的香,他咳到吐血而亡,只怕也无人会疑心什么。

"殿下是如此看我?"沈羲和皮笑肉不笑地反问。

她承认一开始和萧华雍在一起就是图他短命,对自己的影响将会降到最低;还有他正统嫡出的身份,也是最具有价值的成婚对象。

那是因为他原本就命不久矣，她若是存了去父留子的心思，轮得到萧华雍？

她从不想太长远的事，是因为太长远无法计算到涉事的人。有些人从未主动害过她，除非当真到了你死我活的地步，否则她不会无缘无故地对一个人起杀心。她不是仁善之人，却也不是嗜杀之人。

无缘无故，她为何要去筹谋杀自己的丈夫？

尚未成亲时，不知其人如何，若她就已经做好随时暗杀他的准备，等到丈夫察觉后反过来谋杀她，她不就是咎由自取？她有什么资格去喊自己被辜负？

"我非此意。"瞧着沈羲和误会了，萧华雍连忙说道，"我是想说，若你我成亲之后，我与你非同心，你是否会如此待我？"

沈羲和面色缓和了些许："这便要看非同心到何等地步。若你我各有所图，你不妨碍我，我为何要对你下狠手？若你与我为敌，我自然不会心慈手软。"

萧华雍低声笑了笑，说道："我的呦呦甚是仁善。"

旁人他不知，沈羲和与他比起来，仁善太多。

沈羲和眼风扫过他，将香膏收了起来，却被萧华雍拦住了。

"呦呦赠我吧。"

"赠你？"沈羲和打量着他。

萧华雍笑得人畜无害："我知晓它的厉害之处，断不会让它伤了我。"

他们是夫妻，萧华雍待她素来体贴呵护，难得向她索要一物，沈羲和也不好不给。不过想到他往常的劣迹，沈羲和便问道："我若不赠，殿下又要不告而取？"

他偷过她的手帕，顺走过她做给阿兄的披风。萧华雍也不惧被调笑，甚至像煞有介事地思考了片刻后，才说道："这要看呦呦的心情行事，呦呦若哪日开心了，我便下手。"

沈羲和真是被他弄得哭笑不得，直接将东西塞到他的手中："给你。"

瓷盒上似乎还有她的指尖上的温度，他抬眼时她已经走远，飘动的衣袂留下了一缕若有似无的香风，令萧华雍情不自禁地闭目含笑深吸了一口气。

用了朝食，沈羲和就戴上幕篱离开了客栈。萧华雍在这边安排了院落，沈羲和并没有住进去，而是把萧华雍自己打发过去了。

她第一步是让墨玉传信给珍珠，让珍珠在萧长风面前暴露出现在驿站里的沈羲和可疑，等到萧长风开始试探驿站内的人之后，沈羲和再让萧长风知晓自己在何处。

事情要一步一步地来，不可操之过急。沈羲和用完夕食，正准备看一会儿书就歇下，已经被她驱逐出去的萧华雍又摸上门。深夜兼之萧华雍毫无节制地求欢，沈羲和想不多想都不成，下意识地警告道："你不可胡来！"

萧华雍原是有事，否则也不会答应了沈羲和不来打扰她，又临时过来。看到沈羲和防备的模样，一些旖旎的心思荡漾了一瞬，不过这次他有更重要的事情，也深知他若再胡来，只怕她真要对他下狠手了。

萧华雍轻咳了一声，问道："你可有事情未曾与我说？"

沈羲和狐疑地瞥了他一眼，确认他不是故意找话茬分散她的注意力，这才仔细想了想，实在是想不到自个儿有何事没有与他说："我不知你所指何事，亦不喜猜测，你只管说出来便是。"

萧华雍心里头还是有一丝丝失落。他是希望她能够主动对他说起遇刺之事，显然不是她没有把他放在心上，而是她压根儿没有把这件事情看在眼里。于她而言，只要是能够解决之事，都觉得不值一提。他得改掉她的这个习惯。

他不需要她变成一个依赖他之人，却希望她能够变得习惯与他分享任何事情。

"你遇刺之事，我知你已经处理干净，可我还是想你亲口告知我，如此我才不会胡思乱想，不会担忧你是否受了伤，隐而不提。"既然她要直言，那他便直言。

沈羲和的确觉得这都是处理好了的事情，没有必要多说："于你而言，这些事都至关重要？"

萧华雍很肯定地重重颔首："与你相关的事，于我而言都至关重要。"

他如此郑重其事，沈羲和便也不再坚持："好，我记下了。"

萧华雍对沈羲和的不解风情的反应很无奈，但沈羲和愿意去改变，去顾及他的感受，他又觉得心里被莫名其妙的欢喜情绪填满了。

心里满足了，萧华雍也不敢久留，别看沈羲和现在似乎毫无防备，可毕竟是夫妻，萧华雍如何感受不到她的余光一直锁定着自己的一举一动？

萧华雍上前一步，沈羲和就迅速往后挪一步。他不过想靠近她些许，亲昵地与她道别，不过她警惕的模样让他想起了那头放掉的小鹿，一样可人。

"早些歇息，若是寻我，吹响骨哨便是。"萧华雍轻声笑了笑，就翻窗无声地离去。

沈羲和松了一口气，忙洗漱沐浴，准备歇息前还特意叮嘱墨玉："便是太子殿下半夜来了，也不许他未经我应允入内。"

"诺。"墨玉颔首应下。

沈羲和这才安安心心地躺下，香甜地进入梦乡。

与此同时，驿站里的"太子妃"突然病了，太子妃身边的医女珍珠敲响了随行医官的房门，想取一些药材。医官这里也没有，少不得要惊动现在主管他们的安危的萧长风。萧长风派人去城里的药房买药，带着医官来了太子妃的卧房，候在屏风外，等待着医官看诊的结果。

医官看完之后，萧长风敏锐地察觉医官神色不对，有些担心地问："太子妃如何？"

医官目光闪了闪，才躬身回道："回禀王爷，太子妃是虚寒，下官看了珍珠姑娘的方子，用药极其对症，有珍珠姑娘在，无须下官班门弄斧，太子妃定会早日康复。"

萧长风听了这话之后眉头微抬，抬眼扫了一下屏风后面影影绰绰的身影，总觉得有什么地方不对劲儿，可一时半会儿也想不明白，又不好在沈羲和的屋子里久留，瓜田李下，又是深夜。

"太子妃无恙便好。"萧长风恭敬地说道，"小王就在隔壁，太子妃若有吩咐，只管遣人来唤小王一声。"

"有劳巽王。"太子妃声音十分嘶哑无力。

萧长风离开之后，他带来的人也紧跟着离开。医官到了走廊尽头萧长风暂居之处躬身行礼，正要退下，却被萧长风给拽住了胳膊。

"小王有些不适，医官不妨入内为小王诊一诊脉。"

医官被带入萧长风的房间，整个人都不安起来。萧长风悠然地在桌前落座，慢条斯理地给自己倒了杯热水，才抬起头看着忐忑的医官："太子妃到底如何？"

"回禀王爷，太子妃确实无恙，对症下药，明日当可以下榻。"医官回答。

"哦？"萧长风的声音意味深长地上挑，他问，"既然如此，你何故为太子妃诊脉之后便有了慌乱之色？"

"王爷，下官并无……"

"想清楚了再回话，我最恨有人欺瞒我。"萧长风肃容打断了他的话。

医官心里"咯噔"一下，迅速跪下："王爷，太子妃身子确实无碍，可……"

"可什么？"萧长风追问。

"王爷，每个人都有独属于自己的脉象，短时间内不大容易有极大改变。下官两日前随王爷来时，给太子妃诊过一次脉，对太子妃的身子状况极为了解，今夜又替太子妃把脉，太子妃的脉象与前日大有不同。人的身子康健与否，脉象强弱差异甚大。"

医官说得极为婉转，萧长风何等敏锐之人，如何能够不懂其中深意："你的意思是，太子妃这几日的脉象相差极大，不似一人所有？"

医官垂头不语，不反驳便是默认。

萧长风目光微动，太子妃竟然在他的眼皮子底下换了人，可换了人又为何要在今夜闹这么一出？她不应当藏着掖着？

驿站并未被封锁，珍珠等人若想拿药，可派人去药房购买，何须惊动医官？若珍珠不惊动医官，又怎会惊动他？

珍珠若悄无声息地去拿了药，明日他便是知晓了也不会多想。太子妃身侧的丫鬟个个看着都精明非常，如何会想不到这一层？对方如此作为，倒像是特意通过太医，让他知晓太子妃换了人。

"你可见过太子妃？"萧长风问。

"王爷，下官卑微之人，岂敢亵渎太子妃？"医官低声回道。

太子妃本就是卧于榻上，他到时床帐都是散落下来的，位卑之人亦不可抬头给贵人诊脉，两次他都没有见着太子妃的面目。

"你下去歇息吧，这件事烂在肚子里。"萧长风挥手打发医官。

医官恨不能拔腿就跑，连忙行礼之后迅速退下。

萧长风压根儿没有心思计较医官落荒而逃的失礼行为，而是在琢磨沈羲和到底玩的什么花样。

陛下派他来之前，推心置腹地与他说，怀疑沈岳山失踪一事有诈。

这一点萧长风有自己的判断，并非针对沈岳山，但凡对沈岳山过往的彪炳战绩有所了解之人，都不信沈岳山会被偷袭、下落不明。凉州距离西北已然不远，沈岳山对这边的地形应该了如指掌，不可能到现在还一点儿蛛丝马迹也没有。

沈羲和在到兰州的船上又遭遇那么大规模的行刺，这些人的来路，陛下说十分复杂，竟然有至少三方人脉。种种迹象，都表明这件事情不简单，他自然也是十二分谨慎。

次日，太子妃果然能够下榻，在驿站后面的小院里，萧长风看着她独自一人坐着，面色苍白，精神恍惚，身边竟无一人，便走了过去。太子妃抬眸看向他。

萧长风抱手行了一礼，到嘴边的试探之言终究是被咽了下去。他说道："屋外风大，太子妃大病初愈，理应小心着凉。缘何身侧无人伺候？"

"我有些烦闷……将她们遣退了。"太子妃回道，她的声音有着一种病态的喑哑之意。

萧长风虽然见过太子妃几次，可真正说上话，还是沈璎婍的及笄礼，伤了余桑宁的那只狸奴，沈羲和作为主人出面干预此事，旁的再无交集。他一时也判断不出真假。

但前脚才有通过医官告知他太子妃的身份的刻意之举，后脚又有单独撞见之巧合，萧长风觉得事情不简单。

他没有顺势试探，是不想走入一个太子妃可能挖好的陷阱中。太子妃现在的一举一动都和西北王有着千丝万缕的联系，西北王的一举一动又关系着整个朝堂的安稳。

"太子妃少坐片刻，小王便不叨扰太子妃了。"萧长风礼数周到地告退。

沈羲和用完朝食，就收到了驿站传来的消息。萧长风并未轻易上当，这也在她的意料之中，她道："这才是陛下亲手栽培出来的人。"

这已经是沈羲和能够想到的最不容易引起萧长风怀疑的法子。乍然知道她在他的眼皮子底下换了个人，萧长风的注意力应该都被这事吸引了，他甚至会惊慌，不知道真正的她去了何处。

只有绝对理智、冷静的人，才会去深想这可能是她故意要让他知晓。他还耐得住性子不去试探，就更让沈羲和高看了他一眼。

"无妨，让他半信半疑也好。"沈羲和将信递给珍珠，"让步世子登场。"

步疏林早就知道沈羲和入了城，距离她不远。这段时日跟着这些人风餐露宿，她觉得自己急需补一补。可没有沈羲和的吩咐，她又不敢贸然来寻，恐被沈羲和修理，好不容易得到了沈羲和的许可，当然是撒丫子朝着沈羲和奔来。

做戏嘛，她最会了。

她不就是要绕几圈，故意让人不察觉，把人甩开了好几次，又巧合地让以为已经跟丢的人突然发现她？这很容易，她立时搞清了沈羲和所住之地，特意带着跟踪她的人绕了几圈。

人人都知晓她与沈羲和交情颇深，沈羲和成婚之前时常相寻，成婚之时，她更是给沈羲和添了三箱嫁妆，震惊京都之人。这事既然牵扯到沈羲和与沈岳山，她自然也是重点被盯之人。

步疏林绕了几圈，利用几个弄巷将人甩掉了。有一堵墙上有个不大不小的洞，如果暗卫豁得出去，且够当机立断，就能通过钻狗洞，恰好看到为了甩开他们，绕了一截路的她悠然地大摇大摆地进入了客栈。

余光瞄到迅速伸出头又闪回去的一道身影，步疏林虽然没有看清人，但也能猜到这必然是跟踪她之人，嘴角一扬，就跳入了客栈。

她"噔噔噔"上楼，直奔沈羲和的客房，却在上楼的一瞬间，看到一抹身影一闪而逝。她有些怀疑自己眼花，想要去一探究竟，却恰好看到墨玉打开了房门。于是步疏林隐下疑惑情绪，入了内。

看到满桌子的美食，她顿时心花怒放，冲过去就想给沈羲和一个拥抱，以示激动之情。

奈何沈羲和身子一侧就躲开了，险些让步疏林扑倒在地。好在步疏林身手灵活，迅速稳住。

步疏林转过身，撇着嘴怒视着沈羲和："呦呦，我若栽倒，毁了容，可要赖你一辈子！"

"臭。"沈羲和无情地吐出一个字，就站到了窗边去。

"臭？"步疏林连忙抬起自己的胳膊嗅了嗅胳肢窝，虽然不香可也不臭啊。

她随行护卫太子妃到凉州，都是和糙老爷们儿在一起，也不好似女郎般每日沐浴一番，可也算爱干净，两日必然洗澡一次，就这样都被金吾卫说世子爷金贵。

墨玉取了香炉，换了浓郁的香，还特意端到步疏林身边，用手扇着，让香烟飘向步疏林。

步疏林："……"

她觉得自己受到了极大的侮辱。

可面前的一桌好酒好菜,愣是让她发不出脾气。衡量了片刻,她还是屈服于美食,提箸坐了下来,由着墨玉给她熏香,自己则大快朵颐起来。

吃饱喝足,也被熏得香喷喷的步疏林极其慵懒,懒洋洋地说道:"你这般嫌我,也不让你的丫鬟为我备下香汤,让我沐浴一番?"

她直接沐浴,岂不是更简单?沈羲和的香多金贵,墨玉在她旁边熏了一刻钟,费人费事费香。

沈羲和眼皮微垂,睨着她:"你来见我,巽王即刻会收到消息,来一遭,还沐浴而归。你嫌命太长?"

"嗯?"步疏林没有反应过来。怎的她见了沈羲和一遭,沐浴一番就是嫌命长?

有时候沈羲和都怀疑步疏林的脑子,步疏林在旁人面前时刻记得自己是男儿身,一到她面前,就好似忘掉自己在扮着一个男儿。

"太子妃与步世子私自相见,步世子逗留半个时辰,沐浴而归。"沈羲和索性说明白。

"哦!"步疏林恍然大悟,旋即笑得贼兮兮的,"步世子与太子妃有染,我给太子殿下戴了一顶……"

说着,她还挤眉弄眼,一副跃跃欲试的模样。

沈羲和瞬间也眉目舒展:"你大概不知,他也在城内,距我不过百步之遥,我要将此言替你传达于他吗?"

"不,不,不……"步疏林连连摆手的同时还摇头如拨浪鼓,"好姐妹,不要这般待我。"

自从知晓萧华雍的真面目之后,步疏林就畏他如虎,哪里敢去挑衅他?瞧瞧与太子殿下作对之人,都是些什么下场?

沈羲和也没有逗弄步疏林的心思,看着被步疏林风卷残云的吃食,直接下了逐客令:"你可以走了。"

"嗯?"步疏林脑门上浮现大大的困惑,看了看食案,又看了看沈羲和,"你便是特意唤我来吃顿食的?"

这样太好了吧,她还以为沈羲和有什么事吩咐她,原来是犒劳她。

就在步疏林感动得泪眼汪汪之际,沈羲和冷漠地开口:"你的用处,便是让巽王知晓我在这里。我不愿与你多言,又要你在这里留够时辰,便为你点了一顿吃食。"

火热的心被一盆冰水浇透,步疏林觉得心口拔凉拔凉的,摆出生无可恋的模样:"你大可不必对我说出真相。"

"我从不欺骗旁人的感情。"沈羲和刚直地回答。

步疏林捂着胸口，默默地站起身走向大门口，害怕自己再待下去会吐血而亡。

双手握住门闩，她才想起一件事，转头说道："我方才进来时，好似看到了烈王殿下。"

那一闪而过的身影，就在沈羲和对门的房间里，步疏林没有看清。

"我知晓。"沈羲和颔首应道。

萧长赢一路跟着她，行路的时候是远远跟着，只要她一入住客栈，萧长赢必然与她同住一个客栈，且住在同一层楼，盯她盯得极紧。

不过到了今时今日，萧长赢也不与萧长风会合，将她在此的消息传给萧长风，着实令她有些想不明白。他们二人不都是奉陛下之命跟着她吗？

步疏林歪着头看了沈羲和好一会儿，才贼兮兮地笑了笑，愉悦地走了。

她明白了，原来烈王殿下竟然是个痴情种子，千里护送，说不定还是私自出京。

啧，美人儿的魅力果然无人能敌。

萧长赢是奉陛下之命来盯着沈羲和？步疏林才不会这般想，否则在船上遇袭的时候沈羲和就暴露了，还需要现在自己想法子让萧长风知晓？

但沈羲和考量什么事惯以利益为出发点，尤其是自身已为人妇，一个无心无情的女人，哪怕设身处地去想，也不会觉得烈王殿下千里迢迢不辞辛劳，是为了自己的嫂子。

因为沈羲和想不明白他图啥。他就图不让她受伤，不舍她出意外，这对理性大于感性的沈羲和而言，是她做不出来的事情——她自然也不会这般想。

步疏林笑得很是欠揍，沈羲和见她一副了悟而又隐晦的懂了某种情绪的表情，皱了皱眉，并没有深究。在沈羲和心里，步疏林时刻都是神经兮兮的模样，这并不足为奇。

倒是萧长赢，沈羲和要去打个招呼，也不知为何萧华雍这个醋包竟然没有将人给引走。

醋包太子殿下当然不会将人引走，就留着萧长赢被自个儿的妻子扎心呢。

萧华雍弄走了人也打消不了萧长赢的心思，何不如让他自个儿领会一下沈羲和有多绝情，说不定他就放下了呢？

还有什么快乐，是能够与情敌被自己的妻子打退的快乐相提并论呢？

沈羲和敲响了萧长赢的房门，萧长赢好奇她的来意，却也开门让她进了屋。

沈羲和并没有落座，进屋后就站在门口用只有两个人能听到的声音说道："我要对陛下的人和巽王下手，你若要相助他们，只管动手；你若无心相助，便莫要叫他们发现。"

潜意识里，沈羲和是不想和萧长赢为敌的，就冲他没有把自己的行踪早早泄露出去，想来他也是不想与自己以及萧华雍撕破脸。

"你要如何对巽王下手？"萧长赢想到沈羲和不出手则已，一出手就要人命的手段，急忙问道。

沈羲和没有弄懂他的意思，淡漠地回道："这是我之事，与你无关。"

萧长赢目光一黯，见沈羲和迈步欲离开，大步挡到了她的面前："堂兄身手了得，又是巽王一脉唯一血脉，还是陛下倾力栽培之人。若他有个三长两短，陛下必然会全力彻查。"

萧长风身份特殊，稍有闪失，那就会是风起云涌的场面。

原来萧长赢以为她要对萧长风下杀手，沈羲和明白他的意思后说道："殿下放心，我与巽王无冤无仇，虽各为其主，但远不到要你死我活的地步，我不会伤他。"

难道是她之前做得太过？无论是萧华雍还是萧长赢竟然都觉得她出手就会要人命。

她与萧长风何来争端？萧长风不曾伤她，亦不曾对她构成威胁，她岂会是无端要人性命之人？若立场不同她便要取人性命，朝堂之中，陛下有多少拥护者？难道她要尽数不分青红皂白地杀掉？

说完，沈羲和便绕开了萧长赢，回了自己的屋子。

萧长赢目送着她离开，看着她入了屋子，关上了房门。

他略一沉思，还是决定离开此地。沈羲和特意来通知他这个消息，那必然是已经在给萧长风设局，萧长风很快就会注意到这里，发现他来此地，不是好事。

他倒不惧被陛下发现私自出京，而是不能让陛下知晓他是为沈羲和私自出京。兄弟相争，哪怕沈羲和已经成了太子妃，陛下也会对她多一分杀心。

抑或陛下会借此挑拨他与太子殿下为敌，让他沦为对付太子的棋子，无论哪种情形，都不是他乐见的。

至于沈羲和要对付萧长风，萧长赢一点儿都不担心沈羲和，担心的是萧长风！

不过沈羲和既然说了不会伤萧长风，萧长赢也就放下了心，不如静观其变。

萧长赢走了，沈羲和很快就知晓了。对萧长赢的选择，她也较为满意，若是萧长赢当真要插手此事，她对付了萧长赢，势必又要牵连到萧长卿，扫尾起来过于麻烦。

另一边，萧长风在步疏林入了客栈没多久就接到了消息。他的人到客栈打听了一番，也没有查出缘由，可萧长风要调查起来方法就更多了，比如直接从官府入手，很快就掌握了客栈里所有现住的客人的资料。

沈羲和与萧长赢都不是用的真名和真正的路引，萧长赢退了房就没有引起萧长风注意。萧长风本就心中怀疑，核实起信息来就更快，隔日就知晓沈羲和在客栈里。

"今日动手。"沈羲和起身对墨玉吩咐道。

墨玉领悟，给沈羲和找出了一套翻领袍。用了朝食，主仆二人就离开了客栈，一路到了郊外。萧长风起初是自己跟上来的，见沈羲和等人越行越远，不敢掉以轻心，便放了信号，调来了一半的人，剩下的一半依然留在驿站里守着"太子妃"。

他素来不冒进，行事定然要留退路。这些人留在驿站里就是以防万一，他若当真入了沈羲和的套，那就只能等这些人来援救了。

只是他并不知道，当他带着一半人马追着沈羲和迷失在一片树林里之后，萧华雍就派人去驿站堂而皇之地将"太子妃"掳走了，另一半人也马不停蹄地追寻着"太子妃"的下落。

"王爷，我们是不是遇上了鬼打墙？"

他们已经被困在这里许久，已经是第三次路过这棵被标记的树，萧长风的属下人心惶惶。

沈羲和站在高山上，有个亭子恰好能够远远看到这边的小黑点移动的情形："太子殿下的奇门之术，令人叹服。"

"呦呦若是想学，我必倾囊相授。"

萧华雍的声音悠然地自她身后响起，沈羲和回头。他不是独自前来，而是带了一个女郎。萧华雍素来洁身自好，身侧从无女仆，在沈羲和没有嫁入东宫之前，东宫的宫女都是负责一些微末的洒扫活计，根本无法近萧华雍的身，故而她头一次见有女郎跟在他身后。

哪怕那人是毕恭毕敬头都不敢抬的下人姿态，也难免让沈羲和多看了两眼。

也就是这两眼，让萧华雍眉开眼笑，他走到沈羲和面前，用一种极其愉悦又透着点儿骄傲的语气说："呦呦，你在呷醋。"

沈羲和："……"

她哪里呷醋了？他当真以为人人都似他，随时随地能呷醋？

"因我多看了她两眼？"

"你若不在意，岂会多看两眼？"萧华雍振振有词，笑得更是开心。他的呦呦不但呷醋，还不好意思表现出来。

沈羲和忍着嘴角抽搐的冲动。她便是再没有眼力见儿，也能看出二人是何关系。这女郎就差没有卑微到泥里了，偏她的背脊又挺得直，一看就是训练有素、忠心耿耿的下属，这等人是绝不会对主子生出任何非分之想的。

更何况，萧华雍怀疑她的智商也就算了，竟然为了给她扣上呷醋的名义，连他自己的人品都否认了。他是何等敏锐之人？一个人对他是否有爱慕之意，他能不知？

知道了他岂会将这个人留在身侧？

可他笑得好欢喜，沈羲和都不忍把这些到嘴边的话分析出来与他听。

"殿下欢喜便是。"沈羲和懒得与他争辩。

"呦呦为我呷醋，我自是欢喜。"萧华雍美滋滋地接话。

沈羲和露出得体的微笑。

萧华雍开心不已地走到她的身侧，动作自然地从墨玉手上接过扇子。今朝日头微毒，山风不大，此处有些闷热，他亲自给沈羲和打扇。

沈羲和原本要阻拦。虽然是夫妻，沈羲和也没有丈夫比妻子尊贵的观念，但他到底是皇太子，身份不一般，沈羲和也不好享受他的服侍。

"服侍夫人，是为夫之幸。"萧华雍躲开沈羲和的手，换了一边继续给沈羲和扇风，"呦呦还未说，你想不想学此道？"

顺着萧华雍的目光，看向山下被困的萧长风等人，沈羲和微微摇头："不想。"

她如此干脆果断地拒绝，让萧华雍的笑容收敛了些，他问："为何？"

"这必然是一门深奥的学问，非一日之功可学成。"沈羲和解释。

"你我朝夕相对，夫妻之间自是天长地久，何愁学不会？"萧华雍十分殷勤地劝说着。他就想沈羲和与他一道学，一想日后能手把手地教她，心里就神往。

"殿下有所不知，我性子执拗，不学则已，一旦学了，便要领会其精髓。"沈羲和还是不为所动，"殿下不是不愿我忧思过重吗？"

所谓慧极必伤，便是因为聪慧之人多思多虑，伤了根源，才会短寿。

萧华雍眉宇间染上些许凝重之色，奇门之术，的确费神至极。他立时收敛了要教沈羲和学奇门之术的心思，对着带来的女郎招了招手："这是地方派来之人，这段时日便是她假扮你。"

女郎走到沈羲和面前，对沈羲和恭恭敬敬地行礼，沈羲和这才发现身量上对方与自己几乎相差无几。

只是每个人的仪态不同，自然这要较为熟悉之人才能看出差距。女郎的模样和沈羲和没有一分相似，对萧华雍的易容之术，沈羲和叹为观止。

"免礼。"沈羲和语气淡淡地开口道。

"她也擅易容之道，呦呦可要将她留在身侧？"这才是萧华雍带她过来的缘由。

他从未想过要在沈羲和身边派人，沈羲和不需要，他也不想让沈羲和误会，今儿只是恰好把人从驿站带回来，这才临时起意，也让沈羲和看看是何人假扮她。

"你把人叫回来了？"沈羲和也没觉得萧华雍是要在她身侧安排人。比起留不留人，她更在意的是这个时候萧华雍把人给弄走，"太子妃"定然不能悄无声息地在驿站里消失。

"陛下这次派了不少人，我派人将'太子妃'掳走，此刻城里戒严，四方人手都在搜寻你的下落。"萧华雍扬唇。

沈羲和与人调换，不知何时脱离了大部队，这件事情萧长风既然已经知晓，那

· 494 ·

就要在他还没有反应过来之前把冒牌货带走，以免他扣住人，如此一来也方便沈羲和回去。

这一步棋确实是萧华雍走得对，沈羲和道："殿下思虑周全。"

"你是信任我。"萧华雍不信沈羲和没有想到这些事，只不过这个人是他派去的，她不好越俎代庖地差遣，也相信他会想明白这一点。

"殿下是值得信赖之人。"沈羲和由衷而言。

这是她的真心话，萧华雍就是个值得信赖的人，和萧华雍一起行事，她可以毫无顾忌地将自己的后背交付，他的才智和能力都能够跟得上她，和这样一个人成婚，她很是轻松。

若是萧华雍在日常行为上更稳重一些，对沈羲和而言，就再完美不过了。

只要不面对正经事，萧华雍就总是让她头疼、气恼又无语。

她却完全没有发现，她死水一般波澜不兴的生活，因为萧华雍而变得鲜活多彩起来。

她是一本正经地夸赞萧华雍，可这话听到萧华雍的耳朵里，那就是夫妻间的甜言蜜语，让萧华雍的笑容更加明媚如亭外的骄阳，眼神也温柔缱绻。

沈羲和终于意识到，在某些方面还是无法和萧华雍保持思想上同步。她移开目光："我们这就去见阿爹吗？"

她很想很想见到沈岳山。

"不急。"萧华雍收敛了一点儿笑意，背着双手走到亭边看着下方的人，"我这位堂兄是个能耐人，此阵能够困他一时半会儿，但困不了他太久。"

沈羲和也走到他身边："他便是能够破开殿下的阵法，也逃不开为他布下的幻香。"

世人只知曼陀罗会令人致幻，却不知随处可见的勤娘子的致幻之力不输于曼陀罗。

萧长风是祐宁帝精心培养的，他的能力和武力都不输给诸位殿下，萧华雍困了他一个时辰，还是被他寻到了破解之法，让他从中冲了出来。

就在他带着人拨开眼前那一阵迷雾，看清方向，朝着生门冲击过去的时候，一股淡到在风中若有似无的芬芳散开。

这香并不浓烈，也不刺鼻，又在山林之中，恰逢春夏交替之际，便是警觉性极高的萧长风也没有放在心上。尤其是被困了这般久，他想到这一个时辰，无法与驿站的下属取得联系，不知沈羲和又玩出了什么花样，就心急得满脑子都是迅速回驿站的念头。

最先出现幻觉的是身后被困太久，体力和心力都有些不济的下属。迷幻的香气导致他出现幻觉，放大了他心中的恶，他转头看到素日里有摩擦的同僚，与同僚那些不愉快的事瞬间冲上了他的大脑，毫不犹豫地抽出佩刀，在同伴毫无防备之下，一刀砍向了对方。

这一举动吓得周围的同僚迅速闪躲，冲在最前面的萧长风这才意识到不对劲儿，转过头发现不仅是这个人陷入了幻觉之中，有些人是直接口吐白沫倒下，有些人则是心中最深处的恶意和压抑的欲望被释放出来，做出了许多惊人的举动。

心志坚定的人则是头昏眼花，只能握着手中的佩刀支地，勉强支撑自己的身体。

"呦呦的香，可真是令人畏惧。"萧华雍的目力比沈羲和的更强，沈羲和能够看到人影晃动，他却能看得更清晰一些。这些画面，就连他看到后都有些震撼。

"令人畏惧的不是香，而是人心。"沈羲和语气淡淡地说道，"这香并无害处，不过是使人产生幻觉，这些丑态毕露之人，是心底的贪婪和恶意作祟。"

人性，只是需要一个理由暴露和放纵罢了。

那些没有丑态之人，未必是没有恶意，只是心中的善意多于恶意，更能控制住自己。人的善恶，其实就是一个自制力的体现。

能够很好地控制住自己的人，就不会轻易做出令自己追悔莫及的冲动之举。

"能够勾起人心之恶，已然令人叹服。"萧华雍轻笑道。

面对萧华雍的赞美，沈羲和并非一味谦虚，而是实事求是地说道："用香之道，其实并不高明，若非殿下将他们久困，导致他们情绪躁动，是无法达到如此可观之效的。"

而且她能够让他们如此慌乱，归功于用勤娘子调配的香清淡、不引人怀疑，若是曼陀罗，他们早就察觉了。而到了此刻萧长风都没有发现香的存在——此香吸入越多，致幻之效越佳。

只要萧长风察觉是这淡淡的香气引起的幻觉，带着人火速撤离此地，用不了多久，这些人就能清醒过来。

萧长风确实没有怀疑这一股若有似无、大部分情况下嗅不到的淡香。他先把深深陷入幻觉之中的人打晕，也察觉到自己有些头重，却也并无多大的不妥。回首看大部分人已经倒下，他不能丢下这些人不理，便给还未倒下、苦苦支撑的人一个眼神，他们便默契地相继倒下。

等全部人都倒下之后，萧长风还坚持了片刻才装作跟跟跄跄一阵，最后假意倒下。

萧华雍虽然看得比沈羲和更仔细，却也没有看出萧长风是假装晕倒，不过这并不妨碍他的判断力："呦呦猜一猜，我们的堂兄是真晕还是假晕？"

沈羲和其实只看到了人影，距离让她分不清谁是谁，甚至看不清细致的衣物图样，不过萧长风身手最好，最后倒下的人一定是他。她说："若巽王殿下有伤在身，这个时候倒下不为过。"

她曾经用曼陀罗的香给重伤的萧长赢治过伤,每一种香料研制出来,只要不是能致人丧命,沈羲和都会让她的护卫以身试验,测出它的药性强度,以免错估对手,反而让自己陷入险境。

萧华雍微微一笑,手一转,一支短笛出现在手中。他将短笛横于唇边,悠扬的曲调飘出。

片刻之后,一个身影直蹿向萧长风。那是一个身形如电的人,一身夜行衣,面部包裹严实,只露出两只眼睛。他伸手去抓萧长风,还未扣住萧长风,就被萧长风反手压住了手。

黑衣人立时手腕翻转,想要反压制萧长风,萧长风随着他的动作而动作,两个人迅速缠斗起来。

沈羲和听着萧华雍的笛声,侧首望着他。他眉目含笑,用温柔的视线将她笼罩。偶有山风袭来,他像一个游客,携带着心爱之人游山玩水。

一首曲子并没有多长,沈羲和竟然听得入神,忘了山下与人争斗的萧长风,待回神再看过去的时候,竟然发现两个人都不见了身影。

萧华雍很满意自己的笛声让沈羲和如痴如醉,指尖转了转短笛:"堂兄身手不俗,若未受你的香影响,必要我亲自出手才能将他降服,现下地方就能将他擒住。"

只不过是时间问题罢了。

沈羲和没有追问,转身又看过去,发现不知何时出现了五六个人,推着三辆木推车,将晕倒的人全部放了上去,又用绳索捆结实,全部带走。

"殿下要将人带去何处?"沈羲和问。

"这些人是陛下的。"萧华雍眼中有一种难以捉摸的异色。

但是沈羲和明白了,萧华雍不会留下这些人的性命。萧长风是因为身份贵重,牵扯重大,这才被留了一条命,这些人的命是给陛下的回敬。

对此沈羲和默然,其实这些人的命,她也没想过留下。

"走吧,带你去见岳父。"萧华雍伸出手。

"不用等一等吗?"她想着萧长风还未被擒到。

"擒拿他不在计划之中,左右也不能要他的命,捉了他反而不好安排。"萧华雍微微摇头,"他带来的人全部折损,他就已经无法向陛下交代了,由陛下去惩处他便是。"

全部折损……

这句话的意思是,留在驿站的人,也已经被萧华雍给……

太子妃被掳,他们必然要全力追查,萧华雍故意留着线索,一步步将他们引向死亡,是一件极其容易之事。

第十八章　得君心当作奇珍

明媚的阳光落下，宛如在他的掌心上铺了一层金辉，沈羲和莞尔抬手，将自己的手轻轻放在他的掌心上。他迅速握紧，牵着沈羲和一路绕山而上，从另一侧下了山，路旁已经有马车等候。

萧华雍带着沈羲和上了马车，让她靠在自己的肩膀上："我们要去凉州，你歇息一会儿。"

这里距离凉州还有一段路，萧华雍把这里弄得人仰马翻，自己却带着沈羲和直奔凉州，萧长风便是没有被抓住，面对这样一个烂摊子，哪怕是猜到了他们已经出城，也不可能撇下这个烂摊子追上来。

沈羲和想着路程，也大大方方地依偎着萧华雍睡了过去。萧华雍侧首看着她恬静而毫不设防的睡颜，总觉得他似乎能够就这样一直看着她到天荒地老，目光温柔得恐怕连他自己都不知道，足以将人溺毙其中。

只是这样的温柔表情没有持续多久，也就半个时辰，他脸色就沉了下来。

"殿下，是否要属下……"马车没有停下，马车外有人骑马跟随，隔着马车请示道。

他的话还没有说完，萧华雍便拿出骨哨吹了一声。

沈羲和迷迷糊糊听到骨哨的声音，睁开了眼睛。不等她询问什么，萧华雍顺着她的秀发："路还远，你再歇会儿。"

他稳如泰山的样子让警觉的沈羲和丢掉了自己的习惯，出于对他的信赖，沈羲和竟然就这样不管不顾地寻了个舒服的姿势再度入梦。

萧长赢跟上了萧华雍带着沈羲和的马车，也是这个时候才知道萧华雍赶来了。到了这个地步，他应该放心掉头才是，也不知为何自己就是想要跟着。

或许他只是想知晓他们到底是什么目的，也或许只是想要多看一看她。他跟了不到一个时辰，一只巨大的鸟从天而降，朝着他直冲过来，将他掀下了马。

这只海东青太过眼熟，它的毛色，它的神骏样子，都足以令人过目不忘。

海东青素来不会生活在这样的地方，也不会无缘无故地攻击人，萧长赢又想到了前年在猎场的种种事，如何能够不知，这只海东青恐怕早已经被人驯服，受人指使？而能够驾驭这样一只海东青的人，是他的太子哥哥——萧华雍。

所以，是萧华雍知道了他在尾随，派了海东青来警告他。

海东青看到他栽倒，就展翅翱翔至天际，似乎并不想要伤他。他有些不信，翻身上马继续前行，又被海东青从身后一阵突袭。它的速度快得令人畏惧，萧长赢的肩部被抓伤了。

伤口不深，应当只是略为惩戒，他若再敢向前，只怕它会更加不客气。萧长赢坐在马上，看着在天际盘旋的海东青，极为好奇他的太子哥哥是如何把一只飞禽训练得这般通人性的。

看了片刻，萧长赢又望向前方马车消失的方向，片刻后勒了缰绳掉转了马头。虽然尚不知萧华雍和沈羲和到底在做什么，他却觉得他们已经到了这里，又甩开了萧长风，必然是要去一趟西北的，那自己转头去西北等候便是。

警告完狼子野心的弟弟，萧华雍心情甚好，指尖轻轻拂开沈羲和的发丝，迷恋地看着凝脂一般的小脸，忍不住就俯身轻轻啄了一下。看到她没有擦粉的脸上有一点点水印，他将指腹覆盖上去，轻轻地擦拭："你是我的，只能是我的。"

沈羲和从未想过，有一日在马车上也能够睡得如此酣然。等她醒来时人已经到了凉州境内，只不过距离沈岳山所在之地还有两日的行程。

她竟然是在床榻上醒来的。

萧华雍何时将她抱入卧房的她都不知。听到她的响动，墨玉才迅速进来。等她盥洗之后，寻着一股子香味到了庭院里，这是一座一进的小院子。

沈羲和看到萧华雍在庭院里翻烤着羊，羊已经炙熟，表皮金黄，"刺刺刺"的油滴在下面的炭火上的声音格外吸引人，香气萦绕了整个院子。

"殿下竟然会炙羊。"沈羲和有些惊奇。

和萧华雍成婚半个月了，沈羲和早就知道他压根儿不会做吃食。

"炙肉我会。"萧华雍笑得有些不自在。

他会烤东西。往年在外游历，少不得要就地取材，只是他只会炙烤，清理制作这些都是天圆他们的活计。

沈羲和也不会去深究这些事，他们生而富贵，有些东西便是想沾手也不能。沈羲和也不会挑拣吃食，而是需要有人给她清洗好，甚至刀工也不行，需要切的东西多是下人去弄。

她就搭配一番，掌控一个火候便好。

吃到萧华雍亲手炙烤的羊肉，沈羲和给予了极大的赞扬："皮焦黄酥脆，肉绵软鲜嫩。"

这是她吃过的最好吃的炙羊肉。

"多食一些。"萧华雍开心不已，亲自将羊腿上的肉切片放在沈羲和的盘子里。

最后沈羲和吃得都撑了。她一直没有说不用，一看她吃完，萧华雍就给她添肉，她本着不浪费的心思，尽数吃完了，却让萧华雍误会她一直没有吃饱。

碟子里突然多出来这么多肉，沈羲和实在是吃不下了，正要换个干净的碟子递给墨玉，寻求帮助，萧华雍见着便拦了下来："吃饱了？"

沈羲和颔首。

萧华雍很自然地将她的碟子端了过去，提箸就开始食用。

沈羲和瞳孔一震："你……"

他……他怎么能用她用过的食盘？！

萧华雍吃得很香："你我夫妻，无须计较这些。"

说着他颇为享受地咀嚼了一块肉，鼻子里发出一点儿满足的声音，将嘴里的肉咽下去之后，又不忘逗弄沈羲和："呦呦食用过的更美味。"

"你——"沈羲和有些羞恼。

她从未见过哪家夫君会用妻子用过的盘子，吃妻子吃不完的吃食，这实在是……不合规矩！

"日后你想吃什么都可以，吃完也无妨，但到了你碗里之物，只能给我。"萧华雍想到方才沈羲和的举动，有些霸道地叮嘱道。

其实各家都是如此，下人负责解决主人家吃不完的吃食，但萧华雍不许有人吃沈羲和剩下之物，和她有关的一切东西，都应该属于他。

萧华雍在关于她的事情上，一直极其具有占有欲，这一点沈羲和早有察觉，但他有分寸，从未触碰她的底线，都是些生活上的小事，沈羲和也就当作夫妻之间理所应当的包容。就好比他现在要求她日后不能将剩余之物给予旁人，沈羲和也不觉得如何。

沈羲和行事素有章程，极少会有多余之物，今日也是萧华雍给她造成的浪费局面。

"好。"故而她一口应下，很是干脆。

这下轮到萧华雍有些无所适从了，想了想问："呦呦对我可有要求？"

好似由来只有他要求她如何，她从未要求他，这让萧华雍有些别扭。

沈羲和眼底泛起一点儿笑意，抬眸看着他："我说了，你便应？"

"自……"他正要爽快地张口应答，触及沈羲和眼中的揶揄之色，想到她日常就不爱自己随时随地撩拨她,天知道他并非有意为之,是情不自禁,这个他真改不了。

到嘴边的话立时被咽了下去,他嘴角噙着笑说道:"自然是酌情而改。"

好一个酌情而改,沈羲和都有些啼笑皆非了。

懒得与他纠缠这些无伤大雅的小事,她去净手漱口,出来之后萧华雍也用完了吃食。先前他一个劲儿地看着她用,自个儿饿着,沈羲和正是因为他这样的举动,才能接受他理所当然地抢走她用过的食盘的举动。

夫妻之间,他确实做到了对她不设防、不疏离,宛如一体。既然如此,她理应改变自己去回应他,给予他他所求而自己能给的一切。

"你早些歇息,我想四处走走。"沈羲和白日里酣睡一日,这会儿半点儿困意也无。

"我要带你去观星。"萧华雍白日让沈羲和多歇息,就是为了夜里陪她去看星星。

此地的夜空繁星密布,宛如黑绸之上撒落了一捧银粉,抬首望去,群星闪耀。

这是京都没有的风景,但对在西北长大的沈羲和而言,这些风景她早已看遍,尤其是她不宜与人嬉闹,自幼便养成喜静的性子后,听雨、观星、养花就成了她成长岁月中浓墨重彩的一笔。

不过萧华雍兴致勃勃,沈羲和也无困意,便说道:"殿下相邀,岂敢拂意?"

萧华雍露出皓齿,骑上一匹马,将手伸向沈羲和。沈羲和犹豫了片刻,才将手递给了他。这是她第一次与人共骑,如此亲密,后背与他结实的胸膛难免会有碰触,他的胸膛宽厚而又温热,让她极有安全感。

"我知晓,你在西北长大,西北夜空之美,纵使千变万化,十余年的光阴,你也早已览尽,可一人观赏与两人观赏,定是不同的。"萧华雍骑着马一路往高处奔去。

最后马停在了一处山顶上,夜空静谧璀璨,繁星好似伸手可摘,近在咫尺。

美好的景色总能令人心绪变佳,沈羲和也不例外。她看过无数夜空,却从未有像这次这样距离星辰如此之近,近到忍不住伸出手,凉意拂过指尖,这才醒悟,不禁失笑。

她正要垂下的指尖忽地被萧华雍伸出的手握住,他攥紧她的手按在自己的心口处:"这些星虚无缥缈,纵使得到,也毫无用处。"

低着头,他又将她的手往自己的心口上按了按:"而这颗心,就在你的掌中,恒久不变。"

今夜无声,高山风凉;星河摇曳,铺天盖地。

这里只有他们两个人,他们的身影在月华之中相互依偎,他们的发丝在凉风之中相互缠绕。

萧华雍对她说过很多很多甜言蜜语,沈羲和都是一笑置之。可是此时此刻,不知是由于朦胧夜色美好,还是因为璀璨星光闪耀,她竟然觉得有一股热流从她按在他的心口处的掌心上灌入手臂中，直入心口。

以往和萧华雍虽有往来，但她从未见过他在旁人面前是何模样。成婚之后，好几次议事都在东宫里，他总是端方君子一般高坐在上方，温雅而不失威严。

原来他在旁人面前从不曾那样稚气，身为储君的威仪也未曾在她面前展露。

她才知道他本不是轻佻无赖之人，只是这些真性情都在她面前毫不遮掩。他是要与她共度此生的人，或许能够在她面前装一时，却装不了一世。故而由始至终，他都是把最真实的一面暴露在她的面前。

她想到这些，竟然头一次不觉得萧华雍的话令她不自在，反而微微屈了五指，指尖轻轻扣在他的心口上，勾唇浅笑："嗯，这颗心，我收下了。"

从未想过会得到回应的萧华雍，惊喜得瞬间呆在原地。片刻之后他才回过神，嘴角差点儿咧到耳根子，按着她的手的手掌更用力了，仿佛真的要将她的手摁入自己的皮肉，让她触及自己的心："既然收下了，你可要好生待它。"

"幸得君心，当作奇珍；若能长久，必是白首。"沈羲和不闪不躲地回视着他。

他们刚成亲时间不长，他为她所做的事已然极多，他的真心实意，沈羲和在婚前就不曾否认，现下依然相信，至于这份真情能够维持多长，且行且看。

"青丝至白头，呦呦，这句话我记下了。"萧华雍一把将沈羲和拉入怀中。他看着前方的星空，觉得他目之所及都是一片璀璨光明的景象，喜悦得恨不能仰天号叫。

她对他许下了白首之约。尽管在这份约定里，她对他爱意多于信任，可这也是进步。他正在悄无声息地占据她的心，终有一日，她会满心满眼都是他这个人。

这一夜，他们看星星看到很晚，并肩而坐，畅所欲言，没有说政事，没有刻意谈论风花雪月，甚至没有固定的话题，想到了什么就聊什么。

两个博闻强识之人，无论聊到什么都能各抒己见，让他们的心又悄悄地靠拢了些许。

之后他们没有过多停留，很快就到了凉州。到了凉州最靠近西北领地的地方，沈羲和在一个小村庄里见到了与孩童追逐的沈岳山，他高大的身影像熊一般突出。

沈岳山手里拿着一些小弓箭，和几个孩子模拟着两军对垒的场面，互相追着射箭，被射中的孩童更是很配合地捂着被击中之地倒下，不忘喊一句："哦，我中箭了！"

更有狡猾的孩童被射中后喊道："射中胳膊，我还活着！我还能再战！"

他会自觉地把胳膊负在身后，不再出力，好似真的受了重伤。

沈岳山仗着手脚灵活欺负孩童，无人能够射中他。沈羲和从不远处一个倒下的孩童手里换来了他的弓箭，箭头包着厚厚的布头，她搭弓，箭头对准了沈岳山。

哪怕她没有释放一丁点儿杀气和恶意，敏锐如沈岳山尽管背对着她，也刹那间感觉到自己被人锁定，目光顿时扫视过来。那一瞬间他的眼神犀利得令人胆寒，只不过触及沈羲和的身影后，转瞬间就变得温柔无限。

沈羲和却在这个时候放了箭，箭头精准地射在了沈岳山的肩膀上，留下了一点儿布头包裹的粉。

"哦哦哦，沈伯被射中了，沈伯被射中了！"小孩子们都欢呼起来，看向沈羲和的眼神充满了崇拜之意，"仙女姐姐，仙女姐姐会仙术，射中了沈伯！"

沈岳山在村庄里待了近十日，最初孩子们都害怕他，因为他人高马大。没两日，他就用一柄小弓和孩子们打成了一片。他还随手教村子里的孩子识字，这样的玩乐游戏不在少数，可沈岳山不会因为自己一把年纪就让着孩子——胜负欲极强的他从未让哪个孩子射中过。

这就造成了沈岳山在孩子们心里是个特别厉害、无人能够射中的大将军形象，现下他乍然被人射中，怎么能不让人欢呼？

在孩子们的呼叫声中，沈岳山已经大步朝着沈羲和走来。看着绾了妇人发髻的女儿，沈岳山依然满目宠溺之色："还是和以往一样调皮。"

沈羲和的骨子里其实也有一些顽皮的性子，只不过极少，她只在沈岳山父子面前展露。

"不承想，岳父竟然如此喜爱孩童。"萧华雍也有点儿惊讶，沈岳山看着不苟言笑，魁梧高大，又是重兵在握，竟然会和孩子嬉闹。

"我自是喜欢孩童，更喜欢自家的孩童。"沈岳山说着，上下打量了萧华雍一番，见萧华雍依然是脸似抹粉，身板瘦弱，于是眼中除了嫌弃之色外，更多了一丝隐忧。

萧华雍一时间都没有读懂这点儿隐忧是为何。直到沈岳山欲言又止地看了看沈羲和，萧华雍才领悟过来：他的岳父大人是怀疑他不行，质疑他不能让岳父当外祖父！

萧华雍嘴角的笑容瞬间就僵硬了。

沈羲和对此一无所知，已经被沈岳山拉着胳膊朝着沈岳山来此之后所居的屋子走去。

"阿爹早知你要来，给你取了悬崖香蜜，给你备了山间脆桃，给你打了一只狍子……"

萧华雍拉着脸，沉默地跟在身后。

沈羲和一直跟着父亲，竟然把他给忽略了，完全没有察觉到他的不悦表情。

这也是因为萧华雍以往都会在她与父兄见面时保持安静，沈羲和满心满眼都是父亲这段时日里为她累积的一些喜爱之物，还有些珍稀的花草。

由于沈羲和喜欢稀有的花草，沈岳山也学会了如何挖、如何移植，遇见特别香或者西北未曾见到过的花草，都会挖回来给沈羲和。

沈羲和光是看完沈岳山这段时间的珍藏之物，就用了一个多时辰。

"看来呦呦的身子是真的大好了。"沈岳山看到女儿陪了他一个多时辰，都没有面色苍白、额头冒虚汗，甚是欣慰。

被忽视太久的萧华雍忍无可忍地开口："岳父，小婿与呦呦一路奔波，呦呦虽则身子渐好，却也有疲色，望岳父允我带她去歇息片刻。"

沈羲和诧异地看着萧华雍，他的语气没有任何不满之意，却少了素日的平和，昭示着他的不悦情绪。

沈岳山听了这话竟然没有气恼，反而"呵呵"笑出声来："你若疲累，大可去歇息，呦呦看着精神极佳，我们父女许久未见，也有些话不便与外人道。"

外人……

曾经沈羲和也是把丈夫当外人，只有沈岳山与沈云安才是她的家人，但这会儿听了沈岳山的话，沈羲和迅速看了萧华雍一眼，生怕他不高兴。

她虽然担忧他被这话伤到，却也没有出言袒护他。沈岳山都将话说到这个份儿上了，萧华雍若不识趣，反而显得不敬长辈。

萧华雍看了沈羲和一眼，对沈岳山行了礼："小婿告退。"

沈羲和目送着他离开，等他走了，才侧首对沈岳山说道："阿爹，呦呦已经与北辰成婚，他便不是外人，他待呦呦极好。这份心意，呦呦不能笃定长久不变，但现下呦呦与他是真心实意做夫妻的。"

沈羲和当然不能当着萧华雍的面反驳沈岳山，手心手背都是肉，但沈岳山是长辈，又是她的亲生父亲，她怎么能在萧华雍面前让父亲面上不好看？

她只能背着萧华雍维护他，然后再回去哄哄他。

"呦呦这才嫁人多久，便护上他了。"沈岳山酸溜溜地开口。

沈羲和有些头疼地揉了揉额头，第一次觉得如此艰难。幸好阿兄不在，否则她的头都得大一圈，她放软声音说道："阿爹，他是个极好的人，他待女儿极好，待女儿好之人，阿爹难道不喜吗？"

"待你好？他理应待你好。"沈岳山理所当然地回答。

沈羲和哭笑不得："哪有理应之说？便是阿爹也不能说理应待我好。阿爹，你不想女儿夹在父亲与夫君之间左右为难吧？"

沈岳山哪里是沈羲和的对手，她自幼只要软言细语两句，他就什么话都刺不出来了："行，阿爹看在呦呦的面子上，不与他为难。可你不能只护着他，也要让他莫要碍我的眼。"

他哪里敢碍你的眼？

沈羲和这样的人都忍不住在心里反驳了一句。萧华雍对沈岳山那可比对祐宁帝都要恭敬不知多少，说是当作生父也不为过，偏沈岳山大事上不为难萧华雍，平日里就是挑刺。

唉,也不知一会儿她该如何哄太子殿下。

心里这般想,沈羲和嘴上却应道:"阿爹放心,呦呦这就去说说他。"

自己的女儿,自己还能不了解?她这是急着去哄人了,沈岳山也不拆穿:"去吧,好生说一说。"

沈岳山看着沈羲和走了,目光迟迟没收回来,有欣慰也有心酸,还夹杂着一丝喜悦。

幼时的沈羲和独有一个世界,除非是她认可之人会被她纳入她的世界,旁人根本无法靠近她一分。

即便被她纳入世界的人,她也不会去迁就和忍让,自然也不会要求旁人对她迁就和忍让,久而久之,曾经靠近过她的人都渐渐远去,这一直让沈岳山和沈云安甚是担忧。

父子俩也是穷尽了法子,却收效甚微。

如今她开始转变,变向他们父子期待的模样,他们自然乐见其成,心中欢喜。可这份改变是因为另一个男人,一个把她从他们身边带走的男人,沈岳山心里就忍不住泛酸。

对萧华雍,沈岳山是极其满意的,不过岳父和女婿是天敌,沈岳山该看不顺眼的时候自然还是看不顺眼。

沈羲和自然不知父亲早就看穿了她对萧华雍的在意,来到了另外一个屋子。沈岳山来这里是自己安排,纵然对萧华雍不满,但承认他这个女婿,就不会故意给小夫妻安排两个屋子。

乡间的小屋,这里已经比大多数村落富裕、干净、整洁,但也不可能和京都,甚至是他们一路来时的院落相提并论。一推开门,她转个身就看到了气鼓鼓的太子殿下。他鞋子都没有脱,直挺挺地躺在木板榻上,双手抱臂,盯着一处眼睛一眨不眨。

萧华雍听到了推门声,又听到了关门声,最后是逐渐靠近的脚步声,很快熟悉的气息萦绕在他的鼻间。沈羲和的身影顺着光落了一大片阴影在他的身上,萧华雍索性转过身,背对着沈羲和。

他的反应不但没有让沈羲和无措,她反而忍不住轻轻笑出声来。

听到妻子的笑声,萧华雍更气恼,故意从鼻孔里发出声音表达自己的不满情绪:"哼。"

"阿爹之言是故意气你,你又何必当真气恼?这不是正中阿爹的下怀?"沈羲和轻声说道。

她原以为这般说定能让萧华雍不再气闷,哪知他又哼了两声:"我未曾与岳父置气。"

"不是与阿爹置气?"沈羲和微愣,不解地问,"不是与阿爹置气,你缘何生气？"

萧华雍更气了，合着她由始至终以为是沈岳山的话让他气恼！她来对他温声细语，也只是担忧他因此对沈岳山有心结？

萧华雍若之前还有几分令人啼笑皆非的稚气恼怒情绪，那么这一瞬间，生气的样子就不再是故作出来的，是实实在在地沉下了脸，绷着下颌。沈羲和知道，是因为她没有察觉到他因何生气，才让他动怒。

"我说过，我不喜去猜测，生来也是个凉薄之人，对男女之情极为淡然，并不想耗费光阴在这等事上琢磨。"沈羲和依然温声细语，"你若需要我做什么，什么对你而言是至关重要的，你都可以告知我，我尽我所能地去完成。我不知你为何而生气，需要你直言告知于我。"

"你阿爹说我是外人，你竟然丝毫不维护我，可见你也把我当作外人。"萧华雍霍然坐起身，一股脑儿地把心中的郁结情绪吐了出来，"我知你不好当着我的面反驳你阿爹，但你只要说一句，我是你的夫君，既能保全阿爹的颜面，又能不伤我之心，便如此难以启齿吗？"

原来是因为她没有在阿爹说外人这句话的时候为他说话，他才如此气恼。所以，他的怒气是源于她啊。

沈羲和恍然之后弯唇："可我阿爹说得没错，我们父女之间，你的确是外人。"

萧华雍一瞬间瞳孔缩小，难以置信地盯着沈羲和。

沈羲和轻轻地将手搭在他下意识地握紧的拳头上："你我夫妻间，阿爹也是外人。"

本来心口颤抖着、拉扯着疼痛的萧华雍瞬间惊住，甚至不知如何反应。巨大的疼痛被巨大的激动与振奋笼罩，前一种感知还未退去，后两种便已经冲击而来，交杂在一起，让他表情十分古怪，笑也不是，恼也不是。

"我希望你尊重我阿爹，这是在你身为女婿责任之内的尊重。你只是他的女婿，不是我的阿兄，也没必要为了我委屈自个儿。若是他先挑衅你，你大可以当着我的面反唇相讥，我绝不会掺和，也不会因此而觉得你不好。"沈羲和将自己的想法说了出来："同样，阿爹也只是你的岳父，我也不会要求阿爹因我而待你似待我与阿兄一样。若你先与他不睦，他若对你动粗，能不能逃得过、能不能赢得了也看你的本事。"

无论是父兄之间，还是丈夫与父亲、丈夫与兄长之间，沈羲和都希望他们自个儿去磨，不要把她夹在中间——她可不想两边不讨好。

当然，沈羲和能这样置身事外，是因为她深信沈岳山和萧华雍都是极有分寸之人。

被沈羲和这样一说，萧华雍顿觉自己方才是有点儿无理取闹了，他好似也没有完全了解她。

"我知晓了。"萧华雍收敛了自己的臭脸表情，声音温和地说道。

"不气了？"沈羲和扬眉。

萧华雍难得有点儿不自在："不气了。"

沈羲和心满意足地笑了，为了让彼此间的气氛融洽些许，转移话题道："阿爹为何还留在此处？"

她已经顺利脱困，且还有一个月便是阿兄大婚的日子，沈岳山和萧华雍应该早就通过了信，早在她从云州赶来的时候，沈岳山应该就已经做好了离开的准备……

事实上却是他为他们安排了屋子。

沈羲和环顾了屋子一番，看似简单，却不像是要歇息一日就离去的模样。

"岳父未曾告知我什么。"萧华雍也正色起来，"但若岳父仍旧要留在此地，只会是一个可能——岳父发现了西北军中陛下的人，且这个人身份、地位极高。"

这次的事情动静闹得不小，沈岳山会答应下来，自然是因为有萧华雍在掌控全局。出于对萧华雍的信任，有这么好的机会，沈岳山怎么会不加以利用？

西北军内一定有陛下的心腹，只是这个人埋得很深，安北都护的防御图丢失一事也一定有更深的牵扯，从那时起沈岳山面上不显，对待将士仍旧一视同仁，可再也不与将领们时不时酩酊大醉，皆以怀念女儿为由推拒。后来薛衡带着薛瑾乔来，儿子都要成婚了，作为父亲的沈岳山自然更不能再放纵。

他其实对这些随着他赴汤蹈火的人有了一丝防备心，祐宁帝心思细腻，让他不敢掉以轻心，但这么多年出生入死、曾经在战场上说不清谁救谁次数多一些的过命之交一下子都远了，这令沈岳山很难过。

别看这些人是大老粗，心思却极其敏感，已经隐隐察觉到了他的刻意疏离态度。长久下去，这些人必然会与他离心，更容易被旁人利用。

萧华雍说要安排一个局，目的是让沈羲和能够亲眼看着唯一的兄长大婚，沈岳山当时觉得萧华雍疯了，就为了让沈羲和去看沈云安大婚，闹出这么多事情来，且还是一个不慎会万劫不复的大事。

哪怕萧华雍有这个能耐，在沈岳山看来这仍旧不值，沈羲和自己也不会允许如此大动干戈。

偏生萧华雍就是固执地要促成这件事情，说："岳父，我知晓岳父与呦呦都是心如明镜之人，把得失衡量得清清楚楚。我亦知，呦呦渴望看着阿兄大婚，却也会否决我的提议。故而，我只得先来说服岳父。"

"你说服不了我。"当时沈岳山拒绝得十分果断。

萧华雍却一点儿也不气馁："岳父，这是个绝佳的时机，一个肃清西北军中的眼线的时机。"

这句话彻底打动了沈岳山，他开始认真思考这件事的可行性，发现的确是个千载难逢的时机，随后听了萧华雍的全部安排，确定萧华雍能够保证沈羲和的安全之后，才应允下来。

萧华雍为了让沈岳山安心，也是自己在这些地带的确不如沈岳山了解，沈岳山到了凉州，一切都是沈岳山自己来安排，包括假装被突厥人偷袭，包括藏身在这个村庄里。

连这些事萧华雍都没有插手，更何况西北军内的情况，萧华雍自然更是一无所知。他也不会因好奇就贸然插手，这是对沈岳山不敬，不过沈岳山现在还不愿离去，那只能是西北军里这次真的查出了一些东西，且牵连甚广，连沈岳山都不能轻举妄动。

萧华雍的猜想，沈羲和觉得就是真相。她一刻也坐不住了，想要起身去问一问沈岳山，却被萧华雍给抓住了手。

"我觉得岳父也未必已经确定，你现在去问，岳父也不会告知你。不如我们等上一两日，再看形势定夺？"

沈羲和想了想后颔首，又坐了下来。

夕食是去村长家里食用，村长准备了好酒好菜招待他们，沈羲和与萧华雍也换上了较为贴近百姓的着装。沈羲和看着与村长大口喝酒、满脸快意的沈岳山，心下稍安。

次日，沈羲和醒来时沈岳山已经走了，只留下一个下人告知她晚间便归。沈羲和知道定然是因为西北之事，有些忧心。

萧华雍握住她的手，宽慰她道："该来的总会来，阿爹定然不希望你为他忧愁。你我好容易来了这山野间，若是不走一走，岂不是白来一遭？"

"北辰，你有所不知。"沈羲和垂眸道，"若需得阿爹如此谨慎，要再三确认，不敢轻举妄动，怕误判之人，必是与阿爹金戈铁马浴血奋战、情同手足之人。

"能与阿爹到这等地步的人，即便不是一开始就背叛了阿爹，至少曾经那些生死与共的交情作不得假。那这人便是在西北蒸蒸日上之际，因旁的事背弃了西北这个故乡，背弃了阿爹和其他一起出生入死的挚友。

"这样的背叛情形出现，不仅是阿爹，还有阿爹身侧的其他人，心就会不再团结……"

那些叔叔伯伯，但凡有一个叛变了，其他人要如何自处？日后他们要如何面对她阿爹？会不会担忧阿爹因为这个人不再信任他们？他们日后会不会人人自危，轻而易举地被挑拨？

沈羲和真的很想知晓，祐宁帝到底付出了多大的代价走了这一步棋，一步对沈岳山而言极其致命的棋。

哪怕他们先一步察觉到了那人变节，已经将影响降到了最低，可阿爹和这些叔叔伯伯，因为这人变节，再也不可能回到齐心协力、深信不疑、生死交托的过去。

"呦呦，这世间的人极其复杂，活着总是有所需求，当某一份需求无法克制，而亲人、挚友乃至他自己都无法满足，全天下只有另一个人能够满足时，哪怕这个人是敌人，哪怕明知这个人会过河拆桥，明知这个人不怀好意，明知他放纵自己的欲望，下场可能是众叛亲离、一无所有，他还是会抱着侥幸心理去飞蛾扑火。"

萧华雍的话沉重、残酷，却又真实，沈羲和无从反驳。她沉默了片刻才开口："我不是这样的人，你呢？"

"我是。"萧华雍干脆地回答。

沈羲和愕然地望向他，正对上他银辉凝聚的黑眸，他柔情似水地深深凝视着她。

"我毕生渴求便是你。"萧华雍的笑容温柔无比，他说，"若有一日，你的生死存亡系在你我的敌人身上，我也会不惜一切地投敌。"

心口一跳，沈羲和抓紧萧华雍："我……我不允许你如此做，你若如此，我必将自我了结。"

她不允许萧华雍这样做，不是因为权衡利弊，而是在她心中，任何人行任何事都应该有底线，尤其是他们这样身份的人，往往一个决定关系着千万人的生死与安稳生活。

不是她大义，而是背负着这样沉重的代价，她的良知会不安，活着或许会比死了更痛苦。

"北辰，我们要有所为，有所不为。"

"好，你教我，何为有所为，何为有所不为？我都听你的。只要你在我身侧，我什么都听你的。"

沈岳山早出晚归，父女俩比邻而居，沈羲和若不刻意等人，竟然无法遇见他，更别说与他说上话。

最高兴的莫过于萧华雍，拉着沈羲和上山下水、打猎寻花，好让沈羲和没有心情去挂心沈岳山对西北的布局。

两个人如此惬意地过了四日，这一天沈岳山没有出去，而是把自己关在屋子里，不准任何人打扰。

沈羲和知道，这是有结果了，并且对背叛之人是谁父亲已有十分的把握，父亲才会这样黯然神伤。

一早起身，沈羲和就听到了这个消息。她默默地站在沈岳山的屋前，萧华雍也陪着她，日头渐渐升起，萧华雍从墨玉手中接过伞，为沈羲和撑着，一撑便是一上午。

到了正午，沈岳山才打开房门，手里还拎着酒坛子，眼神落寞而又悲痛，发丝松垂，看起来有些潦倒颓废。

他开门看到了沈羲和，拎着酒坛子已经抬起的手倏地就松了指尖，酒坛子"啪"的一声砸在地上，大概是酒水溅开的缘故，破碎的声音显得格外沉重。

他大步朝着沈羲和奔来，过程中还不忘用袖子抹了抹嘴上的酒，慌乱地整理了发丝，站到沈羲和面前的时候，已经粗略地收拾了一番。他努力睁大了满是红血丝的眼睛，让自己看起来精神一些。

"是阿爹不好，让你被晒了这么久。"沈岳山又是愧疚又是慌乱，想伸手去触碰女儿的胳膊，又闻到了自己身上的酒味，怕沈羲和不喜，就缩回了手，"阿爹这就去沐浴。等会儿阿爹带你去狩猎，陪你骑马……"

"阿爹，"沈羲和上前挽住他的胳膊，"呦呦想陪你饮酒。"

沈岳山怔了怔，旋即沉了脸："不许。"

似又怕自己语气重，伤了她的心，他连忙小声解释："女儿家身子娇弱，不宜多饮酒，你现在身子刚养好，不许作践。"

沈羲和也没有坚持，目光往萧华雍身上瞟去："你女婿想与你痛饮。"

"他？"沈岳山质疑、审视的目光落在了萧华雍身上，他说，"他也不行……"

"岳父，小婿行。"萧华雍上前一步，打断了沈岳山的话。

沈岳山需要疏解心中的郁结情绪，需要痛痛快快地醉一场。可他一个人喝酒只会越想越多，反而不利于发泄情绪，既然萧华雍自个儿称行，沈岳山也想看看女婿的酒量："走。"

沈岳山一招手，便带着沈羲和与萧华雍入了屋内。屋内酒气很重，酒坛都倒着几个，沈岳山一进门才想起这茬，回头有些不自在地冲着女儿讨好地笑了笑："嘿嘿……"

"墨玉，你带着人收拾一番。"沈羲和面色不变地吩咐道："天圆，去村子里问问谁家有珍藏的好酒，多置办些回来。"

"诺。"墨玉和天圆齐齐领命。

"阿爹，呦呦已经嫁人，不再是孩童，阿爹也是人，不用时刻在呦呦面前压抑、克制、强撑。"沈羲和转头低声对沈岳山说道。

沈岳山对沈羲和疼爱到了骨子里，无论在外面承受了多少不悦和郁结之事，遭受到了多大的创伤和凶险，只要来到沈羲和面前，都是衣冠楚楚、精神抖擞的模样。

沈岳山顺着沈羲和搀扶的力道落座，侧首看着走到他身后的女儿，露出了欣慰的笑容。

沈羲和拿起梳子，松开了沈岳山的头发，轻轻为他梳着。萧华雍已经自觉地端了热水和干净的帕子过来。

沈羲和见了，忍不住看向他，两个人四目相对，她的眼瞳被他眸中的光照热。

他是皇太子啊，哪怕曾经游历大江南北，最不济也不过是自力更生，只怕从未有过这样伺候旁人的经历。他是真的将她的一切都当作他的一切来细心对待。

沈岳山也微微一愣，不过没有客气，洗了手擦了脸，沈羲和也帮他将头发重新束好。他站起身去洗漱一番回来，桌上已经搁了好几坛酒。

沈羲和在屋子里的火坑之中生起了火，一边烤着肉，一边熬着粥。

沈岳山与萧华雍对酌，沈岳山高兴，会和萧华雍说些沈羲和幼年时的事，甚至包括他自己年少轻狂时的事，萧华雍听着时不时问上一两句。沈羲和把粥熬好，一人给了一碗，而后自己也慢条斯理地用起来。

等到沈岳山又痛饮了两坛酒后，沈羲和在火坑里投了一块香料，令人沉醉的香气缓缓散开。萧华雍时刻注意着沈羲和的一举一动，一看她投了香料，立时开始小心呼吸。

果不其然，喝了许多酒都没有倒的沈岳山竟然开始有了醉意，没片刻就倒了下去。

萧华雍也觉得头晕，这种晕与酒醉的眩晕极其相似，但他压根儿没有喝多少酒……

沈羲和递了一个香包过来，萧华雍抓住香包狠狠地吸了两口，那股子眩晕感才渐渐散去。

"此香以烈酒浇头烧干，反复融入酒香，一旦烧开，酒香醉人。"沈羲和解释。

总算松快了的萧华雍，看着倒下去被沈羲和轻轻盖上斗篷的沈岳山，不禁笑了："呦呦，你待你看重之人极是善解人意。"

她没有劝沈岳山，没有阻拦沈岳山如此发泄情绪，甚至鼓励沈岳山这般放纵，同时也担心沈岳山喝多伤身，在适当的时候点燃了这样的香，等沈岳山醒来，便似酣畅淋漓地醉了一场，心中的郁结情绪只怕已经随风而散。

而沈羲和在他们二人的粥里加了些解酒的药粉，现在又给沈岳山换了安神的香，沈岳山醒后就免去了宿醉的痛苦。

"用了心，自是细致。"沈羲和说道。若非她是个会用心的人，又如何能够感受到萧华雍的用心相待呢？

萧华雍摇头笑了笑。这不是用不用心的问题，有些人用了心也会把事情做得一团糟。

"若有一日我遭逢大变，也如此宣泄情绪，呦呦会允吗？"萧华雍期待地看着沈羲和。

这世间哪有一帆风顺之人？人人都会遇到变故，都会积郁成结。

可世间儿郎太过艰难，不能放任自己颓废，不能让亲近之人看到……

"人的情绪正如洪涝，堵而不疏，必成大祸。"沈羲和望着他，"我不但允你，还会陪着你。"

没有人无所不能，亦没有人一生都无悲愤无力和绝望之时。

男子汉大丈夫流血不流泪，这是在战场上，为了责任、为了活命不允许自己软弱。除却这种性命攸关的时候，男女在沈羲和看来都一样，可以哭，可以逃避，可以宣泄情绪。

内心再坚强的人也会有不堪一击的时候，只是有些人特别能忍，有些人的心特别冷。沈羲和自己属于后者，是个不太容易受挫之人，但这并不意味着她不能理解人世间的沧桑与百态。

萧华雍忍不住垂首笑起来。

"你因何发笑？"

她说的话很好笑吗？

"我以往觉得你不食人间烟火，不知人间愁苦，不懂人情世故。"萧华雍嘴角噙着笑摇头道，"与你朝夕相处之后我才知，你只是在男女之情上……"

蹙眉思忖了片刻，萧华雍才又说道："不上心罢了。"

她是不上心。她什么都懂，什么都会，什么都明白。

身为强者，她知晓这世间之人多数是弱者，故而从不蔑视任何人；自幼荣华富贵，她也清楚人世间多是穷苦平民，故而从不娇生惯养。

她自己没有的缺陷，她允许旁人有，也理解旁人为何有。

她的理智源自她海纳百川的胸襟，唯独男女之情，她不是不懂，否则不会分得出谁对她有情，谁对她是真情。她只是自小就对其漠视，也或许是把这个世间看得太透彻，才会不再对此有所需求。

"你说得对，我对情爱从不上心，有些事物，不上心习惯了，也就觉得无所谓有与无了。"沈羲和坦然地颔首，旋即微微抬眸看看他，"但我会对你上心。"

我对男女之情不上心，对你上心。

这句话如万簇烟火"砰"一声在萧华雍的眼前绽放，让他满脑子繁花盛开，天清地明，美不胜收。

他的心"扑通扑通"狂跳不止，令他下意识地伸手按住了心口。

他有些呆住的反应，令沈羲和忍不住轻笑出声。

她站起身，看了看睡得正酣的沈岳山，脚步无声地走了出去。

萧华雍慌忙站起身追上，追到沈羲和后与她并肩而行。有村民来来往往，含笑与他们打招呼，他的小指头忍不住伸出去，钩了两下才钩住沈羲和垂下的手，而后一把紧紧握住。

沈羲和没有挣脱，像共骑与牵手这些亲密之举，他们是正经的夫妻，她虽不会主动做，却也不会排斥。

萧华雍嘴角咧开，一路笑得见牙不见眼，牵着沈羲和不愿放开，她走到哪儿他跟到哪儿。

沈岳山是日落之后才幽幽苏醒的，醒来的时候，女儿和女婿就坐在他的屋子里，在火坑旁聊天。架子上还有炙肉和汤羹正在同时烹饪，他将目光落在了萧华雍紧抓着自己女儿的手的手上。

"咯！"沈岳山轻咳一声，表示自己醒了。

萧华雍脸皮厚，恍若未觉，沈羲和挣开他，上前去服侍沈岳山。

沈岳山见女儿走到近前，他的掌心抵上额头："头……头疼。"

萧华雍："……"

骗鬼呢，粥里有最好的解酒药，这又是个老酒鬼，哪里会头疼？

沈羲和也是怔了怔，按理说父亲不应该头疼才是。她仔细看了沈岳山两眼，虽然沈岳山演得像那么回事，不过还是被她看穿了。

她有些好气又有些好笑地说道："阿爹知晓头疼便好。阿爹终归是上了年纪，往年征战沙场，身体留了不少暗伤，齐大夫与你调养之药时便叮嘱过，要戒酒。阿爹总是不在意，说从不会宿醉后不适，现下可不就出现了？日后这酒便戒了吧。"

萧华雍迅速低下头，抑制住嘴角上扬的弧度。

沈岳山："……"

戒酒？这不是要他的命？！

没有美酒的日子，他岂不是生无可恋？

"好似方才起身用力，有些眩晕罢了。"沈岳山立时垂下按着额头的手，冲着女儿谄媚地笑了笑。

"不疼了？"沈羲和扬眉问。

"不疼了，不疼了。"沈岳山连连罢手。

"快去盥洗，可以用夕食了。"沈羲和催促。

沈岳山瞥见不远处的萧华雍，一眼就看到了萧华雍在偷笑。自己在女婿面前没脸，沈岳山立时端起岳父的架子："女婿，还不给岳父端水？"

沈羲和目光凉凉地扫过来，沈岳山早就把脸扭到了另一边，只当看不到。

"是，小婿这就去。"萧华雍心甘情愿地含笑去端了水过来。

他其实心里很开心，因为沈岳山没有把他当作皇太子敬着、疏远着，而沈岳山的身份确实是长辈，给长辈端热水是小辈分内之事。

沈岳山却不高兴了，这小子太听话，以至把他衬托得多少有些不知分寸。

沈岳山轻哼了两声，迅速洗漱好，跑过来挤开萧华雍，刻意坐在了中间，将萧华雍和沈羲和隔到两边。

沈羲和："……"

她阿爹以往和阿兄这样也就算了，现在和女婿还这般，沈羲和实在是感觉一言难尽。

萧华雍委屈巴巴地坐在一旁，看了看沈羲和，选择默默忍了这份委屈。

沈岳山偏还得意地冲着萧华雍挑眉。

萧华雍更委屈了。

沈羲和受不了这两个在外杀伐果决的男人一搭一唱地比谁更稚气。

"阿爹，是谁？"她决定谈正事，只有谈到正事这两个男人才会正常。

沈岳山脸上的神色收敛，目光落在面前的火堆上，好一会儿他才说道："是你耿叔。"

沈羲和倏地睁大眼，既觉得在意料之外，又觉得在情理之中。

沈岳山当年有八位出生入死、各有神勇的兄弟，其中三个人战死沙场，一个人英年早逝，一个人因为一身的伤而在前年辞世。

现在只剩下三位，这三位都在西北，是正三品、正二品的大将军。

耿良成是沈岳山从穿开裆裤时就在一起的左膀右臂，耿家从耿良成的祖父开始，就是沈岳山祖父手下的将士，耿良成的父亲是沈羲和的祖父的副将，相当于莫遥之于沈云安。

当年因着保护祐宁帝母子三人起事，沈家再不是一个西北将军，而是整个西北的王，手下也都跟着享高官厚禄。

难怪，难怪沈岳山会因此而大醉一场。

"为何？"沈羲和问。

耿良成是沈云安的武艺启蒙之师，沈羲和依稀记得，她幼年之时，突厥想趁着朝廷尚有宦官之乱占据西北，沈岳山每每要领兵打仗，都会把她与阿兄寄放在耿府里。

耿良成与耿夫人对他们俩关怀备至，除了多了一丝恭敬，和爹娘无异。

"因为耿忠吉。"沈岳山说道。

耿忠吉？沈羲和一时间竟然觉得陌生，不过很快就反应了过来，这是耿良成和夫人唯一的孩子。

耿忠吉其实比沈云安大了好几岁，只不过在战乱之中失散，五年前被寻回来，彼时就是个泼皮闲汉，以往是进行小偷小骗，被耿良成寻回来之后，变本加厉，欺行霸市，收受贿赂，吃喝嫖赌样样不落下。

耿良成也狠心打过、骂过，将他扔到军营里磨砺过，可耿忠吉从不改。耿忠吉清楚地知道耿良成夫妻不会将他打死，自己皮糙肉厚被打一顿也不痛不痒，打完之后，依然故我。

后来她去了舅舅家，不知发生了何事，回来后，便听说，耿忠吉被阿爹处死了。

当年她回来也问了一嘴，人人讳莫如深，不欲与她多言，她对耿忠吉并无印象，就没有追问。

"他到底是因何而死？"沈羲和又问。

以致耿良成要因他而叛变。

"他犯了大罪，苦主告到我面前，我审问他时，他供认不讳，更是有恃无恐……"沈岳山说得很简略。

沈羲和没有细问，沈岳山很明显不愿告诉她其中的细枝末节。

"当年我回来之后，听闻耿忠吉之事，再去看望耿叔与二婶，他们待我一如既往。"

耿良成行二，沈羲和唤他的夫人为二婶。

沈岳山是独子，沈家其实子嗣不丰，沈羲和的祖父曾经有三个兄弟，但都在战乱中牺牲，没有留下一儿半女。祖父有四个孩子，活下来的只有父亲，那些年先帝荒淫不作为，导致西北时刻处于战乱之下，在战争之中，多少西北将门世家凋零？

"这些年，我们都不去提这事，他们夫妻二人待我、待你兄妹也不曾生疏……"沈岳山说着，眼底有苦涩之色一闪而逝，"如今想来，他们怎能心无芥蒂呢？有芥蒂才是情理之中的，无芥蒂才是藏得极深。"

"耿叔知晓多少事，又告知了陛下多少事？"沈羲和更关心这个。

耿良成太得沈岳山信任，这些年西北任何事情都没有瞒过耿良成，沈岳山对他可谓推心置腹。

"幸亏为父没有野心。"沈岳山看了一眼开始盛汤羹的萧华雍，"他知晓之事不惧被陛下所知，至多是告诉陛下，西北这些年有多富饶，我们沈氏豪富罢了。"

至于西北的兵力、沈家军的实力，这些情况陛下知道了更好，他才不敢轻举妄动。

更多的关于西北的防御等事，耿良成不傻，纵使恨沈岳山，也不会拿西北这么多无辜百姓去牺牲，更清楚若是他把什么都抖给陛下，他便失去了利用价值。

"他是想要岳父的命，还是想要岳父的权？"萧华雍将第一碗汤羹递给了沈岳山。

沈岳山接过汤羹，深深看了萧华雍一眼："有何区别？"

"若是前者，他或会顾念西北的百姓；若是后者……"萧华雍又将第二碗汤羹递给了沈羲和。

人会被仇恨蒙蔽双眼，但未必会因为仇恨泯灭人性；权欲却能够轻易将一个人变得面目全非，沦为权势驱使的奴仆，六亲不认。

沈岳山喝了一口汤羹，暖流顺着喉头滑到了肠胃里，明明他的手脚并不冰凉，此刻却能够感受到一股暖意包裹四肢。他长舒了一口气："我此刻亦不能断定他到底是因恨而叛，抑或恨不过是叛的缘由。"

曾经无话不说的兄弟终究走到了这一步，看不透、摸不清，让人难以断言。

"岳父若是信小婿，小婿断言他必然是后者。"萧华雍也端了一碗汤羹坐下。

沈羲和与沈岳山齐齐看向他，沈岳山问："何以断定？"

"只因他暴露在了岳父面前。"萧华雍莞尔一笑，"我对这位将军不知，可我知陛下。岳父突然失踪，久寻无果，以岳父之能，实不该如此。陛下定然猜疑岳父失踪是一场岳父布下的局。岳父为何要如此设局，又如何圆过去？要知岳父身兼重任，无故失踪，且不上报朝廷，陛下借此发落岳父也算合情合理。

"陛下会想，什么缘由能够令岳父这般做，且岳父有恃无恐，不惧他事后追究？如此一来，有什么比揪出西北叛变之人更合情合理？"

沈岳山这一场失踪的戏，谁也不会相信最主要的原因只是想要让沈羲和顺理成章地看着唯一的兄长大婚，便是将事情说出去，只怕那些人也不会信。

他们眼里已经没有了纯粹的亲情，对位高权重之人的一举一动，都会看得极其复杂。

萧华雍的话得到了沈羲和父女一致赞同。

"陛下既然想到了这一点，自然要传令他的人手不许轻举妄动。"萧华雍下定论，"有了陛下的命令，他还是动了，引起了岳父怀疑，这就意味着……他对岳父失踪这个机会心动不已，已到了罔顾陛下的叮嘱的地步。"

如果耿良成只是恨沈岳山，这个时候不应该有任何异动，有也是打着寻找沈岳山的名头去暗杀沈岳山，怎么会开始在西北大军之中上蹿下跳？

沈岳山捏紧握着粗瓷碗的手，手背上青筋暴起，低下头一口将碗里的汤羹饮尽，抬手就将空碗狠狠地砸在了地上。

支离破碎的茶碗，犹如沈岳山此刻的心情。

在这之前沈岳山对耿良成的背叛行为是痛苦的，是惆怅的，是复杂的，因此才会大醉一场。待到萧华雍将这丑陋的事实摆在了他面前，他是痛心疾首和怒不可遏的。

沈岳山没有想过耿良成是想做下一个西北王。

其实他肯定想得到，只是不愿意相信，那是与他出生入死、浴血疆场、共同镇守一方的兄弟！

耿良成怎么会被权欲迷了眼睛？

"阿爹，人心易变。"沈羲和轻轻将手搭在沈岳山的肩膀上。

沈羲和的一句"人心易变"，让萧华雍滞了滞。

好吧，又多了个人让她觉得没什么东西能天长地久。

瞧瞧耿良成和沈岳山，还不会走路就在一处，一起长大，一起上战场，一起护卫百姓，一起杀敌，一起功成名就，可到了最后，还是因为权势而反目。

沈羲和扫到他的脸色，忍不住抿唇轻笑。

萧华雍垂眸喝着自己的汤羹，陷入对耿良成的记仇模式之中，并没有注意到沈羲和的嘴角一闪而逝的笑意。

他无法反驳沈羲和这一点，便是有太多太多情意，因为利益和权势从至死不渝到短兵相见也不鲜见。

"岳父再拖上几日不现身，或是……"萧华雍想要早点儿把这个碍眼的叛徒给连根拔起，"假死一场，就能把他引出来。"

"假死一场？"沈羲和看着萧华雍，"如何个假死法？"

"寻一具尸体，假装成岳父。"萧华雍说道。

"尸体去何处寻？"沈羲和又问。

就沈岳山这身量只怕很难找到，活人都难找，遑论尸首？他们若要盗尸还不能在附近盗，否则这事传出去就很难让耿良成这个老狐狸入套了。

萧华雍看了沈羲和一眼："是我疏漏了。"

疏漏？

沈羲和从来不认为萧华雍会疏漏，知道他其实只是想要寻到一个身量和沈岳山差不多的人杀了，然后再伪装成沈岳山。

这样的手段在他们这些人看来是不在意的，沈羲和不否认，弱肉强食，生存法则罢了。

可她不喜这样，更不喜自己身边的人也这样。

萧华雍说出来，听了她的反问，才察觉到她与那些高高在上的贵族不一样。她不悲天悯人，却也不视人命为草芥。

她不会无缘无故地去救一个受害者，也不会无缘无故地去害一个无辜者。

故而，他才改了口。

"容我想想。"沈岳山沉吟了片刻后把话题揭过，"吃肉，吃肉。"

萧华雍将炙肉用匕首片好，放在粗瓷碗里，三个人用着加了蔬菜的汤羹，吃着炙肉。

用完夕食，二人又陪着沈岳山说了些旁的话。夫妻俩看到夜幕降临，才一起离开。

"呦呦……"踩着细碎的月光，走到他们所住的院子里，萧华雍忍不住开口，"我……"

沈羲和侧首，静静地看着他，他却仿佛不知如何启齿。沈羲和轻叹了一声，说道："殿下，你我本就是两个人，两个人便是同心，所思所想也会有差异。有些事情，我不喜、不会去做，不意味着旁人做了，我就会厌恶。"

耿良成的事情已经涉及沈岳山的性命和沈氏一族的根本，沈羲和不喜萧华雍的那个提议，但不得不承认，就沈氏的利益和沈岳山如今的处境而言，这是个极好的法子。

"呦呦，我与你终究还是有所不同。"萧华雍不得不承认不如沈羲和仁义，"我生来便是皇太子，学的就是大局，在我看来，牺牲些许东西能够换来更大的安稳局面，就是值得的。"

"殿下，你我着眼不同，成长的境遇亦不同。说不上谁是谁非，身在我们这样位置的人，有时候非常手段是必不可少的。"沈羲和认真地看着他，"似我们这样的人，生来就极不可能做个仁善之辈，我只是比殿下幸运，从未被逼到不得不杀害无辜的时候……"

她不会背负很多人的性命来成全自己的活路，却也会为了活下去对一两个人下杀手。到目前为止，她只是没有遇到这样的局面罢了，但未来谁又知晓呢？

她只是努力想做个不亏欠的人，真到了生死存亡的时候，谁还不是自私自利的人？

萧华雍特别喜欢沈羲和，特别特别喜欢，她有一种令人身心舒泰的魅力。

他执起她的双手："我知道，我答应你，日后非万不得已，绝不会轻易加害无辜弱小之人。"

萧华雍其实有仁爱之心，只是他学的课业是帝王仁爱，这份仁爱体现在大局上。同时他也学习着帝王之术，高高在上的上位者，或多或少会对弱小之人有一种视作蝼蚁的漠视感。

"我也有不足之处，从殿下身上学到了许多东西。"沈羲和说着，黑曜石般的眼眸里满是暖笑。

这句话让萧华雍心口发甜。

沈羲和是个不会说甜言蜜语之人。哪怕她对他说会对他上心，他也知晓那是因为他的身份变了，他是她的夫君，而且是个全心全意待她的夫君，她才会对他上心。

她说在他身上学到了许多东西，那绝不会是客气或者哄他之话，因此才比任何甜言蜜语更让他开心。

"你……想不想知晓耿忠吉的死因？"萧华雍想到方才言及此事时，沈羲和明明问过，最后却没有追问到底。

"知与不知都无妨。"沈羲和不是个好奇心重之人。

她相信她阿爹的人品，阿爹说是大罪，那一定是罪不容诛。

"我去查一查这个耿将军，顺便打探一番，你早些歇息。"萧华雍亲了亲沈羲和的额头，就转身大步走了。

沈羲和想要阻拦，转个身的工夫，他已经走出了院子，背影消失在夜色之中。

她回了屋子里盥洗后歇下，睡到迷迷糊糊时感觉到萧华雍归来。她以往是个极其容易被惊醒之人，自从与萧华雍成婚之后，却对他特别放心，他虽然能让她有所察觉，却不会扰她清梦。

早晨醒来，沈羲和梳发之际，萧华雍从外面练剑回来，沈羲和便随口问道："查清了？"

萧华雍神色微僵，沈羲和捕捉到，转过身看着他："没有查清？"

不应该啊，以萧华雍的本事，哪怕是在西北，他除非不查，否则不可能查不到。

萧华雍的确查到了，也知晓为何沈岳山不愿给沈羲和细说。耿忠吉欺男霸女，早早就闹出了人命，只是耿良成和夫人拿钱疏通，得了钱财无人追究，就一直没有人相告。

这助长了耿忠吉的恶性，他玩腻了女郎，就把邪恶的手伸向了女童，一个八岁的女童被他活活折腾而死……

"查到了，这人霸占良家女子，沾染了不少人命。"萧华雍避重就轻地说道。

那些腌臜的事情，他难以启齿，也不想污了沈羲和的耳朵。

"哦。"沈羲和平淡地应了一声。

不是她觉得这些事情不够令人气愤，而是早就听说过这些传言，故而波澜不惊。甚至耿忠吉还未死之前，沈羲和就听到过，只是每次耿良成夫妇都将事情摆平了。

没有苦主，她厌恶耿忠吉的这种行为，却也不可能挺身而出去惩治他，只是自那之后就不再和耿良成夫妇亲近，开始常年奔波去舅舅家。

耿忠吉幼时失踪，耿良成夫妻俩为此很是愧疚，其夫人更是因此时常精神恍惚，以致他们之后再没有孩子。耿忠吉这根独苗，十多年苦寻无果，他们都已经放弃了，却又寻回来了。

只是寻回来的是个品行败坏之徒，这种情况下，耿良成费了一番苦心想要拨乱反正，奈何耿夫人太心软，总是会阻拦。只要耿忠吉哭一哭，说一说幼年时所吃的苦，耿夫人就什么苦都舍不得他再吃。

如果只是这样，沈岳山绝对不会不对沈羲和吐露，显然耿忠吉还犯下了其他不可饶恕、令人发指的罪，只是沈岳山和萧华雍都不欲她知晓。

所幸她也不是个好奇心过重之人，他们不愿说便不愿说吧。

大家都是聪明人，沈羲和知晓萧华雍有未尽之言，萧华雍也明白她知道自己有未尽之言，但彼此都没有说破，也没有追根究底，这件事情就这样被揭过。

沈岳山又出了门，萧华雍与沈羲和一道用朝食，萧华雍说道："我昨儿查了查耿良成，他是个谨慎之人。若非这次岳父迟迟不被寻到，平日里他又没有下手的机会，好不容易遇上一次，千载难逢，实在是令他忍不住动一动试探一番，引起了岳父警觉，只怕他还能继续蛰伏。"

这样一条毒蛇潜伏在沈岳山身边，且深得沈岳山信任，轻易就能要了沈岳山父子的性命。

沈羲和闻言也十分庆幸："幸而去年与突厥之战生了变故。"

否则她很可能一手做局，令父兄都陷入局中。

听了沈羲和的话，萧华雍笑了："当时岳父与阿兄应当动静不小，耿良成只怕没有隐瞒，上报给了陛下，只是后来萧长泰横插一脚，让穆努哈跑了，你的计划夭折，准备对突厥下手之事便不了了之，只怕陛下和耿良成都看不明白岳父和阿兄为何这般做。"

沈羲和也忍不住轻笑出声，的确是无形之中让陛下虚惊一场。

"耿良成是个谨慎之人，绝不会轻举妄动，我还是赞同昨日诈死之法。"萧华雍接着说道，"不过为了取信他，岳父最好当着他的面'不治身亡'。"

"当着他的面'不治身亡'？"沈羲和扬眉。

"若是寻个尸体以假乱真，他未必会信。"

尸体必然要做手脚，做得不够真就掩饰不了，做得太过就足够可疑，沈羲和也不喜如此，萧华雍通过对耿良成进行了解之后，将法子稍微更改了。

"我已经传信给令狐拯，请他来一趟，看看如何能够让岳父'重伤难治'取信于人。"

沈羲和明白了萧华雍的意思，这是要让沈岳山假装负伤，若他真的是"重伤难治"，这么久没有寻到人倒也说得过去。

"若要彻底取信于耿良成，就得让他清楚地知晓到底是谁将阿爹伤得如此重。"沈羲和道，她的眸底染着浅浅的笑意。

心有灵犀，萧华雍立时就明白了："只得利用伯父一番了。"

萧觉嵩就是最好的选择。他可是连陛下都坑了一遭、杀到了行宫里、擒走了皇太子的嘉辰太子呢，把沈岳山坑得这么惨不为过吧？

至于他为什么对沈岳山下手，那自然是原想和沈岳山合作，奈何沈岳山宁死不屈，他这才将沈岳山折磨得如此之惨，一直拖着不杀沈岳山，也是不想便宜了祐宁帝。

"还需寻个地方作为阿爹的'囚禁之所'，凉州这边得安排一些'可疑人'往来。"沈羲和提醒细节。

萧华雍摸着下巴，凉州是老五的地盘，在这里搞出这么大的事，只怕瞒不住老五，得想个法子让老五不掺和进来。

"殿下因何失神？"沈羲和看萧华雍陷入了沉思，便问道。

萧华雍回过神来，没有说萧长卿的事，而是说道："西北王府可有常用的郎中，医术极高？"

"有，西北军的军医就是个奇人，我能被养大，多亏有他。"沈羲和颔首。

"要提前把他拿下。"萧华雍说道。

沈羲和略一思量便明白萧华雍的意思了："耿良成知晓阿爹重伤不治，哪怕我们把一切安排得合情合理，他也会担心有什么万一。真正能够让他安心的，必然是他亲自要了阿爹的命。如此一来，他还替耿忠吉报了仇，心里也更安稳。"

西北王府铁桶一般，耿良成唯一能下手的机会就是通过军医行事。军医素来刚正不阿，又钦佩沈岳山的人品，要让军医同流合污，只得是拿他全家之人的性命威胁。

"桑伯对阿爹忠诚不二，哪怕耿良成拿了桑伯的妻儿威胁，桑伯也不会妥协。"沈羲和很笃定这一点。

"不，耿良成自己已经是个小人，一个小人是不会信这世间有真正的大义者的。"萧华雍微微摇头，"另一则，军医必然会诊断出岳父重伤不治，既然岳父已经无力回天，为何军医要为一个将死之人罔顾至亲生死？军医由此受迫对岳父下毒手，才是合情合理的。"

沈羲和思索片刻后说道："你所言不无道理，待阿爹回来，我会告知阿爹。"

"此事隐瞒兄长更佳。"萧华雍又提议。

他不是不信任沈云安的做戏功夫，而是沈云安越真情流露，做出种种不需要衡量的反应，才能越毫无破绽。

沈羲和皱了皱眉。他们父子三人，从不曾互相隐瞒，此刻隐瞒了阿兄，待到尘埃落定，必然会让阿兄伤心。想了想之后，沈羲和说道："待阿爹回来，由阿爹做主。"

萧华雍没有勉强，甚至心中隐隐有些羡慕。他从未见过如此相亲相爱的高门大户。

深宅之中多是尔虞我诈和相互算计之事，为着利益，大家可以对至亲下死手。

"呦呦，我们日后也只要一儿一女吧。"萧华雍忽然说道。

沈羲和瞬间僵了僵，哪有人如此堂而皇之地讨论这样的事情？！

这话沈羲和都不知该如何接。

萧华雍沉浸在自己的思绪之中，并未察觉到沈羲和的不自在，继续说道："你与岳父和阿兄这样互亲互爱，委实叫我钦羡，我亦想有这样的和睦亲情。我想沈家能够如此，岳父的教导和用心是一则，另一则未必不是你与阿兄并无利益冲突的缘故。"

就像他的阿爹和陛下、太后难道不是曾经相亲相爱吗？最后到了权势面前，这些亲情终究还是不堪一击，若陛下是女儿身，他的阿爹怎会遭受这等蚀骨血杀？

萧华雍眼中的怅然之色，让沈羲和抛开了讨论生儿生女的不自在感。她知道他想到了自己的身世，握住了他的手："北辰，此言我并不赞同。我觉得日后孩子们是否和睦，是爹娘教导之因。"

别看沈岳山呵护她，对待沈云安极其严苛，其实沈岳山对沈云安从未疏忽过教育。沈岳山每一次严苛，都会告知沈云安因何而严苛。除了训练之外，沈岳山时常与沈云安像个孩子一般发生争执，让沈云安对沈岳山敬畏有之，同时亲近也足够。

沈岳山很会教导孩子，这才有沈羲和与沈云安一直这般手足情深。

"看来岳父很会教养孩子。"萧华雍莞尔。

沈羲和不想与他说什么孩子不孩子的，正要转移话题，恰好这个时候墨玉进来，递了一份信函给沈羲和。

她当着萧华雍的面拆开信，竟然是谢韫怀的来信："齐大夫也在凉州。"

萧华雍瞬间就敛去了脸上的笑容："他的信，如何能够被递到你手上？"

"我与齐大夫本就有书信往来。"沈羲和也极其大方地说道，"齐大夫听闻我失踪的消息，便将信传回了郡主府，郡主府的人随之递过来，算算日子，他应该到凉州了。"

谢韫怀听闻"她"在驿站失踪，便用信鸽传信回了郡主府，交代了他会到凉州来寻人，并给了一个在凉州的地址。

"我这便回信与他，正好阿爹之事，问一问齐大夫是否有法子。若齐大夫有法子，便不劳动令狐神医了，我们也可以少等些许时日。"沈羲和说着抬眼就看到萧华雍抿着唇，不高兴的情绪摆在脸上。

她索性将书信递给了萧华雍："你去回信。"

萧华雍没接信，就是一脸醋意。

沈羲和叹了一口气："我与齐大夫并无私情，与他有书信往来，也是因着托他寻能够解你体内的奇毒之药。齐大夫曾经坦言过，他对我也没有非分之想。"

有那么一瞬间，萧华雍差点儿脱口而出，宁可不解毒，也不愿他们之间有往来。

但他到底把话咽了下去。他也不知为何自己心胸竟然如此狭隘，看不得她与旁人密切往来，尤其是男子，哪怕他知道她与谢韫怀之间清清白白。

见萧华雍仍绷着脸，沈羲和又说道："齐大夫于我而言，和步世子并无差异。"

她和他们都是至交好友。

"我知晓。"萧华雍闷声回道。

"可你心有芥蒂。"沈羲和直言道。

萧华雍有些慌乱地移开目光，不去与沈羲和对视："我……我知晓不该在意，不该心有芥蒂，可也无法控制自己……"

他有些不喜欢这样不能自控的时候。

他也不知道为何自己的占有欲强到令自己都不可思议的地步。

"我与齐大夫，若非有事，从不主动联系。齐大夫有时一月一封信，有时数月一封信，信中皆是谈及寻解药的进度。"沈羲和语气诚挚地说，"我本就是个不喜与人往来之人，哪怕是认定的挚友，也由来是他们寻我居多。北辰，我的朋友不多，就那么几个，而我的丈夫只有你一个。

"齐大夫相助我良多，我现下又有求于他，不能对这份情谊说丢弃便丢弃。你若介怀，我日后交友不会再交儿郎。"

这是沈羲和能够做到的最大让步，她与谢韫怀什么事都没有，互相帮扶，引以为知己，私下也不曾频繁联系，现下还一年有三五封书信往来，皆是因萧华雍体内的奇毒。

待到此事了结，若非必要，他们至多也就是逢年过节不忘备上厚礼，遇上珍稀药草或与之相关之物她多加留心，赠予过去便是。

沈羲和做不到为了照顾萧华雍的情绪，就将这样一个与他成婚前相交的朋友舍弃掉。

只是他实在介意她与儿郎往来，她日后不再与儿郎相交便是。

萧华雍大步上前，紧紧抱着沈羲和："对不住，呦呦，是我不好，我会改。"

沈羲和并没有生气，也没有觉得是萧华雍之过，轻声说道："北辰，我们是夫妻，夫妻之间不需要一个人一味退让，你若不喜可以说出来，我能办到的事自然会尽力而为。若不能，我亦会明明白白地告知你。

"我是个被规矩礼教束缚着的人，似我这样的人，有诸多无趣之处，却也有诸多知礼的地方。我与谁相交，无论男女，都有自己的分寸，只盼你能信我。"

"我信你。"他从不曾质疑沈羲和的礼教，她的教养绝不会允许她三心二意，也不会允许她做出违背人伦纲常之事，"我……我只是想做你心中最重要的人，你……你对我好点儿，我便能不在意这些……"

什么撩拨人的话，萧华雍都能张口就来，唯独这句话竟然让他有些羞于启齿。

对他好点儿？

沈羲和疑惑："我待你不好吗？"

她自问待他已经足够好了，还有何处做得不妥吗？

"好。"萧华雍连忙应声，"但我贪心，想你待我更好。"

沈羲和想了想，颔首应道："我记下了，会尽量待你更好。"

就这样一句话，立时让萧华雍把谢韫怀这个人抛到了脑后。

他并不是真的介怀谢韫怀，只是想在她这里得到安抚罢了。

最后谢韫怀的回信还是由萧华雍执笔。夜里沈岳山归来，沈羲和与萧华雍将白日里二人商议之事告知了沈岳山，沈岳山并没有反对。

萧华雍便着手安排起来，第一件事情就是往京都去了一封信，目的地是信王府。

萧长卿很快就收到了一封来历不明的信，信封里全是荣策的罪证。

这些罪证没有直达天听，就意味着来信之人并不想借此对付荣策。信封里没有只言片语，也就是没有要用证据威胁他获得好处的意思。既不坑害又不是威胁，那这只能是警告。

荣策的罪不是大罪，应该说是每个为官之人都或多或少避不开的陋习，呈上去荣策也不会被严惩，但若有人在背后推波助澜，荣策是没有办法再留守凉州的。

凉州……

只是这两个字就让他知道，这封信大抵是皇太子送来的。

正如当初太子殿下扼制他的几次那样，每一次都是利用他的把柄。他炸皇陵、替换死囚，皇太子殿下的手段看似没变化，挟制人的缘由却有千百种，真是令人不寒而栗。

这世间能够轻易掌控达官显贵的罪证的人本就不多，掌握了又没有恶意的就更少了。

与其说这是警告，不如说这是太子殿下在贿赂他，看来太子殿下果然要在凉州……或许是西北大动干戈，要他莫要多管闲事。

萧长卿折身回了书房，提笔写了一封信交给在凉州的荣策。

萧华雍摆平了萧长卿，安排起事情来就更加肆无忌惮和得心应手了。

谢韫怀是次日来到他们的落脚之处的，一别一年有余，清风明月般的儿郎依然气度高贵。

"太子殿下、太子妃。"谢韫怀行礼。

"齐大夫多礼了。"萧华雍伸手扶住谢韫怀的胳膊，"此次请齐大夫来此，还得偏劳齐大夫。"

"小民与太子妃既是友人，自当互助，太子殿下客气了。"谢韫怀不卑不亢地回道。

萧华雍扫了他一眼："我与太子妃是夫妻，便是挚友相帮，也得说声谢，便先代呦呦道谢一番，一句有劳不为过。"

萧华雍在宣示主权，谢韫怀暗笑了一声。他对沈羲和确实心动过，现下却并无觊觎之心，自然没有丝毫不甘的情绪，故而也不愿与萧华雍在嘴上招将，以免让太子妃为难："殿下这声谢，小民尚且不敢受，亦不知小民能否相助殿下与太子妃。"

"齐大夫能来这一遭，已然担得起这声谢。"沈羲和出言道，"不过齐大夫与我们夫妻之间无须这么生疏，我们进去，与齐大夫说说到底是何事。"

为了安全，萧华雍虽然回了信给谢韫怀，却让谢韫怀去了他的地方，由他的人护送到这里来，到底是为何请他来此，并未细说。

几个人入了内，倒了杯沈羲和随身携带的平仲叶茶，落座之后，萧华雍将他们的事情一一道来。既然沈羲和如此信任谢韫怀，萧华雍也没有什么好隐瞒的。

再则便是，即便谢韫怀生出了异心，萧华雍也能让谢韫怀明白背叛他、伤害他所爱之人应当付出多么惨痛的代价。

谢韫怀听了计划之后沉思了片刻，才开口："我倒是有个法子，不过需得阿喜相助。另……"

"齐大夫，但说无妨。"沈羲和看到了他的迟疑之意。

谢韫怀眉峰微敛，抬眸肃容道："要做到以假乱真的程度，西北王少不得要受些苦。"

没有人能够做到将一个完好无损之人，通过施针或者用药伪装出重病不治的模样。

"可否细说？"沈羲和面色凝重。

"王爷的身体里有些暗伤，其实是可以痊愈的，只是救治起来恰如续骨，须得先断骨。"谢韫怀解释道，"我可以借此次机会为王爷治愈一些内腑之伤，要先以虎狼之药伤其内腑，再一起调养，如此一来便可以假乱真，又有阿喜施针，无论多少郎中都能瞒天过海。

"王爷半年内不可舞动刀剑，须好生调养，我会留在西北，随时观测王爷的身体变化，直至王爷痊愈。"

"是个好法子。"萧华雍很是赞同，"正好让岳父好生休养，这样事情落在旁人眼里也算合情合理。"

他们对外称沈岳山是受尽折磨逃出来的，为了取信耿良成，萧华雍开始布局，需要注意不要因为对付耿良成，让这些计划暴露他们是在布局，否则会引得陛下忌惮，让陛下觉得他们和萧觉嵩有所勾结，否则怎会将局做得如此精妙？

若沈岳山需要休养大半年，便可以当作真是受了萧觉嵩迫害，只不过逃出来之后察觉到了耿良成的异心，这才将计就计设局。

"我与阿爹说一说。"沈羲和相信沈岳山不会反对这个计划。

谢韫怀早就说过可以帮沈岳山治暗伤，可沈岳山一听要休养至少大半年，且不能动武，便拒绝了。作为守卫边陲之地安危的西北王，他不能因个人而不顾大局，若在这期间吐蕃或者突厥生变，他义不容辞地要上战场，届时只会伤上加伤。

现下事情过了明路，无论是吐蕃还是突厥，都有萧华雍在旁边盯着，自然能够给沈岳山足够的养伤时间。

沈岳山果然没有拒绝这个计划，他们便各自行动起来。随阿喜原是要留给萧华雍继续治眼睛的，尽管萧华雍已经恢复了辨色之能，但体内有毒仍是一大祸端。

萧华雍早早便说过要来寻她，沈羲和便直接将随阿喜带走了，就跟着珍珠他们。

隔日，他们都离开了村落，只不过分头行动。萧华雍要去安排整件事情的细节；

沈岳山先跟着谢韫怀吃着药，将所有暗伤都激发出来；沈羲和则是去了凉州，寻上了珍珠他们。

萧长风把事情处理好了，萧华雍没有给他留下任何证据，他带出来的人一个没留，陛下震怒也只能重新给他增派人手。知晓被掳走的是假货，萧长风就深信沈羲和无碍。

他一路带着沈羲和的婢女和下属赶到了凉州，在这里打听了两日，也没有打听出半点儿可疑的消息。就在他准备深入西北之时，沈羲和自己出现了。

荆钗布裙，未施粉黛，站姿挺拔，眉目淡漠，太子妃哪怕做寻常百姓女郎的打扮，依然难以掩盖高贵之气，她的身侧又多了一个人。

哪怕曾经看到过可以以假乱真的假扮之人，只一眼，萧长风也能笃定面前这个太子妃是真的。

这种从骨子里透出来的优雅与从容气度，并不是人人都能模仿出来的。

也难怪自从他千里奔波而来接手此事之后，那位假太子妃就以船上遇袭受惊为由，从不肯和他正面相对，唯一一次还是故意让他觉得可疑，从而他忽略了她身上的气质。

"太子妃因何在驿站里失踪？"萧长风问。

"自然是被人所掳。"沈羲和面色平淡地作答。

"太子妃如何从贼人手中逃脱的，又是何人掳走了太子妃？"萧长风又问。

"是何人所为，我亦不知。"沈羲和声音不疾不徐，"我身边自有暗卫，不瞒巽王，先有船上遇刺，再有驿站遇袭，我深感不安，故而将计就计，由着他们将我掳走，再由暗卫相救，绕路来凉州。"

她说得坦坦荡荡，若非早就知晓在驿站里的人是个假太子妃，他对这话都忍不住要信上几分了。

只不过驿站里的太子妃是假的，他没有证据，便不能说出来，也就不能说沈羲和与掳劫她的人是一伙的，目的就是杀掉陛下派遣来的人。

"太子妃深思熟虑、高瞻远瞩，小王佩服。想来从云州至凉州，太子妃一路奔波，小王便不打扰太子妃歇息了。"萧长风深知不可能从沈羲和这里套出只言片语，那就没有必要再在沈羲和这里浪费时间，不如去查一查沈羲和这段时日的踪迹。

沈羲和要的就是他去查。她故意拖了两日才现身，是因为需要在凉州这里留下痕迹，这些痕迹就是留给萧长风的，等萧长风查清楚了，她就可以理所应当地带着萧长风去寻阿爹了。

"呦呦！"沈羲和才在珍珠等人的服侍下沐浴更衣，步疏林就急忙寻来，上上下下地打量沈羲和一番，长长地舒了一口气，回头看了看，才压低声音说道，"你下次能否知会我一声？"

步疏林当然知道驿站失踪的不是沈羲和，可沈羲和后来的确没有了踪影，步疏林追问珍珠等人，也没有丝毫音信，着实担忧了一场。

"告诉你？那如何瞒过巽王？"沈羲和瞥了她一眼。

这种不被信任的感觉，让步疏林捂着心口说道："你质疑我的才能，质疑我的智谋，还质疑我的做戏本领！"

沈羲和用平淡的目光在她的身上上下扫了一番："恕我直言，但凡与能力有关的特质，我在你身上皆未看到。"

步疏林："……"

侮辱她，沈羲和就知道侮辱她！

"你莫要忘了，是我帮你把萧长风引过去的！"

用她的时候，沈羲和怎么不嫌弃她？

若非她把萧长风引过去，萧长风哪里有那么容易就亲自出马，深信沈羲和就在客栈里，从而跟着沈羲和，被沈羲和带到荒山野岭中，差点儿丢了小命？

提到这件事她就很气："我辛辛苦苦地为你筹谋，你转头就把陛下派来之人杀得一个不留，就留了我一个，这会儿人人都觉得我与刺客里应外合。"

"不是还有个巽王？你大可以往他身上泼脏水。"沈羲和嘴角微扬。

"我不与他掰扯这些，只道我功夫了得、身手敏捷，无人是我的敌手。"步疏林下巴一扬，说道。

沈羲和意味不明地笑了一声。

这种笑容落在步疏林眼里就是一种轻蔑的表现，是赤裸裸地在嘲弄她。

"我的功夫，放眼整个天下也是排得上名的，你莫要小瞧我。"她说。

"不如你去与巽王打一架，看看孰高孰低？"沈羲和扬眉。

步疏林："……"

他们俩打过了，就在萧长风跑回驿站，发现其他追出去寻太子妃的人也全部被杀，就她一个人完好无损地回来时，就怀疑她了，两个人一言不合大打出手，她竟然输了半招！

这是奇耻大辱！近来她都在苦练，定要将这半招赢回来。

一看她这模样，沈羲和便知道她定然是与萧长风交手了，结果不言而喻。

沈羲和表情微妙地笑了笑，不等步疏林恼怒便说道："行了，我要歇息了。"

又被下逐客令的步疏林没有走，而是问道："你接下来到底要如何行事？你给我交个底。"

"余下之事，稍显复杂，你莫要掺和。"沈羲和不打算告诉步疏林。

并非她不信任步疏林，而是这件事情三言两语说不清楚。

见步疏林闷闷不乐，沈羲和又说道："你帮我跟紧巽王便是。"

被需要的满足感让步疏林的脸上堆起了笑容，她说："行，我这就去跟紧他。"

沈羲和在屋内歇息了一日，一整日都不曾出门，却大半夜往外跑，披头散发，随意穿上披风，就连珍珠等人都不知缘由。众人"呼啦啦"齐齐一边高喊，一边追。她还在马厩里夺了一匹马，骑着就狂奔而去。

被惊动的萧长风因着吃了上次的亏，竟有些迟疑。他从未遇上似沈羲和这样完全让人摸不清路数且城府极深的女郎。

不过步疏林毫不犹豫地跟了上去，沈羲和大半的婢女也跟了上去，萧长风略略吩咐后，也打马追了上去。

沈羲和一路疾驰，又是朝着深山奔去，萧长风或多或少对深山有些心理阴影，

这次他把带来的人都留在了外面，自己孤身沿着他们的方向追去。

夜空下的静谧气氛被马蹄声震碎，蝉鸣蛙声也消失不见了，越往深山走越僻静，沈羲和的马术到底没有萧长风与步疏林的精湛，很快她就被追上了。

萧长风拦在沈羲和面前："太子妃，这是何故？"

"你让开！"沈羲和显得焦虑而又易怒，冷声下令道。

萧长风却没有退让："太子妃，四周荒凉，虽是夜间，亦有猛兽，不可再深入。小王奉命护太子妃周全，若太子妃不说明缘由，小王只得冒犯。"

"我梦见阿爹，阿爹在呼唤我！他就在这附近！他有危险！"沈羲和慌乱而又急切地说道。

这话完全不能说服萧长风，萧长风查到沈羲和早两日就来了凉州，一直在附近转悠，神神秘秘，好似在寻人。

"太子妃，您是梦魇了，作不得数……"

萧长风话音未落，身后就隐隐有厮杀声传来。

第十九章　各怀心思鱼上钩

厮杀的声音并不大，但无法躲过萧长风和步疏林这等功夫极高之人敏锐的耳朵。

萧长风迅速转过身挡在了沈羲和面前，保护沈羲和的安危是他的责任。步疏林和墨玉等人也纵马上前，步疏林对萧长风说道："我去看看。"

萧长风颔首，步疏林驱马朝着声源处追了过去。墨玉接到了沈羲和的眼神示意，也紧跟了上去，萧长风的目光落在墨玉身上片刻。

两个人离去后没有多久，就有短促的哨声响起，沈羲和当下激动地扬鞭冲了出去："是阿爹！"

珍珠迅速跟上，萧长风也跟了上去。

三个人赶到的时候，墨玉和步疏林搀扶着一个浑身是伤、披头散发且垂着头、根本让人看不到面容的人。但那人身形高大，世间难寻，几乎是在夜色之中看到这个身形，萧长风就断定这是沈岳山。

"阿爹！"沈羲和高喊一声，就要冲上去，萧长风手疾眼快地拦下了她。

"郡主，婢子去营救王爷。"珍珠迅速冲了过去。

原本是五六个人团团围着墨玉与步疏林三个人，珍珠策马冲过来打乱了他们的阵形。然而四周狭窄，围堵他们之人身手也极敏捷，有人横刀划来，有人配合默契地朝着马腿砍了下去。

他们两个人一动，墨玉和步疏林也动了起来。沈岳山跌坐在地上，单手撑地，有鲜血自他的身上流出。

萧长风正要上前相助，两个将珍珠从马上逼下来并且斩杀了珍珠的马之人距离他们最近，一个人的目光迅速扫了过来。

虽然他只是目光一扫而过，但敏锐如萧长风笃定他的目标是沈羲和。萧长风看着他们与墨玉、步疏林等人交手，发现他们身手极好，绝非寻常之人。若他也加入，有人攻向沈羲和，并不懂武的沈羲和只怕要落入他们手中。

萧长风无奈之下，并不敢上前，拿出腰间的小号角，极短地吹响了三声。这应该是他给留在树林外的下属的信号，要他们来增援。

沈羲和并未留意萧长风这边的情况，全程紧紧盯着沈岳山，焦急与担忧之色写在脸上，好几次要冲过去，都被时刻留意她的萧长风有意无意地拦了一下。

见萧长风唤援军，与步疏林等人纠缠的黑衣人明显有些急乱了，下手更加狠辣，甚至时刻利用中间毫无还手之力的沈岳山做假动作，引得步疏林和墨玉等人不得不去相护。几个来回下来，饶是两个人功夫不俗，身上也多了不少刀伤。

整个交锋的过程都落在了萧长风的眼里，萧长风看不出丝毫破绽。沈羲和的两个丫鬟他不了解，步疏林的身手他却极其清楚，步疏林没有留丝毫余地，这是真的拼尽了全力。

他的心一寸寸下沉，待他听到了大量马蹄声靠近，倏地翻身加入了混战之中。他在边缘，一边帮珍珠对敌，一边留有时刻能够折身回去保护沈羲和的退路。

大量马蹄声逼近，哪怕是在刀剑相搏之中，这些黑衣人也听到了，顿时眼神一变。黑衣人掏出了身上的迷雾弹，一个个砸开，烟雾四散，等到烟雾散去，人早就不知去向了。

这个时候萧长风的属下齐齐奔来，沈羲和也已经翻身下马，朝着沈岳山扑了过去："阿爹，阿爹！"

沈羲和颤抖着手扶住沈岳山。她知道一切都是假的，可沈岳山竟然为了取信于人身上弄出了不少伤痕，让沈羲和心疼不已。

"呦……呦……"沈岳山都没来得及吐出一句完整的话，就倒了下去。

步疏林连忙帮忙搀扶沈岳山，萧长风立时唤了几个人来将沈岳山抬起来，放到马上，迅速送到驿站去。沈羲和等人自然跟着沈岳山离去，萧长风则是带了一部分人去搜查黑衣人的踪迹。

沈岳山被救回来，珍珠和随行的医官都诊了脉，随行的医官面色大变，不敢多言。

珍珠更是红了眼眶。珍珠并不知其中缘由，但以她现在的医术诊断出来的结果，竟然想不出法子来拯救伤得如此之重的沈岳山。

"阿爹如何了？"沈羲和似是从二人的反应之中感知到了什么，担心而又害怕地追问道。

医官不敢说话，珍珠扶住沈羲和的胳膊："太子妃，先让阿喜看看。"

随阿喜上前给沈岳山诊脉。他也没有被通气，对切脉这一块并不擅长，诊出来的结果与医官和珍珠的并无区别，霎时白了脸。

"阿爹如何？"沈羲和又问，身体紧绷着，仿佛随时会崩断一根弦而倒下。

"太子妃……"随阿喜嚅动着唇，声音却卡在喉头里。

沈羲和望着他们，眼底已经泛起了泪光。她冷着脸开口："说，阿爹到底如何？！"

"太子妃，属下无能，王爷内腑伤重，恐……"

"阿喜！"珍珠尖声截断了他的话。

萧长风就是这个时候赶回来的。他远远地就听到了沈羲和的质问声，到了门口，更是把随阿喜和珍珠的反应尽收眼底，一时间也觉得大事不好。

他大步迈进门槛，就看到了已经被清理干净但面无人色地静躺着的西北王。他不懂医术，可能够根据西北王的呼气吐气之虚弱和混乱情况，知晓西北王恐怕的确不好。

"恐什么？"沈羲和深吸一口气，表情故作镇定，绷着脸沉声问。

随阿喜不敢多言，沈羲和又看向珍珠，珍珠只得回道："郡主，许是婢子等人医术不精，我们寻齐大夫，寻令狐神医，王爷定能痊愈。"

沈羲和听了她的话，当即"晕了"过去。

到了这个地步，她接下来也不知该如何反应，便听萧华雍之言，戏若是唱不下去，"晕了"便是。

沈羲和晕倒，大家又是一阵手忙脚乱。萧长风这个时候也不敢掉以轻心，甚至无法质疑这其中有什么不妥，连忙派人去召集全城的郎中。郎中一个个被强势地从家中拉出来，跟着官差来了驿站，却没有一个人敢说他有救治之法。

这让萧长风的心更沉重。

随阿喜与珍珠联手保住了沈岳山的一口气，但对沈岳山的内腑之伤也是束手无策。

沈岳山是从大大小小不断的伤势之中走过来的，比沈羲和还先醒，醒来就要见萧长风。

他对萧长风说道："送我回西北，越快越好……"

一句话，他似是用尽了全力，喘气更加粗重。

"王爷，何人加害你？"萧长风没有答应，反而说道，"王爷此刻不宜被挪动，长风已经去信与世子，世子定会及时赶来。"

沈岳山歪头，半张脸贴在枕上，布满血丝的双眼极具压迫性和穿透性地盯着萧长风。

萧长风起初与之坦然对视，最终还是在那双炯炯有神的虎目之下低下了头，却没有退让："长风也是为着王爷着想。长风已经让凉州张贴告示，寻求名医。"

"我阿爹要回西北，那就启程回西北。"沈羲和不知何时站在了门口，面色有些憔悴，但是看着萧长风的目光格外森冷。

"太子妃不可任性……"

"巽王殿下，你只是负责我的安危，没有权力限制我阿爹与我的行动和去向。"沈羲和冷着声音打断他的话，说话间人已经走到了沈岳山近前。

她握住沈岳山的手，眼眶泛红。她的阿爹真是傻，把自己弄成了这副模样。

"莫……哭，阿爹……无碍……"沈岳山用力将几个字从唇齿间挤了出来。

她没有想到，为了治伤沈岳山会虚弱到这个地步，泪水瞬间便滑落下来，可见沈岳山这些暗伤留下来的缘由是多么令人痛心疾首。

他总是把身上的伤都养愈合了才回来，在年幼的她心中，阿爹就是个永远不会被打倒之人。

"回……西北。"沈岳山又说道。

"好，呦呦这便带阿爹回西北。"沈羲和深吸一口气，转头吩咐珍珠和墨玉："收拾行囊，今日便启程。"

"太子妃便是想旁的，也要想一想王爷现在的身子。"萧长风极力阻拦着沈羲和。

这会儿他并没有怀疑沈岳山的伤势。在他看来，没有什么假伤瞒得过全城的郎中，这么多人一致断定西北王已经无力回天，他已经信了。

正是信了，他才不能让沈岳山回西北。他传与陛下的信，陛下至少要三日才能收到，陛下想要做主西北之心，萧长风自然清楚。

身为忠君之臣，他认为陛下要做主天下是理所当然之事。眼下是最好的时机，西北王若是不回西北，许多事情就交代不下去，沈家或许会因此而败落，西北的豪族搞不好也会大洗牌。但陛下与西北王未撕破脸，陛下不会对沈家和西北跟随沈氏之人赶尽杀绝。

这算是最兵不血刃地化解这个僵局的法子。

"巽王殿下，我阿爹生于西北，长于西北，守于西北。"沈羲和转身，黑曜石般明亮的眼瞳犀利得如染了风霜的刀刃，"此地距离西北只差一脚，你是要让他抱憾一生吗？"

"小王并无此意……"

"巽王殿下，西北土厚地坚，不是人人都有能耐踏上去。"沈羲和神色越发冷硬，"巽王殿下怕是不知，许多人一入西北，便因难以适应而头晕目眩，甚至在西北土地之上难以行走。"

这看似有些让人摸不着头脑的话，却让萧长风明白，沈羲和知晓他的意图，也是在告诉他，不是人人都有资格常年驻守西北，也并不是谁都有能耐立在西北这片土地上。

萧长风能说的话都说了，能做的事也都做了，沈羲和已经算是半挑明，若是他再阻挠，双方少不得要短兵相接。沈羲和再吩咐人收拾，要带沈岳山回西北王府时，他便不能再阻拦了。他其实想留下来彻查一番昨日查到的蛛丝马迹，可他的职责确是负责沈羲和的安危，只能把得力下属留下来彻查那群黑衣人的下落。

凉州一半在西北之中，从凉州出发，到西北王府，在沈岳山能够接受的速度之下，他们用了四日回到了西北王府。

萧长风的确给沈云安去了信，但沈羲和又派人追加了一封信，沈云安没有离开西北王府，一直在这里等待沈岳山。还有一个月就要大婚的沈云安，满脸急色地在城门口迎到了沈羲和等人。这件事情由沈岳山做主，到底是从头到尾没有对沈云安透露丝毫。

沈羲和不敢与沈云安对视，这在沈云安和其他人看来，更是觉得沈岳山不好。

等到沈岳山被抬到西北王府后，军医立时就被迎来。沈岳山这两日的情形其实更不好，他身上的暗伤会在谢韫怀的药物下在这两日被激发得更明显。军医给沈岳山诊脉之后，手都忍不住抖了抖，似乎难以置信。军医又重新把脉，这让闻讯赶来的沈岳山的亲随都心里"咯噔"了一下。

"桑伯，我阿爹如何了？"沈云安问道，他的声音有着他自己难以察觉的颤抖之意。

西北军有个军医叫桑引，也是随着沈岳山他们一道长大的，只是因为自幼爱医道，加上从小瘦弱，不能随其他兄弟一道上战场，便潜心钻研医术，为兄弟们稳定后方。

沈羲和幼时得以被养活，也多亏他，整个西北的人都将他奉若神医。

这么多年来，这些人从未见过桑引这副魂不守舍的模样，他好似被人封了嘴，吐不出一个字，手却克制不住地在颤抖。

"老六，你倒是说句话啊，王爷到底如何？"有性子急的将军忍不住催促道。

桑引似是醒了神，一把推开这些人，跌跌撞撞地朝着自己家里跑去，嘴里念叨着："定然有法子，定然有法子……"

他的反应让所有人都如坠冰窟，沈云安甚至双腿发软，险些没有站稳，幸亏他身后的莫遥搀扶住了他。

沈羲和看到沈云安这样，更是闭上了眼。

兄妹二人的反应着实让人难以想象出里面会有什么蹊跷，站在最前方的耿良成目光闪了闪。

耿良成回到家中，便问心腹道："可打听到王爷因何而伤？"

萧长风为了给沈岳山治伤惊动了整个凉州，他们早两日便接到了消息，耿良成已然派人去调查情况了。

"似是被隐匿的嘉辰太子所伤。"心腹回复刺探到的结果。

"如此看来，作不得假……"耿良成眼底闪过一丝异色。

"将军，我们要不要……"

心腹的话还没有说完，就被耿良成抬手给打断了，他说："王爷在西北积威已久，不可轻举妄动，且整件事情看似合情合理，但王爷的身手，你我都心知肚明，萧觉嵩如何能够令他伤重至此？须得查明，其他事也要仔细谋划，世子绝非等闲之辈，太子妃又带了巽王前来……"

这是大事，他们必须每一步都谋划稳妥。

耿良成的谨慎行事在萧华雍与沈羲和的预料之中，关于沈岳山为何被萧觉嵩伤到这样的地步，是萧华雍亲自去做的局，耿良成查不到丝毫破绽。

萧华雍暂时不便露面，他的替身还躲着陛下派去追踪的人，在陛下的线报之中，他应当还未进入西北。不过沈岳山出了这么大的事情，已经闹得沸沸扬扬，萧华雍应该往这边赶才是。

夜间沈羲和被沈云安再三催促回屋歇息，才面容悲戚地回了屋。她刚入屋，就闻到了萧华雍独特的气息，这香是多伽罗和平仲叶相融合调制出来的，这世间只有她会调。

"你们都退下。"沈羲和将人全部遣退了。

房门才刚被关上，一具温热的身躯贴了上来，萧华雍从身后将她拢在怀里，偏头微微蹭了蹭她的头，说道："不用担忧，岳父的伤势都在估算之内。"

谢韫怀在京都与沈羲和往来密切，这个时候也不方便现身，以免引起猜疑，但行事之前，不说对沈岳山的每一步变化都了如指掌，也大致没有脱离掌控。

沈羲和忍不住放软身子，靠在了萧华雍的身上。她一直没有怀疑过谢韫怀，但还是需要一颗定心丸，萧华雍的这句话无疑便是给了她定心丸。

感觉到沈羲和的疲惫，萧华雍心口微疼，弯身将她打横抱起来，放到了她的床榻上："有安神香吗？"

"有……"

沈羲和要起身去取，被萧华雍摁住了肩膀："告诉我在何处，我来。"

明亮的双瞳看着他，带着一丝浅浅的笑意，她道："我的妆台……"

沈羲和将具体摆放的位置告诉萧华雍，萧华雍寻到之后取出，于香炉之中将其点燃，又坐回榻沿握住她的手："早些歇息，我陪着你。"

沈羲和是简单盥洗之后入了屋内，原就准备歇息，虽然疲惫，却并没有多少困意，垂眼看了看萧华雍握住自己的手，出神片刻后说道："耿良成不会轻易出手，我担心他对阿兄不利。"

耿良成要达到目的，没有了沈岳山，那么拦路虎就成了沈云安。

沈羲和想要将事情原委告知沈云安，让他有防备心，可沈云安一直守着沈岳山，而几位叔伯也不放心,轮流陪沈云安守着,让沈羲和完全寻不到空子与沈云安说上一两句话。

"阿兄这里我会盯着,有我在,交给我。"萧华雍目光怜惜而又温柔地将沈羲和锁住,他的手剪碎了光影,抚上她的脸颊,轻轻抚平她散开的鬓发,"明儿我给他也来一颗定心丸。"

幽幽的安神芬芳之中,沈羲和眼皮本来有点儿沉重,却因这句话而又被驱散了一点儿困意:"你要做什么?"

"岳父以神勇名天下,旁人只闻其名,耿良成等人却是真真切切知晓岳父之能的人。哪怕有满城郎中和军医都束手无策在前,我在凉州安排得也妥当,他与萧长风都查不出破绽。"

萧华雍耐心地分析给沈羲和听:"今朝观他言行,竟没有半点儿差错,他之谨慎程度或许比我们预料的更甚,既然如此,不如解了他心中的疑惑。明儿夜里,我会派人潜入耿府将他掳走,再易容成嘉辰太子与他相见。"

萧华雍把自己的全盘计划告知了沈羲和:"一则,让他知晓嘉辰太子既能够于他府中将他悄无声息地掳走,要伤岳父至此便不足为虑;二则,我扮作嘉辰太子与他合作,让他将阿兄交给我来处理,如此便能确保阿兄安全无虞。"

"耿府戒备森严,他更是骁勇善战、在战场上厮杀的老将军,他的警惕性比武艺高出他不少的游侠更甚——稍有风吹草动就能引得他警醒。"沈羲和道。

萧华雍想要神不知鬼不觉地将耿良成从耿府掳走谈何容易?

"这便是我今儿来寻你之因。"萧华雍扬唇笑了笑,"旁的你都不用顾虑,耿府的护卫拦不下我的人,我这两日已经摸清耿府护卫的轮值情况,要躲过他们不难,难的就是如何靠近耿良成而不让耿良成察觉。"

两个人四目相对,只一个眼色,沈羲和就知道了萧华雍的意思:"我这里有一味安息香,是特意为那些初上战场经历厮杀和血腥场面的少年郎研制的,闻着它的人便能一夜酣眠至天亮。"

战场是个极其可怕的地方,很多人经历过之后会整夜整夜失眠,哪怕是困到了极致也睡不着,勉强浅眠也会瞬间惊醒。沈羲和学习调香的时候,就一心想要研制出这种香料。

后来成功之后多用于军中,只是大量使用,又是无偿供给,沈羲和用了比较普通的药材和香料,药效普通,却也能够循序渐进地对这些稚嫩的少年郎起到治疗之效。

还有用珍贵药材调制出来的安息香,她只在自己和几个丫头身上试用过,就连沈岳山都不曾用过。这样的香更为精粹,气息也与军中所用的香不同,便是耿良成闻到亦不会起疑。

沈羲和在得到仙人绦之后，更加改良过。仙人绦对调香是极其神奇的存在，似乎能够让所有香料都更纯粹，佐以仙人绦之后，每一种香还是原来的香，功效却增长数倍。

这次她带了一些这样的香在身上，原是用以对付不长眼之人，现在正好可以拿给萧华雍用。

至于如何在耿良成的卧房里点燃这香，如何让耿良成吸入，萧华雍既然有把握，沈羲和便不会插手。

沈羲和再次欲起身去取香，依然被萧华雍强势摁住了，他俯身在她的唇瓣上碰了碰："明日给我，你现在听我的话，闭上眼歇息。你若再不歇息，我可不保证我不做点儿旁的事，让你累一累……"

萧华雍还未说完，沈羲和立时闭上了眼睛。

萧华雍忍不住低声笑了笑。

有安神香在，没有萧华雍与之闲聊，沈羲和很快入眠。萧华雍等到她睡熟了，才在她旁边和衣躺下，却并没有睡。他想着这次之事，不把陛下套进来，实在是浪费这样的天赐良机。

或许他可以与老五合作一次，老五定是很乐意给陛下挖坑。

沈羲和醒来的时候，萧华雍正躺在她的身侧熟睡，呼吸轻浅。她侧首恰好看到他的脸，他的脸落了晨曦，映照出了玉一般的光泽，细密乌黑的长睫令女郎都忍不住生出艳羡之意。

她的视线下移，落在了他的唇上，他的唇色略深，这是因为他的身体里藏着毒，却恰好让他过于俊美的容颜少了些许阴柔气息，与他线条流畅的轮廓相衬托，平添几分刚毅之气。

沈羲和从不是个看重颜色之人，却也不得不承认枕边人容颜如此令人赏心悦目是一件极其美好之事。

"夫人这般看我，是觉得我秀色可餐，想要吃上一口？"不知何时醒来的萧华雍嘴角微微绽开，偏头睁开了一双银辉凝聚的眼，目光与她的勾勾缠缠，那个"吃"字咬得极重。

沈羲和面上的温柔浅笑瞬间收敛，她坐起身，深吸了一口气，顿觉神清气爽，冲着屋外的身影问："什么时辰？"

"回太子妃，卯时正。"屋外的珍珠回答。

"你快走吧，一会儿人便多起来了，我也要起身去看阿爹。"沈羲和下榻取了安息香给萧华雍后催促他。这个时辰已经很晚，她应该早半个时辰起身，这个时候去看阿爹才是。

536

萧华雍拿着安息香，猛然凑上去，在沈羲和的脸上啄了一口。不等沈羲和反应过来，他已经飘然到了窗口，半个身子都探到外面，对着沈羲和眨了眨有小痣的眼，身影一闪，消失不见。

沈羲和无奈地摇了摇头，收敛了情绪，梳妆时才发现自己一夜好眠，气色极佳，少不得要用妆容来遮掩一二。她随意吃了两口朝食，便匆匆赶到了沈岳山的屋内。她到之时，人人都已经到了。

沈云安上前扶住她的肩膀："你面色憔悴，为何不多歇息一会儿？阿爹这里有我。"

她的憔悴是装出来的，沈羲和抬眼看着沈云安，他的眼里满是红血丝，下巴上也生出了青楂，估摸着他没有看到自己现在的模样。

"阿兄，你去歇息片刻，我来守着阿爹。"沈羲和心疼地开口，"呦呦需要你，阿爹也需要你，西北王府更需要你，你便是不为自个儿，也要爱惜自己。"

"阿兄没事。往年行军打仗，几天几夜不合眼，还要提防敌人来袭，阿兄都能熬过去，你别担心。"沈云安这个时候根本睡不着，一颗心都吊在沈岳山的伤势上。

"阿兄，你若要如此，那我便自此刻起也如你一般寸步不离地守着阿爹。"沈羲和见劝不动沈云安，只得出言威胁。

"呦呦……"

"世子，太子妃所言极是，这个关头谁都能倒下，唯独世子您不能倒下。此处有末将等人，有太子妃在，世子便去歇息一下。"沈岳山的心腹也跟着劝道。

紧接着便是沈岳山的那些兄弟，拿出了长辈的身份，用叮嘱或命令的语气劝说着，沈云安这才被送回了卧房，沈羲和给珍珠使了个眼色。

沈云安这个时候根本无法入眠，须得用安神香。

沈云安走后，耿良成便带着几个兄弟围上了桑引，受他暗示的人开口问："老桑，你倒是给句实话，王爷到底如何？我们都不是外人，无论情况是好是坏，我们心里也有个底。"

桑引面色颓然，同样是一副邋遢的样子。自从沈岳山被送回来后，他就在家里翻遍了医书，不吃不喝，也没有寻到一个可行之法。被点名问沈岳山的病情，桑引张了好几次嘴，才声音干涩地回道："王爷被灌了虎狼之药，这药非毒，却比毒更毒，将王爷的身体里多年行军打仗留下的暗伤全部激发了，来势凶猛，霎时令王爷的金刚之躯变得千疮百孔，我……我亦无能为力……"

桑引之言令所有人都瞳孔一震，有那脾气火暴之人，当下就往外冲去："他娘的，老子要宰了他……"

"大虎，莫要冲动。"

"冲动？王爷都快被人害死了，你们还说我冲动！"

"你现在去何处寻人？你知晓是谁把王爷伤到如此地步的吗？"

几个人推拉着，耿良成冷喝了一声，几个人顿时静了下来。

沈羲和哪怕隔着一间屋子，也能听到他们在明间门口的争执声，耿良成的地位在西北仅次于沈岳山，哪怕是沈云安也稍逊些许。

正因如此，他们要除掉耿良成必须证据确凿，否则很可能引得耿良成倒打一耙，最后西北人心涣散，众人互相猜疑，心有芥蒂。

他们不知沈岳山被何人伤成这般模样，耿良成知晓却不会告诉他们。沈岳山归来之后一直昏迷不醒，他们也没有机会问出什么，都担心着沈岳山的身体状况。

"王爷是由郡主送回，不如问一问郡主。"有人提议，他口里的郡主自然是沈羲和。其实他们骨子里对朝廷没有多少敬畏心，潜意识里就觉得太子妃还没有他们的郡主尊贵。

这也是沈岳山不敢轻易将西北之权放出去的原因之一，这些人都是能征善战的粗人，在战场上骁勇，但下了战场，心思未必深沉。这些人敬重沈岳山，是因为他们一起抛头颅、洒热血，刀山火海里经历几番生死才闯出来的。

他们守护着西北，守护着朝廷一方安宁，可陛下还总是忌惮他们，这令他们十分恼怒。

正因为他们在沈岳山的带领下，由来没有生出反朝廷之心。当年他们为了把现在的陛下送回京都，一路拼杀折损了不知多少兄弟，陛下的地位是他们西北军用鲜血铺出来的。

他们身为臣子效忠皇室理所应当，可若是忠诚和牺牲换来的是猜忌，就足够令他们无法从心底去敬畏陛下了。

沈岳山也从中想要调和，可亦不能说得太过，否则会让这些人觉得沈岳山要抛下他们，将西北交给朝廷来糟蹋。

沈羲和正在心里叹息着，就有人来请她出去，她也就顺势出去了。几个人抱拳行礼，耿良成等人唤她太子妃，大虎叔那几个人仍是唤她郡主。

其实一个称呼，就可以看出这些人对待西北和朝廷的态度。

沈羲和回了一个晚辈礼："诸位叔伯之言我已听到。我自京都赶来，一路受梦境指引寻到了阿爹，阿爹情势危急，又坚持赶回西北，一路上极少有清醒之时，只说他是被嘉辰太子之人所害，其余并未多言。"

"嘉辰太子？"

这个结果既出乎众人意料，又在情理之中。

若非有沈岳山，现在皇位上坐着的人就不是如今的陛下，而是这位嘉辰太子了，嘉辰太子恨沈岳山，想要沈岳山的命是合情合理的。

"当年就该斩草除根！"孟虎手掌击拳，一脸悔不当初的样子。

当年事情太过离奇，嘉辰太子假意投降又背地里偷袭谦王，转移了所有人的注意，然后从皇宫之中逃出，如今的陛下匆匆登基。

他们都知晓嘉辰太子必然深恨王爷，询问过是否要追杀嘉辰太子，王爷却说："他更恨陛下。"

是，陛下得了嘉辰太子的皇位。可陛下能够得到，王爷厥功至伟。

他们仍不放心，沈岳山却不准他们追查嘉辰太子的下落。

他们自然不知道嘉辰太子不过是陛下杀兄夺位的替罪羊，那个时候沈岳山就察觉到了陛下有多狠厉，这么多年不敢把西北兵权交出，也有当年之事的原因。

他们需要的是退回西北，莫要掺和旁的事情，不能引起陛下的注意力。

京都有宦官、有世家，十年内陛下不可能对西北不利，他们一定要利用这十年将西北牢牢掌控住，否则他们的下场堪忧。

之后发生的萧氏之事，更是印证了沈岳山的推测，陛下的权欲之心胜过一切。谁挡他执掌天下，谁便是他的眼中钉、肉中刺。

这些年沈岳山最后悔之事，便是当年亲自出了一趟城。若他留下来，伴在谦王身边，以谦王之仁义，他们沈氏一族早就能全身而退，也不用担心他一人离开，他身后的人会被一个个拔除。

万幸，谦王还留下了血脉。太后高瞻远瞩，估摸着也是看清了小儿子有多狠心，为了萧华雍的性命，将萧华雍推到了太子的位置上。

大脑十分清晰的沈岳山想到萧华雍，不由得想到了三十年前初遇的少年郎。哪怕一路流放而来，哪怕衣衫褴褛似乞丐，布鞋磨损得能看到两三根脚趾，他也挺直背脊立在风雪之中，如松柏一般不受寒霜侵蚀，那等气度，并非皇家之人都能有。

"此事是否要上报陛下？"几个人听了沈羲和之言后，耿良成忽然开口问。

"这是我们西北之事，告知陛下？陛下能立刻派人搜寻萧觉嵩那老贼？"孟虎连尊称都不愿尊称萧觉嵩一句，"我可是听闻去年萧觉嵩那老贼把陛下都摆了一道，险些命丧江河之中。陛下不也没能将人抓住？"

"可王爷的伤势……"耿良成十分忧心道。

"王爷走了多少次鬼门关，阎王哪次敢收？王爷这次定然也能化险为夷！"孟虎梗着脖子道。他这一生最敬佩的就是沈岳山，沈岳山把他从一个被人嘲笑的火头兵带到如今的三品将军，让他活出了尊严。

其他人没有表态，几个人当中素来做和事佬的魏崖开口："王爷虽昏迷不醒，生死难料，可王府尚有世子在，待到世子醒来，不妨由世子做主。"

沈羲和看了一眼魏崖，魏崖年近五旬，是有名的儒将，慈眉善目，笑容温和。恰好对上沈羲和的目光，他便含笑对沈羲和说道："郡主放心，王爷在，世子在，京都之人便不能不敬你。"

他这是告诉沈羲和,没有了沈岳山,还有沈云安,只要沈云安在,沈云安的背后就有他们。他们和沈云安永远是她的后盾,在京都她不能让人欺负了去。

"多谢魏叔。"沈羲和端端正正地行了个礼。

有了魏崖表态,其他人也反应过来。这个时候他们这位被他们捧在掌心里长大的郡主,最是需要他们安抚。

"郡主,我大虎活着,就会守着你与世子;便是我倒下了,我还有儿子!"

"郡主只管安心,西北有我们在,乱不了,也不容人染指。"

"郡主……"

沈羲和听着几位叔伯的安抚言语,视线不经意地扫过了耿良成。耿良成十分沉得住气,神色与几位叔伯并无二致,好似也一样会坚定不移地支持沈云安。

在这样的情况下,耿良成想要成为西北的王,那只能是沈云安遇难,再由这些人将他推出来,这就很不容易了。沈云安整日都在王府里,耿良成要如何将沈云安给剔除,又不暴露自己,实在是太难。

整个西北的人都知道沈云安是沈岳山的继承人,沈云安八岁入军营,一步步从孩童到小兵到如今人人认可的世子——他有功绩、有能力,在西北没有人会去伤他。

西北王府的下属或许有不警惕者,但绝没有叛变者,耿良成要想买通下人极其不易。

沈云安自身功夫了得,身边还有个武艺出神入化、沈岳山特意寻了高人指点培养出来的莫遥。

可若不除了沈云安,耿良成就无法上位。沈云安年富力强,耿良成是无法熬过的,必须趁着这个千载难逢的时机,将他们父子俩一起送走。

思来想去,耿良成只觉得桑引有这个能耐助自己一臂之力。

只是桑引对沈岳山忠心耿耿,哪怕自己拿他全家人的性命要挟,也未必能够让他低头,这又让耿良成迟疑起来。

耿良成在想着利用桑引,却不知此刻他已经着了桑引的道。

早在他们从王府离开之前,萧华雍便去桑府见了桑引。桑引不许任何人打扰他,还是不愿放弃,想要再将这些药典翻阅一遍,这恰好方便了萧华雍。

萧华雍并非一人前来,还带着谢韫怀。

"桑伯,我是呦呦的夫君。"萧华雍制服了桑引,如此自我介绍后,松开了桑引。

桑引迅速后退,提防地盯着面前这个气度雍容华贵的青年。桑引并未见过皇太子,用质疑的目光盯着萧华雍。

萧华雍取出了腰间的香囊,这是沈羲和所做,沈羲和往年也送过香囊给叔伯们,桑引自然能一眼认出。

"此物并不能证明什么。"桑引依然十分警惕,香囊的确出自沈羲和之手,可也许是这人偷盗的。

"香囊留给桑伯，桑伯稍后可亲自去寻呦呦核实我的身份。"萧华雍面对沈羲和敬重的人，语气随和，甚至都是持晚辈的态度，"今儿我来寻桑伯，一是告知桑伯，岳父并无大碍，如今之局面另有因由，让施为之人与桑伯解释。"

桑引顺着萧华雍的目光，看到另一个清雅绝俗的青年从萧华雍身后的暗处走了出来，心里一惊，自己的府邸也是有不少精兵把守的，守门的更是战场上重伤退下来的老兵。

不只是他的府邸，整个西北的高门都是如此，这些建功立业、功绩却不显达、因战乱而致残的将士，都会留在几位将军的府邸里，帮忙看家护院。别看他们身有残疾，耳目却比寻常护院要灵敏许多。

这两个青年，年纪轻轻就能在他的府邸里来去自如，若真要对他们不利，只怕他们都会身处险境。

"桑伯，王爷是因服了我所配置之药才暗伤复发，这是救治王爷之法，我的药……"谢韫怀毫无保留地将珍贵无比的药方共享给了桑引。

他们这个时候来寻桑引，是因为过了今日，沈岳山的脉象就会转缓，桑引必然会察觉。另外，他们是希望有桑引帮助，让萧华雍可以顺利地将人给绑走。

"妙！"桑引听了谢韫怀之言，双目放光，满是赞叹之色，旋即不由得叹气，"少年果敢，老夫佩服。"

这个法子是他想都未想过的，先用虎狼之药激发暗伤，再如同新伤一般医治，这是个漫长的过程，却是极其有效的法子。

这个时候桑引其实已经信了萧华雍与谢韫怀，谢韫怀把沈岳山的脉象说得极其精准，若非把过脉是不可能做到的，而沈岳山归来之后，只有他在医治。

但这二人能够潜入他的府邸，未必不能潜入西北王府，桑引还需亲自去核实。

"若桑伯信了我二人，便请桑伯今日将这香放在耿将军的卧房里。"萧华雍给出了沈羲和的安息香。

放着香的盒子是木质的，尾端有一片平仲叶，这是沈羲和的习惯。

"郡主所调的香……"

刹那间，桑引把自己忽略的事情全部想了起来。若这二人所言为真，王爷为何不直言，为何要由郡主误导他们，说是嘉辰太子伤了他？王爷又为何要做出一副命不久矣的模样？

这一切只可能是刻意为之，给人设套，而这个人竟然是……

桑引不愿相信！

他认为人人都有可能背叛王爷，唯独耿良成不会。耿良成与王爷亲如手足，比他们任何一个人跟随王爷的时间都长久！耿家和莫家一样，是沈氏世代的拥护者。

"桑伯亲自去寻呦呦，便能知晓。"萧华雍不欲多言。他是个外人，说再多也无法取信桑引。

于是桑引便急匆匆地又去了王府。他焦急沈岳山的病，这般慌慌张张，也无人多想，至多不过是耿良成等人觉得他或许又想到了什么法子要试一试，他们等个结果便是。

桑引来到沈岳山这里，因为沈羲和伴在这里，没有看到沈云安，唯恐四周有人，桑引只是在给沈岳山重新把脉的时候于沈羲和的眼前露出了香囊，对沈羲和投以询问的目光。

沈羲和看到这个香囊，对上桑引有些紧张和逃避的目光，缓慢而又坚定地颔首。

见她颔首，桑引脚底一滑，险些没有站稳，幸好珍珠就在一旁，及时搀扶住他。

桑引医治过多少病患，见过多少血腥场面，从来坦然镇定的一个七尺男儿，第一次忍不住痛心疾首地流了泪。

桑引是哭着从西北王府离开的，又回到桑府将自己关闭了起来。消息传出后，耿良成才笃定沈岳山是真的不行了，便想方设法地要将沈云安除去。

桑引回到家中时，萧华雍仍在，谢韫怀却已经离去。萧华雍也只是想把自己的香囊讨回，对桑引追问的每一句话都没有作答，而是在临走前对桑引说道："桑伯，若你的家人被耿将军所掳，无须担忧，我们会护着。"

萧华雍没有给桑引再说话的机会，便消失无踪。

桑引捏着手中的安息香，深刻地明白萧华雍临走前说的那句话的意思。耿良成要借他之手对付沈云安，会拿他的家眷威胁他。

如果有一个人能够悄无声息地算计沈云安身边这些猛将，那只能是桑引。无论是这些人府中的老兵还是亲随，都受恩于桑引，兼之以桑引的为人以及他与诸位的关系，他想要动手脚太容易。

夜里耿良成在安息香之中酣然入睡，萧华雍带着天圆亲自来掳的人。叱咤疆场的将军，被人搬动竟然毫无知觉，就连他旁边的夫人也是半点儿反应也无。

将外面打点妥当后，萧华雍悄无声息地将耿良成带走了。

耿良成没有多久就醒来了，只觉得脖颈疼痛，似是被人打晕后的症状，浑身酸软无力，使不上劲儿，抬眼就看到一个人坐在他的面前。

耿良成随着沈岳山一起保护谦王母子三人杀到了京都，见过萧觉嵩。

"耿将军，别来无恙。"假扮萧觉嵩的萧华雍先开口，声音沧桑沙哑，其实和真正的萧觉嵩有很大的差距，只是耿良成并未见过年迈的萧觉嵩。

这声音也符合萧觉嵩现在的年纪，耿良成冷着声音问道："你捉我为何？"

"自是想与耿将军做一场交易。"萧华雍笑着看着他，"耿将军既然能投靠陛下，为何不能投靠我？陛下能让你掌控西北？我能立时让你梦想成真。"

"你胡说八道什么？莫要挑拨离间……"

"呵。"萧华雍眼中有嘲弄之色，"没了沈家，陛下派人接掌西北理所应当，届时你还要以辅佐之名，与陛下委派之人虚与委蛇。你心里明白，有沈家的前车之鉴，便是你在扳倒沈家之事上劳苦功高，陛下也不会让你成为第二个沈岳山。但我若是先将沈云安绑走，你再早些结束了沈岳山的命，西北群龙无首，你当仁不让。"

"便是如此，我又如何成为西北王？"耿良成质问道，"你也说了，陛下不会让我成为第二个西北王。"

"可若是这时沈云安惨死于陛下之人譬如绣衣使手中呢？""萧觉嵩"反问。

若是这个时候沈云安死于陛下的绣衣使手中，他们就能够理直气壮地要朝廷给个交代。沈岳山父子在西北多重要？陛下只要不想逼反西北的人，就不得不交代清楚。

自己再从中推波助澜，逼得陛下不得不让自己出面安抚西北军士。而陛下要让自己安抚，就得给自己权力。

这的确是最稳妥也是唯一能够让自己顺利接替沈岳山的办法，一举数得，将所有的隐患都消除了。

沈岳山命不久矣，沈云安却早已经羽翼丰满，要想将沈云安除掉，实在是件麻烦事，稍有不慎，他便会暴露真面目。届时不用陛下动手，他就能被桑引等人撕碎，绝对逃不出西北，西北百姓会生吞活剥了他。

耿良成还有个忧虑，他与陛下暗中往来，这是无法抹杀的事实，待到沈岳山归天，沈云安也被他顺利除掉，陛下手中若有证据，势必要将之公之于众，让他与西北这些兄弟互相残杀。只要将沈岳山父子的死完全扣在他的头上，陛下就能坐收渔翁之利。

这是他最大的隐患，也是这个隐患让他迟迟没有出手，怕杀了沈岳山父子只是为陛下作嫁衣。

现下有萧觉嵩掺和进来，他可以提前倒打一耙，只要沈云安死于绣衣使手中，陛下再说什么都是不怀好意，桑引等人的恨意必然会冲着陛下去。

绣衣使杀人手法独特，耿良成不敢轻易相信萧觉嵩的话："殿下，绣衣使如何杀人，殿下如何得知？"

"这自然是我之事，用不着与你交代。"萧华雍自眼底射出一种蔑视的眼神，"若非我不想西北落入陛下手中，而这西北只有你这一根反骨，我其实对你万分不屑。"

"你——"耿良成面色铁青，从未被人如此当面羞辱过。

"莫要企图与我谈条件。西北落入陛下手中，我只是硌硬，我有的是法子让陛下拿到手也安稳不得。可你就不同了，没有我相助，你的下场注定是身败名裂。"萧华雍侧身，双手负在身后，连眼风都懒得施舍耿良成一个，"说与你做一场交易，不过是客气。与我谈话，你不配。"

耿良成被萧华雍气得眼前发黑，脸色也黑如锅底。不过越是如此，他心里虽然恼恨萧华雍对他的折辱与轻视，却越发相信眼前之人的的确确是萧觉嵩，高贵的皇族天家人，由来都是俯视旁人的。

萧华雍越是如此，耿良成反而越放心，认为萧觉嵩能寻上他，说明凭一己之力无法阻拦陛下，须他配合，如此一来，等到他与之合作将陛下挟制住，也就不用担心受对方掣肘了。

只不过萧华雍到底出言不逊，耿良成不愿开口上赶着服软。

耿良成许久没有开口，萧华雍将目光斜扫过来，淡淡地掠过耿良成："怎么？耿将军还要考虑一番如何取舍？"

"殿下手眼通天，我怎敢轻易与虎谋皮？"耿良成不冷不热地说道。

"与虎谋皮？"萧华雍低笑一声，背着手走了两步。他刚走开，一个黑衣人就冲上前，一脚将耿良成踢倒在地。不等耿良成爬起来，黑衣人就踩着耿良成的肩膀将人摁在了地上。

萧华雍转身，目光犀利阴寒："到此刻，你还未弄清自个儿的处境，你只有应与不应的权利。"

耿良成还在挣扎，踩着他的黑衣人气力极大，他听到萧华雍声音冷漠地说："应，我便放你离去；不应，这里就是你的葬身地。"

萧华雍的话音一落，踩着耿良成的黑衣人就拔出了匕首。匕首泛着寒光，一寸寸接近耿良成的脖子，刀锋划上了他的脖子，传来了刺痛感，他高声喊道："我应！"

血珠一颗颗滚落，黑衣人利落地抽走了匕首，匕首尖上的血珠滴落在地面上，泅开妖冶的花。

萧华雍看了黑衣人一眼，黑衣人扔了一瓶伤药给耿良成，耿良成接住药之后立马给脖子上药。

"你现下要做的，便是及早送沈岳山上路。"萧华雍说道，"我会将沈云安绑走，最迟不能超过两日。"

"为何？"耿良成问。

"太子妃已经到了西北，护送太子妃来西北的是巽王，巽王乃陛下心腹，早在凉州之时便已经将消息递给了陛下。陛下确定沈岳山命不久矣，必然会采取行动。一旦陛下的人赶至，你就会陷于被动局面，你的时日不多。"萧华雍背对着耿良成说道。

耿良成仔细一想，确实如此，萧长风一定会将沈岳山的情况告知祐宁帝，祐宁帝也一定会有所行动，等到祐宁帝派遣的人来了西北，那么一切就由不得他说了算了。

"我知道了。"耿良成目光冷了冷。

"送他出去。"萧华雍吩咐旁边的黑衣人。

黑衣人走在前头，耿良成看了一眼萧华雍，沉默无声地跟了上去。

在耿良成快要迈出屋子的时候，萧华雍忽地又说道："耿将军，莫要阳奉阴违，我能悄无声息地将你掳来一次，便会有第二次。你眼下四面楚歌，若再得罪我，你可就一条活路都没了。"

耿良成顿了顿，才深吸一口气，踏出了屋子。

屋外霞光漫天，西北的晨间，流霞飘飞，似仙子的披帛绕满天空，如此美景耿良成却丝毫没有欣赏的心思。在西北，对这样的景色他早已看麻木了，正如他此刻的心一样木然。

耿良成回到府中，耿府依然井然有序，甚至无人知晓他被掳走。他寻常也有一早不见人的先例，有时若是军中有事更是如此。此刻西北王病危，更没有人多想。

心腹被他召来，才看到他的脖子上的伤痕："将军，您遇袭了？"

耿良成摸了摸脖子上的伤痕，脸色阴了阴："嘉辰太子在西北，沈岳山为他所伤，嘉辰太子要让西北变天。"

心腹也是个极其聪明之人，略一想就明白耿良成是被嘉辰太子掳走了。既然嘉辰太子要西北变天，这个时候又见了耿良成，还将之放回来，想来是属意促成耿良成成为西北王之事，心腹忙道："将军，这不失为一个良机。既然属意您，嘉辰太子便不会坐视陛下过河拆桥，对您不利。"

"与陛下不同，嘉辰太子无人可派遣。除了将军，嘉辰太子没有旁人可以用。"

这就对耿良成百利而无一害，一下子能够将他们所有的隐忧都给粉碎。

"此人神出鬼没，你莫要忘了，沈岳山都是折在他手上的。"

耿良成对萧华雍假扮的萧觉嵩有着深深的忌惮之心，事情绝对没有心腹所说的这般简单，日后自己与萧觉嵩为伍，或许要一直受其压迫。

"将军，无论如何我们要先度过眼下这一关，嘉辰太子再神出鬼没，也需要将军，待到将军成为西北王之后，我们再行谋算。"心腹劝说，"嘉辰太子到底是个见不得光之人。"

暂时隐忍并没什么妨碍，等到时机成熟，若是他们能够将嘉辰太子斩杀掉，或许还是大功一件，能从陛下手中换来不少利益。

耿良成沉思了片刻说道："他要我两日之内将王爷……"

耿良成做了一个杀死的动作。

"属下这几日一直盯着驿站，巽王已经派人送出两封八百里加急密信了。"

只是送信之人一路上十分警惕，他们跟上了也没有下手的机会，这个关头也不敢贸然行动。

朝廷信使若是在西北境内被杀，陛下顷刻间就能正大光明地派人来查，若是在西北之外，当地官员也要介入调查。信使是由西北出发，朝廷必然要一路查到西北，他们阻拦都不能阻拦，这个时候万万不可节外生枝。

他们只能眼睁睁地看着萧长风的信飞往京都。

耿良成闭上眼："看来他说得没错，我们没有多少时间。"

耿良成又处理了伤口，换了件能够遮挡伤口的高领衣裳才去了西北王府。正好桑引也在，耿良成便旁敲侧击地问沈岳山的情况。

桑引今日守在这里，就是因为沈岳山的伤势出现了变化，这个变化是往好转的方向转变的，余下的就是交给随阿喜施针辅助。随阿喜跟着沈羲和，行事极其方便。

感觉到沈岳山跨过了危险关头，桑引这才彻底相信了谢韫怀与萧华雍。对耿良成的试探，桑引到底也是有城府之人，红着眼眶长叹道："我亦不知能拖延多久，王爷的身子已近油尽灯枯，以我之能，也至多不过拖六七日。"

六七日，这绝对不是耿良成想要的结果。他没有得到满意的答案，回到家中便有些急躁。

亲自对沈岳山下杀手，这一步棋实在是不可以轻易落下，开弓没有回头箭，而且他想要对沈岳山下杀手，就不得不利用桑引。难道他日后要将桑引给灭口？否则自己的面目暴露在桑引眼里，不利于他日后接替西北王之位。

想了许久之后，耿良成忽然心生一计。

他既然早就有了反叛沈岳山的心思，那自然暗中培养了属于自己的势力和人，这些人虽不多，却是他精心训练的，身手极其了得。

午后他派人去把桑引请到了耿府里，摆上了夕食和好酒，一个劲儿地说担忧沈岳山，与桑引一杯又一杯地喝着酒，似乎要一醉解千愁。桑引也奉陪到底，实则是早在来之前就服下了可以醒酒的汤药。两个人酒量相当，耿良成喝得差不多微醺的时候，桑引便趴下，"醉倒不起"。

耿良成唤了桑引许久，确定桑引醉得不省人事后，脸上的醉意消失殆尽。他带着桑引去客房歇下，名义上派人去桑府通知，实则是派人去里应外合，他私下训练的人手轻而易举地就将桑引的妻儿掳走了。

与此同时，耿府同样有黑衣人潜入，将耿良成的妻子给掳走了，有小规模的摩擦，却并没有大的声响。等到次日"宿醉"的二人醒来，才知自己的亲眷竟然被人掳走了，在桑府里还发现了一封信函。

信来自嘉辰太子，信上说他们两府的家眷都在他的手中，若要家人平安，就得照着他的话办事，那就是要沈岳山的命。

"岂有此理，我去寻世子！"桑引怒不可遏。

若非他早知这是耿良成的局，只怕会信以为真，万万没有想到耿良成竟然还留了一手，没有露出真面目，而是派人假扮嘉辰太子的人，将自己的妻子和他的妻儿都掳走了，伪装成了受害者。

"老桑，不可。"耿良成将桑引给拦住，"此刻若是触怒萧觉嵩，你我的至亲都将命丧黄泉。"

"难不成要受他威胁，当真去谋害王爷？"桑引怒瞪着耿良成，这怒意毫不掩饰，也毫不作假。

耿良成深切感受到桑引的盛怒情绪，有些愧疚地移开目光，似是不敢与桑引对视："老桑，我戎马一生，父兄死于战乱之中，儿子于战乱之中丢失，后来……我半截身子已入土，只剩下老妻一人还伴在身侧，我不想做孤家寡人。"

"你……"桑引胸口起伏，眼底燃烧着熊熊怒火，"你竟然——"

"扑通"一声，耿良成跪在了桑引面前："老桑，王爷本就已经时日无多，你难道不清楚吗？你既然救不了王爷，为何还要让你我的亲眷陪葬？若非王爷如今是这般光景，我怎会生出这等私心？可王爷既然……多一两日有何区别？我想若是王爷知晓，也断不会责怪你我。"

"老桑，你的儿媳可是身怀六甲，你再过不久就要做阿爷了！"

桑引浑身都在颤抖，眼中满是失望与痛苦之色。

耿良成终究是露出来了。桑引心中纵然早有准备，可仍旧抱了一丝希望，哪怕是妻儿都被掳走，也还想自欺欺人，也许这真的是萧觉嵩所为，一切都不关面前这个出生入死的好兄弟之事。

可到了这一刻，桑引再也无法自欺欺人。若是耿良成没有二心，哪怕仍旧有私心，也决计不会说出这等丧心病狂之言，生出谋害王爷之心。

耿良成不知桑引表现出来的痛苦之色是因他背叛王爷，只当桑引开始挣扎了，故而再加了一把火："老桑，你若下不去手，便由我来，由我来做这个罪人。待王爷去后，我们好生辅佐世子，且王爷的伤拖了这些许日子，巽王只怕早已经知会陛下，我们不如趁着陛下鞭长莫及之时，早些推世子上位，否则恐怕迟则生变。"

桑引就那样红着眼盯着他，不言不语。

耿良成对桑引深深地磕了个头："老桑，算我对不住你，算我求你。"

桑引气得后退一步，单手撑着桌子才勉强稳住身子："你想如何？"

耿良成心中一喜，知桑引这是同意了："王爷这般熬着也痛苦，你手里定然有安乐之药。"

耿良成这是让他下毒，这样他二人就成了同伙，日后他也不能去揭露耿良成了。

桑引知道耿良成是个有谋算之人，也仍旧觉得自己以往低估了他。

"容我想想。"桑引有些失魂落魄地走了。

耿良成站起身，看着他走远，却没有阻拦。这样的事情对桑引而言不可能马上就能下定决心，不过耿良成有法子让桑引下定决心。

待到桑引又去西北王府给沈岳山诊了脉，发现沈岳山的脉象比昨日又强健了一些，心头才松了一口气。他刚回到桑府，门阍就递上了一个盒子，盒子里面是一串手串，这是他赠予夫人之物，还有一封信，说下一次送上的将是他夫人的一只手。

紧接着耿良成就寻上门，手里也有一个盒子，盒子里是耿夫人的一只耳环，同样有一封信，信上说下一次送上的将会是耿夫人的一只耳朵。

"老桑，不能再拖了，他们不会给你我的至亲一个痛快！他们会将人折磨致死！若是王爷知晓了此事，只怕宁可一死也要换回你我的至亲！"耿良成哀求道。

桑引定定地看了手中的盒子片刻，伸手摩挲了一会儿手串，好半晌才声音干涩地说道："明日……明日动手……"

耿良成抑制住喜悦之情，伸手重重地搭在桑引的肩膀上："老桑，王爷……王爷不会怪我们……"

桑引没理会耿良成，捏着手串入内，也没有招呼耿良成。对此，耿良成并不在意。在他看来，桑引这样的反应才合乎情理。

萧华雍在晚间又摸到了沈羲和的屋子里，沈羲和刚刚躺下。他褪了外袍，也翻身上榻："明日耿良成要动手，再过两日，陛下派来的人就会抵达西北。"

"桑伯的家眷如何？"沈羲和关心此事。

"你放心，耿良成比我们设想的更精明。他没有单单抓桑府的人威胁桑伯，而是连同自己的妻子也抓走了，演了一出戏，说是嘉辰太子派人掳走的，要他们二人合谋杀害岳父。"萧华雍忍不住莞尔，"他这是为长远着想，日后桑伯就和他是一条船上的人了，他不会对桑伯的亲眷不利。"

这样一举数得，耿良成能达到目的——让桑引帮他毒杀沈岳山，又能隐瞒住自己的真面目，还能在日后沈云安意外殒命时得到一个助力。

若非桑引早知内情，恐怕会信以为真，为着至亲和挚友的亲人，很可能会妥协。因为他救不回沈岳山，若只是他自个儿和他自己的亲眷，他可以做桑家的罪人，但此事涉及挚友的亲眷，他难道要一辈子愧对挚友？

萧华雍猜测若是那样，桑引很可能会要了沈岳山的命，等到沈云安坐稳王位就赔上自己的命。

耿良成不会让桑引死，有的是法子让桑引活着，譬如将实情告知桑引的亲眷，再由桑引的亲眷一起哀求或者决定与他一道赴死，就能把桑引留下。

沈云安这个时候再出点儿意外，矛头指向陛下，桑引就更不可能死了，定是要为沈云安报仇。耿良成再寻上桑引与之同仇敌忾，桑引如何能够不辅佐耿良成呢？

"若心思不够深沉，他如何能够在阿爹的眼皮子底下隐藏这般久？"沈羲和对此并不意外。

耿良成能够藏得这么深，固然有他和沈岳山的情分在，沈岳山轻易不会去猜想他已经投向了陛下，另外必然是耿良成足够谨慎和老谋深算。

"只可惜……"沈羲和抬眼望着萧华雍，"只可惜他遇上了你。"

萧华雍是半靠在床头的，低头看着沈羲和："便是没有我，他一旦暴露，还逃得出你的手掌心？"

普天之下，于谋略之上能与他平分秋色的，他只承认怀中之人。

"若无你，我应对起他来倒不易。"沈羲和这段时日也在想，若是没有萧华雍在，她该如何对付耿良成。她倒是有法子，可绝对没有萧华雍这样干脆利落。

"夫人夸我，我甚是喜悦，若能有些实质奖励，再好不过……"萧华雍目光锁定着沈羲和粉润的双唇，暗示意味十足。

萧华雍每次都这样调戏沈羲和，无论是婚前还是婚后，一如既往。沈羲和以往不是躲避，就是拿他无可奈何，或者直接转移话题。

令萧华雍万万没有想到的是，这次沈羲和突然仰起脖子，四片唇瓣一触即分。沈羲和都重新躺下了，萧华雍还僵在原地，双眼发直，好似不知道方才发生了什么，呆呆的，宛如被施了定身术。

沈羲和看着萧华雍这呆傻的样子，忍不住"扑哧"笑出声来。这可是对外手握乾坤、决胜千里的萧华雍呢，世间之人，在他手里尽数为棋，从未有他算计不了之人。

就是这样一个可以将天下玩弄于股掌之中的人，在她面前好似所有精明一瞬就能被她粉碎，这个认知让她蓦然间有种心口被塞了一团棉花的感觉，又暖又软还十分满足。

沈羲和的笑声拉回了萧华雍的神志，他修长的手指情不自禁地抚上了他的唇瓣，仿佛那里还有她的温度。他们是夫妻，拥吻了不知多少次，尤其是在床笫之间。

可这是沈羲和第一次主动亲他，哪怕双唇一触及分，让他感觉仿佛是错觉一般迅速，可依然让他心跳如擂鼓。他眼神变得炙热，紧紧锁住了沈羲和。

触及他炙热的目光，沈羲和笑容一僵，正要躲避却已经来不及了。在他的强势攻击之下，她仍然躲避着喘息着提醒他："沐浴……你……还未沐浴……"

"我来时就沐浴过。"

他之所以沐浴倒不是有邪念，而是知晓沈羲和爱洁。他若没有沐浴，岂敢一来就往她的闺房的床榻之上躺？

沈羲和余下的声音都被堵住了，她深刻领略到了自己点火是多么可怕。

胭脂晕染鬓边汗，帐里摇曳牙床战；

春色入怀鱼水欢，暖香深处花径穿。

云收雨歇之后，沈羲和已经发不出声来，不知何时困倦地睡了过去。她醒来之时，萧华雍仍在，长臂将她紧紧圈在怀里。她不由得就回想起了昨夜的放纵场景，脸上迅速泛起两抹红晕。

萧华雍这个时候睁开了眼睛，沈羲和被吓得哆嗦了一下，一把推开了他，迅速越过他翻身下榻，却因脚上无力险些摔倒，幸亏萧华雍手疾眼快地将之捞了起来。

"放开我。"沈羲和低声呵斥，声音喑哑。

萧华雍眼神沉了沉，知道这并不是在东宫，眼下时间紧迫，由不得他胡来，只得捏了捏沈羲和柔软的腰肢，恋恋不舍地松开了手。

"珍珠，准备盥洗。"沈羲和稳住身子，对外吩咐道。

珍珠昨夜就守在门外，自然知道发生了什么事，将早就备好的盥洗用具端了进来。西北王府人多眼杂，谁也不知哪个人会被耿良成蒙骗，故而珍珠也不敢准备两份。萧华雍只等着沈羲和用完，就着她用的盥洗用具用，不但不嫌弃，反而颇为享受，甚至喉头发出愉悦的声音。

他的声音有些撩拨人，沈羲和瞪了他两眼，他才有所收敛。

"过两日我便派人将兄长掳走。"萧华雍走到坐在梳妆台前的沈羲和身后，亲自给她上妆，"等到陛下所派之人入了西北再行动。"

"陛下当真会派人来西北？"沈羲和昨夜就想问，只是后来……

陛下的精明程度绝对不弱于他们，只是萧长风一个人在这里，陛下绝不会轻举妄动，当真派了人来，就是毫无退路可言，若有个什么意外，就是朝廷理亏。

这件事情从沈岳山失踪开始，就显得有些不同寻常，尽管萧华雍利用了嘉辰太子的势力，给出了一个看似合情合理的解释，让沈岳山遇袭、沈岳山被重伤生命垂危都有了解释，可陛下难道就不担忧这是沈岳山和萧觉嵩联起手来唱的一出戏？

"我让人推波助澜了一番，陛下自然就派了人前来，只不过是乔装打扮，伪装成了商队入西北。"萧华雍抿唇笑了笑，眉宇间全是春风得意之色。

"谁？"沈羲和不觉得有人能够在这件事情上说服祐宁帝。

"老五。"萧华雍莞尔。

当接到萧长风递来的消息，得知沈岳山病危，寻遍全城郎中皆无人能救治的消息时，祐宁帝并没有多少喜悦之情。他已经不是年少沉不住气的少年——这么多年他经历了多少次生死搏杀，能够一直成为胜利者，就是因为他沉着理智。

沈岳山是压在他心口的一座大山，被他忌惮了这么多年，这些年，对付所有敌人他都有些许把握，嚣张的宦官、过分大义的顾兆，他都能够察觉他们的弱点，对症下药。

唯独沈岳山——这个和他相处时日最长，看似高大魁梧、不拘小节的大老粗，才是让他一点儿弱点都寻不到。他好不容易把沈羲和这个沈岳山的命根子拘在了京都，却发现沈羲和也非好拿捏之人,她十足像极了沈岳山,足智多谋,深藏不露。

"长风说西北王时日无多。"祐宁帝对刘三指说道。

刘三指骇了一跳:"何人能伤西北王至此?"

"由长风查到的消息,是萧觉嵩。"祐宁帝又说道。

"这……"刘三指就不好妄断了,嘉辰太子已经杀上行宫,公开与陛下叫板,想来是羽翼丰满,伏击西北王倒也合情合理,要知道西北王可是害得嘉辰太子失了皇位的罪魁祸首。

"朕想不明白,皇兄他如此聪慧,怎会不知此刻西北王折了,是为朕铲除心腹大患?"仅凭这一点,祐宁帝就觉得其中必有蹊跷。

这是在加速让他统一政权,一旦他大权在握,萧觉嵩还能有藏身之地,还有能够煽风点火之处?

西北一旦被平定,他必然竭尽全力,掘地三尺地将萧觉嵩给搜出来。

正因为西北尚不在他的掌控之中,以至有些臣子也仗着西北之势,对皇令阳奉阴违,才会令他的命令达不到一呼百应之效,这一点令祐宁帝如鲠在喉。

"奴婢愚钝,不知其中奥秘。"刘三指躬身回道。

这等事情由不得他发言。若是真,他质疑之后,西北有个意外,他就得承担陛下的怒火;若为假,他若说是真的,左右陛下思虑,陛下因此而受挫,他更是罪不容恕。

祐宁帝也没有指望刘三指能够说出什么话,径自说道:"命绣衣使快马加鞭地带太医令去西北。"

身为关怀臣子的帝王,知晓大臣命不久矣,他派最好的医师去西北彰显帝王的重视是理所应当之事,至于沈岳山的事是真是假,让绣衣使暗中查探便是。

"诺。"刘三指领命躬身欲退下。

"太子在何处?"祐宁帝冷不丁地又问。

"回禀陛下,太子殿下已入凉州,不日便会抵达西北……"刘三指将派去跟着萧华雍的人递回来的消息上报。

"还在凉州?"祐宁帝语气听不出情绪地问。

刘三指只得说道:"前方来报,殿下一路往西北,先是惊闻太子妃船上遇刺,后又听得太子妃驿站被掳,几度怒火攻心,险些下不了榻,只得坐马车前行,可身子骨不堪劳累,故而行程一再被耽误……"

祐宁帝听了这话后不知在想什么,无意识地点了点头,便挥手让刘三指退下。

刘三指才刚退下,就有内侍进来禀报:"陛下,信王殿下求见。"

"宣。"

祐宁帝不知萧长卿为何事前来。自从顾氏死了之后,萧长卿极少主动求见,上一次求见还是为了顾氏的庶妹。他出生之后，祐宁帝为他赐名长卿，倒不曾想过真应验了这名字，他成了个长情之人。

"陛下，儿子接到舅舅密报，西北镇国大将军似有谋反之意。"萧长卿将密信递给了祐宁帝。

西北只有一个镇国大将军，那就是耿良成。

祐宁帝总算想到了他一直觉得少了点儿什么的东西，那就是关于沈岳山之事，耿良成至今没有只言片语传递到京都！

驻守凉州的荣策给萧长卿的信很明了，那就是西北王在凉州遇袭，且身受重伤，自己无论如何都得查清缘由，这一深查下去，竟然发现了嘉辰太子的踪迹。

原本荣策只是想要查清嘉辰太子的去向，却不慎发现嘉辰太子好似与耿良成有往来，这个惊天大秘密，他并没有掌握证据，却也知道事关重大，尤其是现在沈岳山垂危，更是不能等闲视之。如果西北换了主将，势必也要影响到与西北接壤的凉州。

荣策因为没有证据，又事急从权，不敢直接将此消息上奏陛下，唯恐自己弄错，成为被人攻讦的把柄，只得传信给萧长卿，委婉提醒外甥，希望外甥告知陛下。

祐宁帝看到荣策给萧长卿的私信，脸色顿时不大好了。

若是……若是萧觉嵩和耿良成沆瀣一气，萧觉嵩就有充分的理由对沈岳山下手！

萧觉嵩本就恨沈岳山，报复沈岳山是情理之中的事，如果既能报复沈岳山，还能通过另外一个人成为西北背地里的王，在西北积蓄势力，这对祐宁帝而言才是心头大患！

沈岳山再如何专权，至少没有谋逆之心，也是真心守护西北。西北要是落在萧觉嵩的手里，他会不惜一切代价地利用吐蕃、突厥，甚至挑起凉州等地的争端，从而让祐宁帝的江山风雨飘摇。

这一刻，祐宁帝无法再徐徐试探，无论这是不是一个套，他都必须宁可信其有，不可信其无！

"传令荣策，代朕前往西北王府探望西北王。"祐宁帝立时下令。

既然荣策已经察觉到耿良成和萧觉嵩有所勾结，接到命令后就应该懂帝王的意思，必须在沈岳山咽气之前将西北掌控住。

"陛下，突厥也听闻西北王病危，内乱暂止，似有些蠢蠢欲动。"萧长卿又附上了一封书信，也是来自荣策。

信中荣策十分不安，这是希望外甥提前想法子，帮他稳住局面。这种情况下，祐宁帝哪里敢将荣策给调走？这不是故意留个缺口给突厥乘虚而入？

沈岳山是突厥这么多年的噩梦，一听到沈岳山病危，突厥王庭的内乱都先搁置，欲打算先彻底将沈岳山送走，这的的确确是突厥人干得出来之事。

当日萧长风为了证实沈岳山病危不是作假，请了全城郎中，这么大的动静想要捂住也不可能，突厥会得到消息是不可避免的事，于这件事情上，萧长风也并无过错。

沈岳山是否真的病危干系重大，一两个人的确不足以求证，这件事情哪怕弄出如今的局面，祐宁帝也不会责怪萧长风。

不能调动荣策，就不能调动西北周边的其他人。荣策是知情人，可以只让他代祐宁帝去探望沈岳山；旁人不知情，若是祐宁帝指派，就得将事情的严峻情况告知。

西北一带错综复杂，一旦有人知晓，那就不再是秘密，而这件事情暂时尚未定论，只是荣策的猜测，祐宁帝虽然不得不宁可信其有地重视起来，却也不代表他笃定这事没有丝毫意外。

一旦事情有意外，又闹得尽人皆知，最后不好收场的便是陛下自己。

"你且退下，朕自有主张。"祐宁帝对萧长卿说。

"儿告退。"萧长卿恭恭敬敬地退下。

出了皇宫，萧长卿翻身上马，看着万里晴空，露出了骄阳一般明媚的笑容。旋即，他忍不住轻叹一声："可真是一出好戏，只可惜无缘亲眼一见。"

萧华雍要他借荣策之名揭露嘉辰太子与耿良成密谋之事，又叮嘱他不可让陛下调荣策入西北，他便大致能够猜到，萧华雍这是要给陛下施以颜色了。

不用想，他也知晓陛下这一次派去的人定然是有去无回，只是不知陛下会派何人前去。

若是神勇军……

那便再好不过。

只可惜祐宁帝让萧长卿失望了，并没有派遣神勇军。去年行宫避暑，神勇军折损数百人，令祐宁帝生了警惕之心。神勇军已经暴露在了诸多人的眼皮子底下，尽管他们把神勇军当作了萧觉嵩的爪牙，但若是神勇军再暴露一次，就糊弄不过去了。而且对神勇军轻易就折损，祐宁帝极其不满，重新对神勇军做了训练规划，真刀真枪、你死我活地训练。

令萧长卿意外的是，祐宁帝第二日以惊闻西北王遇险、群医束手无策为由，派遣兵部尚书裴展亲自护送太医代天子去探望西北王。

这看似是帝王给予臣子的无上荣光，实则波涛汹涌。

"裴展……真是真是越来越有趣了。"萧长卿忍不住笑了。这是顾青栀去世后，他难得一见的笑容。

裴展是景王的人，又身经百战，这要是在西北的路上出点儿岔子，景王可不是好对付之人。

陛下是对此事半信半疑，又不能坐视不理，眼睁睁地看着萧觉嵩可能吞下西北，从此以后借着西北掩护不断壮大，日后成为真正瓜分他的半壁江山之人，才会被迫派人前去。

可陛下仍旧担忧这是一个局，若事情不是萧觉嵩所为，那就必然是沈岳山在唱一出大戏。沈岳山对裴展素来有些敬意，自当不会对裴展下杀手。

此时在给沈羲和簪花的萧华雍，已经将带兵前来之人是裴展的消息告知了沈羲和。早在寻上桑引之前，他就已经传信给萧长卿，所以萧长卿将来自荣策的信呈给祐宁帝的时间，要比耿良成见到"萧觉嵩"早上两日。

事情刻不容缓，裴展定然会快马加鞭，如此过去了四五日，再过两日抵达西北也不算慢。

"殿下，你会对裴将军动手吗？"沈羲和从镜中看着萧华雍。

萧华雍淡淡一笑，拿了两支金步摇在沈羲和的发间比画："裴展是陛下之人，我不会因他而改变计划。陛下派他前来，便是知晓岳父对他会手下留情。这说明陛下怀疑一切皆由岳父图谋，我若当真对他松了手，反而坐实了陛下的猜测。尽管岳父不惧陛下多一分猜忌，我却不需要岳父替我背责。"

"若是裴将军折损在西北，景王殿下不会善罢甘休。"沈羲和轻声说道。

"我与老八迟早要有一战。"萧华雍将一支金镶玉步摇插入了沈羲和的乌发之中，指尖顺过垂珠。

凤嘴衔珠，长至耳垂的珠链摇曳，晃动出一圈圈光晕，映衬着她风华无双的容颜，令萧华雍忍不住流露出迷恋的目光。

沈羲和却没有注意，全部注意力都被萧华雍言迟早要与景王一战所吸引："看来，景王殿下也是不甘屈于人下之人。"

皇太子与皇子之间，非要闹到兵戎相见的地步，只能是皇位之故。

"身为皇子，学得文武双全，几人能不生出野心？"萧华雍其实很能理解这些哥哥弟弟——换作自己是皇子而非储君，他也未必肯臣服他人。

沈羲和也能理解，这也算作一种上进之心，况且自身德才兼备、聪慧绝伦的皇子，若无心皇位必然事出有因，只能是有更重要之物在他看来比皇位更值得追逐。

"陛下目下更看好景王殿下？"沈羲和转头仰起下颔，抬眼看着萧华雍问。

这个问题倒是把萧华雍给问住了，他垂眼思量了片刻后说道："呦呦，我与他有杀父之仇，他的诸多行为手段我都看不上眼。可你要说他看中谁做继承者，我还真摸不透他。"

祐宁帝是个极其奇怪的君主，并不在乎谁能够杀到最后成为胜利者，看重的是个人在位时的功绩，能不能成为受万人歌颂的一代明君。只要不是亡国或者被乱臣贼子篡位，哪个皇子登基称帝，他似乎都能接受。

萧华雍甚至隐隐觉得，哪怕是自己，只要不在祐宁帝在位期间做出格之事，祐宁帝都能接受自己登基。这或许就是祐宁帝能够坦然接受他成为皇太子的原因之一。

沈羲和错愕，双眸微眯，有些不可思议地看着萧华雍。

被她可人的模样逗乐，萧华雍忍不住俯身迅速碰了碰她的双唇："是否觉得难以置信？这些年我一直在揣摩陛下的心思，当得出如此结论时，我亦自我怀疑。"

"陛下可真是个奇人。"沈羲和都忍不住叹了一声，心知自己若去揣摩这样的人，只怕是捉摸不透，看向萧华雍的目光更是由衷钦佩，"在识人上，我不如你多矣。"

"呦呦自有一套算计人心之法，我胜你之处，不过是这些年多走了些地方，多看了些人罢了。"他只是赢在了阅历之上。

沈羲和忍不住低头抿唇笑了。她其实觉得自己有诸多不足之处，可萧华雍眼里的她，真是白璧无瑕，哪怕是她的短处，他也有无数个理由解释其合情合理。

"莫要怀疑，在我眼里，你是世间最好的。"萧华雍双手捧着她的头，虔诚地在她的眉间画了花钿之处深吻了一下，"我要离去了，过两日便能正大光明地伴你左右。"

引着陛下之人的替身已经出了凉州，再赶两日的路程自然就到西北王府了。

萧华雍心中不舍，走得却极其干脆，稍有迟疑就怕自己迈不开腿，舍不得离开她了。

沈羲和看着他翻窗离去，忍不住站起身走到窗户边，看一看他到底是如何来去自如，不被西北王府的护卫发现的。

等她立在窗边时才发现，她的院子是后院，是巡卫最为薄弱之地。而此处巡卫之所以薄弱，一是男女有别不能冒犯她；二是都知晓她身边的婢女个个精通武艺，墨玉更是在军营里能够撂倒不少勇士。但凡有人闯进来，必然要惊动守着沈羲和的屋子的墨玉，然后是轮值的珍珠和碧玉等人。

谁要想对沈羲和不利，比对世子不利还要难，因为首先得穿过重重巡卫抵达后宅，再要同时躲过墨玉和珍珠等人的双重防护，他们却偏偏漏了一个萧华雍。

避开巡卫这是他所擅长的事，而他到了沈羲和这里，只要沈羲和没有吩咐，自家姑爷爬窗，墨玉只当没看到。

沈羲和低头失笑一声，吩咐墨玉去歇息，自己用了一碗燕窝，就带着珍珠去了沈岳山的房里，不出意外今日桑伯就要对阿爹"下手"。

她又看到了彻夜守着沈岳山的沈云安，看着他憔悴的样子与紧皱的眉头，好几次冲动地想要告知他实情，都忍了下来。

阿爹说这是一个世子成长为一个合格的家主应该承受的考验。只有经历过这样的痛苦和绝望，哪怕是假的，日后在战场上有人以此来乱他的心神，沈云安才能不被左右，才能承受得住。

"阿兄……"沈羲和从旁边的婢女手中的木托上端起还有些温热的肉糜羹，"阿兄用些吃食，呦呦看着你这般模样，心里难受。"

沈云安触及沈羲和担忧和心疼的目光，看着面色越发不好的父亲，想到她也如自己一般担忧父亲，还要分心来关怀自己，就觉得自己这个兄长真是混账。

他连忙接过沈羲和递来的羹，几大口就吞了下去。喝完之后不等沈羲和拿出手帕，他便用袖子抹了一下嘴，努力挤出笑容："呦呦别担心，阿兄不会倒下。"

他不能倒下，若是这次父亲真的无法挺过这一关，他便是妹妹唯一的依靠。

沈羲和的眼中有水光一闪而逝。这一生有这样的父兄完全弥补了她从未见过母亲的遗憾，母亲于她而言是遥远的、值得敬重和感恩的，但正如萧华雍对谦王一样，是生不出丝毫依恋之情的。

她与萧华雍又不一样，她是因为有父亲和兄长对她关怀备至，让她不觉得缺少母亲的关爱有多遗憾；萧华雍则是经历了太多生死存亡时刻，把什么东西都看淡了。他已经足够强大，强大到什么东西都不需要去渴望，才会泰然处之。

这样一想，沈羲和莫名其妙地又有点儿心疼萧华雍了，觉得自己应当对他好点儿，大概她就是无所不能的皇太子这一生唯一的渴求。

"世子、太子妃，军医来了。"外面有人禀报。

沈羲和缓缓抬眸，黑曜石般的眼瞳里泛着暗光。

沈云安早就等得心急如焚，亲自跑出去迎，恰好在门口遇上，拉着桑引的手臂便大步进来："桑伯，我观阿爹神色更不好了，你快给看看。"

桑引进来，就与沈羲和四目相对，只是一个眼神，就看透了彼此的心思。

互相颔首致意后，沈羲和让了让。桑引上前，给沈岳山把了脉，稳了稳心神说道："世子莫要担忧，我这两日琢磨出一个药方，这就给王爷试试。"

桑引已经把抓好的药带来，要亲自去煎药。这药是谢韫怀所配，沈岳山服下之后，会在今夜出现短暂的浑身发红发青的现象。届时沈岳山会顺势闭气，造成假死状，再由随阿喜以银针刺穴封脉，哪怕是宫里出来的医官也查不出异样。

耿良成心眼极多，桑引担心他还有后招，给药下毒，故而才要寸步不离地亲自去煎药。他如此做，耿良成也不会觉得他是在防备，只当他是心虚或者谨慎，会更信他给王爷下毒。

事实也和桑引所料差不多，耿良成的确派人来了西北王府，只怪他们兄弟间过于亲密无间，往常这等来往情况实属常见，下人们也见惯了，压根儿不会觉得他们会有异心。

奈何桑引一直守着，耿良成的人根本无法下手，直到药被煎好，药渣被桑引亲自毁了，耿良成的人也没有寻到机会动手脚，只得回去复命。

耿良成听了回复结果之后不怒反笑，深以为桑引此举就是因为谨慎起见，看来大事已成。

故而他直接来了西北王府，掐着时间在王府大门口遇上了离去的桑引，问了句：

"何时？"

桑引没有回答，只是给他比了个手势，耿良成就知道是什么时候了，满意地入内。二人擦身而过，远远看着就像是熟人打了个招呼，让人根本无法联想出什么阴谋。

耿良成只是假意探望沈岳山，没停留多久，安排的人便来寻他，说是有事需他去处理，他便顺势离去。

他去了上次被萧华雍所掳的地方，来这里寻找他以为的萧觉嵩。

而萧华雍早就知晓他会来，故而一早装扮好了等着他。

"大事已成，沈岳山活不过今晚，你何时动手？"

现在就剩下一个沈云安了。沈云安是他的心腹大患，偏他不能亲自动手，只得仰仗面前之人。

萧华雍端起茶碗喝了一口茶："不急，待到陛下所派之人入了城，就是伏击沈云安之时。"

"沈岳山今日亡故，沈云安势必要在府中操持丧事，你如何将他掳走？"耿良成皱眉，眼神有些质疑与急切。要知道到时候西北王府会因为沈岳山的死而鱼龙混杂，他面前这人根本没有下手的机会。

低头饮茶的萧华雍抬起眼，深沉而又压迫感十足地盯着耿良成："我最后说一次，我如何行事，用不着你来指手画脚，你只管安心等着便是。"

"我……"耿良成将胸口的怒火压了下去，"我只是忧心朝廷之人来了更不便行事。"

"朝廷之人尚未到西北，沈云安便失踪了，便是当真死于绣衣使独特的杀人手法下，他们难道不能争辩？"萧华雍冷笑了一声。

人要进入王城，路引、户籍登记丝毫不弱于进入京都，若是潜伏进来，这是要自打嘴巴，说明西北王城所在之地戒备松懈，这是要把把柄往陛下手中递？

耿良成也发现自己操之过急，其实是担忧被眼前这个人摆一道。他深吸一口气，双手抱拳："是我鲁莽，太子见谅。"

"若无他事，退下吧。"萧华雍由始至终对待耿良成都是一种上位者的姿态。

这令耿良成心中十分不悦，但小不忍则乱大谋，现在也不是与之翻脸的时候，耿良成绷着脸无声地退下了。

他才刚转过身，萧华雍便又说道："你借用孤的名义，这次孤便饶了你，若再有下次……孤便让其成真。"

耿良成心口一颤。他打着嘉辰太子的名义，将自己的家里人和桑引的家里人掳劫走，这件事自问做得隐秘，便是孟虎等人都没有察觉，萧觉嵩竟然知道！

蓦然间，耿良成觉得一双隐于暗处的眼睛时刻盯着他的一举一动，让他芒刺在背,却无法断定这双属于萧觉嵩的眼睛隐藏在何处。

回到府邸后,他开始焦虑和不安,总觉得萧觉嵩过于危险,可萧觉嵩无人可用,不推他上位,是不可能染指西北的,他只有与萧觉嵩为伍才能获得自己所求的东西;然而他并不确定自己能够在坐上西北王的位置之后,摆脱萧觉嵩的掌控。

耿良成叫来心腹商议,心腹只说道:"将军,只差临门一脚便大事可成,此刻必不能自乱阵脚。萧觉嵩再诡异,终究还是有克星的,待到将军掌控西北,如王爷一样让陛下忌惮,自然可以与陛下联手将萧觉嵩除去,西北便尽归将军所有。"

这一席话,给了耿良成一颗定心丸。

萧华雍不知这些事,若是知晓,只怕要笑这主仆二人痴人说梦。打发了耿良成,萧华雍便迅速出了城门,去与他的替身会合,换成自个儿。

在距离西北王城最近的驿站换回身份的时候已经到了黄昏,萧华雍忽然就显得十分不安,执意要连夜赶路。众人劝阻无果,只得随他一起快马加鞭赶回。

恰好是他们赶到王城大门口时,就听到了长角号哀戚的声音,三声长鸣,整个西北王城一下子亮如白昼,家家户户都点亮了油灯,就连附近村庄听到这个声音的人家也都亮起了平日里舍不得点的灯盏。

三声长角号声,是主帅身亡的信号。

他们的王爷,西北的神,西北的脊梁没有了!

萧华雍还未进城,就听到了一阵阵哭喊之声。他勒住缰绳抬起头,看到城门的守卫纷纷跪下,眼泪一瞬间滚落。他们甚至是茫然的样子——似是还没有消化西北王归天的消息,泪水与悲痛情绪却直冲大脑,让他们难以抑制。

这就是沈岳山在西北的地位,这样全城悲戚,这样深入人心,哪怕是在京都的陛下驾崩,也未必能够见到这样的场景。

萧华雍冲向城门,亮明身份,随后骑马一路冲向了西北王府。一路上灯火通明,几乎家家户户都挂上了白灯笼,没有白灯笼的人家也连忙取下了门前的灯笼。

西北王府的大门已被百姓围堵,痛哭之声苍凉而又哀戚地盘旋在夜空之中。

第二十章　战事起终有取舍

"殿下，我们进不去。"天圆小心翼翼地在人群之中护着萧华雍。他们尝试着想要靠近西北王府，奈何压根儿挤不进去。

萧华雍只得退出来，远远寻了一个无人之地，遥望着灯火通明的西北王府："等上片刻。"

这些百姓拥挤着，却仿佛自动形成了一条阻拦的线，没有越过那一步，西北王府的守卫也只是站在石阶之上，没有走下来。

大概过了一刻钟，王府的大门被打开，走出来的是耿良成，他的腰间已经系上了白带，双眼泛红，眼底是深切的悲痛之色："诸位，王爷遭歹人暗算，就在方才离我们而去……"

耿良成说完这句话，即便听到了长角号声的百姓心里明白是怎么回事，此刻却依然双目呆滞，接下来耿良成说的很长一段话他们其实没有听清楚，他们心里都有一个声音在盘旋：西北的王去世了，西北的天塌了，他们的天塌了！

"诸位还请回去，日出日落，我们的日子还要过下去，这都是王爷对我们的期盼。诸位滞留于此，少不得要让我们无法顺利为王爷办好身后事。"

"耿将军，王爷是被何人暗算的？我们要为王爷讨回公道！"

"是，我们要为王爷讨回公道！"

"讨回公道！"

…………

人群之中爆发出了一阵阵义愤填膺的声讨之音，引得众人齐齐附和，渐渐这些声响变得整齐，响亮得不亚于三军高喝。

"诸位，诸位，诸位——"耿良成呼喊几声之后提高了声音，才压制住了这些人的声音，"王爷被何人所害，我们尚无证据，不敢胡乱决断，但王爷被害，我们势必要追查到底，定会将奸人绳之以法，诸位且散去吧。"

"王爷何时……何时下葬？"最前方的一位老者哽咽着问，"我们……我们要一起送王爷最后一程……"

老者还未说完便痛哭起来，其余人也跟着绷不住情绪，有的失声痛哭，有的尚能咬牙不发出声，眼泪却止不住地滑落下来，哪怕是仰头也逼不回去。

"王爷七日之后下葬……"耿良成也是嗓音干涩，"诸位若有心，便在家中点一盏灯，王爷素来爱民如子，定不愿诸位为着王爷而大费周章。"

百姓你看看我，我看看你，都是眼眶蓄泪，一个个点着头沉默无声地转身离开。他们要如何，谁也不知。

等到西北王府门前的人都散开了之后，萧华雍才徐徐上前，本欲折身入王府的耿良成见到一个气度非凡、俊美无双的青年大步而来，顿住了脚步："不知阁下如何称呼？"

耿良成并未见过萧华雍，实际上很多外放的大臣都没有见过这个常年隐居道观的皇太子。

"太子殿下在此，还不开门迎接？"天圆沉声道。

耿良成眉心一跳，却也连忙躬身行礼："末将参见……"

不等他说完，萧华雍迈步上前，风一般刮过他身侧，衣袂飘飞，大步入了王府，直接朝着正堂走去。

沈岳山被宣布不治身亡，萧长风也在这里，带了医官确定了沈岳山已经亡故，就更不能离去了，只能代表着他自己尽一份力。沈羲和正站在正堂门口，不言不语，失神地看着某一处。

沈云安陪着下人在给沈岳山沐浴、换上干净的寿衣……

萧长风第一个看到大步走来的萧华雍，立时上前抱拳躬身行礼："参见太子殿下。"

他这一行礼，"呼啦啦"所有人都跟着跪下行礼。

萧华雍对这些人视而不见，脚步匆忙地奔向沈羲和："呦呦……"

沈羲和缓缓地转过身看着他，看着看着眼里就滚出了眼泪。

这不是在演戏，而是方才站在这里，她想到父亲已经快到暮年，这一天迟早会到，人的生命是如此脆弱，若真的有这一天，她该是多么难以接受。

有些事情，寻常时候不会多想，可触及之后便会忍不住多想，想多了便会让自己陷入进去。

萧华雍伸出双臂，沈羲和顺势就靠在他的怀里，将头埋在他的肩膀上，两滴热泪渗透了他的衣裳，灼痛了他的双肩，他忍不住说道："还有我，还有我……"

他不知沈羲和为何这样伤心，这份伤心不似作假，故而也不知该如何安慰她，只能低声说着他在。

沈羲和也没有开口说什么，不过很快就缓和了情绪。其实方才她虽然想得长远，心里也因为想到这些画面而难受，却并没有想要痛哭的冲动。

恰好这个时候萧华雍出现，他的一声低唤让她一瞬间软弱到了极致，她竟然情不自禁地落了泪。

萧华雍双手圈住沈羲和，一手握着她的胳膊，紧紧抱着她。夫妻俩的这副模样，倒是让人看着也觉得不忍。

"殿下……"天圆看着还跪在地上的人以及躬着身行礼的萧长风，不得不低声提醒一声。

萧华雍这才看过来，语气淡淡地说道："免礼。"

说完，他便不欲理会他们，扶着沈羲和入了内堂，寻到一个位置坐下，让沈羲和靠在他的肩膀上。半个时辰之后，棺椁被抬到了正堂上，沈云安已经披麻戴孝。

沈羲和起身，在珍珠的服侍下也披上了麻衣。沈岳山面无人色地躺在棺椁里，诸位将军一一上前道别，最后才盖上棺椁，此时却不用封棺，接下来是守灵。

"王爷与我们亲如手足，这七日理应由我们一起陪同世子与太子妃为王爷守灵。"耿良成先开口。

几位将军都无异议，沈云安说道："不妥，军中不能无人看守，西北不能无人做主。阿爹辞世，各方必然蠢蠢欲动，尤以突厥为最，更应当严加守卫。军中郎将多有稚嫩，仍需主心骨。诸位叔伯的心意，侄儿代阿爹领了，阿爹定不希望因他而致使西北散乱，被人乘虚而入……"

沈云安声音沙哑，好似一瞬间成长了起来，跪着却背脊挺直，目光坚定，条理清晰："我与妹妹守灵便是，西北这几日，还得偏劳几位叔伯。"

沈云安说得在理，沈羲和侧首看着他，他凹陷的眼眶青黑一片，憔悴的容颜在摇曳的烛火之中宛如刀削一般棱角分明。曾经未出鞘的宝剑，此刻锋芒毕露。

似乎感受到了沈羲和的目光，沈云安回望过来，勉强对她扯出一丝安抚的笑容。

沈羲和迅速低下头，心中自责与愧疚。

几位将军商议之后，决定轮流为沈岳山守一夜灵，第一夜耿良成自荐，也没有人与他争抢。

"再取一套素服来。"萧华雍吩咐天圆。

天圆立刻去办，很快就捧来了适合萧华雍的素服，为萧华雍换上，还给萧华雍披上了麻布。

"殿下，殿下此举于礼不符。"萧长风见到萧华雍要跪到沈羲和的旁边，连忙制止。

萧华雍是储君，西北王活着都是他的臣子，死后更不可能让萧华雍屈膝，更何况是披麻戴孝。

"此刻没有皇太子，只有沈家婿。"萧华雍笔挺地跪了下去，"身为女婿，为岳父戴孝，天经地义。"

沈云安忍不住看了萧华雍一眼。他不知晓皇太子是如何说服阿爹的，自打阿爹去了一趟京都，便应允了皇太子与呦呦的婚事。阿爹不止一次在他面前说过，皇太子不凡。

皇太子若当真待呦呦一心一意，必是呦呦此生之幸。

尽管阿爹并不能笃定皇太子的真心能做到哪一步，但阿爹对皇太子的赞赏态度，是沈云安从未见过的。此刻皇太子能够在呦呦最需要之时赶至，摒弃皇太子的尊荣，只以女婿的身份为阿爹披麻戴孝，仅凭这一点，便胜过世间无数儿郎。

一直跪到深夜，沈云安心疼沈羲和："呦呦，你去歇息会儿，阿爹不会怪罪。"

沈羲和微微摇了摇头，看向萧华雍。有萧长风在，萧华雍时不时还要咳嗽几下。因着沈羲和与萧华雍都在这里，萧长风哪怕不守灵也不敢离去，这两位有个闪失，他也就不用回京都了。

打发不了萧长风，可萧华雍的身子骨这样孱弱，就连沈云安也忍不住劝了两次，萧华雍仍坚持，最后实在是坚持不住，"晕"了过去，恰好"晕"在沈羲和的怀里。

这立时引来一阵慌乱，沈羲和也被沈云安顺势给打发去看顾萧华雍。

萧华雍被抬到了沈羲和的房间内。等到沈羲和将人打发出去之后，萧华雍睁开眼睛，双瞳神采奕奕，哪里有半点儿孱弱之态？

沈羲和自然知晓他是装的，沉默不语地坐在了他的身边。她知晓他装晕，就是为了让她正大光明地留下来照顾他，毕竟他是皇太子，稍有闪失，于朝廷也不好交代，这样她就不用去外面做戏吃苦头。

"为何愁眉不展？"萧华雍拢着她问。

"心中有愧，不知日后如何面对阿兄……"沈羲和这一生从未欺骗过沈云安，这是第一次这样做。

"这是岳父做的主，你莫要担忧，明儿陛下所派之人一入城，我便将阿兄给掳走，他便不用再守灵，我亦会将事情始末告知于他。"

接下来沈云安只需要化明为暗联络心腹，时刻盯着耿良成的一举一动便是。

沈羲和看了他一眼，依旧沉默不语，不知该说什么。

她快快不乐的样子让萧华雍也受了影响，他也喜悦不起来："我告知你一个好消息。"

"什么？"沈羲和问。

"齐大夫说在西域听说过与我类似之病，只不过是几十年前之事，需要再去暗访调查，若是能够查出这桩往事，或许我体内的是何毒便能够水落石出。"沈羲和唤谢韫怀齐大夫，萧华雍也妇唱夫随，跟着这样唤。

"当真？"沈羲和目光一亮。这的确是个好消息，眼下再没有什么事比萧华雍体内的毒更令沈羲和挂心了，因为这毒若是三五年内还寻不到解药，萧华雍的身子就再也撑不住了。

哪怕那不是剧毒，在体内埋藏久了，纵使有神医穷尽手段呵护，萧华雍的肺腑还是在不断遭受毒物侵蚀。

"嗯。"萧华雍见她露出毫不掩饰的喜悦之情，眉宇间的愁云一扫而空，心里也甜如饮蜜。

她不希望他早逝，这意味着她愿意与他白首偕老。

所以他不敢告诉她，谢韫怀只说有这传闻，传闻涉及西域古王国，且这个古王国早就在二十多年前一夜之间消失无踪，要追查起来不啻大海捞针。

但他们终究是有了一点儿希望不是吗？

有了好消息缓冲，沈羲和终于有心情与萧华雍说话了："你不打算在半路对陛下委派之人设伏？"

沈羲和原本以为萧华雍是不会让裴展带来的人入西北王城，会在半路就对他们下手。

"岳父去世，呦呦以为谁最开怀？"萧华雍反问。

沈羲和的第一反应是祐宁帝，但她仔细想了想并不是："突厥。"

自沈岳山十五岁上战场，一战成名之后，就是突厥一道无法逾越的高山，三十余年来突厥不知发起了多少次战争，尤其是在祐宁帝陷于宦官之乱的那几年，更是来势汹汹。

要是没有沈岳山，祐宁帝这皇位是真的坐不稳。

终于，沈岳山没有了，只怕此刻突厥在举国欢庆。这个时候他们很可能已经在伺机而动，准备一场战争，在西北失去沈岳山士气萎靡之际，大动干戈，以雪多年被沈岳山压制之耻。

"你要让裴展上战场。"沈羲和瞬间明白了萧华雍的打算。

"陛下知晓我来了西北，派裴展过来，目的就是防着我，我若有异动，裴展有个三长两短，景王就能与我不死不休，陛下便能作壁上观。"萧华雍虽然与萧长彦注定要一战，可也没有想过这么早就撕破脸，更不会如陛下的意。

陛下有张良计，他有过云梯。

"且今日我入城，所见……"萧华雍心里又多了一重顾虑，"西北百姓如此悲痛，若无合情合理的解释，只怕沈岳山假死的事要寒了他们的心。"

仅仅是耿良成投向了陛下，且毫无证据，或者拿出耿良成与嘉辰太子暗中勾结的证据，都不能安抚西北百姓被欺骗的心，但若耿良成与突厥勾结，百姓势必会对沈岳山假死的事释然和称赞。

沈羲和听了这话无法不动容，他总是如此细致，将方方面面考虑周全。

"从让你回来参加兄长的大婚之礼，所有一切均由我谋划，我自是不能让岳父与你因此有所损失。"萧华雍握住沈羲和的手，嘴角含笑道，"事情发展到这一步，已经不是寻常之事，而是我与陛下之间的博弈。"

从一开始他们就是单纯想要让沈羲和亲眼看到沈云安大婚，试探西北是否有背叛之人都只是顺带的，却没有想到一步步走到现在，局势不断变化，弄得他们不得不大动干戈才能收场。

沈羲和低头看着他们相触的指尖，反握住他的手："我听闻突厥内乱虽则因阿爹而暂时和解，未必会轻易出兵偷袭西北。"

"突厥一定会出兵。"萧华雍嘴角上扬，眼底银辉凝聚，自信与笃定的光芒十分灼目。

"殿下又做了什么手脚？"沈羲和好奇地问。

萧华雍莞尔，整个人都仿佛散发着耀眼的光："我什么都没做，来了这儿，自然就有人让我达成所愿。"

"谁？"

"老四。"

萧长泰，沈羲和有些诧异。

"萧长泰恨我入骨，我在京都他难以下手，听闻我来了西北，他焉能放过这个良机？"萧华雍扬眉道，"当初他在皇陵，我便给了他一本小画册，画册里是穆努哈如何凄惨死去的过程。

"他与穆努哈曾联手过，手上未必没有一点儿穆努哈的信物，只需要将两者递上突厥王庭，突厥王还能忍下这口气？便是突厥王能忍下，他也会想方设法地让突厥王忍不下。"

萧长泰想要对萧华雍下手。以萧长泰现在之能以及在萧华雍手上吃过了如此之多的大亏，萧长泰绝不敢轻举妄动，又不想放过机会，最好的法子就是借助沈岳山的"死讯"发起战争，扰乱整个西北王城，趁乱对萧华雍下手，这样不但能够隐藏自己，还最大可能地全身而退，让皇太子之死变得扑朔迷离。

皇太子死了，京都各方势力的野心也就可以适当展露出来了。为谋夺储君之位，各方势力必然是各显神通，萧长泰隐在暗处，便能作壁上观，浑水摸鱼。

被祐宁帝除族之人，自然是不可能再登帝位，可他们最小的弟弟才牙牙学语，只要皇朝无人，萧长泰掌控了这个幼弟，一样可以做背后真正大权在握之人。

"他可真是不死心。"沈羲和都忍不住感叹一声。

萧长泰这样的人，生命力旺盛如碧草，只要有一丝机会，都要拼尽全力，无所不用其极地朝着他的目标奋进，直到生命的最后一刻。

不达目的誓不罢休，这一点萧长泰倒是与陛下极其相似。

"人不能生出执念，一旦对人、对物生了执念，便易魔怔，从而难以自拔。于老四而言，皇位就是他的执念。"萧华雍说着眼帘微垂，目光深深地凝视着沈羲和，"而你，是我的执念。"

"殿下此言好生无理。"沈羲和回视他，"我已为殿下之妻，殿下已经得到，如何还能是执念？"

萧华雍抿唇失笑，而后紧紧凝视着她："呦呦，我当真得到了吗？"

他要的从来不只是一个人、一副皮囊，还有她的心。

"精诚所至金石为开，殿下请继续努力。"沈羲和这一次没有回避，也没有劝说，而是用调侃的语气鼓励他。

萧华雍果然大受鼓舞，揽着沈羲和，额头抵着她的头，轻嗅她的青丝之中的芬芳，夫妻俩好一阵耳鬓厮磨。

隔日，裴展带着人果然快马加鞭，一路风尘仆仆地赶到了西北王城。没有人去迎接，他们也没有提前知会。还未到王城之前，他们就接到了西北王去世的消息，这才马不停蹄地连夜赶路。

裴展年近五旬，看着却要比沈岳山与祐宁帝苍老几分，不过身材高大魁梧，走起路来虎虎生风。来到正堂前，他先上了一炷香，一番见礼之后，要求送别沈岳山。

无论他是真心还是为了亲眼看到棺椁里躺着的人是如假包换的沈岳山，沈羲和他们都不会拒绝他的要求。棺盖一直没有封，将头上的一段拉开，他就能看到安静的沈岳山。

看到静静地躺在棺椁里的沈岳山，裴展显然是神色复杂的。他们这些老将之间有太多纠葛，就算曾经敌对，或许对一代战神如此草率地逝去也心生感慨。总之，裴展的情绪，无人能够精确地分析出来。

上完香，裴展自然与萧长风站在一处，王府的人依然有条不紊地忙着丧事。

当天夜里，沈羲和便在递给沈云安的茶碗里下了药。守灵到一半，沈云安便头昏脑涨，最后直接摔倒在地，珍珠立马上前为沈云安诊脉，给出了结论："世子是疲累所致，需要好生歇息。"

珍珠是沈羲和的贴身丫鬟，颇擅医理，得西北许多人认可，如此说并无人怀疑。自沈岳山被送回之后，对沈云安的劳心劳力众人有目共睹。

沈羲和迅速吩咐人将沈云安搀扶回房歇息，自己则留在这里守灵。

万万没有想到，一个时辰之后沈云安的院子里的下人急匆匆地奔来："太子妃，

太子妃，世子……世子不见了！"

沈羲和蓦然起身，因起得急差点儿没有站稳，还是萧华雍手疾眼快扶了她一把。

"你说清楚，什么叫世子不见了？！"沈羲和问。

"小人也不知，世子明明被送回屋子里歇息，小人等守在屋子外，并无人进过世子的房间，屋子里也没有丝毫动静，是莫远将军得了太子妃的吩咐，给世子送安神香，小人放了莫远将军进屋，才发现世子不在屋内！"

听了这些话，所有人什么都顾不上，齐齐跑向了沈云安的屋子。堂堂西北王世子在家中离奇失踪，这是何等惊悚之事，谁都想一探究竟。

恰好今日是桑引代为轮值，所有人都跟着沈羲和走了，他按照之前的安排，让随阿喜给沈岳山扎针。很快沈岳山就苏醒了过来，两日滴水未进，有些虚弱。

沈岳山迅速离开了灵堂，棺椁里被装进了一具备好的尸身。

沈羲和等人来到沈云安的屋子里，没有任何蛛丝马迹，沈云安好似凭空消失了。

"世子没有醒来？"萧长风总觉得不对劲儿，便问了守房门的下人。

下人恭恭敬敬地作答："小人们都在屋外，随时等候世子醒来吩咐，未曾听到一丝动静，房门在莫远将军来前就再无人推开过。"

"找，府邸里每一寸都搜一遍。"沈羲和冷着脸下令。

萧长风想了想，便上前对沈羲和躬身提议道："太子妃，如今王府事多，其余之事小王也帮不上忙，寻找世子之事，可否容小王略尽绵薄之力？"

"有劳巽王殿下。"沈羲和欣然同意。

得到沈羲和首肯，萧长风便随着王府的下人一道搜寻，就连沈羲和的院子都没有放过。可这么大一个活人愣是寻不见踪影，且没有丝毫痕迹。

等他们搜了一遍之后，耿良成等人似乎闻讯而来。

"世子怎会无缘无故地失踪？"

"阿兄为何失踪，我亦不知。"沈羲和有些忧虑和焦急。

"世子先前一直安然无恙，怎的突然就不见了？"孟虎最是藏不住情绪，不善的目光扫向萧长风和裴展，怀疑之意万分明显。

"孟将军这是何意？"裴展问。

"末将能有何意？"孟虎冷笑了一声，"这个节骨眼儿上，世子失踪对谁最有利，自然谁最有嫌疑。"

"世子失踪，谁能获利？"萧长风反问。

"谁不想世子继承我们王爷的爵位，自然便是谁获利。"孟虎只差点名道姓地说祐宁帝，而祐宁帝千里迢迢自然不可能亲自施为，那么就只能是祐宁帝派来的裴展与萧长风做了此事。

尤其是裴展刚来，沈云安就失踪了，任谁都难免多想。

"孟将军可真是高看老夫。"裴展不禁似讥似讽地说道,"裴某此生初次至西北,更是首登西北王府,便能在众目睽睽之下大变活人,将世子变不见。裴某若有如此之能,我裴家当年也不会在安南城惨败至险些一族全灭。"

"世子身高八尺,便是昏迷不醒,也不能轻易被带走。"萧长风自然帮着裴展,"王府人来人往,竟无一人见着,除非……"

"除非什么?"耿良成追问。

萧长风看了沈羲和一眼:"除非世子苏醒后,瞒着众人自行离去,否则这便是对王府地形了如指掌且能轻易避开巡卫之人所为。"

这事怎么算都不应该是他们能办到才是。

"笑话,王爷还未出头七,世子怎会醒来之后悄然离去?"孟虎气笑了,"巽王殿下的意思是,若世子不是自己离去的,便是被我们这些对王府了如指掌之人掳走的?"

"小王只是合理推测,并未说是将军等人包藏祸心。"萧长风颇有口才,"倒是孟将军方才有句话提醒了小王。"

孟虎狠狠地盯着萧长风。

萧长风将视线扫过孟虎几人:"西北王薨逝,世子本应袭爵,现下却不知所终。消息若是传出去,必然引起百姓不满,西北少不得要陷入混乱之中。此时,小王与裴尚书便是有陛下的圣旨,恐怕也不能让西北百姓心服口服,少不得要有人站出来主持大局……"萧长风说到这里意味深长地顿了顿,"到底谁获利,还未可知。"

"你……你贼喊捉贼……"

"孟将军说何人是贼?"萧长风冷下了脸。

沈羲和忽然拂袖大步离去,耿良成等人喊着"太子妃"追了上去,孟虎也捏了捏拳头威胁道:"最好不是你们所为,否则我豁出这条命,也要你们离不开西北!"

放完狠话,孟虎也追了上去。

"以阿爹丧仪为由,封锁城门,三日内不许人出城。"沈羲和来到正堂里吩咐莫遥,"贴出告示,阿兄因阿爹之事精神恍惚,离府外出,我心中担忧,若有人见着阿兄,还请告知王府。"

萧长风与裴展过来时,就听到了沈羲和的话。

沈羲和吩咐完之后,转头对二人说道:"满城无人不识我阿兄,若他自行离开王府,除非能飞檐走壁,否则绝无可能不遇一人。"

如果没有人来王府告知沈云安的下落,那就意味着沈云安绝非自行离府,而是被人困住,不见天日。

"如此,你们可满意?"萧华雍沉着脸问,看似问萧长风与裴展还有孟虎他们,实则不满全是冲着萧长风与裴展的。

人在屋檐下不得不低头，更何况面前的人是太子殿下，萧长风抱拳躬身："太子殿下息怒，适才是长风口无遮拦，冒犯了几位将军。"

沈羲和看了萧长风一眼。这个儿郎不愧是陛下精心培养的，不仅文武双全、有勇有谋，还进退得宜，更难得的是能屈能伸。

"殿下，阿兄突然失踪，大伙儿都疑惑，难免会有些猜疑，说出之言皆是无心的。"沈羲和劝萧华雍。

"先寻世子吧。"萧华雍也就顺势将这件事情揭过。

他们能够找到沈云安吗？

自然是不能的，沈云安早就被萧华雍送到了隐秘之地。因为西北王府也有暗道，暗道是沈羲和告诉萧华雍的，送沈云安回房的人早就被沈羲和安排好，进入房间的并不是真正的沈云安，而是莫遥。以莫遥的身手以及对王府的了解，他要想离开房间再堂而皇之地走出来，很容易就瞒天过海。

沈云安失踪，弄得西北王府人心惶惶，众人各有思量。

到了晚间，又一个噩耗传来，庭州传来急报，突厥已经攻打到北庭都护府。

这一消息令众人面色凝重。沈岳山不在，沈云安失踪，西北没有主帅，何人来指挥下令？

众人纷纷看向萧华雍，这里就数皇太子的身份最尊贵，而且皇太子是沈羲和的夫君，虽是皇室之人，但有往日沈岳山说的好话，且有赠驯鹰之法在前，除了耿良成，其他人对萧华雍至少是认可的。

"孤对西北知之甚少，眼下战事迫在眉睫，几位将军不如先商议，孤从旁听着。"萧华雍没有直接揽权，而是谦逊地让出了决断权，对西北几位将军足够尊重。

沈羲和低头牵了牵嘴角。外人只当太子殿下谦逊周到，却不知这场仗藏着多少猫腻，他怎会亲自指挥？他要的就是耿良成站出来，承担所有责任。

耿良成会站出来吗？

他自然会。这是大好时机，在他眼里沈岳山死了，沈云安落入了萧觉嵩手里，也相当于是一个死人了，这个时候正是他立功的机会，且……担起这个担子，他就能手握兵权。

建功集权，于他而言是不可抗拒的诱惑，至于可能会吃败仗这一点，完全不在耿良成的考虑范围内。

在沈岳山统御西北的这二十几年里，和突厥大大小小共战五十多场，无一败仗，这已经让西北儿郎完全不将突厥放在眼里，类似于耿良成这等早就领兵打过无数次胜仗的老将更加信心满满。他早就认为西北便是没有了沈岳山，仍旧是这样一片祥和安宁的景象，否则怎会生出反骨？

耿良成的眼底已经盛满野心勃勃的光，但是他仍旧需要矜持，不能操之过急。

他给桑引使了个眼色，桑引领会了他的意思，却有些不情愿，移开了目光，当作没有看见，气得耿良成磨了磨牙。

"突厥贼子定是听闻王爷……"孟虎咬牙，"我这就带兵去庭州，非得将他们杀得片甲不留！"

"站住！"几个人齐齐喝道。

魏崖更是大步上前将人给拽住："王爷不在，世子失踪，我们群龙无首，人人心中皆愤慨，难道谁都要逞一时之勇，提刀挥剑冲向庭州？

"庭州有都护府，有三万精兵驻守，为何今日消息才传来？为何早不放狼烟？这其中必有蹊跷，我们须得从长计议。"

"你说，要如何？！"孟虎甩开魏崖问。

魏崖看了一眼萧华雍，目光又扫过沉默不语的萧长风与裴展，沉默了片刻之后说道："粮草、辎重、兵刃、出兵……都得有人统筹，世子不在，王府理应由太子妃做主。"

"这……"众人齐刷刷地看向沈羲和。

他们并非不信任沈羲和，实在是沈羲和不似沈云安有功绩在身，最致命的就是……

太子妃已经嫁入天家。现下世子失踪得蹊跷，已经有人在背地里传，是沈羲和勾结了朝廷才能做到如此顺利。这些无稽之谈，他们自然不信。

可他们相信沈羲和，不代表下面的人也相信，此刻对阵突厥，对方只怕来势汹汹，稍有不慎，军心不稳，不但要葬送好儿郎的性命，同时也会毁了沈羲和的声誉。

"几位叔伯，我不擅此道，不敢贻误军情，还请几位叔伯暂推出一位主帅，先应付眼前的难关。"沈羲和也推辞了，"目下，我更担忧阿兄的安危。寻找阿兄之事，我责无旁贷。"

沈羲和的推拒行为在魏崖的意料之外，他之所以点沈羲和，是希望这些人认清楚在西北到底谁是主子："战事要紧，太子妃既然如此通情达理，我等只得临危受命。魏某不才，愿担主帅之责。"

谁也没有想到魏崖会横插一脚，沈羲和看向萧华雍，萧华雍眼神含笑地眨了眨眼。

耿良成更是眉头直皱。到嘴的肥肉被人夺了，他能不气恼才怪。

其他人倒是没有什么想法。他们都是亲如兄弟之人，谁做主帅都行，此刻的主帅不过是让战事能够顺利进行，调兵遣将有个章程，以免到时候他们各有主张，乱成一锅粥。

"老魏一向谋定而后动，王爷都称老魏为军师，既然世子不在，老魏自告奋勇，我愿听从调配。"孟虎第一个表态。

其他人都没有野心，也不会盼望是否做个暂时的主帅，在他们的心里，沈岳山不在了，主帅永远是沈云安，沈云安只是暂时失踪罢了。如此，众人便也纷纷附和孟虎。

桑引也站了出来："老魏，辛苦你了。"

桑引不支持耿良成的原因很简单：帅印不能落入耿良成的手里。耿良成心思不纯，谁知道帅印落在他手中会生出多少事端？

全部人都支持魏崖，耿良成这个时候若是提反对意见，势必要被人猜疑，只得说道："庭州，老魏你要派谁去支援？"

岂料魏崖看着耿良成说道："老耿，庭州一带，我们这些人当中你最熟悉，就有劳你带兵支援了。"

这个结果出乎所有人的意料，桑引欲言又止。耿良成心里松快了些，虽然没有握住大权，但有了兵符，总比被留在这里要强上许多。

"好，我去。"耿良成爽快地答应。

"太子殿下、太子妃，不知可有异议？"魏崖转过身来问。

沈羲和看向萧华雍，没有异议。虽然事情与她设想的有些出入，但耿良成只要上了战场，一切都没有脱离掌控，其实没有上战场也是一样的。

"魏将军危难关头担当重任，孤信将军。"萧华雍也没有异议。

魏崖便一掀长袍跪在沈羲和面前："请太子妃授印信。"

主帅的印信在沈岳山手里，但是沈羲和与沈云安都知道在何处，只有盖上这个印信的文书，才能调兵遣将。

"魏叔，请随我来。"沈羲和转身朝着沈岳山的院子走去，萧华雍跟上，萧长风等人只得留在原地。

萧长风与裴展对视了一眼，西北战事素来由西北王府直接调兵遣将，无须上报朝廷，除非西北抵挡不住突厥，但是现在情况又不同。萧长风趁机离开，又加急一封书信递向朝廷。

"魏叔，这是帅印。"沈羲和亲自取了帅印，双手递给魏崖。

魏崖单膝跪地，虔诚地接过帅印，站起身才说道："太子妃，王爷之死定有蹊跷，世子失踪，紧接着便是突厥来犯，庭州本就牢固，又有三万大军，竟在我们毫不知情之下岌岌可危，这一切若是巧合，实在是过于巧合。

"我与你阿爹患难与共数十年，一直不敢忘记，当年我被埋在尸骨之下，所有人都以为我已经牺牲，你阿爹也如此认为，却执意要找到我的尸骨，便是寻不到，也要寻到我的铠甲，要带我的英魂回家……"

魏崖说到动容处，忍不住红了眼眶："我是你阿爹从死人的骨头堆里挖出来的，他背着我走了三天三夜的黄沙路，才把我带回家，这是再造之恩。

"我绝不会害你，也不会陷西北于不义。我绝非误导你，我总觉得我们之间有人叛变，否则以王爷之机警性，他哪里能轻易落入贼人之手？之后种种，更是让我觉得事情非同小可。

"我不知是谁叛变，但太子妃定要谨慎，帅印在我手中，我在帅印在，我亡帅印毁。

"但愿世子能够逢凶化吉，若是世子有个万一，魏叔也会拼死护住太子妃。"

情真意切地说了一段话后，魏崖深深地看了沈羲和一眼，捧着帅印对沈羲和慎重地一弯身，就转身大步走了。

沈羲和目送着他离去，萧华雍走到她身侧："危难时见人心，岳父有这样的左膀右臂，定是心有安慰。"

"北辰，人心其实真的不好算。"沈羲和想到两件事，不由得轻叹一声。

一是耿良成，她原以为他会撕破脸直接威胁桑引，却低估了耿良成的无耻程度，他竟然来了一招苦肉计。幸亏萧华雍早就在桑引面前揭穿了耿良成的真面目，否则桑引一定会被耿良成欺骗，莫名其妙地就与他同流合污。

再是魏崖，在她和萧华雍的布局之中，突厥的战事传来，耿良成一定会趁机揽权，要了主帅的名义。他们万万没想到魏崖站了出来，且魏崖竟然猜到了一些事情。

魏崖只说他怀疑事情不简单，他们之间有了叛徒。其实从魏崖派遣耿良成去庭州的举动看得出来，魏崖怀疑耿良成就是叛徒，只是没有证据，为了保护沈羲和，只能把耿良成远派出去。

"耿良成不是个成大事者。"萧华雍对耿良成越来越鄙夷。

耿良成想要夺权，又爱惜名声；枭雄担不起，英雄更是不配。

沈羲和深以为然。她也不想提起耿良成，转而问："突厥为何来得如此之快？"

"早几日前老四就行动了——他早就说服了突厥王。"萧华雍自唇畔溢出一丝浅笑。

"你是如何让萧长泰动手的？"

萧华雍明明不知萧长泰躲在何处，如果知晓，早就对萧长泰动手了。

"我是不知老四躲在何处，可叶家定然与他有联系。叶家现在正是想要复起的时候，这样好的机会，怎能错过？"萧华雍说着，眼眸中盈满了不怀好意的笑意。

自打萧长泰被定下巫蛊之罪除名之后，叶氏一族就一直被陛下排挤在外，叶岐心里明白，最多一年，若他再不立功，只怕就要被陛下彻底遗弃。

不论是叶家，还是萧长泰本人，都不希望叶氏就此沉寂没落。

"这世间，但凡你欲为之事，只怕无所不成。"沈羲和真的很叹服萧华雍对大局的掌控之力，他能够把每一个人都拉到局中，无论是敌人还是陌路人，一个个都会成为他指间的棋子。

"我不过是看透了他们的贪念,加以利用罢了。"萧华雍并不觉得这是多么艰难之事。

人可以有贪欲,贪欲却不能高出自己的能力。

"我要去庭州。"萧华雍对沈羲和说道。

"我知道。"沈羲和颔首。

原本萧华雍没有想要这么快对萧长泰动手,不过既然他自己跳出来了,沈羲和就知道萧华雍不会放过这个机会。

萧长泰这人不足为惧,但他的手段和保留的财富都是后患,能够早些除了就早些除了。

"果然,我们是心有灵犀的。"萧华雍愉悦地舒展眉眼。

"我要留在这里,你万事小心。"沈羲和叮嘱。

萧华雍要去庭州,自然没有办法留在这里陪伴她,可这又是对她来说十分关键的时候,父亲"去世",兄长"下落不明",于情于理他都应该陪在她身边。

但他们二人想要让萧华雍合情合理地离开这里前往庭州有的是法子,比如让已经和沈岳山私底下见过面的沈云安配合一番就能成事。

就在耿良成代表西北驰援庭州的当天夜里,就有人来报:"郡主,小人真的看到世子了,是在城外,世子骑着马从小人面前疾驰而过!世子的良驹,小人不会认错!"

在西北,马就是一个人的身份象征,无论是沈岳山还是沈云安都有属于自己的战马,价值不菲且独一无二,这等良驹十分认主,除了主人谁都不能驾驭。

听了这人的话,沈羲和立即吩咐管家去马厩。管家去了一趟跑回来禀道:"太子妃,世子的马不见了,马奴晕了过去,才被唤醒。奴问了之后才知,他不知何时晕过去的,太子妃可要亲自见他?"

"是阿兄,一定是阿兄!"沈羲和似乎认准了,霍然站起身就要往外冲,可突然身子一软,就倒在了手疾眼快的萧华雍怀里。她抓着萧华雍:"殿下,我要去寻阿兄!"

"你现在这副模样,如何出城?"萧华雍道,"且这里需要你,你若也出了城,少不得有人要谣传你们沈家因战事弃了王城的百姓,若是这话传到前方,只怕会影响士气。"

似是被萧华雍的一句话戳中要害,沈羲和面色一僵,却不甘放弃:"可阿兄……"

"有我,你留在这里,我代你去寻。"萧华雍目光坚定深沉。

沈羲和十分犹豫,抓着萧华雍不能决断。

那边桑引向来提供沈云安的线索之人问清楚了一些细节,得出了一个结论:"世子莫非去了庭州？"

这一句话令众人一惊，却又让人人都觉得这种可能性极大，至于沈云安为何好端端地突然失踪，为何一声不吭地偷偷摸摸去庭州，众人都心里疑惑，却没有人问出口。

"无论兄长去了何处，我都会将他平安带回来。"萧华雍对沈义和许诺。

萧长风与裴展对视了一眼，眼看着沈义和已经被说服，裴展便站出来说道："殿下一人前往，老臣难以放心，又逢战乱，请容许老臣随护。"

萧华雍是从皇宫里偷跑出来的，并没有带太多人，路上祐宁帝派来跟踪萧华雍的人也在暗处，虽出于担心萧华雍，想劝萧华雍别去，但作为景王的舅父，裴展也深觉萧华雍不简单。应当说萧华雍来了西北之后，发生的事情都不简单，故而裴展选择了跟着萧华雍。

沈义和深深地看了裴展一眼："裴尚书年事已高，不如由巽王殿下保护太子。"

裴展想都没想就拒绝："巽王殿下有保护太子妃的皇命在身，若随太子离去，太子妃再被掳劫一次，只怕巽王殿下无法向陛下交代。"

沈义和闻言点了点头，不再多言。

"有劳裴尚书。"萧华雍也答应下来。

"孟虎，你也随同保护太子殿下。"魏崖突然叮嘱。

沈义和将帅印交在魏崖手上，魏崖现在的话就是军令，且孟虎的心里虽然对朝廷的人有意见，尤其是对姓萧的人更是不喜，但冲萧华雍是沈义和的夫君，且愿意为王爷戴孝这一点，他也要保护着。

"是。"

于是萧华雍带着天圆，裴展与孟虎相护，连夜出了城，朝沈云安离去的方向追去。萧华雍身子孱弱，赶一段路就要歇息一会儿，故意掐着时间。

好在他们路上遇上人就会问一问，有那么一两个表示看到了世子的宝马，至于马上是不是世子，因为马飞驰得太快，他们也不敢笃定。

庭州已经八年未曾有过恶战，是西北距离突厥最近的地方，这里战乱的斑驳痕迹才刚刚淡化，百姓也才渐渐放松紧绷的神经，没有想到突厥就又一次卷土重来，且杀了他们一个措手不及。

庭州城门封闭，可庭州城外已经被突厥人占领，幸亏两国交接之地没有多少百姓生活，可沿路驻守的几个分队也有一两千人，已经死在突厥人的刀下。这些人大部分是庭州寻常百姓家的儿郎，故而庭州这几日笼罩着战火燎原的紧迫和丧子之痛的悲恸气息。

耿良成来到庭州的当日，就为了鼓舞士气亲自出城迎战，却发现突厥来势凶猛，见势不妙，提前撤退了回来，虽然没有伤亡，却也知道了突厥这一次出兵的决心。

"庭州来了援军，是西北猛虎之一。"突厥王帐里，突厥王看着身边戴着面具的青年说道。

是这个人带回了穆努哈的死讯和信物。他是被天朝陛下除族的四皇子，说他被害到这般田地是皇太子所迫。皇太子来了西北，他的目的是皇太子，而突厥王的目的是西北，他们可以合作。

突厥王其实不相信萧氏皇族，不过萧长泰给了他大批财宝，这批财宝足够让他心动，发起这场战争。最重要的是沈岳山死了，哪怕没有这笔财宝，他也不会放过这个机会，只不过不会让突厥将士这么倾巢而出。

萧长泰懂突厥语，是这一年刚刚学会的，回道："明日让将军假意战败，诱他。"

"你们中原有句话，叫作穷寇莫追。他可是老将，岂会上当？"突厥王不觉得这计策高明。

"他是老将才会有自信，哪怕看穿这是诱敌之计，也会将计就计。他太需要胜利。"萧长泰说完，面具下的嘴角上扬。

萧华雍，他以为时局都在他的掌控之中。

这一次，他们一决胜负！

萧华雍在西北，而西北王城乱成一锅粥。这个时候萧华雍会追着沈羲和来到西北王城，足见萧华雍对沈羲和的心思一如自己对叶晚棠一样，割舍不了。

若是自己将沈羲和的这些叔叔伯伯一个个都擒住，由不得萧华雍不亲自上场。

耿良成的确需要一场胜战来稳住军心，因为沈岳山亡故，让西北上下一片低迷，突厥来势汹汹，庭州险些沦陷。这些士兵已经开始疲惫和茫然，若是人心涣散，失去了信心，那么面对勇猛的突厥，败局将无可扭转。

次日，他本没有要出兵的心思。他是老将，一路行来也断断续续通过办法了解了庭州现在的危机，复盘了这一场战事由开始到现在节节败退的缘由，但都不够完整。

他正要利用这两日来全方面地彻底了解一番，突厥却没有给他这个时间。天光未明，号角声起，突厥竟然在天要明未明，也就是守城将士交接之前、最为劳累的时候攻城。

他已经从庭州都护手中接过了庭州的兵权，这个时候自然不能退缩。

他没有亲自披甲上阵，而是派了最勇猛的左膀右臂，将险些杀上城楼的突厥兵逼退，可突厥兵并没有放弃，铁了心要攻城。

他站在城楼上，看着两军交战的场景，看了片刻之后，忽然发现了敌军一个薄弱的漏洞，旋即就带着一小队人马从这个地方反杀了过去。

所有的一切都和他预料的别无二致，他带着人一路杀到了突厥的先锋面前，两个人是老对手了，当下拼杀了起来。耿良成将城楼下方的突厥兵杀退之后，就下令打开城门，千军万马，气势如虹，倾巢而出，随着耿良成朝着突厥兵挥杀而来。

城楼下，厮杀声震天，鲜血飞溅。

耿良成骑着马，握着长剑，与对方抡起铁锤的先锋频频交锋，两军偶尔靠近偷袭的士兵，都被机警的二人迅速躲开反杀，很快两个人身边便尸骨成堆，脚下的土地都被染成了红色。

两个人身手在伯仲之间，几番交锋下来，各有挂彩。就在这个时候，城楼上有人放箭相助耿良成，这个箭手射箭的准头非常好，每一次箭尖都是对准了耿良成的敌人。

有了这个箭手相助，对方既要躲避箭矢，又要接住耿良成的招式就显得吃力了，很快耿良成就抓住机会，一剑刺向敌人的胸口，奈何对方闪躲及时，剑只是刺在了胳膊上。

不等耿良成乘胜追击，敌方就发现了先锋受困，立时过来援助，甚至放箭让城楼上的箭手无法再射箭相助。然而耿良成还是抓住了机会，一剑捅在了敌人的马的脖子上。

剑刃被拔出，马温热的鲜血喷了他与敌人一脸，骑在马上的敌方先锋栽了下去。耿良成挥剑就要朝着跌落的先锋砍下去，恰逢此时有突厥兵拦下了他的剑，又有突厥军官策马奔来，迅速伸手将跌落的先锋拽上了马，疾驰逃离。

突厥那边响起了收兵撤退的号角声，耿良成看到被救走的先锋转过头对他露出了挑衅的笑容，看到周边士气大涨，略一迟疑便带兵追击而上。

他一马当先，心中给自己划了一个距离，超过那个距离若是还没有追上敌方先锋就撤退回去。

他却不知道他身后要跟上他的士兵，才追出城门口不到百米远，就有埋伏好的突厥兵横杀而来。这些突厥兵视死如归，人数不多，就百来人，却是不要命的杀法，刹那间就将耿良成和大部队阻断。

等奔到自己心中预估的距离，耿良成心知再追下去必然难有胜算，勒住缰绳要折回去，掉转马头才发现大军没有跟上来，他身边只有几百人，顿时心道不好。

然而，他想要撤回已经来不及了。

耿良成被抓，很快就看到了戴着面具的萧长泰。萧长泰只是过来看一看人，一句话也未曾对耿良成多言。

西北常胜将军才刚刚到庭州，不过一日就被俘虏，更是让西北慌乱成一片。幸而庭州都护并非泛泛之辈，如同耿良成没有来之前那样，死死守住了城门。

而突厥的凶残程度远远超过了他们的想象，突厥兵在城楼下当着所有守城将士的面把被俘虏的士兵活生生地剐了，深深地重击了庭州将士的心。

夜里，耿良成被囚的地方多了个突厥士兵。耿良成已被鞭笞得血肉模糊，捆绑在架子上，耳边一个声音说着熟悉的汉话："萧长泰在突厥军营里，你提出要见他，促成他与太子见面。"

迷迷糊糊间，甚至有些神志不清的耿良成倏地就清醒了，想要扭头看去，却发现根本动不了，方才那声音就好似在他的梦中，让他觉得不真切。

他心思百转，四皇子已经是被除族之人，竟然在突厥，还帮着突厥攻打西北。

而嘉辰太子竟然想要见萧长泰，这是要和突厥狼狈为奸！

嘉辰太子要他背叛西北，成为通敌卖国之贼？

这对耿良成而言，实在是太大的冲击。他忌妒沈岳山的权势和享受的尊荣，对付沈家的手段极其卑劣，甚至对突如其来的战事隐隐窃喜，因为可以借此揽权。

他想要权势和地位，想要成为西北的王，却从未想过叛国，未想过与蛮夷外族为伍。

"太子在何处，为何不救我？"耿良成有气无力地低声问。

"太子这就是在救你。"身后的人回答。

耿良成一时间无言以对。

寒夜的风吹来，有一股凉意顺着背脊袭上他的全身，让他忍不住打了个哆嗦。

萧觉嵩既然早就派人潜伏到了突厥，甚至知道萧长泰与突厥王联手，应该很早就料到了这一切。沈岳山是被萧觉嵩所害，那么这一战是不是就是萧觉嵩一手促成，他的目的是联合突厥王覆灭西北？

所以自己是上了贼船？

耿良成咬着牙："恕难从命。"

"太子若是想要与突厥合作，就不会来寻你，西北是太子想要之地，岂容他人染指？"身后的人冷着声音说道。

是啊，萧觉嵩自己掌控西北不好？这么多年他若想和突厥合作，不会等到今日，所以这是一个计。

耿良成被俘虏的消息很快就传到了西北王城，这是沈羲和给沈岳山"守灵"的最后一天。

"郡主，我要亲自去庭州。"魏崖一身戎装，抱着头盔，面容严肃地走到了沈羲和面前。

沈羲和看了他一眼，视线往后瞥，站在她身侧的珍珠立刻蹲身行礼，然后将所有人都带走，屋子里只剩下了魏崖和沈羲和。

"阿兄去了庭州，魏叔留守此地便可。"沈羲和坦言道。

"世子去了庭州？"能够猜疑到耿良成叛变的魏崖，心思何其敏锐？他立时就从这一句话里听出了诸多信息："郡主与世子早知突厥会袭城？"

魏崖生在西北，从懂事起，西北和突厥的交战就没有停止过，直到沈岳山统一了西北，才换来了近十年的相安无事。虽不惧战，但饱受战火摧残的他不喜战，更不喜有人为了谋划利益，故意挑起战争。

要知道这一战，庭州险些沦陷，现在上报来的消息，西北已经折损数千儿郎。

"阿兄是战后才去的。"沈羲和看着魏崖捏紧了托着头盔的指尖，"我与阿兄从未想到突厥会发兵攻城，此事却与我脱不了干系……"

沈羲和最初与萧华雍联手，让沈岳山假死，目的单纯是希望她能因此离开京都，借着寻父之名来参加兄长的大婚之礼。后来事情牵一发而动全身，越来越多的人被牵扯进来。为了搅乱时局，为了达到目的，为了一己之私，他们将这件事情越闹越大。

这其中起到关键作用的是萧华雍，她的确没有想到会引发突厥一战。她想到的最长远的结果便是挫一挫陛下的威风，再顺带将西北属于陛下的爪牙拔除，萧长泰并没有在她的计算之中。

但是萧长泰一定在萧华雍的计算之中，所有的事情，萧华雍必然是预料到的。她并没有为此去责难萧华雍，也没有资格责难，这份罪孽因她而起，也应当由她背负。

除了萧觉嵩是萧华雍假扮之事，沈羲和将事情始末尽数告诉了魏崖。

魏崖听了沈羲和的话，一时间心中五味杂陈。他不觉得这是萧华雍的过错，因为他比沈羲和还多想到了一点。沈岳山既然没有真死，那么想要阻拦这一场战争其实很简单。只要他出现在庭州，一定能横扫突厥，可是……沈岳山现在没有去庭州。

因为他们都需要耿良成成为通敌叛国的罪臣，只有这样才能让他们仍旧上下一心。

他们之间经历过太多生死患难，在完好无损的情况下，沈岳山便是拿到了耿良成投向祐宁帝的证据，仍旧会有人为耿良成求情。沈岳山便是有耿良成要杀沈云安的证据，除非沈云安真的死了，否则还是会有人拿出当年的情分来求情。

沈岳山若是同意放过耿良成，不啻放虎归山，日后也无法再严惩其他叛变之徒，这是坏了规矩；可若是沈岳山不同意放过耿良成，必然会有与耿良成亲近或是受耿良成恩惠之人觉得沈岳山不近人情。

那些人会谴责沈岳山，会觉得沈岳山再也不是那个与他们共患难的大将军，只是高高在上的西北王——他们会与沈岳山离心。

一旦团结一致的心出现了裂痕，再有人加以挑唆或者有人刻意制造矛盾，裂痕就会越来越大，会有更多的人反叛西北，这就是祐宁帝要撬动耿良成的缘由。

只有耿良成自己贪生怕死，勾结突厥，才能让这些人痛心疾首之余觉得他死有余辜。

这就是人性，没有触及自己的底线和妨害自己的利益之时，人们总是念着与剑子手的恩情，希望旁人宽待这个刽子手，若是旁人不宽待，便是这个人变了或者没有容人之心。

魏崖长长地叹了一口气。看到沈羲和黯淡的眼眸，玲珑心思的他立时明白沈羲和心中的愧意："郡主，莫要多想。耿良成既然投靠了陛下，若是不想办法将之干净利落地除去，牺牲的人远不止这些……"

若是没有耿良成叛变，沈岳山用不着装死，萧长泰便是有三寸不烂之舌，沈岳山没死，萧长泰也鼓动不了突厥王来犯。

"多谢魏叔宽慰。"沈羲和勉强地笑了笑，抬眼看着西北湛蓝的日空，明明万里无云，或许是日头过于刺目，竟让她觉得蒙着一层尘埃，"我只是不喜这种感觉……"

上位者明争暗斗，殃及的却是那些无辜的士卒。

沈羲和与萧华雍布局从来不同，不是因为她布不了大局，而是她不喜牵连太多的人，尤其是无辜之人。那种什么也不知晓就轻易被人掌控生死的命运是多么悲哀？

"郡主，王爷身在这个位置，有些时候也没有办法不做一些取舍。我们都希望两全，可这世间并没有如此之多的两全之法。这已经是最少的代价。"

他们不杀耿良成，留他在身侧，后果不堪设想。

而他们要杀耿良成，就得杀得所有人心服口服，莫须有的罪名只能是定时炸弹——将西北炸得四分五裂的炸弹。

耿良成又是如此小心翼翼和得西北人心，沈岳山便是想要徐徐图之地将他贬下去也不能。更何况不点明他的危险性，沈岳山便是将他贬下去了，他也能利用曾经的好兄弟，轻易刺探到西北的机密。

沈羲和并不是钻牛角尖的性子，也不是个多仁善的人，只是想到庭州死于突厥刀下的那些年轻儿郎，此事又是因她而起，难免心中会有些歉疚。

重来一次，哪怕知道是这个结果，她也没有办法改变这个选择。人都有自私的一面，她不可能让沈家去冒险，在得知耿良成是叛徒的那一刻，要除掉他，就需要最无法反驳的罪名。

不论是沈岳山的那些将士、耿良成的那些兄弟，还是西北那些信任耿良成的百姓，都要一个无法原谅耿良成的理由，才不会因为耿良成的死而心中不忿。

既然沈云安去了庭州，魏崖也就只派了人再去增援做个样子，没有亲自去。

当天夜里，在魏崖与沈羲和联手下，灵堂失了火，棺椁被付之一炬，沈羲和也以战事为由，匆匆将骨灰埋了，葬礼草草收尾，谁也寻不到破绽。

葬完骨灰回来，沈羲和回到府中，路过通入内院的长廊时，看到萧长风立在正中央。她挽着素白的披帛缓缓走上前，萧长风并没有让开路。

他抱拳对沈羲和施了一礼："太子妃，西北王当真亡故了吗？"

在灵堂失火之前,萧长风其实没怀疑过沈岳山是假死,因为当日沈岳山被救回来,他网罗全城郎中,没有一个觉得沈岳山有救。该是拥有何等医术的人,才能欺骗过这么多医术高低不同的郎中?

沈岳山被送回了西北,所有人包括沈云安的反应都作不得假,萧长风更坚信沈岳山真的没了,才会斩钉截铁地给陛下去了信。

陛下派了裴展前来,裴展刚刚到西北,沈云安便失踪了。沈云安的失踪在萧长风的心里埋下了怀疑的种子,之后发生的一系列事情紧密得让人没有喘息之机,却又合情合理。

在沈岳山要出殡的前一晚,灵堂失火,烧毁了西北王府的一间屋子。

西北王府如此之多的人,火势因何而起?为何这么多人没有及时灭火?这些事都太可疑了。

"巽王这是何意?"沈羲和侧首淡淡地看着萧长风。

"小王怀疑西北王诈死。"萧长风冷笑了一声,"我若此刻将这消息放出去,西北百姓固然是愤怒、不信的,因着太子妃和西北王在这西北深得民心,你们是他们的守护神,是他们的信仰,你们的话他们都深信不疑。

"可西北王的确未死,总是要回来的。此刻他们有多恨我诬蔑你们散布谣言,待到西北王假死的事被拆穿,他们就会多埋怨自己的愚蠢。小王就不知,日后他们还会不会如此齐心协力,将西北王奉若神明?

"还有,我若让人将这个谣言闹大,势必会有人来王府向太子妃求证,就不知面对这些对西北王府坚信不疑的百姓,太子妃是避而不见,还是欺骗到底?"

她避而不见就是心虚,欺骗到底必遭反噬。

萧长风的咄咄相逼,让沈羲和雅然一笑,她微仰着下巴,姿态孤傲地说道:"巽王,我不妨告诉你,我阿爹的确未死,不只如此,我阿兄也从未失踪。"

迎上萧长风惊疑不定的眼神,沈羲和更显得气定神闲:"你大可以按照你的法子去试一试,看一看我阿爹假死归来,可有百姓会觉得自己被愚弄,会对我沈氏执掌西北有微词,动摇我阿爹与阿兄的威信!"

什么理由能够让百姓原谅沈岳山假死,尤其是还因为他假死引发突厥来犯?

萧长风转念一想就明白了:"耿良成是陛下的人!"

粉润的唇瓣如花绽开,沈羲和目光明亮:"是啊,可惜陛下不信任你,未曾早些告知你此事。若你早知耿良成是陛下之人,早就看穿了一切。"

"你莫要挑拨离间。"萧长风沉声说道。

"实话罢了。"沈羲和云淡风轻地说着,"耿良成是陛下之人,裴展是景王之人,他们都有去无回。这些……都是陛下落错了子,不得不付出的代价!"

"太子他……"

"太子？"沈羲和扬眉浅笑，"巽王觉得我是怎样的女郎？"

萧长风不明白沈羲和为何有此一问，却也没有藏着掖着："太子妃是个令儿郎都胆寒的女郎。"

"是啊，似我这样的女郎，岂会嫁给酒囊饭袋？"沈羲和意味深长地笑了笑，就面无表情地越过萧长风，步调依然不疾不徐地离去。

整件事情，失踪的是沈岳山，拖着萧长风，包括将萧长风骗到深山野林里，屠杀他带来的全部人的也是沈岳山，在萧长风心里这件事情都是沈氏父女主导的。

沈羲和这个时候绝不会袒护萧华雍，否则反而会让他们觉得萧华雍不简单。她如此说才能让他们觉得萧华雍不过是被沈氏父女玩弄于股掌之中的小可怜。

毕竟萧华雍一直被陛下的人跟着，可是半点儿没有离开陛下的视线。萧华雍带着裴展去庭州，那也是因为她发现失踪兄长的踪迹，自己又恰好不能离开西北王城罢了。

沈岳山没有死是事实，在萧长风这里也无须再隐瞒，也隐瞒不住，这个时候便是萧长风快马加鞭地再传信给祐宁帝，大局已定，祐宁帝也来不及做什么了。

"太子妃，为达目的，残害忠良，裴将军何错之有？"萧长风霍然转身，冲着沈羲和的背影高声质问。

沈羲和停下脚步，抬头目视前方，神色淡漠："巽王，我父兄守卫西北，让西北百姓安居乐业，何错之有，以致陛下要挑拨我父亲的左膀右臂与之离心？"

"陛下待西北王不薄，可西北百姓眼里只有西北王！"萧长风厉声道，"西北王虽无反叛之心，可与逆贼有何区别？"

沈羲和霍然转身，耳畔的步摇在半空之中荡了荡，闪过刀光一般的锋芒，一如她的眼神："陛下想要西北百姓眼里有陛下，自身又为西北做过什么？陛下是上过战场御敌，还是在西北旱灾之时拨过款？

"祐宁二年，西北大旱，我阿爹三度向朝廷求援，陛下以宦官把持朝政为由相拒。巽王，时至今日，你当真觉得当年的陛下丝毫无法援助西北？

"祐宁九年，突厥联合蒙古、吐蕃围攻西北，我阿爹险些战死沙场，向朝廷求援，消息石沉大海。我沈氏一族旁支尽数葬送在这一场大战之中，陛下恰好利用时局，与顾相扳倒宦臣。

"祐宁十二年，陛下以蛮夷须得教化为由，美其名曰派朝臣辅佐我阿爹，文武并治。我阿爹身为臣子，不敢抗命。可结果呢？陛下所派之人打压外族，对归顺异族歧视相待，短短一年弄得西北乌烟瘴气，险些发生民变。

"我阿爹给陛下机会，是陛下毫无容人之雅量，是陛下从未将西北的百姓当作子民。在陛下眼中，西北百姓都是姓沈的，并非他们不敬陛下，是陛下弃他们在前。

"要西北，陛下没有资格！"

"这也不是你们戕害忠良的理由！"萧长风沉声说道。

"戕害忠良？"沈羲和低笑出声，眼里满是"你为何如此天真"的嘲弄之色，"殿下是否已经忘记了殿下与裴尚书身负的皇命？"

萧长风身子微僵。

沈羲和眸色淡然："若是殿下忘了，我不妨猜上一猜，权当为殿下回忆回忆。我阿爹在凉州失踪，凉州与西北接壤，若非有我阿爹退让，凉州也应当属于西北。骁勇善战且在西北戎马一生的大将军在凉州遇袭失踪，殿下不信，陛下也不会信。陛下更信这是我阿爹设的局，目的为何，暂不得知。

"故而才有了我被允许前来寻我阿爹之事，陛下以我为饵，进可试探我阿爹是否真遇袭，退可看一看太子殿下到底有多少能耐来护住我这个新婚妻子。

"凉州是个好地方，是为我精挑细选的地方，陛下不能再让我进一步。若是我入了西北，我阿爹若是有了谋反之心，抑或假借此次失踪之事筹谋大事，算计陛下，趁机揽权，陛下必然陷于被动局面，只有在凉州对我动手才是上佳之策。

"自然，我是陛下的儿媳，若是可以，陛下原本只想用我把我阿爹逼出来。我阿爹若是不愿现身，抑或你们的计划出了岔子，我横死于凉州，便是我的命。"

萧长风面色一紧。

沈羲和嗤笑了一声："我呢是因我阿爹而横死凉州，我阿爹也无法向朝廷要个交代，要怪只得怪我阿爹偷鸡不成蚀把米。假使我阿爹当真是遇袭，无法受你们引诱来救我，也只能怪我阿爹无能。殿下说裴尚书何其无辜？我于陛下而言便不无辜？

"因着我是阿爹之女，故而我为棋子，不慎殒命，便是死有余辜。他裴展是陛下之人，受陛下之命前来，他为棋子，若有好歹，便是我们残害忠良？

"故而，在殿下看来，陛下的手段无论作践谁都是理所应当的，好一个忠君之臣。奈何，我与我阿爹没有殿下这般高洁忠心。"

沈羲和双眸微眯："殿下，入了这一场局，谁都可以是执棋者，也谁都可能是棋子，你我皆是如此。生死相赌，殿下要我忠君，奈何君不给我活路；殿下要我怜惜忠君之臣，殊不知忠君之臣是陛下悬在我项上之刀。"

萧长风无言以对。

沈羲和又说道："在凉州，殿下应当庆幸有耿良成这个叛徒，否则殿下早就性命不保……"

若非查到了耿良成，沈岳山并不需要蛰伏，也不需要当真演到假死这一步。萧长风身份尊贵又如何？他既然领了陛下要绑她引诱沈岳山出来的命令，在她这里就已经是敌人，在树林里，她就能要了他的命。

这样正好让陛下不肯善罢甘休，兴师动众地彻查到底，她也好借由受惊抑或是凶手未明，留在西北。

只不过因为有耿良成，这才是首先要解决的隐患，他们才不宜将事情闹大。

萧长风心口一颤，原来那日在山野间，沈羲和当真对他动了杀心！

这世间还有何人是她不敢杀的？

似乎看出萧长风的震惊与难以置信，沈羲和淡淡地笑了笑："亲王，我早就杀过。"

十多年来，只有一个亲王去世，那就是萧长风的叔父康王。

萧长风想到了康王私造兵刃人赃并获，就连陛下都无力兜住，暴露在众目睽睽之下。原来，这竟然是沈羲和设的局！

"太子妃好胆色，告知小王这些事，便不惧小王告知陛下？"萧长风暗自深吸一口气问。

她自鼻间发出轻笑声，粉润的唇瓣如花舒展，她的容颜清丽无双，寻常的淡笑会令人觉得淡漠，笑容稍稍深一些，便艳若桃李："在陛下眼中，取我的性命是迟早之事。他知不知这些事，都不会改主意。知晓，他不过是恼怒一场，只要我阿兄和阿爹一日是西北的王，陛下一日便不能轻易动我，似此次我主动跑来西北寻父的机会，陛下恐怕再也寻不着。"

"能让陛下痛恨且咬牙切齿，却对我无可奈何，我得多谢殿下将之告知陛下。"

"你——"

嚣张，萧长风早闻沈羲和轻狂而又孤傲，这还是首次亲自体会。

沈羲和微微歪头，唇畔依然噙着那一丝明艳到不可方物的笑容。她有恃无恐、浑不在意的模样，让萧长风心口发寒。

"你不惧陛下多忌惮你，便也不惧景王知晓裴尚书之死，与你不死不休吗？！"

裴家已经没有几个人了，要是裴展这次把命留在了庭州，景王定然要疯魔。景王可不是陛下，不身在帝王之位上，所思所虑亦不会如陛下一般长远。

"呵呵呵……"沈羲和的笑容越发肆意，她问，"殿下不妨告知景王，可证据呢？"

沈羲和扬了扬双眉，接着说道："就凭裴尚书死于西北？可不是我阿爹将裴尚书请到西北的，景王殿下亦不是愚蠢之人。殿下效忠陛下，陛下忌惮我沈氏，殿下将裴尚书之死告知景王，不妨猜想一番，景王会如何作想？"

景王如何作想？

景王大概率会觉得他在挑拨离间，让萧长彦对上沈氏，是陛下授命，让萧长彦打头阵。

陛下并不是第一次利用亲生儿子了，当年的信王不也是如此？

"怪不得，怪不得……"萧长风悟了，怪不得沈羲和丝毫不避讳，尽数将事实告知于他。

因为无论是沈羲和设的局,还是沈氏杀了裴展,他都拿不出实质证据。陛下会信他之言,也并无异议,正如沈羲和所言,陛下迟早要取沈羲和的性命,不会因为一事提前,亦不会因为一事推后,只是看与沈岳山的博弈谁胜谁负。

沈羲和瞥了萧长风一眼,就转身离去。

"太子妃为何要对巽王说这些?"沈羲和从不是图嘴上痛快的人,虽然不惧萧长风知晓实情,却也不是非得告知萧长风这些,珍珠觉得沈羲和定然另有用意。

"阿爹回来之后,北辰便危险了。"沈羲和轻叹一声。

"殿下危险?"

太子殿下会有何危险?

沈羲和立在院子里,看向庭州的方向:"阿爹病危,巽王请遍满城郎中,无一人不言阿爹生命垂危,这才瞒过了巽王,由巽王传信于陛下,取信了陛下。待到阿爹回来,陛下定然会知晓我身边有一位医术奇高之人。

"这就会让陛下多想:这些人到底是我的人还是北辰之人。若这些人是北辰之人,那这些年他体内的剧毒是否已解?而且他因何要隐瞒陛下?这只会让陛下笃定他知晓自己的身世。"

萧华雍说过,祐宁帝是个奇怪之人,他只在乎自己的功绩,自己百年之后的事情,他只想看他的名誉千古流传,功绩万古传颂。至于是谁接替皇位,他虽也特意栽培,却仍旧奉行胜者为王的原则。大概他自己是如此拿到皇位的,故而也不在意兄弟残杀。

那么陛下就不在乎萧华雍是否解了毒,在乎的是萧华雍明明解了毒,为何要隐瞒。

祐宁帝绝不能允许萧华雍知晓自己的身世。

"我今日之言,待到裴展死于庭州,巽王必然要上报给陛下。京都是我入京之后才被搅得翻天覆地的,有康王之死,陛下首要防范之人便是我。"

沈羲和这是以自身替萧华雍挡在祐宁帝面前。

陛下知晓她是如此手段了得、心机深沉的女郎,那么她选择萧华雍,就必然也非心中有所爱,而是另有图谋,而她嫁给萧华雍的本意,也不难被陛下猜测到。

她必须证实这个医术奇高之人是在她身边,越是如此,就越能证明萧华雍命不久矣,她所图就是养育嫡长孙,化解沈氏的危机。

"太子妃,殿下若是知晓……"珍珠有些担忧。

沈羲和有这样的心思,一早就想暴露出来,但是太子殿下不允,为此二人还争执过。近身伺候沈羲和的珍珠,便是不想听也没办法不听。一墙之隔,她就是守门的。

"无妨,待他知晓之后,我一句话便能说服他。"沈羲和微微一笑。

珍珠想了想，觉得太子殿下在太子妃这里似乎当真出奇地好哄。

此刻已经赶至庭州的萧华雍，免不了打了个喷嚏。民间俗语这是因为有人惦念，太子殿下心里只想到太子妃在惦念他，心里犹如抹了蜜一般甜。

只不过他顺势打了喷嚏就栽倒了下去，幸得天圆手疾眼快地将他给捞了起来。太子殿下因为长途奔波，疲累昏厥，他们立刻到了庭州都护府。

此时耿良成已经做出了决定。再一次见到萧长泰，他喊道："四公子！"

萧长泰已经被除族，喊四殿下显然不合适，为了让萧长泰知晓自己知道他的身份，情急之下耿良成只能如此称呼。

萧长泰停下了脚步，居高临下地看着满身伤痕的耿良成，轻轻拿下面具："你是如何认出我的？"

"自有高人指点。"耿良成也不兜圈子。

这让萧长泰目光微寒。耿良成可能是故意被俘，但若是如此昨日便应该喊他。今日才喊他，说明耿良成是昨夜或者今晨才知晓他的身份，那就是说突厥军营里竟然混入了细作！

"我奉命促成一桩四公子与高人的买卖。"耿良成又说道。

"奉命？"萧长泰玩味地咀嚼着这两个字。

"对，奉命而为。"

"何人？"

"四公子，我要与你私下细说。"耿良成环顾四周。

萧长泰也看了看左右，吩咐道："将他带到我的营帐里。"

萧长泰在突厥这边是上宾，但也没有权力带走俘虏。最后还是萧长泰亲自去寻了突厥王，这才将人带走。

"说吧。"萧长泰高居上首，看着倒在地上的耿良成。

"四公子可知是何人将王爷暗算致死的？"耿良成卖了个关子。

萧长泰细长的眼眯了起来。

"是嘉辰太子。"耿良成连忙说道。

本来漫不经心的萧长泰立时坐正："你说谁？"

"嘉辰太子，我见过，他要我……"耿良成将事情的来龙去脉告知了萧长泰。

萧长泰听完之后陷入了沉思之中。一切都是这么合情合理，可他总觉得过于合乎情理。嘉辰太子之名，只怕现在无人不知，他杀上陛下的行宫还能全身而退，其能耐实非一般。

"皇太子是何时到西北的？"萧长泰问。

耿良成有些许茫然，心中困惑萧长泰为何突然问起风一吹便咳嗽不止、跪上一个时辰便昏厥、病恹恹的皇太子："七日之前。"

"你将皇太子到西北之后所发生之事细细道来。"萧长泰又说道。

"太子殿下到西北第二日，末将便领兵驰援庭州。"耿良成说道。

"你是何时见的嘉辰太子？"萧长泰又问。

耿良成不知萧长泰问这些话是何意，却也一一道来。

之后萧长泰又问了许多话，耿良成如实作答，萧长泰听完之后只说道："且容我思虑一番……"

这个时候萧觉嵩来了。萧觉嵩要与他合作，真是瞌睡来了被递了枕头。

萧长泰可从来不信这世间有如此巧合之事，有一点极其可疑：近来无人可潜入突厥王帐。萧觉嵩的人必然是早早潜伏，既然早有人潜伏在突厥王帐里，应当早就知晓他来了此地，缘何要等到耿良成被掳之后，由耿良成牵线搭桥？

"老爷，夫人要见你。"就在萧长泰琢磨的时候，下属来报。

萧长泰心里"咯噔"了一下。他伪装至此，将叶晚棠安排在庭州之外不会受波及之地，每日以打探战况为由来到王帐，叶晚棠不会无缘无故地寻他。

心中有不好预感的萧长泰回到他们落脚的村落，就看到叶晚棠正对镜梳妆。她的身上穿着极其朴素的布裙，荆钗绾发，再不如往年华贵，可她端坐在那里，优雅气质不减。

"晚晚，你寻我？"萧长泰已经换了一身寻常男儿衣袍。

垂眸梳发的叶晚棠手顿了顿，没有说话。

萧长泰上前，面色自然地揽住她："何事寻我？"

叶晚棠轻轻地将他的手拂开，神色冷淡："突厥发兵庭州，是你所为。"